抵抗することば

暴力と文学的想像力

藤平育子 監修
高尾直知
舌津智之 編著

南雲堂

序文

鉄のハードルを乗り越えるために

藤平育子

私には、小学校時代に覚えて以来、ずっと心の奥の黒い塊となって脅かす恐怖の言葉がいくつもある。その中から、もっとも私を苛んできたものをひとつだけ挙げるとするなら、迷うことなく、それは「奴隷」という言葉である。奴隷は人間であることを否定され、日常化した権力者の暴力によって、脆弱《ヴァルネラブル》な心身が傷つけられ、商品として売買され、つねに世界から抹殺される恐怖から逃れることができない。

当時の遊びと言えば、読書ぐらいしかなく、私たちは、児童文庫や貸本屋から借り出しては読みまくった。その一冊に、日本の民話伝説にもとづく「安寿と厨子王」という、挿絵入りの悲しい物語があった。この本によって私は、「人買い」という恐ろしい人たちがいる、子供がどこかのお屋敷に連れて行かれ、重労働をさせられる、逃げようとすれば、捕まえられて、灼熱の火箸で顔に焼印を捺される、そんな野蛮なことが大昔あったらしい、と知って、身震いしたのだった。物語の舞台が日本海沿岸だったことで、私は近くの海も港も恐れた。同じ題材によって書かれた森鴎外の「山椒大夫」(一九一五)を読むと、「人買い」や「奴婢」という言葉が用いられて、地主の元で、重労働させられる子供たちが描かれている。姉の安寿は隷属の身から弟を逃したあとで、入水自殺を図る。弟は姉の犠牲を知りつつ言われたとおりに歩き通し、中山《なかせん》の国分寺で助けてもらう。かれは僧侶となって京都へ逃れるが、旅先で出会った関白師実の計らいで還俗した厨子王は、丹後の国守に任ぜられ、まず最初の仕事として、「人の売買《うりかい》を禁じた」(203)のである。この悲しい物語を子供たちが大泣きさせられても読み、再び読みたくなるのは、物語において、現実と夢が交差するように描かれていて、最後には厨子王が、別れた母に再会するというハッピー・エンディングが用意されているからだ。王子の身分でなければ、ハッピー・エンディングはあり得ず、生涯、奴隷の身であった、ということまでは、幼すぎて思いが及ばず、とりあえず安堵するのだ。

時を経て、中学校時代に学校で観賞しなければならなかった映画のひとつには夢の要素の欠片もなく、私たちはみな辛い現実を知らされて衝撃を受けた。『怒りの孤島』(久松静児監督[一九五八])である。少年が奴隷状態に置かれるという点では、「安寿と厨子王」の物語と重なるとはいえ、『怒りの孤島』にはいかなる救いの徴もなかった。島に連れていかれて、強制労働をさせられながら、食べ物もろくに与えられず、檻に閉じ込められている少年たちのギョロリとした眼は激しい怒りに満ちていた。この映画は、実話に基づいており、現在では、「児童虐待」という無機質な言葉で論評されているが、当時の私は、「虐待」という言葉ではとても言い表すことのできない惨たらしい状況を読み取った。私は、二木てるみが演じる少女の、檻のなかの少年を見つめる無邪気な疑問の眼を我が身に重ねて鬱屈するほかなかった。残念ながら、映画の中の会話や言葉は一言も思い出すことができない。だが不思議なことに、島と青い海、舟で働かされる少年たちの逼迫した飢餓と、かれらの身体に加えられる容赦のない暴力は、断片的なタブローの残滓として無意識のうちにしばしば蘇り、私を苛んだ。このように隷属状態の少年たちが日本のどこかに本当にいた、という事実は信じたくはなかったし、できることならば、残酷な現実に眼を瞑ったまま生きていきたい、と願いさえした。

私が最初に読んだフォークナー作品『行け、モーセ』（一九四二）によって、奴隷制度の遺産への贖罪を描く人物に出会ったが、これは宿命的な邂逅のようにさえ直観し、夢中でフォークナー作品にのめりこんでいった。奴隷を描くにしろ、人種差別を描くにしろ、フォークナーの言葉と文体の詩的世界が魔術のように私を捉えて放さなかったからである。しばらくのちに、チャペル・ヒルで、出版されたばかりのトニ・モリスンの『ビラヴィド』（一九八七）を手にしたとき、大袈裟な言い方ながら、これで私の文学人生の方向は決定的になった、と思った。逃亡奴隷の女性が、追っ手の帽子を眼にしたとき、自分の子供たちが奴隷農園に戻されるよりは殺したほうがいいと咄嗟に決めて、四人の子供を我が手にかける。結局は、二歳の女の子が喉を掻っ切られて死に絶える。子殺しの母は、十八年後に、若い娘の姿で母の愛を確かめにこの世に戻った娘の亡霊の悪意による試練を受ける。モリスンは、ひとりの奴隷女の心の内側を抉るように描くことによって、アメリカの歴史の罪を描いたのである。

十代のころの私にとって、「革命」という言葉ほど本能的に違和感を禁じ得なかった言葉はない。世界史で学んだ知識にすぎなかったとはいえ、二十世紀に起こったイデオロギー革命がただ恐ろしかった。だが、ハンナ・アーレントの『革命について』（一九六三）を読み、「革命」の本当の意味を知ったとき、私の「革命」への嫌悪は、大きな誤解に基づいていたことがわかった。そういえば、アメリカの独立戦争は、歴史的に「独立革命」と称されていることにも改めて気づかされた。アーレントが引用するジョン・アダムズはこう述べている――「私はいつも、アメリカの植民地建設は、無知なる者を啓発し、全地球上の人類の奴隷的部分を解放せよという神意の壮大なる計画の幕開けであると考えている」(13)。また、アーレントは、フランス革命を論じる際に、「革命」と「反乱」を区別し(38)、革命という言葉の本来の意味では、今日の革命概念と密接に結びつく「新奇さ、始まり、暴力」(37)の要素が欠如していたことを指摘する。

それでは、アーレントは近代的な意味での革命をいかに定義するのだろうか? アーレントは、『革命的』という言葉は自由を目的とする革命にのみ使うことができる」というコンドルセの定義を引用し、「われわれの自由の概念の起源は明らかに革命に基づくものである」(19)と断言する。要約するなら、アーレントの論じる「革命」は、人類の奴隷的部分を解放し、自由なる人びとによる「公的領域」(38)を創設する。

さて、「人類の奴隷的部分」ではなく、個人が置かれている奴隷的状況から、たったひとりの革命を行なうことだってあり得るのではないか? 太宰治の『斜陽』は、高校時代から私の愛読書であるが、主人公のかず子が、友人が貸してくれたレーニンの選集を、「表紙の色が、いやだったの」(180)と言って返却する場面がある。レーニンの思想を忌避していた女学生時代のかず子の言い訳は私自身の言葉のように聞こえ、私はますますかず子に自分を重ねていった。だが、それから十二年後、離婚して伊豆の家で病身の母とともに暮らすかず子は、弟の部屋から持ち出してきたローザ・ルクセンブルグの『経済学入門』を読んでいる。「革命を起こさなければならぬのだ。ローザはマルキシズムに、悲しくひたむきの恋をしている」(179)とは言うものの、かず子が口にする「革命」という言葉には暴力の翳りはなく、「革命」とは自由なる恋への道を拓く思想である。かず子は「人間は恋と革命のために生まれてきたのだ」(181)と確信したいと思い、恋い慕う男性の子どもを身ごもる。

革命は、いったい、どこで行なわれているのでしょう。すくなくとも、私の身のまわりにおいては、古い道徳はやっぱりそのまま、みじんも変わらず、私たちの行く手をさえぎっています。……こいしい人の子を生み、育てることが、私の道徳革命の完成なのでございます。(236)

古い道徳に閉じ込められた女性が、自分自身の開眼によって、世間でなんと噂されようと、自分の心の生きる糧を見つける物語は、女性が勇ましくも新しい価値観を実現しようとする明るさに満ちている。

フォークナーの『アブサロム、アブサロム！』のジュディスもまた、南北戦争で敗北を喫したミシシッピで、婚約者ボンの遺児、チャールズ・エティエンヌ・セント・ヴァレリー・ボンが「木炭のように黒い妻」(166, 下巻78) を連れてサトペン農園に戻り、結婚許可証を見せたとき、「どんな道徳的立ち直りをはかりたいと思い、鉄のような古い伝統の、どんな障害《ハードル》を乗り越えようとしていたのか、知る由もない」と、語り手のクエンティンは考える。農園の奴隷小屋に落ち着こうとするエティエンヌ・ボンに北部の都市へ行くように勧めるとき、ジュディスは、「私は間違っていました。……わたしは昔大切だったというだけで今でも大切なものがあると信じていました。でもそれは間違いでした。知るために、生きているために呼吸することのほかに大切なものなんてありません」(168, 下巻80) とまで言ってのける、とクエンティンは想像するのである。この瞬間、クエンティンは、ジュディスの決断に、南部の鉄の伝統を乗り越えていく道徳革命を読み取っている。

一九八六年から八七年にかけて、雑誌『へるめす』に連載された大江健三郎の「革命女性《レヴォリューショナリー・ウーマン》(戯曲・シナリオ草稿)」は、発表当初から興味をそそられる作品だった。主人公の「娘」は、「六〇年代後半・

七〇年代はじめの、革命的な学生運動の指導者たちのひとり」(308)であり、「冬の山中で十二名の同志を殺した」(342)罪で死刑を宣告されて収監中の身だった。ところが、「ヨーロッパでハイ・ジャックを行なった「同志たち」が、永く獄中にあった彼女の身柄について、無条件・即座の釈放要求を政府に働きかけ、いま彼女はいわゆる超法規的な処置によって、要求の方向づけのままアンカレッジ経由ヨーロッパ行の旅客機に乗り込んでいる」(308)という設定である。舞台は、航空機の給油・整備中のアンカレッジ空港のトランジット客待合室。この娘の周りに、故意に、あるいは偶然に居合わせた客や報道関係者、公安職員などとの会話によって劇は進められる。

娘はある覚悟を決めており、言い残しておきたい言葉がある。娘は「世界を変革したい、本気で世界を変革するためには銃で戦うほかにはない」(309–10)と思い、このグループに参加したことは認めるが、「マルクス・レーニン主義の綱領のことはあまり熱心に学ぼうとしなかった」(310)、だが宮沢賢治の『農民藝術概論綱要』を心のうちにかかげていた、と述べる。

娘は賢治の言葉、「《おれたちはみな農民である/……世界がぜんたい幸福にならないうちは個人の幸福はあり得ない》」(同頁)を信じ、銀河鉄道に乗る夢を見ていたのである。娘は、突如現れる「アナキスト」だと自認するグループとバリケードを築き、人質を取って闘おうとするが、彼女には結末が見えている。ヨーロッパで娘を呼び寄せた「同志たち」がハイ・ジャックした飛行機に、特殊部隊が攻め込んで皆殺しにされた、という知らせを聞き、娘は、ガソリンを満タンにした自動車を包囲する警官隊に要求し、自動車の到着を確認するや、公安職員を除くすべての人質を解放する。そして公安職員を道連れにして、自動車を空港の二機のジャンボ・ジェット機に突撃させて、自爆する。だが、娘は、居合わせたリポーターとカメラマンと組むようにして、「自発的に話したい」（347）ことをヴィデオ・テープに収めていた。

娘は世界中が認める、いわゆる凶悪犯である。にもかかわらず、空港で居合わせた人たちは、だれも娘にたいして警戒心を抱かず、最後に殉職する運命にある公安職員さえもが、宮沢賢治の「石」と「池の蛙」（370）の詩を持ちだす始末。最後には、もっとも理解のある話の聞き手の「老婦人」には、「この際、花ばなしく死なせてあげたい」（362）とさえ言わせる。つまり、娘のまわりに居合わせる人たちは、「おれたちはみな農民である」という賢治の言葉を媒体として、奇妙な連帯を組むのである。こうして娘の危険な行為は厚く支持される。シナリオの最後において、娘がメッセージを録画したテープが大使館職員に没収されそうになったとき、老婦人は、次のように主張する――「有ったことを無かったことにしていいのならばね、そもそも私らが生きてきたことは無意味でしょうが？……娘さんはよってたかって殺されてしまいましたが、ヴィデオに映っているかぎりのことは、あれは本当に有ったことでした。国家もね、それを無かったことにはできないでしょうよ」（414）。かくして戯曲「革命女性《レヴォリューショナリー・ウーマン》」は、娘の画像が静止した状態でテレヴィ受像機に映ったまま、この老婦人の言葉によって幕となる。国家権力に抵抗する革命を信じるがゆえに同志の虐殺に及んだ重罪犯人を、「革命女性《レヴォリューショナリー・ウーマン》」として積極的に位置づける大江の戯曲・シナリオ草稿は、「革命」という言葉の含蓄がしなやかにその様相を変えていく。老婦人は、娘との会話において、「鴎外が《夢のような物語を夢のように思い浮かべて》山椒大夫の話を書いたといっているそうです、……あなたはずっと夢を見ていた娘だった」（354）と慰める。また、アナキストと自称したグループのひとりは、『白鯨《モービィ・ディック》』の熱情的なファンですからね。イシュメイル式の、つまりヨブ記式の、破滅の瀬戸際で逃れて来た者として、なにが起こったかを話す、という形式が好きなわけです」（374）と、その文学好きのゆとりをみせ、「最後に投降して生き延びようとしている」と語る。「革命女性《レヴォリューショナリー・ウーマン》」の娘は夢を見ていたし、今も夢を見ている。バリケードに立てこもりつつ、メルヴィルのイシュメールのように起こったことを言葉にして語り伝えたい、と願う若者たちは、すでに舞台で演技している役者になりきっている。つまり、夢のような虚構の世界に旅立っているのだ。

加藤典洋は、『敗戦後論』において、「文学というのは、ある限定の中におかれながら、そこから無限を見るあり方だと思っている。……人がどのような誤りの中におかれようと、そこからそこにいることを足場に、ある真にたどりつくことができないのなら、いったい、考えることに、どんな意味があるだろう」(111–12) と問いかける。私も、長いあいだ、文学によって無限を見たいと願いつつ、この日まで辿りついたような気がしている。

本書は、私の四十五年にわたる大学での教師人生の締めくくりを記念するべく、かつて東京学芸大学での数年間、同僚としてご一緒して下さった髙尾直知さんと舌津智之さんが発案・企画されたものである。お二人とともに過ごした学芸大時代は毎日が至福の恵みのようにわくわくする時間だった。本書の実現に向けてのお二人のご尽力には感謝してもしきれない。

また本書に玉稿を寄せてくださった皆さまは、それぞれの専門分野において格別に傑出した研究者諸氏である。多忙のさなかに、本書のために原稿を書いてくださったことに厚くお礼申しあげる。本書は、私が長年にわたって関心を寄せてきた文学作品における暴力表象と人間性の関わり、歴史と文学、文学的想像力の可能性を主題として、執筆者各氏に自由闊達な論考をお願いした。集まった論文は、アメリカ文学にとどまらず、日本文学、アフリカ文学、ロシア文学など多岐にわたり、私にはもったいないばかりの多彩な力作ぞろいで、今は気恥ずかしい思いでいっぱいである。同時に、このような類い稀な才人諸氏に励まされてようやく私のこの四十五年があった、と深い感慨に耽る次第である。

ひとつだけ心残りがある。この論集の企画の段階で、筆頭論文に、と考えていた竹村和子さんが病魔に勝てず、私より一足先に天国に旅立ってしまった。和子さんは、『斜陽』のかず子に負けず劣らず、いかにも明るく、勇敢に、フェミニズムという革命に挑み、多大な成果を私たちに遺して逝った。彼女の目指す大胆な革命にはなかなかついていけなかった私だが、知りあって三十年にわたった親しい私的交友の時間と深い友情の絆は永遠に続くと確信している。

引用文献

Arendt, Hannah. *On Revolution*. 1963. New York: Penguin, 2006. Print.

Faulkner, William. *Absalom, Absalom!* 1936. New York: Vintage, 1990. Print. 藤平育子訳『アブサロム、アブサロム!』下巻、岩波文庫、二〇一二年。

大江健三郎「革命女性《レヴォリューショナリー・ウーマン》(戯曲・シナリオ草稿)」『「最後の小説」』一九八八年、講談社文芸文庫、一九九四年、二九七—四一四頁。

加藤典洋『敗戦後論』講談社、一九九七年。

太宰治『斜陽』『太宰治全集　第九巻』ちくま文芸文庫、一九八九年、六九—二三八頁。

森鷗外「山椒大夫」『山椒大夫・高瀬舟』新潮文庫、二〇〇六年、一六一—二〇四頁。

カヴァー装丁に用いられた作品への旅

藤平育子

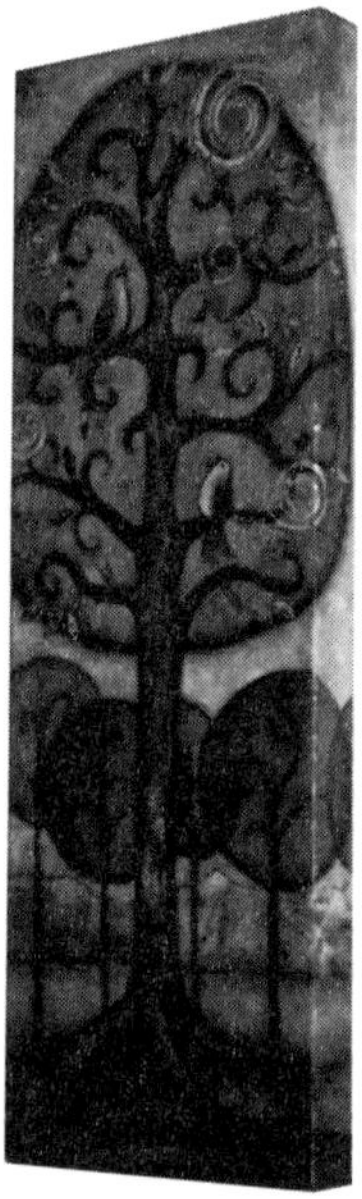

Valerie Sjodin, *Bird Song*

二〇一二年九月、私は、妹のように頼りにしてきた親友との死別から立ち直れないまま、オレゴン州ポートランドへ旅に出た。初めてのポートランドは、風景も町も人びとも優しく温かく私を迎えてくれた。ある日、私は古い教会に入り、祈りを捧げようと思った。その教会のギャラリーでこの幻想的な作品に出会った。ポートランド近郊に住む女性アーティスト、ヴァレリー・スジョディンのコラージュ・アートである。木々が茂り、コロンビア河が流れる向こう側は、もうワシントン州の山々。木々には小鳥たちが集い、無限なる天空を見つめて歌っている。木立には光が満ち溢れている。この作品を本書の主題に引き寄せて、「小鳥たちのさえずりは、雲のかなた、霊気《エーテル》的世界への誘い」とでも訳したいほど。

私は啓示を得たかのようにして、この光のなかに、探していた友人を見つけた。あなたは光に満たされて微笑んでいた。一瞬にして、私はこの作品を購入することに決め、東京に持ち帰った。毎日、書斎でこのアート・ワークのなかの亡き友と対話している。本書のカヴァー装丁および各部扉頁のカットに、この作品を用いることを快諾してくれたヴァレリーの寛大さに感謝を捧げたい。

抵抗することば

暴力と文学的想像力

目次

抵抗することば

暴力と文学的想像力

I

アメリカ近代の歴史と暴力

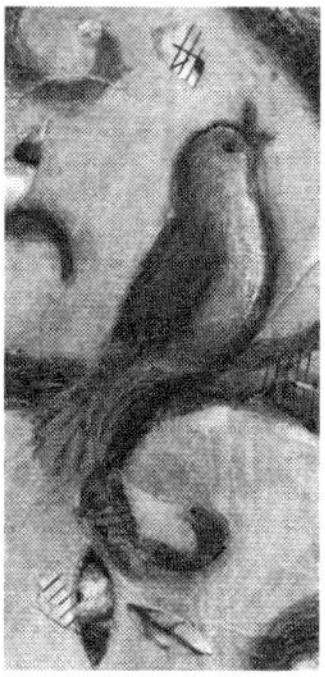

第1章

ホーソーン文学に見る怨念

「宿命」と見えざる暴力

丹羽隆昭

1　奇妙な宿命観

ホーソーンの代表作『緋文字』（一八五〇）を読んでいて気になる箇所のひとつは、冒頭の場面から七年後、その間牧師ディムズデイルへの復讐として営々と見えざる暴力の行使に励んできた「夫」チリングワースと海辺で対面する「妻」ヘスターが、もうあなたは十分目的を果たしたのですから、これ以上あの人を痛めつけるのはやめて下さい、もう許してあげて下さい、と懇願すると、チリングワースが次のように応じる場面である。

許す権限は私には与えられていない。長らく忘れていた昔の信仰が今また戻ってきて、我々の行為のすべて、我々の苦しみのすべてを解き明かしてくれる。お前が最初に道を踏み外した一歩によって、お前は悪の種をまいた。あの時以来、すべては暗い必然だったのだ。……これは我々の宿命なのだ。(CE 1: 174)[1]

ヘスターの必死の願いを彼がかたくなに拒むことが問題なのではない。奇妙なのは彼の拒絶の理由づけである。なぜチリングワースは「必然」だの「宿命」だのという概念にこだわるのか。「昔の信仰」とはどういうものなのか。

これより七年前、牢獄内の「対面」の場で、チリングワースはヘスターに対し、旧世界における彼女との結婚を「愚行」だったとし、それが新世界でのこうした事態を招いたと述べていた（CE 1: 74）。だとすればすべての「暗い必然」の原点は、新世界でのヘスターの姦通ではなく、渡航前の彼が「誰もが得ている素朴なしあわせ」（CE 1: 74）を求めて強引に踏み切った若いヘスターとの「愛すること能わざる結婚」[2]だったことになり、七年の歳月の前後でチリングワースの言い分には食い違いも見られるのだが、それよりも問題は、現在の事態は過去の行為が招いた「必然」だ、「宿命」だという考え方である。

何しろこの医者は、それまでの物語展開で「宿命」という語がおよそ似つかわしくない人間として描かれている。きわめつけは、知事邸において、居並ぶ植民地指導者たち、それにヘスターとパールを前に、この子の本性を分析し、その組成を調べ上げれば、父親が誰かを言い当てることも学者たる私にはまんざら不可能ではない（CE 1: 116）と豪語し、自分が体得した科学への絶大な自信を公然と表明したことである。にもかかわらず、この「知」の怪物は、人間の意志や決断で何とでもなる事柄――現にヘスターが「許すも許さぬもあなた次第」（CE 1: 174）と言う事柄――を、「宿命」ゆえ何ともし難いと苦々しく吐き捨てる。自分の能力をごう慢なほど過大視する一方、何らかの支配的影響力の前に、これは「宿命」だ、自分は無力だとしてそれ以上の努力を放棄する姿勢。この落差あるいは矛盾が、彼に「ロマンス」の登場人物としては例外的にリアルな人間臭さを付与するのも事実とはいえ、やはりどうも引っかかるのである。

自分の運命が、神などの超越的存在によって予め定められ、自分の意志で変更することは不可能とする考え方をふつう「運命論」もしくは「宿命論」と呼ぶ。チリングワースの考え方は、「愛すること能わざる結婚」を罪とする点では、十七世紀ボストンの統治原理、カルヴィニズムの考え方と合致する。しかし、結婚や姦通など、人生の特定時の行為によってその後の運命が修正不能となり、変更努力は無駄だとする彼の「宿命」論は決してそうではあるまい。カルヴィニズムの「予定説」は来世における「救済」の可否が予め神によって定められ、原罪で汚れた人間には不可知だと説くが、現世における人間の自己改善努力を否定はしない。チリングワースの「昔の信仰」はカルヴィニズムとは無縁である。

そもそもチリングワースに牧師を許す「権限を与え」る主体とは何か。どう見てもそれ——彼を支配し、復讐に駆り立て、「悪魔」へ変身させ、破滅に導くもの——は、けっきょく彼自身、より具体的には、彼に取りついた「怨念」の類に他なるまい。彼を「悪魔」にした「昔の信仰」の正体はその「怨念」と思われる。彼は、自分の妻を寝取った男への憎しみと嫉妬、正体を明かさぬその姦通相手への怒りと科学への過信から、興味深いことに、自らもその相手同様、偽名の仮面の背後に正体を隠し、自分に加えられた姦通という不条理、許し難い見えざる「暴力」に対して、自分もまた見えざる「暴力」をもって応じようとする。チリングワースは、本来「暴力」とは無縁の物静かな書斎人、「本の虫」(CE 1: 74) であるのだが、時折見せる鋭い眼光が暗示するように、なぜかその心に元来攻撃的なものが潜んでいた。彼に宿るその攻撃性は、何らかの強い挫折感、おそらくは、一度ならず彼が口にする、自分を「生来の障害者 ([m]isshapen from my birth-hour)」(CE 1: 74)[3] にした、語られざる事情への「怨念」ゆえと推定するのが自然と考えられるが、彼の内面でくすぶっていた攻撃性が牧師という標的を得て一気に活性化する。それが彼に「宿命」の名を借りさせ、死なばもろともとばかり、見えざる「暴力」による恐るべき復讐を遂行させてゆくのである。

2 自画像的人物たちの共通項

こう考えると、ある事実に思い至る。ホーソーンの小説世界、とりわけ『緋文字』以前の作品世界において、チリングワースのような、ある種の「怨念」から自縄自縛状況に陥り、自虐や自己憐憫を伴った自己破壊に走る人間——これをかりにチリングワースにならって「宿命」論者と呼ぶことにする——と出会うことが多い。そうした「宿命」論者たちは、しばしばその行動が原点回帰パタンを描くことで象徴されるように、いわば「初めに終わりを思う」人間たちでもある。つまり、それまでの人生で大きな不条理に遭遇した結果、何か行動を取るに当たり、初めに好ましからざる終わりを予測し、それを意識し過ぎて一種の自己催眠状況に陥り、けっきょく予測通りの結果を招来して、自分の懐疑心をその都度反芻・濃縮するという悪循環に陥る人間たちである。言ってみれば、崖下を眺め、落ちはしないかと怯えているうち、本当に落ちてしまうような事態なのだが、注目すべきは、そうした精神特性を示すのが、どこかホーソーンその人を思わせる、いわゆる自画像的人物たち、つまり、十九世紀前半のアメリカ社会で作家活動を行ってゆくうえでホーソーンを悩ませた創作上の問題を含む伝記的諸事実との類似が認められ、それらが直接、間接に投影されている人物たち、ということなのである。

たとえば、処女作『ファンショウ』(一八二八)の標題主人公は、出自不明の秀才大学生で、ある時学長宅に預けられている商人の娘エレンが誘拐されると、騎士さながらの活躍により彼女を誘拐犯から奪還し、恩義を感じた彼女の父親および彼女自身からも結婚の申し出を受ける。そんな人生の好機を、胸を病むファンショウは、自分の命は短く、また本来自分がエレンとの結婚を許される人間ではないという想念のとりこになっていて、「結婚の申し出を拒むことこそ彼女の寛大さに応える唯一の道」(CE 3: 458) という奇妙な理屈をつけ、エレンを壮健だが凡庸な学友ウォルコットに譲って、自分はひとり学問の世界に閉じこもり、自殺同然の死へと急ぐ。このホーソーン最初の自画像的人物は、自己憐憫を漂わせつつ、居場所なき自分の人生からの早期退場を図る。

また最も初期の短編のひとつ、「ロジャー・マルヴィンの埋葬」(一八三二) の主人公ルーベンも、出自不明の「父なし子」で、物語は高潔とはいえ少々押しつけがましい養父 (代父) マルヴィンと彼との潜在的葛藤がその基軸をなす。ルーベンはかつてマルヴィンとともに先住民掃討作戦に参加し、相手の待ち伏せに遭って深傷を負い、敗走途中でやむなく瀕死の養父を荒野へ置き去りにして来たのだが、その後養父の娘と結婚し、息子が立派に育った今もなお、かつて置き去りにした養父が荒野から手招きで埋葬を催促している妄想に悩まされ、ついには妻子ともども荒野に入るや、置き去り地点へと夢遊病者さながらに引き寄せられてゆく。そしてあろうことか、そこで「自分の命より大切な」(CE 10: 360) 息子を「射殺」し、放置されたまだった養父の遺骸に捧げることで「ロジャー・マルヴィンの埋葬」を果たす。ルーベンの結婚生活は、心に宿る強迫観念に翻弄された暗澹たるもので、妻も息子も巻き込んでの一家崩壊という予め自分が密かに定めたゴールへと突き進む凄惨な自己破壊的悲劇の様相を呈する。作中で実際に殺人が行われる暴力的で不気味な物語[4]となっている。

また同時期の短編に「原稿の中の悪魔」(一八三五) があり、主人公はオベロンという売れない「作家」だが、ある晩語り手が彼を訪ねると、失意のオベロンは自分の原稿には悪魔が宿っていて編集者たちがみな出版に応じてくれないとこぼし、酔った勢いも手伝って、大切な原稿を次々と火中に投じてしまう。すべてが灰と化した頃、戸外で「火事だ、火事だ」という叫び声がする。語り手が驚いて見ると、オベロンが燃やした「原稿の中の悪魔」が煙突から火炎となって放たれ、火の粉が町中に降り注いで家々を燃え上がらせたと分かる。オベロンは狂喜し、万歳！　万歳！　と叫ぶ。聞き役の語り手を設けたり、オベロンを狂気に陥れたりしてホーソン自身とは一線を画する形を取るものの、社会に悪魔的復讐を果たすオベロンには、本格デビュー前[5]のホーソンが編集者や読者社会に対して抱いていた強い「怨念」、および彼らを前に傷ついた彼のプライド、自虐、自己破壊衝動などが色濃く投影されていると解し得る。

円熟期の短編のひとつ「美の芸術家」（一八四四）では、オーウェンという時計職人が、自分の理想とする「美」を具現化した機械仕掛けの「蝶」の創造に専心する。その間、絶えずたくましい鍛冶屋のダンフォースの存在に圧倒されつつ、親方ピーターの娘アニーの愛を勝ち得ようと腐心するのだが、案の上アニーはオーウェンに振り向くことなく、鍛冶屋との結婚を選択する。夢破れた芸術家が鍛冶屋夫妻の新居に「結婚祝い」として自分が創った美しい機械仕掛けの「蝶」を持参すると、彼らの赤ん坊が目の前でそれを叩きつぶしてしまう。しかしオーウェンは、象徴としての「蝶」は壊れても、いったん創造した実体たる「美」は永遠だという論理で自らを慰める。ダンフォースとの競争を負け戦と位置づけざるを得ず、実用主義万能の世俗社会では、自分の居場所を見出せず、恋する女性の心も勝ち取れぬ孤独で反社会的[6]な「美の芸術家」オーウェンに、作家の自画像を見て取るのは容易であろう。

子供向けを除くと短編としては最後の作「イーサン・ブランド」（一八五〇）では、「こういうものは見つからねばよいが」という矛盾した思いを込めて「許されざる罪」探求の旅に出かけた表題の石灰焼きが、諸国を行脚し、人の心を覗き回って究極の大罪を探す過程で、ある女性の「魂を浪費し、吸収し、破壊」してしまう罪深い「心理実験」(CE 11: 94) すら行うに至る。しかしなお、求める大罪は見つからず、最終的にはそれを自分の心の中に発見して、旅の出発点グレイロック山麓に戻ると、自虐の笑いとともに燃えさかる石灰窯へ身を投じる。彼の探求は、いわば初めに終わりがあったのだ。山麓に集まる大衆の言動が象徴するように、この世は卑俗な彼らのものでブランドのものではなく、彼の高邁なファウスト的探求は、求められざる所業と化す。人の心を覗き、操るブランドの行為は本質的に作家の営為と一致するがゆえに、この世に居場所なきブランドも、やはり作家の自画像の一枚であり、[7] 発表年を同じくする『緋文字』のチリングワースとも多くを共有する。

そのチリングワースについては後述するが、関連上「税関」の語り手「私」についてひと言触れておきたい。これをホーソーン本人と見なしても間違いとまでは言えないが、語りのレトリックやフィクションも相当含まれるので、やはり自画像的人物の一例と捉えるほうが適切であろう。この「私」が言及する六つの話題のうち、最も異彩を放つのが長老税関吏批判のくだりで、「最古の住人ミラー将軍」(CE 1: 12) と「税関の父」(CE 1: 16) に対して「私」が浴びせる鋭い舌鋒は、さながらペンによる「暴力」という様相を呈する。この発言がごうごうたる非難を招来し、作家が一時州西部レノックスに「疎開」せざるを得なくなったのも無理はないと思えるほどである。この「長老」批判の激しさには、作家への「首切り」[8] 工作そのものへの怒りに加えて、以前からこの作家の心に堆積していた家父長的人物一般への複雑な感情が重なり、それが一種の「暴力」的発露に繋がった例のように思える。

『緋文字』以後の作品にも自画像的人物は登場する。ただ彼らには、若干不自然な毒抜き工作が施され、

「怨念」も復讐心も前ほど目立たなくなる。これは長編『緋文字』の完成と成功によってそれまでの抑圧がある程度解消したことや、世間からの一定の認知を得て、作家の敵対意識がその分迎合姿勢へと変質したためと推定される。

『七破風の家』（一八五一）の自画像的存在、ピンチョン家のクリフォードとモール家のホルグレイヴは、過去において一方がピンチョン判事から、もう一方はその遠い先祖のモール老人が初代ピンチョン大佐から、それぞれ不条理きわまる「暴力」を被り、前者は三十年間の牢獄生活で廃人同様となり、後者は居場所なき社会の片隅でジプシー写真家として世間をこっそり写し取っているが、彼らに「怨念」や復讐心はほとんど認められず、物語は作家が用意する「何となく安易にすぎる結末」（Matthiessen 332）へと唐突に落ち着いてしまう。「急死」する判事[9]の遺産を譲り受けて両家の末裔たちはみな「幸福」になり、さらには判事の残した邸宅に移り住む彼らは擬似家族として共同生活を送ることとなる。

『ブライズデイル・ロマンス』（一八五二）では、語り手兼登場人物のカヴァデイルが、生き甲斐と結婚相手を求め、人生最後の賭けとして表題の実験共同体に参加する。しかしそこでも「二流詩人」の性《さが》が災いし、覗き見根性と社会参加願望という相容れぬふたつの欲望に引き裂かれて行動不能に陥り、共同体崩壊を予見しつつ何ら自らは対応できず、結婚候補の本命と心に決めていたお針子にはそっぽを向かれ、そのうえ、その彼女を自分が危険視していた改革家に奪われて、すべては元の木阿弥となる。根深い懐疑心に囚われたカヴァデイルは、環境を変えてもその呪縛から脱し得ず、懐疑心を反芻しつつ、再び無用人間として自嘲の念とともに余生を送り続ける。「家庭」と「団らん」を求め、強引な結婚に踏み切ったチリングワースから、才能も行動力も大幅に削り取ったような存在で、滑稽な自虐でデフォルメされた作家の自画像の一例と見なし得る。

『大理石の牧神』(一八六〇) では、イタリア在住のアメリカ人芸術家としてのアイデンティティを保とうとする彫刻家ケニヨンが作家の自画像的存在だが、その楽天的姿勢と「烈しく揺れ動く」精神 (CE 4: 460) からは、深刻さ以上に軽さが目立つ。対照的に、その父親や婚約者に「怨念」や復讐心を抱き、その発露から罪を繰り返しつつ、今また闇の中に消えてゆく謎の女性画家ミリアムの中に、むしろ『緋文字』以前のホーソーンが見せていた本来の「宿命」観が不気味な復活を遂げているように思われる。

3　チリングワースと「見えざる暴力」

ホーソーンの自画像的人物がみな一様であるわけではなく、またすでに触れたように、『緋文字』の前と後とでは、「怨念」と復讐という点で、彼らの迫力に明確な差が生じてもいる。ただ、ある種の被害者意識、抑圧、「怨念」、無力感、居場所のなさ、潜在的攻撃性、自縄自縛状況、自虐、自己憐憫などという要素は、濃淡や偏りはあるものの、依然共有されたままである。

ホーソーン芸術の集大成が『緋文字』であるのは、フォン・アベレによる古典的名言、「ホーソーンに関するいかなる理論も『緋文字』という戦場でかわされねばならぬ」(Von Abele 45) に代表されよう。それは二十一世紀の現在も同様である。その集大成における作家の自画像的存在で、今挙げた共通要素をほぼすべて具備するチリングワースは、悪役ながら、いや悪役なるがゆえに、一群の自画像の中でもひときわ精彩を放ち、ホーソーンという作家の内面の秘密を雄弁に語る存在だと言える。

自画像と言えば、この医者には作家の署名が施されてもいる。牧師と同居する家の壁に医者は聖書のダビデ、バテシェバ、ナタンの三者が描かれた「ゴブラン織りのタペストリ」(CE 1: 126) を懸けたが、むろんこれは姦通を犯したダビデを神が予言者ナタンを遣わして罰する図であって、ダビデと重なるディムズデイルにナタンのチリングワースが心理的圧力をかけようとする細工に他ならない。ここで見逃せないのは、ナタンがホーソーンと、その名において重なることである。作家は書簡などに常時「ナス (Nath.)」と署名していて、自分は「ナタン」なり (ヘブライ語で「賜物」、ナサニエルとは「神《エル》の賜物」の意) という自負を持っていたものと思われる。つまり、このタペストリは、チリングワースこそ私の分身だという、作家自らによる署名機能も果たしているのである。

さて、このチリングワースの「怨念」とその「暴力的発露」だが、「怨念」の方は少なくともその一部は具体的に示される。しかし「暴力的発露」の方は具体的詳細がほとんど示されず、あくまで暗示の領域に留まっている。この医者の「暴力」は、ディムズデイルにとっても、読者にとっても、まさに見えざる「暴力」なのである。しかし、むろん、テキストに散りばめられた状況証拠や暗示からすれば、彼が牧師に対して文字通り「悪魔的」な「暴力」を行使し続けたことは明らかである。またそうでなければ、そもそもヘスターが必死の思いでその中止を彼に懇願することもない。暗示に留めたのは、その実態の描写が当時のヴィクトリア朝的出版倫理を逸脱すると判断されたためでもあろうが、もとよりホーソーン自身はチリングワースの「暴力」の具体的実態をリアルに頭で描き、また自分の分身たる医者の「宿命」に彼なりのある種の共感を寄せつつ、筆を進めたに相違ない。だがしかし、七年もの間一つ屋根の下で「医者と患者」として同居を続けた二人の間で、いかなるおぞましい復讐プロセスが進行したのか。それはすべて読者の想像に委ねられている。

チリングワースの「暴力」を暗示する状況証拠の主なものとしては、冒頭章での「醜草（しこくさ）」に始まる毒性を秘めた数々の植物名の列挙、十七世紀英国で起こった「トマス・オヴァベリー卿殺人事件」（一六一三）[10]への言及、そして催眠術を強く臭わせる心理実験の示唆などがある。

チリングワースは自ら「錬金術」を学んだと語り（CE 1: 71）、「長くアムステルダムに住んでいた」というボストン市民の言葉（CE 1: 62）は、彼の異種療法（化学薬物および外科療法）[11]への関わりを示唆し、また新大陸漂着後には、これも自ら語るように、先住民から同種療法（薬草療法）の知識を獲得している。牢獄での「対面」の場で、興奮収まらぬヘスターに鎮静剤らしきものを処方し、それが直ちに効力を現すことから、彼の医療技術は一応保証付きである。しかし対照的に、健康回復を願う市民の好意からこの「医者」と同居することになった「患者」の牧師は、「医者」のつききりの診療にも関わらず、その体調を着実に悪化させてゆく。この物語展開からは、状況証拠とも相まって、チリングワースがディムズデイルに対し、何らかの遅効性毒物の継続投与を行った疑いが浮上する。[12]牧師がよく胸に手を当てるのも、あながち罪意識ゆえばかりでなく、同居人が処方する毒の影響で胸が苦しかったからとも考えられよう。

さらに、ディムズデイル毒殺計画の暗示は、第九章「医者」での「トマス・オヴァベリー卿殺人事件」への言及によって補強される。『緋文字』と同時代に英国で起きたこの事件は、ロチェスター子爵カーが亭主持ちのエセックス伯爵夫人フランシスと密通のうえ結婚を計画していることを知り、それに強く反対した廷臣オヴァベリーが、自分たちの密通発覚を恐れる伯爵夫人による国王へのざん言によってロンドン塔に幽閉され、さらには夫人の毒殺工作――手の者たちを用い、幽閉中のオヴァベリーに半年間遅効性毒物を盛り続けた――により殺害されたというものである。この毒殺には「魔術師」フォアマンや高名な医師ターナーの妻アンが関わっていたとされるが、ホーソーンはそこにチリングワースも一枚加える。作家が地元図書館セイラム・アセーニアムから借り出した書物リストのうちに、この醜聞事件を記述した基本文献「トマス・オヴァベリー卿の洞察」など数点が含まれる『ハーレイアン・ミセラニイ』（一七九三）があり、これを作家が『緋文字』執筆時に二度にわたって借り出している（Kesserling 52）ことから、事件へのホーソーンの強い関心と、物語への影響が伺い知れる。

加えて、チリングワースが体得していたと思しき技に、催眠術あるいは催眠操作法もある。『七破風の家』や『ブライズデイル・ロマンス』と異なって『緋文字』の場合明示はされないが、その強い暗示は、正体なく眠り込んだディムズデイルの着衣をチリングワースが剥いで、その胸に「秘密」を発見し、悪魔のごとく狂喜する不気味な場面にも見られる。なぜ牧師はその時、「真昼時」にも関わらず、また日頃医者には警戒を怠らなかったにも関わらず、原因不明の「深い、深い眠り」に陥ってしまったのか。異常な眠りは、直前まで彼が読んでいた「催眠派文学の力作」で「ゴシック活字（black-letter）の大きな本」のせいらしい。むろん「催眠派文学」とは、眠気を催す退屈な本という冗談半分の意味にも解せようし、実際、『七破風の家』では、ホルグレイヴが自作物語を同居人フィービに読んで聞かせ、眠られてしまう場面でも用いられる比喩であって、作家ホーソーンの自嘲的表現と受け取れぬでもない。しかし同時にそれは、ホルグレイヴがフィービに催眠術をかけ、自分の先祖トマスがアリスに行ったように彼女を自分の意のままにしようとして、思い止まる怖い場面でもあり、『緋文字』のこの場面での「催眠派文学」も決して冗談とばかりは言えまい。牧師の胸を医者が剥ぐこのレイプさながらの場面は、医者が「もっと深く（牧師の心の中を）調べねばならない。……底の底まで調べねばならない」（CE 1: 138）という、催眠術を示唆する台詞に続くくだりである。そうなると「ゴシック活字の大きな本」は、ただ活字が太い大きな本というだけでなく「魔法が仕掛けられた本」という意味にも読め、その「ゴシック活字」に牧師を「深い、深い眠り」に陥れる何らかの催眠工作が施してあった可能性も示唆されているのではないか。事実「あざ」には、エイルマーが所有する「魔法使いの本」(CE 10: 49)を読んでいるうち、ジョージアナが「ある種の兆候」(CE 10: 50)を感じ始めるという、その種の効果を暗示する場面がある。またもとより、先述のブランドとチリングワースの親近性を考えれば、『緋文字』の医者も、かの石灰焼き同様、何らかの恐るべき「心理実験」を牧師に対して試行した可能性は十分ある。

とまれ、この不気味な場面は、チリングワースが牧師こそヘスターの姦通相手だという証拠を握る場面であって、彼が「復讐」としての「見えざる暴力」を縦横に振い始める出発点にすぎない。これ以後どれほど狡猾な手段で牧師の魂を破壊しようとしたのか、それが一切「見えない」だけに、読者は戦慄を覚えざるを得ない。

このようにチリングワースは、ディムズデイルが罪を告白して息絶えるまで、あたかも自分の満たされぬ人生の目標が復讐であったかのように、持てる知識を総動員し、牧師に対して「見えざる暴力」を行使し続けた末、牧師の死による目標喪失とともに、自らもまたこの世から人知れず退場する。ここで特に強調しておきたいのは、その復讐は彼にとって「宿命」であったが、その復讐は自分が持って生まれた「宿命」への復讐でもあったという点である。つまり、いかに才能豊かな科学者とはいえ、彼を人間社会の周縁にしか位置し得ぬ存在[13]にした根源的事由——自分を「生来の障害者」にしたもの——こそが、本論冒頭でも触れたように、彼にとっての「宿命」の正体であろうが、その「宿命」への自虐的報復として、医者は第三者への「見えざる暴力」の行使に訴えた。若々しく身体的魅力も備え、「妻」の心を易々と奪った牧師は、医者がそれまでの人生で蓄積してきた「怨念」を思い切りぶつけるための恰好の標的となった観がある。「宿命」に対する暴力的かつ自虐的報復を体現しているという意味において、チリングワースは、作家ホーソーンの心に秘められた、語られざる秘密を語る、誠に興味深い自画像と考えられるのである。

4　医者の「宿命」の意味

チリングワースに収斂するホーソーンの（『緋文字』以前の）自画像的人物の共通項は、実のところ、ある程度まで作家その人の「心の真実」（CE 2: 1）でもある。

周知のように、伝記が教えるホーソーンの生涯は、ポーやメルヴィルなど同時代の他の作家たちのそれと比べ、静かで地味であり、およそ劇的要素とは無縁という印象さえ受ける。これは第二次対英戦争、資本主義の流入・拡大、ジャクソニアン・デモクラシー旋風、奴隷制を巡る激論など、彼にとっての外側世界がそれこそ暴力的なまでの激変に揺れていたのとは奇妙な対照である。しかし、彼の外面生活における「アクション＝事件・出来事」の乏しさは、内面生活での葛藤の大きさで均衡を保っているというさる評論家の指摘（Waggoner 100）も、むろん忘れてはなるまい。

ホーソーンの作家経歴中での「波乱」を敢えて伝記から拾うとすれば、一八三八年にセイラムの有力者の娘をめぐって編集人オサリヴァンと決闘に至りかけた事件（Turner 91–102）と、四九年の政変に伴う地元の政界有力者の策謀によって税関での職を突然剥奪されたことぐらいであろう。しかも前者は未遂に終わり、後者は母親の死と重なって確かに作家を追い詰めたとはいえ、彼はそれを『緋文字』執筆のための千載一遇の好機へと変えてしまった。晩年での「波乱」は、彼の文学世界形成と直接関わりがないので、この際一応問題から外す。

ならばホーソーンが、彼の自画像的登場人物たち同様に「宿命」だと捉え、彼にその後の人生を修正不可能にまで変えたと思わせ、その文学世界全体に大きな影響を与えた「事件・出来事」とはいったい何だったのか。関連資料が極端に乏しく、ホーソーン自身も、その周辺もあまり触れたがらなかったために、伝記作家たちが書こうにも書けなかったが、実際は作家にとって生涯で最も大きな「事件」が、意外な時期に起きていた。

それは彼の父親の死である。悲報は彼が三歳と九ヶ月、まだ物心もつかぬ幼児期のある春の日にセイラムの家に届いた。私掠船《しりやくせん》[14]船長として南米スリナムに赴いていた父ナサニエルが現地で黄熱病のため数ヶ月前に他界したというのである。遺体は現地で埋葬され、遺族が受け取ったのは数点の遺品のみであったという（Turner 9）。

これこそ作家ホーソーンの精神に生涯消えることのないトラウマを残すこととなった、ある意味で残忍かつ暴力的な「事件」だったと見て間違いあるまい。自分が気づいた時には否応なくその圧倒的影響下に置かれてしまっていたという意味で、彼にとってそれはまさに「宿命」のごときであり、成長したのちも彼はその「事件」への直接的言及を一貫して避けており、[15]一層その深刻さが偲ばれる。

父親の死後、近所にある母親の実家マニング家に引き取られ、叔父ロバートの庇護の下でホーソーンは青年期まで育てられることとなった。女系大家族で、家業[16]が繁栄の極みにあり、経済的困窮とは無縁だったとはいえ、ホーソーンにとってはいわば間借り人、居候としての生活であり、肩身の狭さは成長するにつれて一層募ることとなった。加えて、自分に期待をかけてくれる養父への感謝の念とともに、なかなか自立すら果たせぬ自分の無力さが意識され、同時に叔父の商売人ゆえの実利的世界観への反発も蓄積していったのだった。

幼児期における父親の死というこの大「事件」とその余波は、アーリッヒがその主著で詳述するとおりだが、特に父親の不在が彼の対人関係を制限し、自己への自信や自分の世界の確実性への信頼を次第に蝕んでいったという指摘（Erlich 105）は重要である。

父親の不在はホーソーンの文学世界のすみずみに大きな影を落としている。彼の作品に頻繁かつ執拗に現れる「父親探し」と「家庭の不在」というテーマがそれで、実際ホーソーン文学の基本的原風景を形成する。「父親」も「家庭」も欠落したホーソーンの文学世界は、本当の家族とは呼べぬ一種の擬似家族しか登場しない。『緋文字』にしても、ヘスターを接点とする二組の擬似家族の悲劇であり、『七破風の家』もまた、見かけ上は『緋文字』とは対照的に明るいものの、ピンチョン一族による過去の「暴力」の結果が物語にぬぐいがたい影を落としている点や、フィービを接点として、クリフォード、ヘプジバ兄妹のピンチョン家と、ホルグレイヴのモール家という二つの家が初めは「七破風の家」で、最後にはピンチョン判事の邸宅で「擬似家族」を形成するという点で、『緋文字』と相通じるものがある。けっきょく作家自身が、悲劇を描くにせよ、喜劇を描くにせよ、「宿命」から脱し切れないのである。

チリングワースが「生来の障害者」であることの真の意味も、アメリカ独自の純文学創成を志す自分にアイデンティティを保証する、旧家にふさわしい、頼り甲斐ある「父親」が「生来」欠落していた「家庭」なき状況という「宿命」の言い換えと考えられるのではなかろうか。

5 作家ホーソーンの「怨念」

ホーソーンは早い時期から、新興国アメリカを代表する純文学作家になりたいと願い、当時のナショナリズムと連携して高まりを見せていた文化的独立の気運に貢献すべく、異例に長く苦しい準備期間と周到な努力ののちに、その作家経歴をスタートさせている。誕生日が独立記念日（七月四日）だったこと、生家が国の歴史の原点に繋がる町セイラムの「ユニオン通り」に面していて、自分はその六代目嫡男という事実も、彼の気概に拍車をかけたであろう。

ところが、成長するにつれ意識されたのが、家には戸主たる父親がおらず、その存立が母方一族の経済力に全面依存していて、およそ独立とは逆の状況だったこと、またもうひとつには、当時のアメリカ社会が文化的に未成熟で、折からの資本主義の台頭とも相まって、実利的で商業主義的価値の追求に明け暮れ、少々古風で高踏的な彼の文学様式に対して無理解過ぎると思われたこと、これら二点が、アメリカを代表する作家を目指したホーソーンの夢に早い段階で水を差し、彼の心に「怨念」を蓄積させてゆく原因となったであろうことは想像にかたくない。

父親不在に関しては、現実には母方一族が彼の実父の不在を補って余りある援助を提供してくれた。しかし、彼の文学世界に遍く落ちている影からは、この作家が心の片隅で、自分が志高く縦横に活躍するための基本条件が最初から剥奪されてしまっていて、その「宿命」的状況の支配からなかなか脱し切れぬという感覚を強く抱き続けていたことがはっきりと窺われる。

また、当時の読者社会がいかに世俗的だったとはいえ、彼の「ロマンス」を全面拒否し続けたわけでもない。しかしながら成熟した文化の不在は、父親不在というハンディと相互に絡み合い、彼の気概への逆風として作用した。ホーソーンの作家経歴は終始、世俗的で女性化著しい[17]当時の読者社会およびその窓口たる出版人たちとの抗争だったとすら言えよう。それは大学の同級生で「毒抜き」を特徴とするロングフェローを「国民詩人」に祭り上げ、感傷的なウォーナーをベストセラー作家とした読者社会である。今では有名となった作家の「忌々しい物書き女たち」（CE 17: 304）という、文字通り「怨念」のこもった言葉――しかも彼が功成り名遂げて後の言葉――には、彼の積年の憤りが顔を覗かせており、頭の中では「暴力」の発露すら行われていた可能性も窺える。

ホーソーン文学においては、最も重要な出来事（アクション）が物語のスタート時点ですでに起こってしまっていることが多い。また、作家の自画像的人物たちは心なしか意気上がらぬ人間であることも多い。これらは、人生の原点において父親を無残にも剥奪された「宿命」への作家の抑圧された思いの強さ、そしてその後の人生で大きな試練と出会うたびに反芻・濃縮され、時として「暴力」的発露すら示す、その「宿命」に対する「怨念」の強さの反映なのではなかろうか。主人公たちの遍歴には、どこか「トサカの折れた」騎士たちのそれに通じるものがある。作家の「宿命」へのやり場のない怒りと無念の思いが作用しているに違いない。

注

1　オハイオ州立大学出版局による標準版テキストをCEと略し、本文中では巻数と頁数で引証を行う。

2　十七世紀の清教徒社会では、結婚の条件は「男女が互いに愛し得ること」で、人々は愛するゆえでなく、愛を育み得る可能性ゆえに結婚したとされる（Morgan 54）。

3　彼自身二度繰り返す。これより前には「ちょっとした身体の奇形（the slight deformity of the figure）」（CE 1: 60）という記述もある。

4 これについては拙論「「贖罪」という名の「復讐」――「ロジャー・マルヴィンの埋葬」再考」を参照。

5 ホーソーンの本格デビューは一八三七年で、これ以前は匿名出版であった。

6 オーウェンの反社会的性格は、店の時計をみな裏返しにして通行人に見せない姿勢に集約される。

7 この点については拙著『恐怖の自画像――ホーソーンと「許されざる罪」』第二章を参照。

8 ターナーは“Decapitation”と呼んだ（Turner 91–102）。

9 ピンチョン判事は、ホーソーンを税関から追放したセイラムのホイッグ党実力者アパムがモデルで、彼を「急死」させることで作家は得意の文学的復讐を果たしたと言えよう。

10 レイドの著作はこの事件を『緋文字』の原型のひとつと捉える。

11 十七世紀オランダは、世界の異種療法の中心で、鎖国中の日本も長崎出島でそれを「蘭学」として吸収した。異種療法と同種療法およびそれらの意味についてはStoehr 103–34を参照。

12 ディムズデイル毒殺計画説は一九八四年に眼科医カーンが発表したアトロピン毒殺説を皮切りに今日までにいろいろな説が提示されてきている。

13 『ブライズデイル・ロマンス』のカヴァデイルは自分を「古典劇における（俳優ではなく）コーラス」（CE 3: 97）と自虐的に述懐する。

14 海賊行為の許可を政府から得た民間船舶。

15 父親およびその死について作家は事実上一度たりとも言及していない（Mellow 14）。これは最新の伝記でも同じ（Wineapple 21）。

16 母方の祖父は鍛冶屋で駅馬車業を起こし、叔父はその駅馬車業を引き継いでいた。

17 当時のアメリカの読者社会の中心は母親と嫁入り前の娘で、その読書場所は「炉端」であり、魂の動揺は御法度だったとさえ言われる（Brooks 588）。

引用文献

Brooks, Cleanth, et al., eds. *American Literature: The Makers and the Making*. Vol. 1. New York: St. Martin's, 1973. Print.

Erlich, Gloria. *Family Themes and Hawthorne's Fiction: The Tenacious Web*. New Brunswick: Rutgers UP, 1986. Print.

Hawthorne, Nathaniel. *The Centenary Edition of the Works of Nathaniel Hawthorne*. William Charvat, Roy Harvey Pearce, and Claude M. Simpson, general editors. 23 Vols. Columbus: Ohio State UP, 1962–1996. Print.

Kahn, Jemshed A. "Atropine Poisoning in Hawthorne's *The Scarlet Letter*." *New England Journal of Medicine* 311 (1984): 414–16. Print.

Kesserling, Marion. *Hawthorne's Reading 1828–1850: A Transcription and Identification of Titles Recorded in the Charge-Books of the Salem Athenaeum*. New York: New York Public Library, 1949. Print.

Matthiessen, F. O. *American Renaissance: Art and Expression in the Age of Emerson and Whitman*. New York: Oxford UP, 1941. Print.

Mellow, James R. *Nathaniel Hawthorne in His Times*. Boston: Houghton, 1980. Print.

Morgan, Edmund. *The Puritan Family: Religion and Domestic Relations in Seventeenth-Century New England*. New York: Harper, 1966. Print.

Reid, Alfred. *The Yellow Ruff and* The Scarlet Letter: *A Source of Hawthorne's Novel*. Gainsville, Florida: U of Florida P, 1955. Print.

Stoehr, Taylor. *Hawthorne's Mad Scientists: Pseudoscience and Social Science in Nineteenth-Century Life and Letters*. Hamden: Archon, 1978. Print.

Turner, Arlin. *Nathaniel Hawthorne: A Biography*. New York: Oxford UP, 1980. Print.

Von Abele, Rudolph. *The Death of the Artist: A Study of Hawthorne's Disintegration*. The Hague: Martinus Nijhoff, 1955. Print.

Waggoner, Hyatt H. *Hawthorne: A Critical Study*. Cambridge: Belknap, 1963. Print.

Wineapple, Brenda. *Hawthorne: A Life*. New York: Knopf, 2003. Print.

丹羽隆昭『恐怖の自画像——ホーソーンと「許されざる罪」』英宝社、二〇〇〇年。

——「「贖罪」という名の「復讐」——「ロジャー・マルヴィンの埋葬」再考」『アメリカ文学研究のニュー・フロンティア——資料・批評・歴史』田中久男監修、亀井俊介、平石貴樹編著、南雲堂、二〇〇九年、一〇三—一二〇頁。

第2章

どうしてロビンは笑ったのか
「ぼくの親戚モーリノー少佐」における暴徒表象

高尾直知

1 南北戦争前期アメリカと暴動

一八二九年一月、「人民の大統領」というふれ込みで激しい選挙戦を勝ち抜いたアンドリュー・ジャクソンは、大統領就任式後、ホワイトハウスでのレセプションを一般人に開放した。当時の目撃談によると、このとき大統領と握手をしようとした民衆は暴徒と化して大統領府に押し入り、ジャクソン自身人々につぶされないようにホワイトハウスをあとにしなければならなくなる始末だったという。入ったものは出ることもままならず、かろうじて窓から逃げ出し、あとには割れたガラスと壊れた陶器が残された。その被害額は何千ドルにも及んだ、という惨憺たる有様だった (Ellis 15)。この破壊的な出来事のうちに、激動のジャクソン時代が幕を開けたのは、何とも象徴的な出来事というよりない。アレクシス・ド・トクヴィルが「マジョリティによる絶対専政主義」(Tocqueville 1: 254) と評したのも、このジャクソン時代のことだった。

ニューイングランドにおけるジャクソン期の市民暴動といえば、一八三四年から翌三五年にかけてのいわゆる「暴動の年」のことが思いおこされる。ウィリアム・エラリー・チャニングをして「社会は根底から揺るぎ、結び目もほどけ、固定されていたもの一切合切が押し流されようとしている」(qtd. in Prince 3) と嘆かしめたこの年、チャールズタウンのアースラ修道院が、根も葉もない暴露本によって扇動された民衆に襲われた。ニューヨークでもことにアイルランド系移民に対する反感から暴動が発生し、階級闘争・労働争議に端を発する民衆騒擾が頻発する (Gilje, *Road* 162–70)。翌一八三五年にはアボリショニスト、ウィリアム・ロイド・ギャリソンが講演会出席中に暴徒に襲われ、辛くもボストン市長みずからの介入で難を逃れた。有名な新聞出版者ヒゼカイア・ナイルズの報道によれば、このほんの二年間の間に、合衆国全土でおよそ五十件の大規模な暴動が報道され、そのうち半数以上はマサチューセッツやニューヨーク、ペンシルヴァニアを含む東部地域で発生 (Prince 18–19)。同じ年、ホーソーンの作品発表の舞台でもあった『ニューイングランド・マガジン』の社説は、「われらは自由人と誇りながら、その思想の自由は無知蒙昧な大衆と同じことを考える自由に過ぎず、われら自身の支配者を決定する自決権を誇りながら、それも結局、烏合の衆のごとき指導者たちの自己中心的な通達を承認するにとどまる」と悲観する (“Mobs” 471–42)。

しかし、これらジャクソニアン・デモクラシーを象徴する事件は、この年に突如巻き起こったのではなく、すでに一八二〇年代後半から積み上げられてきた民衆暴動の歴史の総決算だった。近年アルフレッド・ヤングや、ポール・ギリヤらの研究によって明らかになってきたように、アメリカ合衆国社会はすでに一八二〇年代から、想像もつかないほど数多くの民衆暴動に揺れていた。ギリヤは一八二〇年代を「アメリカ史において、最も陰惨で大衆抗争が活発におこなわれた時期」の始まりであると概括する (Gilje, *Rioting* 10)。例えば、一八二五年にはボストンの町で数度にわたって民衆暴動が発生し、風紀上好ましくない建物が襲われた。それに対し、ボストン市の法執行組織改革はいっこうに進まず、これらの事件を含め数多くの民衆暴動に拍車をかけた。一八二八年には禁酒を誓う消防団を組織して、単に消火活動に当たるだけではなく、頻繁に騒動を起こしていたほかの自警消防団を鎮圧させるような始末（Lane 25, 33）。ある歴史家は「一八三四年マサチューセッツ州チャールズタウンにおける修道院放火は、一八二〇年代から一八三〇年代にかけてボストン地域で発生したさまざまの事件の中で最も悪名高いものにすぎない。銃撃事件や絞殺事件、その他の襲撃事件が社会の民衆活動として頻繁に発生していた」と語り、民衆暴動事件の根の深さをあかししていた（Gottesman and Brown 157）。そしてギリヤも、「一八三四年から一八三五年にかけて発生した暴動事件の数とほぼ同じ数の暴動が、一八二八年から一八二九年に発生している」（Gilje, *Rioting* 184）として、ジャクソン大統領時代の幕開けと民衆暴動の高まりが、判で押したように一致することを明らかにしていた。

このような歴史状況の中で、小説家の目が激烈な市民運動に向かったことは当然のことだろう。同様の民衆擾乱事件先進国イギリスにおいては、ギャスケルやディケンズらが荒れ狂う民らを小説に書き写している（Visser 299–308）。アメリカにおいても、たとえばポーについては、ジョナサン・エルマーがその優れたポー論で語るように、「ウィリアム・ウィルソン」に現れるダブルのうちには、一般大衆（つまり衆愚）の芸術性への破壊的無関心がうつしだされている。ポーは、そのような大衆からの逃避を企てているのだと読める（Elmer 83–86）。また、ホーソーンの小説群を俯瞰するとき、そこにはさらに多くの民衆運動が含まれていることに思い至る。「モーリノー少佐」以外にも、「白髪の戦士」（一八三五）や、「古い新聞」（一八三五）、「総督官邸の伝説」（一八三八―三九）などの短編に歴史的暴動への関心が現れている。もちろん、『おじいさんの椅子』シリーズ（一八四一）や『こどものための伝記物語』（一八四二）といった歴史物語集のなかにも、民衆運動への興味は明らかに示されている（McWilliam 375; Doubleday 228–30）。また「メリー・マウントの五月柱」（一八三五）や「地球の大燔祭」（一八四四）などにも社会現象としての群衆行動の影響を見ることができる。このような短編のいくつかは、『植民地物語』として、ジャクソニアン・デモクラシー開闢の一八三〇年前後に構想されたものであると思われている。

一見すると、個人主義的中流階級的な小説の主題に相反するような、さらにいえば、みずからの作品世界の存立を危うくしかねないようなこのような集団的行動に、どうして作家が関心を抱くのか。本論ではこのテーマ軸から、ホーソーンの「モーリノー少佐」について考えてみたい。結末部分で主人公とされる青年ロビンが、それまで自分が頼りとしてきた親戚モーリノー少佐の無様な格好を見て、だれよりも大きな笑い声をたてる場面の意味とはなにか。この問題を通じて、南北戦争前期の小説と群衆の関係を考えてみたい。

2　「頭の回転の速い若者」ロビン・モーリノー

ホーソーンの「モーリノー少佐」を読むものは、主人公のロビンの中に、ある種の無意識的強迫観念が埋め込まれていることに気がつく。この強迫がはじめてはっきりと姿を現すのは、「磨きあげた長いステッキ」を手にした老人に道案内を乞うたあとのことだ。身に覚えのない譴責を受けて、「頭の回転の速い青年」ロビンは、ことのなりゆきをみずからに納得させようとする。そして、この老人を「ぼくの親戚の家に入ったこともない」「田舎の議員」であると断定（Hawthorne 210, 211）した。この奇妙な独断は、むしろホーソーン一流の人物描写であり、青年ロビン自身の無条件反射のごとき防衛機制を如実に物語っているといえる。じつはロビン自身が、モーリノー少佐の屋敷に行き着けないでいる田舎出の、しかも何ら身分を持たない青年だったのだ。ロビンが素早く紡ぎ出した合理的な説明は、彼自身がこのことを痛いほど自覚しているということをはしなくもさらけ出す。同時に、モーリノー少佐との親戚関係によってその意識を塗り込め、抹消してしまおうとする強迫性をも有している。ロビンは、老人の譴責を彼自身にとって「賢明にして合理的、かつ満足のゆく」説明によって説明した。つまり、みずからが社会的にまったく無に等しい存在であるという意識を、モーリノー少佐という社会的な権威によって覆いかくし、あまつさえその劣等意識を、「権威」を僭称するこの老人に押しかぶせて、しかもみずからの心理操作にまったく気づかないでいることができるのだ。この無意識的盲目こそが、ロビンの「頭の回転の速さ」であり、「合理性」だった。

　おなじような強迫的心理は、次に、宿屋の主人から声をかけられたときのロビンの傍白にも見てとれる。「この男、我が一族に共通する顔立ちが分かるんだな！　悪党め、僕が少佐の縁続きだと考えたんだ！」(213)。すべてを町の名士モーリノー少佐との親戚関係に帰してしまう。このロビンの反応は、逆に、そのような親族関係を抜きにしては、おのれ自身は何者ともなりえない、まったく無意味・無価値の存在であるという意識に縁取られている。テキストそのものが、「頭の回転の速い《シュルード》若者」という語を、これまた強迫的に繰り返すとき、読者はロビンの中にあるこのような強迫的意識の形態に気がつかざるをえない。このテキストの中の強迫的反復は、ロビンの「頭の回転の速さ」の真の姿を読者に知らしめる指標だったのだ。ロビンの「頭の回転」は、常にみずからをモーリノー少佐との関係において規定し、みずからの存在の社会的無価値を覆いかくそうとしているのだ、と。

　このように見ていくと、タイトルにも表された「ぼくの親戚モーリノー少佐」というロビンの決め台詞において、「親戚」と「少佐」という二つの項目が強迫的に組み合わせられて繰り返されている理由も簡単に想像がつく。デュバンやコラカーチオは、ロビンの名前と「ロビノクラシー」（英国の首相ロバート・ウォールポールのおこなった身内びいきな悪徳政治）を結びつけて、「親戚関係」によって立身出世をはかろうとするロビンの非民主的意識をテーマ化し分析している（Duban; Colacurcio 140–53）。しかし、この親戚関係へと常に向かうロビン自身の無意識的な強迫の背景に、逆にみずからの出自や存在に関わる劣等感が横たわっているということ、つまり、ロビンが身内をより頼むのは、自分自身が歴史に出現した近代都市社会の中で無存在であるという意識を消去せんがためである。そしてこのことこそが、この作品のテキストが読者らに理解を促している重要なテーマであると考えるべきだろう。レヴェレンズは、主人公ロビンの人物造形によって、作品が読者にもたらす感情的な反応を、自身の経験として細かく解説しているが（Leverenz 233–39）、少なくともそのような感情的反応の意味のいくらかは、ロビンのなかに組み込まれているこの強迫的な意識と関わりがあるといえる。「モーリノー少佐」という記号を身にまとうことによって、ロビンはおのれの無意味さ・存在価値のなさから目を反らし、大都会ボストンという公共圏での市民権を得ようとしているのだ。

さらにこのことを裏側から証左するテーマとして、この作品におけるロビンの故郷のイメジを考察することができる。最初に登場したとき、ロビンの上着はくたびれてはいるものの「きれいに繕って」あった。「青い毛糸の靴下」は「母親か姉妹の手になるもの」、そして頭の三角帽は「若者の父親のもっといかめしい額」をおおっていたお下がりだ（Hawthorne 209）。この服装、「くたびれた三角帽子」、「灰色の上着」、「青い毛糸の靴下」は、さきの宿屋の主人との対話でも、宿屋に集う全員の目に晒されている（214）。ロビンはいわば前近代的な家族関係（親族関係）の徴《しるし》を身にまといながら、この「大都会」に出てきたのである。

ある研究者は、ロビンの中にある田舎性と「大都会ロンドン」とも見まごうばかりの近代化に乗り出したボストンの町の都会性とを対比して、「ぼくの親戚モーリノー少佐」を、ロビンが田舎性を克服し都会性へと身を投げ出す物語だと分析する（Pearce 21）。しかし、この前近代的な家族関係は、モーリノー少佐という記号に身をすり寄せようとする若者ロビンの強迫的意識と無縁ではありえない。のちに少佐を捜しあぐねて疲れた体を休めながら、夢見心地に残してきた家族のことを思うとき、ロビンの家族は彼の想像のなかで、すでにロビンがいないものとして嘆き悲しんでいた。そして、その想像の目の前で実家の家は閉ざされ、ロビンはそこから閉め出されてしまう。「ぼくはここにいるのかな、それとも田舎にいるのかな？」という自問への語られざる答えが「どちらにもいない」という、まさにみずからの無存在をあかしするものであるという事実が、ここでロビンの意識の表層を突き破らんばかりに突出しているのだ。ロビンにとっては、このような家族との根本的な関係は実は失われている。ロビンが身にまとう家族関係・親戚関係のあかしとしての衣服も、実はモーリノー少佐という記号と同様に、都会にも田舎にも結びつきえないみずからのコネクションのなさを覆いかくすための小道具に過ぎなかったのだ。

3 「モーリノー少佐」の「文化的な仕事」

ここまでの読み方は、それだけではいささか穏当に過ぎるきらいがあるが、このロビンの意識構造が抱える問題を、ヒストリオグラフィというより広い文化的な文脈の中で見ると、そこにまさにホーソーンが企図している「文化的な仕事」を看てとることができるだろう。T・ウォルター・ハーバートは、この小説のなそうとしている「文化的な仕事」を分析して、民主主義が内側に抱えている《階層性》と《平等性》との矛盾が、その民主主義的社会の中に生きる男性の成長の問題に結びつけられていると述べている（Herbert 22）。

民主主義においては、市民はすべて平等であるというイデオロギーによって構成されながら、同時に、現実には捨て去ってきたはずの貴族社会に負けず劣らぬ階級が厳然と存在する。民主主義社会は自由平等であるがゆえに必然的に階級化されざるをえない。一方、その民主主義の中で形成されていった中流階級においては、父親を理想のモデルとしながら、その父親を超克し、エディプス・コンプレックスにならう殺害をくぐり抜けなければ、みずからの男性性を築きえないという問題を男たちはかかえている。ちょうど象徴的父親殺しを通過することで、逆に父親が抜きがたい超自我として残存するように、近代的民主主義は貴族社会を破壊することで、逆に前近代的しがらみから逃れられなくなった。ロビンが貶められ見せ物にされたモーリノー少佐を目撃して哄笑するときに、ホーソーンは、この民主主義に必然的に内在する問題と、中流階級的男性性に発生する問題を重ね合わせている。それを単に逃れられないひとの運命としているだけではない。むしろ客観的に把握し、対象化して、考察しうる問題として提出しているというのが、ハーバートの結論するところの「モーリノー少佐」という小説の文化的な仕事である。

このハーバートの議論をふまえて、もう一度ロビンの性格形成を考えると、このハーバートの語る問題の通時的な系列、つまり理想化から超克へという過程が、すでにロビンという人物描写の中に共時的に顕在化していることに気がつく。つまり、ロビンが少佐に頼ろうとするのは、家族関係からまったく切り離されて絶対的な平等という自然状態に置かれていた彼自身の状態を覆いかくそうとして、より貴族的な階級制へのあこがれを身に帯びているからであり、空疎で、ときとして暴力的でラディカルな民主主義的イデオロギーに対抗して、より家庭的な保守的貴族性への回帰を欲しているからだった。「親戚」であるモーリノーに、

「少佐」という軍人的称号が用いられているのも、その中に貴族的階級制と家庭的保守性が織り込まれているからにほかならないということに、ここで気がついてもよいだろう。

しかし、だ。このようなロビンの状態は、最終的な抑圧の回帰の瞬間、つまり「タールと羽毛」で貶められたモーリノー少佐その人と対面する以前に、すでに現れている。[1] いやそもそもロビンは、物語の冒頭からそのような強迫的意識を抱えて現れている。つまり、すでに見たロビンの言辞や服装にあらわされるように、ロビンはチャールズ・リヴァーを越えて一七六五年のボストンに渡ってきたときに、すでにラディカル・デモクラシーのただなかに置かれたものとして、階級的社会への回帰を求めていたのである。いいかえれば、ロビンは、のちにエディプス・コンプレックスをなぞらえるような父親殺しの儀式に参加することによって、その父親の象徴する貴族社会へとあこがれるようになるわけではないのだ。このことは、最後の場面のリンチによって到来するはずの近代民主主義社会のなかに、必然として貴族主義的側面が組みこまれてしまうというハーバートの論理構成と不整合な性格描写であることになるだろう。青年ロビンのかかえている問題は、民主主義のなかに残る残滓としての貴族的階級制度ではなく、むしろそのような社会的よりどころの全くない民主主義的ラディカリズムの現場に居合わせたこと、つまり公共圏としての暴徒の時間の中に放り出されてしまったことなのである。

このように、ロビンが経験しながら抑圧している時間を、徹底的にラディカルな市民活動の時間として措定すると、彼の強迫的意識がヒストリオグラフィの問題として改めて浮かび上がってくる。この作品のテキストみずからが、強迫的な語りを演じてみせることで明らかにしているロビンの意識は、暴徒の時間を経験しながら、それを抑圧して、むしろ父祖たちとの「親族関係」にすがろうとする一八二〇年代から三〇年代にかけてのアメリカの歴史認識をそのまま演じ、あまつさえ読者にもそのパフォーマンスを強いるものだったのだ。ここで、少し回り道して、ホーソーン自身の歴史認識をあらかじめ照射しておいてから、再びロビンの意識の示すヒストリオグラフィの様式を考察してみたい。

4　ラフ・ミュージックとしての暴徒

ホーソーンは、一七六五年八月ボストンを席巻した印紙法に反対する暴動を、トマス・ハッチンソンの『マサチューセッツ湾植民地の歴史』に基づきながら描いているわけだが、しかし「モーリノー少佐」に描かれた暴徒の姿は、ハッチンソンの語る破壊的な無秩序集団――「彼らは夜明けまで占拠を続け、家中のものを破壊し、持ち去り、通りにばらまいた上、壁をのぞいてすべての部分をあたうかぎりの力で解体し、煉瓦積みをばらし始めた」(Hutchinson 90)――ではなく、むしろある種の秩序に則って、この示威行為をおこなっているように読める。群衆は「沢山の楽器の一斉に挙げる調子はずれの騒音」をまき散らし、「奇想天外な格好の者」たちが、タールと羽毛に覆われたモーリノー少佐を荷車(「石の上をガタガタゆく車輪の音……」)の上に載せ、「何処かの息絶えた国王……の周りに群がり集まって嘲る悪鬼どものように」進んでゆくのである(Hawthorne 226–30)。ここに描かれている暴徒の姿は、決してホーソーンの空想空間から紡ぎ出されたものではなく、E・P・トンプソンがつまびらかにした「ラフ・ミュージック」と呼ばれる群衆の集団活動を、驚くほど忠実に描き出したものである。つまり、この作品においては、群衆はむしろある伝統的な文化様式にしたがって行動しており、ハッチンソンが語るような(そして、ロビンがそうと感じたような)無秩序な破壊的集団ではなかった(Thompson 467–531)。

トンプソンが語る習俗的な共同体活動としてのラフ・ミュージックは、イギリスの前近代的社会においておこなわれていたもので、スキミントンとも呼ばれているもの。フランスではよく似た群衆活動をシャリヴアリとも呼んでいた。最近の研究で、この民間習俗が独立革命前期のアメリカの歴史においてもうけつがれ、実施されていたことが明らかになってきた（Pencak 5–8）。もともとイギリスや十八世紀初期のアメリカ植民地では、おもに夫に対する暴力（ないしは妻に対する暴力）や性的不道徳といった、公的な法執行組織の網の目にはかかりにくい共同体内の逸脱行為を戒めるための習俗だったが、次第に政府役人など、植民地共同体の中で裏切りものとみなされたものたち（例えば、印紙法時代でいえばアンドリュー・オリヴァーのように、植民地人でありながら王党派について、しかも私腹を肥やそうとしたもの）に対する共同体的制裁に姿形を変えてゆく（Hoerder, "Boston" 参照）。処罰対象となる人物のひとがたが吊されたり御輿に載せて運ばれたりしたあと、当人が引き出され、捕らえられて、その名の通りあらっぽい音楽《ラフ・ミュージック》とともに町を練り歩いて、最後に処罰がおこなわれる、というのが一般的な形だったという（Stewart 43）。処罰を受けたものは、共同体を出るか、その恥辱を負って共同体にとどまるか、いずれかの選択をすることとなる。当時の木版画などには、悪魔によってそのかされた処罰者が、荷車に乗せられ群衆とともに行進するさまを明らかにみてとることができる。ホーソーンの暴徒らも、まさにこのような習俗的な共同体処罰を執行しているのだ（小林 145–49）。

この事実は、この作品の解釈に重大な視点を与えることとなる。つまり、田舎出の青年ロビンの投げ出されたこの町は、エディパルな父親殺しの原場面を再現する無法な自然状態にあるのではなく、むしろ市民のなかに温存されていた前近代的な共同体経験に基づいて、市民的抵抗が再構成されている場所だったということになる。もちろんホーソーンは、この市民的抵抗運動が実際に自然発生的に無から生み出されたと考えているわけではなく、そこに首謀者と目される人物たちがいたことも示唆している。ハッチンソン自身、『歴史』のなかで、議会にも暴動を扇動しながら、素知らぬ顔で抗議声明を可決した議員が多くいたことを述べているが (Hutchinson 91)、実際に暴動を扇動したエベニーザー・マッキントッシュを陰で操っていたのは、あのサミュエル・アダムズだったと推測されている (Hoerder, *Crowd* 96)。さしあたり、ホーソーンが暴動の指揮系統にもある程度精通していたこと、さらにこのサミュエル・アダムズがホーソーンの母校ボードン大学の創立者であることなどを勘案すると、「モーリノー少佐」において二色の顔をした男がマッキントッシュ、教会前の広場でロビンに話しかける男がアダムズと比定して理解できる。しかし、これらの首謀者たち自身はラフ・ミュージックという様式に則ってはじめてこの市民的抵抗運動を成立させえたわけだから、むしろこれらの指導者たち自身も、習俗的文化のなかから、市民の共同体活動と一体となって生み出されてきたものであると考えるべきだろう。いずれにしても、アメリカの独立革命へと結びついていくこの市民的抵抗運動の端緒が、実は前近代的な共同体的習俗のなかに求められるという事実は、ロビンが恐れていたような、すべての人がすべての人に対して常にアイデンティティを求め闘わなければならない恒常的戦闘状態としての民主主義社会という理解の枠組みから、むしろ家庭的共同体とより連続的な市民運動の世界、トンプソンが「道徳的経済」と呼ぶ公的空間へとロビンを誘うことになるわけだ。

5　どうしてロビンは笑ったのか

モーリノー少佐と最終的に対面したときロビンが目にする少佐の苦悩の表情、そしてそれを痛いほど自分のものとして感じるロビン自身の同情は、むしろこのような前近代的共同体的空間の中でこそ実は可能になるものだったのではないだろうか。ロビンは、それまで恐れていた自我の喪失という危機から抜け出し、むしろ彼の置かれていた親族的な共同体関係というロカールのあることに気がつく。そしてそのような状況のなかで、始めて単なる強迫的な記号としての「ぼくの親戚モーリノー少佐」ではなく、おのれの肉親としてのモーリノーを、その肉体的精神的苦痛のなかにおいて知ることができるのだった。モーリノー少佐は印紙法時代のアンドリュー・オリヴァーのように、共同体の裏切り者としてつるし上げられ、共同体を前にしてみずからの非を悔いるという誓約をおこなわざるをえなかった。そのようなかたちで共同体と調停しなければならなかった男の悲劇を映し出しているのであり、決して盲目的に荒れ狂う民衆による暴力の犠牲者となっているわけではなかったのだ。しかも、少佐自身は、ちょうどロビンと入れ替わるように、その共同体から追放されようとしている。ここに描かれているのは、シンボリック・ファーザーを殺害するというエディパルな非歴史的サイコドラマの物語ではなく、むしろロビン自身が「モーリノー少佐」という記号によって強迫的に抑圧していた自己喪失の恐怖から解放され、今一度共同体の中にみずからを見出した物語である。そのことによってロビンは、共同体により処罰され、今まさにそこから放逐されようとしている肉親モーリノーのこれまでの歩みと現在の苦境恥辱が一気に理解できるようになった。そのような大転回の物語だったのだろう。

　同時に、この瞬間に、ロビンは近代的な民主主義社会の開始の原場面と、自分自身がそれまですがりついてきた一種幻想的な前近代的家族社会との間に、実は思いもかけない近接があることを知るわけだ。ロビンがそれまですがりついてきた「モーリノー少佐」という記号は、実際にふたを開けてみると、このようにひとりでは力もなく、ただ惨めでか弱いひとりの老人でしかなかった。そのようなものに、みずからの生涯を賭してきたロビンは、近代的な社会におけるおのれの前近代性を理解すると同時に、このようにして無力な老人を苦しめることで、英国の権力を比喩的に排除し、政治的なリプリゼンテーションの制度を確立しようとするアメリカ革命の持つ前近代的性質をもおのれ自身の同類として理解するのである。

ここでもう一度、ロビンの意識が歴史記述の問題を体現しているという問題に立ち返ってみよう。民衆の叛乱・暴動という社会現象に直面し、トクヴィルの「マジョリティによる絶対専制政治」という背筋の寒くなるような事態を憂慮した当時の保守系メディアは、暴動の多発を、民主主義の暗黒面として糾弾する。例えば冒頭で見た『ニューイングランド・マガジン』誌社説は、「民主的選挙があまりに頻繁におこなわれるからだ」として民主主義政治の根幹的原理をむしろ恐れ白眼視し、「社会の中の階級差を直ちに悪しき『貴族制だ』と批判しようとする」風潮と、それを駆り立てようとする扇動家たちを厳しく非難した（“Mobs” 472, 475）。民衆騒擾が、「下等な動物的水準」にまで引き下げられた民衆、および「犯罪型の人間、堕落した者、および破壊本能を持った人」（Rudé 198）によっておこなわれてきたとする考え方——のちにギュスタヴ・ル・ボンらが集大成し、フロイトの「群集心理」理論にも多大な影響を与える考え方——が十九世紀に支配的だったということは、先に挙げたトンプソンやジョージ・リューデによってすでに明らかにされていた。リンカーンの「青年文化会館演説」（一八三八）にも見られるように、十九世紀的なヒストリオグラフィによれば、群衆活動はすべて非社会的で無秩序かつ無法な動物的行動だったわけだ。ここに、ロビンに埋め込まれた強迫意識の構造が、映し出されていることに気がついてもいい。南北戦争前期の歴史記述は、さまざまの民衆暴動を人の動物的自然状態として恐れ抑圧し、建国の父祖らの高邁な社会思想に悖るものとして抑圧しようとしていたのだ。ロビンの意識構造は、このような強迫的意識構造を如実に映し出し、そればかりではなくテキスト自身の振る舞いを通じて、それを読者へと写しこむために周到に用意された心理的な鏡だったのだ。

だから、ロビンが群衆に交じって、いやそれ以上の声をあげて笑うとき、彼は動物的な水準にまで陥って野性の雄叫びをあげたのではなく、むしろそのような自身の意識構造のなかに抑圧された前近代的な公共の場の存在に気がつき、おのれの出てきたところと、たどり着いたところが結局同じだったことに気がついたからのものだった。つまり、民衆暴動に対する中流階級的抑圧の衣をなげ捨て、むしろ群衆活動の中にある共同体的論理、真の意味でアメリカを支えてきたラディカル・ラショナリティに身を投じようとする新たな歴史意識の誕生だったといい換えてもいいだろう。小説の結末で、ロビンはこの共同体的論理を習いおぼえたのだから、その場に留まることにもはや意味はないと立ち去ろうとする。同様の論理は、ロビンがあとにした故郷においても知りえるものだったのではないか、という反省からだ。しかし、このような政治的抑圧に抵抗する民衆の論理を身にしみて覚えたロビンのような青年が、アメリカの真の民主主義的ラディカリズムにとって必要な存在であると押しとどめる紳士のことばは、実は若きホーソーン渾身の民主主義理解だったのだろう。実はアメリカの近代的自我は、このような前近代的自我を抑圧することでおのれを理解しようとしている。しかしそのような自我と公共空間のありかた、たとえばリンカーンに代表されるようなそれらのありかたは、狂気の爆発を必然的に抱え、むしろ逆にそのような狂気に精神的なエネルギーを備給しつづけるものでしかなかった。このような意識をホーソーンが抱きえたということ、そこには十九世紀的な民衆暴動に対する非正統的かつ革新的な意識が込められていたのだ。

ホーソーンの描き出す群衆活動の時間とは、儀礼化した伝統のなかで、共同体がそれ自体を生み出す外的な論理を持っているということを実証する時間だった。ロビンはモーリノー少佐の屈辱をみずからのものとして覚えながら、なおかつその暴動共同体へと参加することができ、ロビンがそうすることによって、共同体は新たな革新を進めることができる。これこそが動物的水準にまで貶められた反社会的分子活動でもなく、絶対的なアイデンティティを求めた抗争にあふれかえる自然状態、エディパルな原場面（プライマル・シーン）でもない、自己生成の論理を内在するホーソーン的な民主主義的ラディカリズムの原点だったのだ。

※この論文は、二〇〇四年三月におこなわれた日本ナサニエル・ホーソーン協会東京支部談話会でおこなった研究発表をもとに、内容を書き改めたものである。司会をしてくださった谷岡朗先生（日本大学）はじめ、当日貴重なご意見を賜った出席者のみなさまに、あらためてお礼申しあげたい。

注

1　ちなみにヤングやギリヤによれば、「タールと羽毛」と呼ばれる共同体的処罰がニューイングランドでおこなわれたのは、一七六八年セイレムでの事件を嚆矢としており、その記事はセーラムで発行された『エセックス・ガゼット』紙に載っている（Young 185–86; Gilje, *Rioting* 47）。とすれば、印紙法時代にこの処罰をモーリノー少佐が受けるのはアナクロニズムだが、明らかにこの小説においてホーソーンは時間的空間的な作家的放埒を駆使しており、むしろそこに小説の意味が隠されていると考えるべきだろう。ヤングはこの「タールと羽毛」という共同体処罰が実は古くから水夫たちの間で受け継がれてきたものであることを明らかにし、この民間習俗発生の裏側に、ボストンやセーラムにおける水夫たちの役割を示唆していた（Young 193–94）。ホーソーン自身物語の中でドックのタールに言及したり、宿屋にたむろする水夫たちの姿を描きこんで、この処罰の持つ伝統的な意味合いへの意識を示しているように思われる（なんといってもホーソーンの父は船員だったのだ）。

引用文献

Colacurcio, Michael J. *The Province of Piety: Moral History in Hawthorne's Early Tales*. Cambridge: Harvard UP, 1984. Print.

Doubleday, Neal Frank. *Hawthorne's Early Tales: A Critical Study*. Durham: Duke UP, 1972. Print.

Duban, James. "Robins and Robinarchs in 'My Kinsman, Major Molineux.'" *Nineteenth-Century Fiction* 38.3 (1983): 271–88. Print.

Ellis, Richard E. *The Union at Risk: Jacksonian Democracy, States' Rights and the Nullification Crisis*. New York: Oxford UP, 1987. Print.

Elmer, Jonathan. *Reading at the Social Limit: Affect, Mass Culture, and Edgar Allan Poe*. Stanford: Stanford UP, 1995. Print.

Gilje, Paul A. *Rioting in America*. Bloomington: Indiana UP, 1996. Print.

——. *The Road to Mobocracy: Popular Disorder in New York City, 1763–1834*. Chapel Hill: U of North Carolina P, 1987. Print.

Gottesman, Ronald, and Richard Maxwell Brown, eds. *Violence in America: An Encyclopedia*. Vol. 2. New York: Scribner, 1999. Print.

Hawthorne, Nathaniel. "My Kinsman, Major Molineux." 1831. Vol. 11 of *The Centenary Edition of the Works of Nathaniel Hawthorne*. 23 vols. Ed. William Charvat, et al. Columbus: Ohio State UP, 1962–1997. 208–31. Print.

Herbert, T. Walter. "Doing Cultural Work: 'My Kinsman, Major Molineux' and the Construction of the Self-Made Man." *Studies in the Novel* 23.1 (1991): 20–27. Print.

Hoerder, Dirk. "Boston Leaders and Boston Crowds, 1765–1776." Alfred F. Young, ed. *The American Revolution: Explorations in the History of American Radicalism*. DeKalb: Northern Illinois UP, 1976. 233–71. Print.

——. *Crowd Action in Revolutionary Massachusetts, 1765–1780*. New York: Academic Press, 1977. Print.

Hutchinson, Thomas. *The History of the Colony and Province of Massachusetts-Bay*. Ed. Lawrence Shaw Mayo. Vol. 3. Cambridge: Harvard UP, 1936. Print.

Lane, Roger. *Policing the City: Boston 1822–1885*. Cambridge: Harvard UP, 1967. Print.

Leverenz, David. *Manhood and the American Renaissance*. Ithaca: Cornell UP, 1989. Print.

McWilliams, John P., Jr. "Hawthorne and the Puritan Revolution of 1776." *Nathaniel Hawthorne's Tales*. Ed. James McIntosh. New York: Norton, 1987. 371–79. Print.

"Mobs." *The New-England Magazine* 7 (1984): 471–77. Print.

Pearce, Colin D. "Hawthorne's 'My Kinsman, Major Molineux.'" *Explicator* 60.1 (2001): 19–22. Print.

Pencak, William. "Introduction: A Historical Perspective." Pencak, Dennis, and Newman, eds. 3–20.

Pencak, William, Matthew Dennis Pearce, and Simon P. Newman, eds. *Riot and Revelry in Early America*. University Park: Pennsylvania State UP, 2002. Print.

Prince, Carl E. "The Great 'Riot Year': Jacksonian Democracy and Patterns of Violence in 1834." *Journal of the Early Republic* 5 (1985): 1–19. Print.

Rudé, George. *The Crowd in History: A Study of Popular Disturbances in France and England, 1730–1848*. 1964. London: Serif, 1995. Print.

Stewart, Steven J. "Skimmington in the Middle and New England Colonies." Pencak, Dennis, and Newman, eds. 41–86.

Thompson, E. P. *Customs in Common*. New York: New Press, 1991. Print.

Tocqueville, Alexis de. *Democracy in America*. Tr. Henry Reeve, et al. 2 vols. New York: Vintage, 1990. Print.

Visser, Nicholas. "Roaring Beasts and Raging Floods: The Representation of Political Crowds in the Nineteenth-Century British Novel." *Modern Language Review* 89.2 (1994): 289–317. Print.

Young, Alfred F. "English Plebian Culture and Eighteenth-Century American Radicalism." *The Origins of Anglo-American Radicalism*. Ed. Margaret Jacob and James R. Jacob. London: Allen and Unwin, 1984. 185–212. Print.

小林憲二「もう一つのアメリカン・ルネッサンス――ナサニエル・ホーソーンの場合」『立教アメリカン・スタディーズ』第二八号（二〇〇六年）一二九―六四頁。

第3章

恥辱の亡霊　スティーヴン・クレインの戦争小説

新田啓子

1　南北戦争体験小説

「戦争文学」とはなんであろうか。無論我々は、戦争を扱った文学作品群に共通する諸要素を、一定のイメージのもとに思い描くことはできるだろう。だが、例えばそれを文学ジャンルと捉えたうえで、やや厳密な基準を探そうとすると、戦争文学の条件を明確に規定するのは、なかなか難しいことに気づく。例えば戦争文学の要諦は、戦闘行為や軍事行動の描写にすら集約されうるわけではない。特に戦争小説にあっては、作家の関心が、兵士個人の心理のほうにより強く向けられる場合も多く、そのようなとき、戦闘や戦場は叙述の中心であるどころか、事件の発端や物語装置という後景に退き、描かれる必要すらないこともある。しかるに、そうしたものであれ、戦争の表象であることには変わりない。

戦争文学の中心的形式を「戦闘文学」（combat literature）と措く『アメリカ戦争文学事典』の編者たちも、その点を捉え、多岐にわたる「非戦闘軍事小説」群（noncombat military novels）の整理こそが、翻ってこのジヤンルの概念的・系統的な把握に不可欠であると指摘する（Jason and Graves x）。[1] すると、戦争文学の円熟は、おそらくは歴史叙述自体への関心から読まれることが多いであろう「戦記」という水準を、諸作品がどう超えうるか、その可能性如何にかかっていると言えるだろうか。個人では太刀打ちできぬ力で推し進められ、言葉を凌駕した死や恐怖、破壊をもたらす戦争は、文学行為の境域を切り拓くものに違いない。すると、何を物語れば戦争の文学が成り立つのかという問題は、文学と戦争の斬り結びにおける根源的な問いだと言える。事実、この争点は、米国史を通じ、永く同国民の大衆意識に刻まれることになった最初にして最大の戦争、南北戦争を扱った作品をめぐる命題として、繰り返し回帰してきたようである。

マイケル・シェーファーによれば、南北戦争の特異性は、フィクション、ノンフィクションに拘らず、他の歴史的事件が遠く及ばない圧倒的多数のテクストの主題として、記録されてきたことにある（Schaefer 66）。ロバート・ライヴリーは、一九五七年の段階で、小説だけでも実に五百十二編もの作品がこの題材で書かれていることを明らかにしたが（Lively 3）、南北戦争は、現時点においてさえ、刷新の可能性を内に秘めた小説テーマであり続けている。最近では、奇しくも同じタイトルをもった南北戦争小説が、ともに二〇〇五年に出版された。E・L・ドクトロウの『ザ・マーチ』と、ジェラルディン・ブルックスの『マーチ』である。南部で焦土作戦を展開したシャーマン将軍率いる六万人の絶滅行軍《マーチ》を、兵士や軍医、従軍記者などの視点から物語化した前者、ルイーザ・メイ・オールコットの『若草物語』を翻案し、同作品には登場しない出征中のマーチ家の父が見た戦地の惨状、さらには彼が得た病と苦悩を、オールコットの父、ブロンソンをモデルに描いた後者はともに、高い評価を得ることとなった。[2]

このように、戦争の潜在的な目撃者を新たなかたちで造形し、その個性に息を吹き込み、いまだ語り尽くされない「戦争体験」を補強しようとする想像力は、小説にこそ可能なものであるだろう。その多層性が、歴史認識への省察を喚起する可能性もあるかも知れない。前出の歴史家ライヴリーは、それを象徴するかのように、みずからの研究書に「アメリカ国民の文学史における未完の章」という副題を与えていた。もっとも
その書で彼自身が嘆いたように、文学創作であれば、いつも硬直した歴史観を免れうるかといえばもちろん違う。「南北戦争小説の大半は……「準文学」とも呼びうる低迷した流れのうちに発生している」と彼は言う（Lively 4）。これは、大著『愛国の血糊』を根本づけるエドマンド・ウィルソンの認識とも響きあった指摘であろう。「アメリカ南北戦争の時代は純文学が栄えた時代ではなかったが、しかし、主として、演説とパンフレット、私信と日記、回想録と時事報告で成り立つ注目すべき文学を生み出した。……こういった記録が詩人や小説家では絶対になしえなかったこの戦争のドラマ化を可能にしているのである」（ウィルソン ix）。

南北戦争小説が、たとえ陸続と現れたとはしても、戦争に対する理解を深めるジャンルとなり得なかったことについては、早くも再建期には自覚されていた。[3] 南部、あるいは北部に偏った党派的視点から創作を行う者が多かったこと（Lively 43）、戦闘や野戦病院のむごたらしさ、民衆の戦意高揚を煽る政治家やジャーナリストの汚らしさ、さらには人種的暴力や再建の失敗等々を取り上げる作家が仮にいても、お上品な出版界がそれを許さなかったこと（Schaefer 67）、[4] そのために、いきおい旧南部のプランテーションを「パストラルなエデン」として美化したり、「騎士道」をノスタルジックに（Elliott 218）、「時代衣装的ロマンス」さながらに描いたりする傾向が幅を利かせたことなどが（Lively 5）、その主たる理由であった。「小説が記録する事柄の価値は、大きな事件が、小さく親密な出来事のなかに顕現される点にある。歴史の名を騙った

物事の一般化は、空しく響く素人芸だ。上手い小説家はそのカンバスを、おのれの素質と知識の大きさに切り整えることができるのだ」と言うライヴリーの認識は正しい（75）。誰にでも流用可能な紋切り型の横行は、歴史をすら無視した一般化にほかならず、このことは、なぜウィルソンが、私信や日記に南北戦争の文学的真理の枠を見つけたのか、そのわけを示唆してもいるのである。

とはいえ、戦争という意のままにはならぬ命がけの環境において、個人はいかなる岐路に立ち、生き延びるという目的にいかなる方法で向きあうのかを独自に想像し、その体験をフィクションとして構築し得た作家たちも、当然ながら存在してきた。ライヴリーが突き止めた五百十二の小説のうち、満足なものは二十編足らずであるというが、なかでも「最上の」十五編の筆頭に挙がる『赤い武勲章』（一八九五）の著者、スティーヴン・クレインもその一人である。[5] これが南北戦争小説の傑作であるという見方は、ここで引いた先行研究の限りでも一致しているようである。だが、文学史上、正典の扱いを受け続けてきたこの作品も、アメリカ小説総体において吟味される場合には、さして際立っているとは言えない。二〇一一年に開戦百五十周年を迎えたおりにも再評価は起こらなかったし、「南北戦争を題材にして、戦争小説などで安易に賞賛される勇気や武勲の物語など、現実の戦争ではほとんど起こりえない、というあたりまえのことを主張した作品で、従来過大評価されてきた」という見立てのほうが、実際、主流なのではなかろうか（平石 287）。

しかし、この根本的な指摘には反駁の余地がないにしても、「南北戦争文学史」自体の困難に鑑みれば、あるいはドクトロウとブルックスが近年示した成果に照らせば、（よく言挙げされるように）まったく南北戦争を知らぬ戦後生まれのクレインが、おのれの人間観だけを頼りに兵卒の体験を想像し得たという事実を、一考せずにはいられまい。果たして、彼が創作した個人的体験は、究極には、戦争の歴史認識の問題とも接続するある一点から、主題論的考察に値するものとなっている。それは作家が、南北戦争をほぼ個人の「恥辱」の経験、つまり、戦場でおのれの「恥」と向き合い、それによって自我をつくった主人公の物語として描いたということにほかならない。

2 恥を通した主体化

『赤い武勲章』が克明に記す兵士の心理的葛藤は、名のある軍人の回顧録は言うまでもなく、密かに書かれた日記のなかにも、容易に見つかる類いのものではおそらくない。主人公ヘンリー・フレミングは戦争に憧れ、兵役に志願し、戦地に赴き、活躍の機会を夢見ながら野営生活を開始するが、早くも最初の戦闘の第二の敵軍攻撃で、激しい恐怖に駆られたすえ、「ライフルも制帽もなくした」まま、夢中で逃亡してしまう (Crane, *Red Badge* 36)。やがて我に返った彼は、逃げ出した自己を正当化し、みずからが陥った境遇を呪い、自己を憐憫しながらも、恥ずべき行為を隠そうとして他者を欺くこと自体の、恥の意識に苦悶する。

人が公的に許容される生のリミットを踏み外すことを、仮に恥というのであれば、恥は本来、他に曝されることを恐れ、自己のまなざしからさえも隠れようとするものだろう。フレミングという人物が囲う恥のこれほど仮借ない暴露は、だから、物語を立ち上げながら、日記や自伝の限界にまで踏み込んでいると思われる。セルフライティングでは吐露することのむしろ困難な状況を、小説が、虚構のうえでの真理として追究しているとでも言おうか。

では、物語を通じ、ほぼ名前ではなく「若者」(the youth) としか呼ばれないフレミングは、いかにして恥と向き合わされるにいたるのか。彼の戦争理解は、そもそも極めてロマンティックなものであった。戦争は、「重々しい王冠と高い城壁」に彩られた「世界史のどこか」の「ギリシャ」のように隔たった出来事で、「絵巻」のように現実味がなく、「自身の国の戦争」にあっては、ただ信じ難い「遊びの一種」と思われた[7]。このように、歴史的にも地理的にも混乱したイメージだけが頼りの彼は、戦争の大義すら理解したかわからない。「ホメロスの物語に匹敵するとまではいかぬだろうが」、「栄光」に満ち溢れた「大いなる事変の話が国土を揺るがした」と記されるように[7]、むしろ文学に凌駕された現実認識があるばかりなのだ。まさに彼は、一方では「鋭い鷲の目をもって敵に睨みをきかせる勇者」たる自分が、激戦地で人民を庇護する英雄譚を夢想しつつ、他方では、本でしか読んだことのない「進軍、包囲、戦闘」を「すべてこの目で見てみたい」と熱望し、漠とした戦争へ身を投じる[7]。しかし、いざ出征してみると、戦闘前の演習の反復と塹壕掘り、野宿の日々に飽き飽きし、反面、ようやく戦闘が始まれば、今度はたちまち臆病風に吹かれてしまう。つまり彼の脱走は、夢想以上の戦争の実地を主体的に生きられぬことと、深く関連しあっている。

物語の約三分の一は、脱走の過程で森や平原を一人さまよう彼の姿で占められる。戦闘に参加せず、逃亡した自分をひどく嫌いながら、フレミングは懸命に弁明を探す。

> 若者は、悪事が見つかったときのように萎縮した。なんということか、味方は結局勝利を収めたのだ！あの馬鹿どもが作っていた戦線が踏んばって勝者となったのだ。勝ちどきが聞こえてきた。……
>
> 彼は驚き、腹を立てながら顔を背けた。自分が間違っていたことを自覚した。
>
> ぼくは全滅が迫っていたから逃げたのだ、と自分に言い聞かせた。ぼくは部隊の一構成部分として、そ

の役割を負った自己を保護するという、立派な務めを果たしたじゃないか。(39)

もし味方が負け、戦線が崩れていたら、彼の逃亡は問題にならないはずであった。ゆえに彼は、味方の勝利を恨むという倒錯的な感情に駆られる。そしてこの感覚が、彼の闘いの始まりであった。

若いフレミングを、イノセンスや爽やかな善良さから遠ざけて、情けなさや姑息さのイメージで塗り固めるクレインは、しかし、それをシニシズムの対象からは一歩進め、戦争や正義への問いに接合し、究極には、倫理的アイロニーとも呼べるものに飛翔させているのではないか。その道筋を構成するのが、この後、フレミングの心理に展開される「恥との格闘」とも呼ぶべきドラマにほかならない。兵士が戦場で主体化されるとき、つまり、部隊を構成する戦闘マシーンの一部分ではなく、戦場へ赴いた一個人としての存在性を自覚するとき、それは「英雄」となる感覚ではなく、「おのれを恥じる」感覚なのだというメッセージは、極めてアイロニカルであると言うことができよう。

しかしクレインは、戦場はむしろ、人を「恥ずべき状況」に誘い込むという意味で、人間道徳の危険な臨界であるという理解を示していると思われる。作品中、最初に恥という語を発するのは、フレミングの母親であった。「いづもきぃつげて、ともだちを選ばねえといけねえよ。軍隊にゃわるいもんがいっぱいいんだから、ヘンリーや。……そいつらから離れてねえといけねえ、なぁヘンリー。かあちゃんに知られてはずかしいこったけは、何があってもしちゃいけねえ。あっしがみてると思うんだよ」(9)。これは、当初息子の出征に反対していた母親が、彼の決意を受け入れて贈った餞の言葉である。ここで問われる「はずかしいこと」とは、まずは「飲酒癖」と「放蕩」という、この母の身の丈を示す——十九世紀の既婚婦人らしい——

実地的なレヴェルから、やがて責任回避や下劣な行為に手を染めるなという、より抽象性の高いレヴェルへ進んでいく。「なあ、ヘンリー、無責任なこたぁしちゃいけねぇ。これ以外にいうことなんてねぇのさ。かあちゃんのためだよ。おめぇだって殴られたり、さもしい真似をしなきゃなんねえときもあっぺ。でもヘンリー、そういうときにも正しいこと以外、考えてはなんねえんだ」(9)。

思わず逃走した彼が我に返ったとき、みずからの間違いを自覚して「悪事が見つかったときのように萎縮する」のは、母のこの戒めに反応したがゆえであろう。これ以後、彼を苛むのは、おのれの肉体を物理的に滅ぼすかも知れない戦闘の恐怖ではなく、もっと深刻な、自身の社会的な意味づけ——つまり他者に知られたり、見つかったりすることで傷つくもの——に係わる問題であった。道理のうえでは、フレミングは確かに、「部隊の一構成部分」たるみずからの、物理的生命の保存に成功した。しかし、のちにより痛烈に自覚されたのは、戦闘を恐怖して逃げたことへの恥辱、さらにはそれが公になった時の恥辱であり、それこそが、彼の恐怖の対象となった。

つまり本当に怖いのは、戦争で命を落とすことではなく、生きながら苛まれる恥のほうでこそあったのである。しかし、この恥を通した自己の立場の発見は、かたやいにしえの絵巻物、かたや無意味な軍隊生活でしかなかった戦場に、個としてのフレミングを形成した初めての契機となったのである。

3　無傷でいることの恥／偽ることの恥

六章で脱走し、七章で我に返ったフレミングは、八章に入ると森から出て、さらに前進しているのか、それとも敗走しているのかが必ずしも定かではない、味方北軍の兵士の群れに合流するが、その際、多くの者たちが、皆多かれ少なかれ負傷している様子に気づく。恥の意識は、いよいよそれを見るうちに、無傷のままの自己に対して沸き上がる。無傷であること、それは彼が闘わず、脱走したことを証す印に違いない。そこで彼は、自分も彼らと同じ傷、つまり小説のタイトルである「赤い武勲章」を切望するにいたるのだ。「時おり彼は、負傷した兵士たちにうらやましげな一瞥を投じた。肉体を引き裂かれた者たちは、いまこの場では幸せなのではないかと思った。自分にもまた傷があったら、赤い武勲章があったらと願った」(46)。

フレミングを、この倒錯した願望に追いつめるのは、果たして、どこからともなく現れてはなぜか彼に付きまとう、「ぼろぼろの男/兵隊」と呼ばれる人物であった。彼は、自身がやはり重篤な傷を二カ所以上負い、ぼろ布を患部に巻き付けているが、そうしながらも休むことなく、戦闘を賞賛しつつ歩き続ける不思議な男だ。何食わぬ顔をして一群に加わるフレミングに近づき、ある問いかけをしてくるのであった。

その垢抜けしない顔は、軍隊に対する愛で満ち溢れていた。彼にとって軍隊は、美と力のすべてなのだ。

しばらくして、彼は若者のほうを向き、思いやりの込もった調子で尋ねた。「で、にいさんはどこをやられなすったのかい?」

この質問は、若者を即座にパニックに陥れた。もっとも最初は、その問いが何を意味しているかも、しかとはわからなかったのであるが。

「なんだって?」彼は尋ね返した。

「にいさんはどこをやられなすったんかってえの」ぼろぼろの兵隊は繰り返した。

「まあ、要するに」と若者は始めた、「ぼくは――ぼくは――なんというか――ぼくは――」

彼はやおら踵を返し、群衆のなかに紛れ込んだ。額は真っ赤になり、指はボタンの一つに伸び、それを落ち着かなげにまさぐっていた。うつむいて、まるで何か不具合でもあるかのように、一心にそのボタンを見つめていた。

ぼろぼろの男は驚きのうちに、彼を見送り通り過ぎた。(46)

クレインは、否認しても否認しても亡霊のように回帰して彼を苦しめる恥の意識を、この男を媒体に寓話化しているのかも知れない。「ぼろぼろの兵隊にあんなことを聞かれたので、彼は自分の恥が外から見えるかのように感じた。自分の額に罪の烙印が焼きつけられたように感じ、それが盗み見されてはいないか、ひっきりなしに横目であたりを窺った」(46)。戦争への愛と肯定を体現した満身創痍のこの男は、ある種理想化・規範化された戦争の形象そのものに見える。[6] フレミングの恥の自覚は、その不思議な男との係わりにおいて、唯一可能なコミュニケーションの形態なのだ。彼の自我の回復は、そもそもそれを破壊した恥との対話を避けることでは決して再生し得ないのである。

それゆえ作家は、あくまで彼の自我を危機にさらし、容易な逃亡を許さない。この直後、フレミングは、はぐれていた幼なじみの戦友、ジム・コンクリンに再会し、ひどく負傷した彼が、自分の前で壮絶な死を遂げる姿を見届ける。その勇敢にして残酷な死は、フレミングの疎外感と恥辱ゆえの劣等感をなお一層強めるが、悲しみを噛み締める彼のもとには、いつの間にか、ぼろぼろの兵隊が連れ添っていた。

果たして男は、負傷の話を蒸し返す。彼自身、一緒に歩き、話していたかと思うと急に、蒼白となって苦しみだすが、その姿は、日常的には付くことのない、殺傷兵器による傷の計り知れない恐ろしさと、そうしたものに襲われて錯乱を起こした人間心身の痛ましさを、読者に深く印象づける。そんな彼が持ち出すのは、一見なんでもないようだが、実は身体の内部を蝕み、体内で「雷を起こす」という、おかしな(queer)外傷の話であった。

「にいさんは相当びしっとして見えるが」ぼろぼろの男はついに口を開いた。「おめえさん自身が思ってるよりひどいもんかも知んねえよ。傷には気ぃつけとくのが身のためだ。そんな簡単にはすまされねぇから。ほとんど体ん中のほうがやられてんのかも知れねぇし、そうすっと中で雷を起こす。傷はいったいどこにあんだ?　……気ぃつけておかねばならねえよ。にいさんにだっておかしな傷があっかも知れねえ。自分じゃわかんねえようなやつが。傷はどこにあるのかねえ?」(52)

男の執拗な問いかけは、目には見えない若者の心的傷痍の正体を知っていると仄めかしつつ、実はそれを、暗に受容する仕草なのか。あるいは決して他意のない、戦友に対する気遣いなのか。いずれにせよ、フレミングにとっての男の問いは、「好奇心に貼り付いて出てくる恥辱の亡霊をよみがえらせる」業苦以外のものではなかった(52)。

彼は、だから、ついにここでしつこい男をふりきるのである。さらにこの別れと引き換えに、念願の負傷を得ることになる。しかしそれは、結局のところ南軍に破れて敗走する味方とすれ違った際、戦況を聞こうと腕を掴んだ兵士から、したたかに殴られた傷でしかなかった。戦闘ではなく、ある種恥ずべき状況でようやく得たに過ぎない傷は、しかし、早速効果を発揮する。よろめきながら街道へ出ると、また別の味方の兵士が、彼を、所属するニューヨーク三〇四連隊に送り届けてくれたほか、敵にやられたものと信じて疑わない仲間たちも、彼を迎え、特別な待遇をしてやろうとする。すると、皆に労われたフレミングは、得意になって徐々に虚栄心を増長させていくのである。

この見苦しい揺り戻しは、ぼろぼろの男から彼が逃走した時点で、予測可能であったとも言える。また、虚偽で満たされた名誉欲は、戦場における名誉というものそれ自体を失墜させる非情な設定にほかならない。ここで明白なのは、作家が恥の倫理的効果を、安易に楽観視していないことだ。確かに恥には二面性がある。それは、単に内省的な人格を作ったり、人を悔い改めさせたりするだけでなく、むしろ不面目を打ち消し、名誉を回復しようとするあまり、他者をおとしめ、虚栄を張るという行動を誘発することがあるのである。[7] クレインが、この恥の両面を認識していた可能性は筋書きから十分に窺え、事実、作家は、この両極を行き来して揺らぐフレミングの自我を、さらに容赦なく観察している。

部隊へ復帰した後のフレミングは、自分が逃亡を図ったことや、傷の由来が発覚しないか、実は戦友たちを恐れている。「彼らがしてくる質問」が、ぼろぼろの兵隊のときと同じく、我が身を奈落に突き落とすことを意識せずにはいられない（72）。不安から脱しようとする彼は、逆に他者の恥を嗅ぎ付け、それを踏み台におのれのプライドを回復しようと図りさえする。[8] しかし、恥の記憶は折にふれてよみがえる。若者は、仲間の問いかけに逐一身構えねばならない。「「おめえは昨日の戦闘を全部一人でやってのけたとでも思ってんのか、フレミング」。この発言は若者を刺し貫いた。偶然の言葉で、彼の内側はみじめに液状化した。足は密かに震えていた。彼はその皮肉屋に、怯えたまなざしを差し向けた」（76）。例えばこの展開は、上官の作戦をあげつらった兵士たちの雑談中に生じているが、フレミングは、虚偽が表沙汰になるという恐怖に苛まれ続けねばならず、名誉欲と恥辱との狭間で悶え続けているのである。

4　恥辱の「南北問題」

クレインを高く評価したジョウゼフ・コンラッドは、『赤い武勲章』との出会いを「わが文学人生における不朽の経験の頂点の一つ」と呼んでいるが（Conrad 190）、その真価について、以下のように述べている。「多くの一般大衆は、恥辱の恐怖、その慎ましやかな恐怖を知っている。『赤い武勲章』の若い兵隊もその一人である。この人物が稀有なのは、彼の内面が、スティーヴン・クレインの想像にひとえに依拠しているからであり、芸術家の洞察力と表現力をもってこそ、提起されているからだ」。この前段で、極端で奇を衒った物語では恐怖の本質は表せないと論じるコンラッドは、恥という、人がよく知る情動を戦争の経験に練り上げたクレインの技量を賞賛するのだ。「真理の要素だけを相手に」、かつそれを、「印象主義」的主観性の卓越をもって表すという、コンラッドの描いたクレイン像は（Conrad 193）、この作品が、質的貧困が認められてきた南北戦争小説の欠落を埋める、貴重なリアリズム小説であることを裏づけているだろう。

クレインが個人の「恥」を描き、それにより、すでに過ぎ去った南北戦争を表したことは、さらに、創作論や迫真性の水準を超え、思想史的な重要性をも帯びていると思われる。つまり、第一節でも示唆したとおり、勝者・敗者の党派的視点にも影響を受けやすい戦争小説の背後には、歴史認識のあり方自体がテーマとなってくるのである。奴隷制という「恥ずべき」政治体制をめぐって闘われた南北戦争の場合、それはまさに、恥の南北格差とでも言おうか――つまり、ついぞおのれを「恥じる」必要がなかった北部覇権と、恥を一身に背負わされ、従属を強いられた敗者南部が、いびつに作った文化構造の問題である。例えばウィルソンは、それをこのように批判した。

南部を再び連邦に加えるというリンカーンの寛大な計画は共和党過激派によって無視されて、南部同盟は敗戦の辛苦のみならずあらゆる形態の侮辱や無礼を受けたのである。……例えば、最近の動乱時〔一九五六〕におけるハンガリーの運命のほうが、南北戦争の終末時における南部の運命に較べていっそう悲惨であったなどといかなる点で言えるであろうか？　ロシア人はこの動乱を残虐な方法で鎮め、われわれが南部人に対して行なったのとまったく同じ方法でハンガリー人を服従させようと試みた。しかも、彼らも同じ正当化を主張することができたのである。すなわち、自分たちが制圧せざるをえなかった集団は遅れた封建社会であり、その経済は機能しなくなっており、社会的不正の上に築かれた社会であると。（xv–xvi）

クレインが、北軍兵士の恥を主題に南北戦争を描いたのは、単なる偶然だったのだろうか。自分はいったいどのような国で小説を書いているのかという問題意識をもたずして、そんな設定は可能であろうか。戦争の体験を、恥の意識から描きされる想像力は、基本的に瞠目すべきものであり、人間性の根本に斬り込む極限的な洞察と呼べよう。だが南北戦争に関する限り、恥はおそらく、特殊歴史的に形成された文化的暴力のむしろ明白な争点であった。北軍の正義をもってしても救われなかった黒人や、罪科への懲らしめを受けた南部白人にとってなら、恥は十分、日常的な経験ですらあり得たであろう。他方（あるいはそれゆえに）、北部白人にとっての恥は、多くの場合他人事に過ぎないのである。奴隷解放思想などに現れる北部白人の世界認識／自己認識は、南部体制を弾劾する潔白意識に基づいており、他者に対する加害意識に連なる恥の認識が、記されることは稀である。

北軍兵士の自己認識に羞恥をもって介入する『赤い武勲章』の本当の意義は、この文脈にこそ位置づけられるべきではないか。クレインは、人間一般の卑しさよりも、もっと激しく、戦後米国が生み出した正義の文化の政治学に応答していたのではないか。そのような目でこの小説を読み直すと、「恥ずべきもの」は主人公個人を超え、軍隊という組織の習性そのものとしても描かれていることに気づく。

あるとき仲間と水を汲みに行ったフレミングは、将校と幕僚たちが、自分の部隊を「騾馬追い人足のように闘う連中」と呼び放ち、「多くは帰還できぬ」であろう激戦に、捨て石のごとく送り出そうと計画するのを漏れ聞いてしまう（*Red Badge* 84, 85）。「騾馬追い人足」と嘲笑される兵隊は、おのおのに悲壮な決意や恐怖、死を前にした葛藤を抱えた存在であることが無視された、道具以外の何ものでもない。「将校は、まるで箒かなにかのことを言っているかのようだった。森のどこかを清掃するため、箒を指定したに過ぎないのだろう」（84）。かくしてフレミングは、この屈辱に「立派に報復」するために（91）、死にものぐるいで突撃し、大きな手柄を得ることになる。だがこの経験は、もはや彼の増長を許すものとはならなかった。「自分が上出来だった」ことを「ぞくぞくとする歓喜のうちに」思い返す彼に、次の瞬間、「最初の戦線からの逃亡」が「亡霊のごとく現れ」る（107）。しかも「恥辱の亡霊」は、彼に「小さな悲鳴」をあげさせ、「赤面させ」、究極的にはぼろぼろの兵隊の像を結ぶ（107–08）。「弾丸に血まみれとなり、出血で気を失いながら、こちらが傷を受けたと思い込んで気をもんでくれたあの男」——フレミングは「自分の犯した生々しい過ち」を思い出させるその男が、「生涯を通じて自分の前に立ちはだかる」のを覚悟する（108）。

こうした自覚を得たのちに、心機一転、進軍を続ける物語結末における彼は、果たして以後、どのような人生を送ることができるのだろうか。実際クレインは、本小説出版の翌年、『マクレアーズ』に「退役軍人」と題する掌編を発表し、「老フレミング」の最期を記した。最終的には曹長まで昇級した彼は、「ライオン」と呼ばれる風格にはそぐわないほど率直に、戦線におけるかつてのおのれの臆病さ、闘いの恐ろしさを説き聴かせ、村人の敬愛を集めている（Crane, "Veteran" 177）。友、ジム・コンクリンの勇敢な逸話には事欠かず、彼を偲んでつけられたのか、孫の名前もジムである。しかし、彼の暮らしに終止符が打たれる。ある晩、酩酊したスウェーデン人の使用人が、彼の納屋で火災を起こす。すると老フレミングは、我が身を省みずに火のなかに飛び込み、移民と動物を勇敢に救い出し、みずからは一筋の焔となって消えていく。

社会改良家・禁酒運動家であった両親をもつクレインの価値観を想起すれば、酩酊した移民のために命を落とすという行動は、動物の犠牲となることに劣らず、象徴的な設定と読める。かつて「騾馬追い人足」と蔑まれた一群に身を置き、人間扱いされず、そのことへの羞恥を帯びた義憤をもって、逆に、瀕死のぼろぼろの兵隊を見捨てた罪に思い当たったフレミングによる戦争の記憶。それは、身悶えするような個人的体験と、華々しい「勝利」と賞賛に彩られた歴史的記録を、行き来するような経験となるに違いない。「おじいちゃんはほんとうにやつらから逃げ出しちゃったの？」と問う孫に対し、「そうとも、それはほんとうなんだ」と肯定し、彼をいくぶん失望するに任せようとする老フレミングは、恥辱の亡霊の回帰を受け入れ、その訴えを噛み締めながら余生を送ったと見ることが、可能なのではなかろうか（178）。

彼の所属した「ニューヨーク三〇四連隊」は虚構の部隊にほかならず、その公然たる恥の記憶は、クレインの想像によるものである。ただし、世紀転換期のマンハッタンには、現実に特別な意味があった。そこは、奴隷制より「さらに過酷」と表現されたことすらある、貧しい移民労働者たちの生活の舞台であったのだ。「南部ではなく北部に」転じた「アンクル・トムの小屋」(Rollins 222, 221)、つまり、スラムにひしめく長屋(tenement)の生を熟知したクレインは、畢竟、南軍にではなく北軍にこそ、恥の亡霊を憑依させる正当な根拠があることを、見据えていたに違いなかった。

注

1　同編著者たちが「非戦闘」系戦争文学の主題として挙げるのは、兵士同士が多様に表す地域文化や階層の差異に発する物語、訓練や遠征、虜囚生活、ならびにそこにおける心的・肉体的試練、自意識の危機、孤独と苦悩、さらにはそれらが示唆する倫理的問題などである(Jason and Graves x–xiii)。

2　ドクトロウの *The March* は全米批評家協会賞(二〇〇五)、ペン/フォークナー賞(二〇〇六)、マイケル・シャアラ南北戦争小説賞(二〇〇六)を得たほか、二〇〇五年の全米図書賞の最終候補となっている。他方ブルックスの *March* は、二〇〇六年のピュリッツアー賞を受賞したが、*The March* のほうも、このときの最終候補に名を連ねていた。

3　例えばアルビオン・トゥアージェ(Albion Tourgée)は、旧南部を美化して描く大衆小説の氾濫を批判し、みずからが、リアリズムを追求した『骨折り損——ある愚者の記』や『藁抜きで煉瓦は作れず』などを著している。トゥアージェの南北戦争小説論については、"The South as a Field for Fiction" (1888) を参照のこと。

4　この趨勢は、とりわけ一八九〇年代までに書かれた作品の傾向に影響を与えているという。

5　ライヴリーのいう「最上」の十五編には、他にエレン・グラスゴウの『戦場』(一九〇二)、フォークナーの『征服されざる人々』(一九三四)、アレン・テイトの『父たち』(一九三八)などが含まれている。

6　クレインは、まるで中世の道徳劇を思わせるような、姿は奇妙だがわかりやすい象徴的人物をしばしば用いる。『マギー——街の女』の最後に登場する不潔な「肥満した男」(*Maggie* 53)もその一例と言えるだろう。

7　恥が人間心理に与える両面性については、古典的比較文化研究であるルース・ベネディクト、心理学研究であるドナルド・ネイザンソン(Donald Nathanson)、旧南部の精神史研究であるW・J・キャッシュ(W. J. Cash)とバートラム・ワイアットブラウン（Bertram Wyatt-Brown）の著書に、それぞれ文脈は違えども精査されている。

8　フレミング逃亡のきっかけとなった戦闘の前に、必ず死ぬと怖じ気づき、恋人や家族への遺品となる手紙の包みを彼に託したウィルソンのエピソード。原隊復帰後、その包みが制服の内ポケットにあることを思い出したフレミングは、ウィルソンの弱みを握ったことに浮き立つ一方、彼は恐縮しつつ、包みの返還をフレミングに求める。

引用文献

Brooks, Geraldine. *March*. New York: Viking, 2005. Print.

Cash, W. J. *The Mind of the South*. 1941. New York: Vintage, 1991. Print.

Conrad, Joseph. "His War Book: A Preface to Stephen Crane's *Red Badge of Courage*." 1895. Crane, *Red Badge* 190–94.

Crane, Stephen. *Maggie: A Girl of the Streets*. 1893. Ed. Thomas A. Gullason. New York: Norton, 1979. Print.

——. *The Red Badge of Courage*. 1895. Ed. Sculley Bradley, Richmond Croom Beatty, E. Hudson Long, and Donald Pizer. New York: Norton, 1976. 5–109. Print.

——. "The Veteran." 1896. Crane, *Red Badge* 177–81.

Doctorow, E. L. *The March*. New York: Random House, 2005. Print.

Elliott, Mark. *Color-Blind Justice: Albion Tourgée and the Quest for Racial Equality, from the Civil War to* Plessy v. Ferguson. New York: Oxford UP, 2006. Print.

Finseth, Ian Frederick, ed. *The American Civil War: An Anthology of Essential Writings*. New York: Routledge, 2006. Print.

Jason, Philip K., and Mark A. Graves. *Encyclopedia of American War Literature*. Westport, CT: Greenwood, 2001. Print.

Lively, Robert A. *Fiction Fights the Civil War: An Unfinished Chapter in the Literary History of the American People*. Chapel Hill: U of North Carolina P, 1957. Print.

Nathanson, Donald L., ed. *The Many Faces of Shame*. New York: Guilford, 1987. Print.

Rollins, Alice Wellington. "The New Uncle Tom's Cabin." *Forum* 4 (October 1887): 221–27. Web. 16 February 2010.

Schaefer, Michael W. "Civil War." Jason and Graves 66–70.

Tourgée, Albion. *Bricks without Straw*. 1880. Durham: Duke UP, 2009. Print.

——. *A Fool's Errand: A Novel of the South During Reconstruction*. 1879. New York: Cosimo, 2009. Print.
——. "The South as a Field for Fiction." 1888. Finseth 533–38.
Wyatt-Brown, Bertram. *Southern Honor: Ethics and Behavior in the Old South*. 1982. New York: Oxford UP, 2007. Print.
エドマンド・ウィルソン『愛国の血糊——南北戦争の記録とアメリカの精神』一九六二年、中村紘一訳、研究社、一九九八年。
平石貴樹『アメリカ文学史』松柏社、二〇一〇年。
ルース・ベネディクト『菊と刀』一九四六年、長谷川松治訳、講談社、二〇〇五年。

第4章

『マクティーグ』と暴力　フランク・ノリスの反リアリズム小説

諏訪部浩一

1　「遺伝」という問題

今日の目から見て、フランク・ノリスの代表作とされる『マクティーグ』を失敗作と断じるのは、いともたやすいように思える――いささか韜晦めくのだが、それを示すことから始めたい。実際、「正典」と見なされているアメリカ小説の中で、イデオロギー的にも、芸術的にも、『マクティーグ』ほど「問題」が多い作品も珍しいのではないだろうか。そうした「問題」の典型としては、この小説が露骨な人種的ステレオタイプを使用しているという定説を思い出せばいい。しばしば指摘されてきたように、マクティーグが（特に酒を飲むと）ひどく暴力的になることや、彼の妻トリーナが異様な貯蓄癖に憑かれること、マリア・マカパが常に盗みを働いていること、そしてザーコフが金銭欲のかたまりであるといったようなことがすべて、彼らのアイルランド系、スイス系、ラテンアメリカ系、ユダヤ系という人種的アイデンティティによって説明されてしまうというのなら（Pizer, "Frank Norris's *McTeague*" 24）、この作品がいまだに読まれていること自体が不思議に感じられるくらいである。

このような『マクティーグ』の人種差別的な性格に関して、批評家達はおおむね、遺憾ではあるが仕方がないといった態度を取ってきたように思える（ただし、近年のノリス批評はむしろそういった「問題」に対する歴史主義的なアプローチで繁栄している感があるが）。確かに、ノリスがこの作品を書いていた十九世紀末には、おそらくは移民問題を背景として、[1] アングロサクソン系の北欧人種こそが最高の人種であるといった「科学的言説」が流布していたのであり（Nisetich 2）、しかもノリスは「遺伝」によって人間の運命が決定づけられるという「自然主義文学」的なスタンスで創作してもいたのだから、（非アングロサクソンの）人種的設定を与えられた主要人物のそれぞれが、おのれの「運命」をどうすることもできずに身を滅ぼしていくというのは、時代的制約を背負った作者が意図した予定調和であるとひとまずは見なし得るだろう。

しかしながら、このように考えられたからといって、それだけで作品がイデオロギー的な批判から免罪されるはずはない。そして『マクティーグ』のこうしたイデオロギー的な「問題」はそのまま、世紀転換期に書かれるようになったアメリカ自然主義文学がすぐ直面した――つまり芸術的な――「問題」でもあったようにに思えるのだ。ここで想起しておきたいのは、自然主義文学としての『マクティーグ』の予定調和を司るとされる原理、つまり「遺伝」によって登場人物の運命を決定し、説明するという創作姿勢が、複雑な自我を備えた「個人」の存在を前提とする近代小説――とりわけ、アメリカではまさしく『マクティーグ』が書かれた時代に主要な文学モードとして定着することになったリアリズム小説――とは極めて相性が悪いように思えるということである。

もっとも、よく知られているように、「小説」の形式やジャンルに極めて強い意識を抱いていたノリスは

(Campbell 396)、自然主義文学者の基本的な創作姿勢を「反リアリズム」として措定しているし、本稿がこだわりたいのもその点であるのだが、ここでは論点を明確化するために「問題」について話を続けよう。自然主義はロマン主義の一形態であって、リアリズムの内側にあるものではないとするノリスは（Norris, "Zora" 274)、ウィリアム・ディーン・ハウエルズのリアリズムを表面的な事実を扱う「壊れたティーカップのドラマ」だと揶揄する一方（Norris, *Responsibilities* 215)、自分は人に媚びずに真実を語ると主張する(22)。なるほど、目に見える「事実」の背後にある「真実」へ肉薄しようという姿勢自体は非難されるべきものではないし、それは実際、ハーマン・メルヴィル、ナサニエル・ホーソーン、エドガー・アラン・ポーといったロマン主義の作家達を彷彿させもするだろう。しかし、目に見えない「真実」を「遺伝」という形で簡単に「説明」してしまうなら、作品は「ロマン主義」の強度を失い、通俗的な「ロマンス」に堕してしまう。それは『マクティーグ』が当時の人種差別的なイデオロギーとあからさまな共犯関係にあることで、かなりの程度証明されているといっていい。「遺伝」によって主人公の「運命」を「説明」してしまえるなら、「書きこむべきこと」がなくなってしまう。そして書きこむ手間を省いた「ロマンス」は、概して差別的になってしまうのだ。

こうした観点からすると、自然主義文学の解説では決まって「遺伝」が「環境」と並んで鍵語とされはするものの、アメリカの代表的な自然主義作家で「遺伝」を前面に出した作品を書いているのはノリス以外にはジャック・ロンドンぐらいしかいないことが（そして『荒野の呼び声』が成功作となった大きな理由が、主人公が人間ではない点にあると思われることも）、当然のように思えてくる。事実、というべきか、『獣人ヴァンドーヴァー』や『マクティーグ』でキャリアをスタートさせたノリス自身が、まもなく『オクトパス』や

『小麦取引所』といった「環境」に重きを置いた作品を書くようになっていくのだ（高取 39-40)。彼らはみな「書きこむ」ことを選択したのであり、かくして自然主義文学は成熟を経て——例えば国全体が悲惨な「環境」下に置かれた一九三〇年代には——「社会派リアリズム」へと通ずる道を拓いていったのである。

このように整理してみると、『マクティーグ』はやはり失敗作であり、アメリカの自然主義文学がたどった歴史における通過点でしかないようにも思えてくるのだが、その上で本稿が考えてみたいのは、いま述べてきたような——結局のところ、自然主義文学はリアリズム文学に回収されていくことになったという——文学史的な評価を下す際に抑圧される『マクティーグ』の「可能性」である。右の議論においては、自然主義文学を意識的に「反リアリズム」としようとしたノリスが「遺伝」を導入したことが、いわば必然的に人種差別的な性格を作品にもたらしたことを指摘したわけだが、ここで強調したいのは、この指摘は「反リアリズム」の文学を構築しようという企図自体の虚しさを意味するわけではないということだ。

そもそも、登場人物の行動を「遺伝」によって説明することを非難するというのは、そうした（当時は「科学的＝現実的」であると思われた）「説明」が実際には（時代が変わると）十分な「リアリティ」を持ち得ていないといっているに等しく、その意味において、ノリスの「反リアリズム文学」を「リアリズム文学」の尺度から裁断しているにすぎないともいえるはずである。『マクティーグ』の自然主義小説としての可能性を正当に理解するためには、「遺伝」という「問題」を別の角度から見なくてはならない。つまり、「遺伝」の導入によってノリスが「書かずにすませてしまったこと」ではなく、それによって「書こうとしたこと」を考えなくてはならないのである。

2　過剰な暴力

こうした観点から注目されるべきは、主人公の行動の「原因」ではなく（それは「まとも」に書きこまれていないのだから）、その「表出」自体ということになるだろう。実際、『マクティーグ』と題された小説が最も強い印象を与えるのは、主人公がその過剰な「暴力」を爆発させてしまう瞬間であるといっていい。例えば、マーカス・シューラーとのレスリングの場面で、マクティーグが耳を噛みちぎられた直後の叙述を見てみよう。

マクティーグの中にあって、いまにも表面にあらわれそうになっていた獣性が、即座に活気づき、怪物的な、抑制され得ないものとなった。彼は、甲高い、わけのわからぬ叫び声をあげて立ちあがった。ふだん話しているときの低音とは似ても似つかぬ声だった。それは手負いの野獣のぞっとするような叫びであり、傷ついた象があげる悲鳴だった。彼が発したのは言葉ではなかった。大きく開いた口からほとばしり出る高音には、何一つ聞き取れるものはなかった。それはもはや人間のものではなく、むしろジャングルから聞こえてくるこだまであった。(Norris, *McTeague* 132)

このシーンが物語のちょうど折り返しの地点（全二十二章中の第十一章）に配置されているのは偶然ではないだろう。この場面は、小説前半においてマクティーグとマーカスの不和がつのらせていた緊張感のクライマックスにあたると同時に、後半におけるマクティーグの二つの殺人を予告するものとなっているからである。マクティーグの「獣性」は、いつでも過剰な「暴力」という形をとって表面化し得ることを、ここで読者は思い知らされるのだ。

こうしたマクティーグの「暴力」を繰り返し「過剰」と呼んできたのは、それが「遺伝」という「説明」には、とても収まりきらないように感じられてしまうからである。そしてそうであるとすれば、この小説における「遺伝」という「説明」がいかにも取って付けたようなものであることは、逆説的な説得性を保持しているというべきかもしれない。「説明」がまともな「説明」になっていないことがリアリズム小説の尺度からすれば「問題」であり欠点であるとしても、この「欠点」には、「原因」とは「結果」を生むものではなく、むしろ「結果」から遡及的に「発見」されるものであり、またその程度のものでしかないという「真実」が露出しているように思えるのである。

急いで付言しておけば、「原因」と「結果」のロジックを顛倒させるという二十世紀的な芸当を、遺伝をめぐる時代の言説を無批判に採用しているノリスが意識的におこなっているといいたいわけではない。そうではなく、作品がおそらくは作者の意図さえも裏切って、「遺伝」に関する通俗的なイデオロギーを脱構築しているところが興味深いのだ。小説中、マクティーグの「獣性」が最初に提示されるのは、麻酔で眠っているトリーナの唇を「暴力」的に奪ってしまうショッキングな場面だが（これは一種のレイプといっていいだろう［Cavalier 134］）、その行為を語り手は以下のように「説明」する。


……野獣はそこにいた。長らく眠っていたが、それはいまやとうとう目をさまし、活動を始めたのだ。これから彼は絶えずその存在を感じ、それが好機をうかがって鎖を引っぱるのを感じるだろう。……どうして彼は、常に純粋に汚れなく彼女を愛することができないのだろう。彼の内部に住み、その肉体と結合している、この手に負えない、よこしまなものは何なのだろう。

彼の内部のあらゆる善きものの立派な骨組みの下に、遺伝的な悪の忌まわしい流れが下水道のように流れていたのだ。彼の父親とその父親の、そして三代にも四代にも五百代にもわたる悪徳と罪が彼を汚していたのだ。人種全体の悪が彼の血管を流れていた……。

しかしマクティーグには「それ」が理解できなかった。それは彼の目の前に姿をあらわした――遅かれ早かれ、あらゆる人の子の前にあらわれるように。(Norris, *McTeague* 22)

この引用箇所で注目すべきことは、ここで提示される「遺伝的な悪」についての「説明」が、何の説明にもなっていないことである。「三代」や「四代」ならまだしも、「五百代」にわたる「遺伝」を特定の「人種」に帰そうとするのは無意味というしかないだろうし、[2] 実際、ノリスは「ほとんど我知らず」といった感じで(Levenson 169)、マクティーグの中に目覚めた獣性(獣欲)を「あらゆる人の子」のものとして、「普遍化」してしまうのだ。

こうして『マクティーグ』のノリスは、その意図にかかわらず、エミール・ゾラ流の自然主義とは袂を分かつことになる。「実験小説論」のゾラは、クロード・ベルナールの「わたしたちは現象の近接原因、つまり現象を決定する要因を決定性と呼んでいる。わたしたちはけっして自然現象の本質に働きかけるのではなく、単にその決定性に働きかけるのである」といった言葉を引用し(ゾラ 805)、「決定論者」である自然主義文学者は「宿命論者」ではないと論じている。この主張は、「決定性」が「近接原因」、すなわち働きかけることができる(程度の)ものであるという点において、後の「社会派リアリズム」に通じるものとして感じられもするのだが、[3] 本稿の文脈において重要なのは、このゾラの主張から翻ってみると、「遺伝的な悪」を「説明」しようとすると人類全体にまで筆を及ばせて――滑らせて――しまう『マクティーグ』の核にある原理が、「決定論」というより「宿命論」であるように感じられることである。

個々の登場人物がそれぞれの人種という「遺伝」に支配されるのは、十九世紀末的な「現実」にすぎない。『マクティーグ』が提示するのは、そうした（当時としては「リアリスティック」であった）「現実」が――「個々」のものとしては無意味に感じられるほど――「あらゆる人の子」にとって「宿命」であるという（「ロマンティック」な）「真実」なのだ。もちろん、リアリズム文学を通過した地点から顧みれば、その「真実」は、人種差別的な「現実」という軛につながれた、脆く危ういものに見えるだろう。その「真実」は、右に見た作者の「筆の滑り」を端的な例として、主人公の行動の「説明」が不十分であるという形でテクストに走る亀裂から、滲み出てくるものでしかないのだから。

だが、こうした「脆さ／危うさ」と引き換えに、ノリスはリアリズム文学の定着により小説が失おうとしていた「宿命」を、そして「悲劇」を回復しようとした。『マクティーグ』という「ロマンス」が提示する主人公の過剰な暴力とは、近代小説が駆逐した「宿命」という「力」――人間をコントロールする目に見えない「悲劇」的な「力」――を小説というジャンルに取りこもうとして放たれた、ほとんど時代錯誤に見えかねない一撃なのだ。

だとすれば、その「一撃」が文字通り「暴力」という形を取っているのはいかにも相応しいというべきだろう。「暴力」とは、「日常」を描くリアリズム小説には（原理的に）扱いがたいものであり（近代社会においては、暴力に接しないことが、「日常」の定義の一つであるはずだ）、実際、ハウエルズやヘンリー・ジェイムズの小説には暴力沙汰は出てこない。近代リアリズム小説を主要な文学モードとしているのが、昨日も今日も明日も「暴力」とは無縁でいられるという「日常」への信であるなら、ノリスはそうした信頼が根拠なき盲信でしかないという「真実」を突きつける。『マクティーグ』とは、「暴力」が二十世紀小説の発見した主題であると証言するテクストなのである。

3 「文化」による抑圧

このように見てくると、自然主義文学は「社会派リアリズム」への道を拓いていったばかりではなく、それと同時代にあってそれに回収されない「モダニズム小説」と「ノワール小説」——どちらにおいても「暴力」と「悲劇」は重要な要素となる——の先駆となっていたことも理解されるように思われるのだが、本稿の文脈で同時に指摘しておきたいのは、そういった後継の文学と比しても際立つ『マクティーグ』の「反リアリズム」性である。例えば、ウィリアム・フォークナーの『響きと怒り』が芸術作品としてどれほど完成度を極めていても、そこには南部名家の没落という社会的現実がしっかり書きこまれている。あるいはジェイムズ・M・ケインの『郵便配達夫はいつも二度ベルを鳴らす』がいかにプロット中心のスピーディーな展開を見せようとも、やはりそこには主人公が意識しない社会的現実の存在が、初期ノワール小説に相応しく示唆されているのだ。コンプソン家の「悲劇」や、フランク・チェンバース（とコーラ・パパダキス）の「暴力」は、リアリズム以後の小説に期待される「説明」をほどこされているのである。

それに対し、強調してきたように、『マクティーグ』には十分な「説明」というものがない。主人公の「暴力」も「悲劇」も、彼が「人間」である以上逃れようがない「宿命」として提示されている。別言すれば、マクティーグの「獣性」は、「非人間的」な特徴などではなく、むしろ「人間性」の証そのものなのだ。そのようなスタンスで書かれた小説が、共同体との葛藤において主人公の内面=自我を描くという、リアリズム小説的な複雑さを備えていないことは当然だろう。例えば、反ヴィクトリア朝的な性と金にまみれたメイン・プロットと対比的に提示されるオールド・グラニスとミス・ベイカーの純愛が (McElrath 47)、通俗的な「ロマンス」のコンヴェンションにどこまでも縛りつけられていることを想起しておけばいい (Cain 332)。彼らは二人とも共同体の「目」を強く気にしてはいるが、そうした自意識は彼らの「自我」を前景化しない。彼らは周囲の人間が想定している通りにお互いを愛しているだけなのだ。

オールド・グラニスとミス・ベイカーのサブプロットがパロディ的に示しているのは、共同体と葛藤を起こせる「自我」を持った人間は、既に「文化」に取りこまれているということである。反リアリズム小説としての『マクティーグ』は、そういったリアリズム的葛藤を、「壊れたティーカップのドラマ」として提示しておき、それでは「人間」を描けはしないと示唆する。そして主人公の「人間性」を、「文化」が抑圧する（あるいは、抑圧しきれない）「獣性」に認めようとするのだ。実際、小説前半でマクティーグが経験する「葛藤」のほとんどは、彼が「文化」によって抑圧され、立ち往生するという形を取っているといってもいい。劇場でチケットを購入しようとする場面がその端的な例であるが (Norris, *McTeague* 55–57)、本稿の文脈では、レスリングのルール――「文化」による「獣性／暴力」の抑圧――を理解できずに戸惑う場面などもすぐに想起されるだろう (131)。

留意しておきたいのは、マクティーグはそういった「文化」の抑圧に、基本的には従順であろうとすることである（だから「暴力的」になる前に、しばしば「戸惑う」ことになる）。カナリアをどうしても手放せないことが象徴的に示しているように、彼は「鳥籠の中の鳥」として「獣性」を手なずけ、ルーティーンに身を委ねていようと思っている（あるいは、思わされている）のだ。彼の中の「獣性」が目覚めた場面を見てみよう。

突然、彼の中の動物が動き出し目をさました。彼の内部にあり、ほとんど表面近くにまで浮上していた邪悪な本能が、喚き叫びながら踊り出た。

それは危機であった……。盲目的に、理由もわからないまま、不合理な抵抗本能に突き動かされて、マクティーグはそれと戦った。彼の内部で、第二の自我のようなもの、もう一つの、よい方のマクティーグが、野獣とともに立ちあがった。どちらも強く、彼本人の巨大で粗野な力を備えていた。両者は取っ組み合いをした……。その動物は、唇をゆがめ、牙をむき出し、醜悪で、怪物のようで、防ぎがたい勢いで豹のように飛びかかってきた。そして同時に立ちあがったもう一人の人間、「退け、退け」と理由もわからないままに叫ぶ、よい方の自己が、怪物をつかまえ、絞めつけ、押さえつけて下がらせようとするのだった。(21)

ここで「獣性」に抵抗する「よい方のマクティーグ」が、「第二の自我」と呼ばれていることは、それが後天的に、つまり「文化的」に構築された自我であることを示唆するといっていいだろう。

こうして「万一この戦いに敗れたら、自分は二度とトリーナを愛することができなくなるとおぼろげながらわかっていたらしい」マクティーグは（21）、トリーナを「文化的」に愛するため、「獣欲」を抑圧しようとするのだが、結果は暴力的なキスに終わってしまう。それ以上の行為に至らなかったという点において「動物は退けられた」とされるものの（22）、「抑圧」が不十分であったことは明らかだろう。だからこそ彼は、トリーナが意識を回復するやいなや、「獣欲」を「文化」に回収するべく結婚を申しこむのだ。同様の例は、最初のピクニックの夜にトリーナの部屋を使わせてもらうことになった彼が、小説中随一の性的興奮の高まりとともに彼女のクローゼットという私的な場所＝秘所を犯し、それからははっきりと婚約者然とした振る舞い方をすることにも認められるかもしれない。「これ以上待っても仕方ないですよ」というマクティーグの言葉は（50）、（トリーナが知らないうちに「秘所」を犯した）彼にとっては二人の関係がすでに成就したものとしてあり、それに正式な――「文化的」な――形を与える必要性（だけ）を感じていることを示すだろう（Cavalier 136）。マクティーグは彼なりに、「文化」に適応して生きようとしているのだ。

そうした観点からすれば、マクティーグの失職が、小説中で最大の事件に見えるのは当然である。例えばドナルド・パイザーは、それはトリーナにとっては金銭的なトラブルにすぎないが、[4] マクティーグにとっては人生におけるあらゆる「意味」が失われたように感じられる出来事であると述べている（Pizer, *Novels* 78–79）。マクティーグが母の元を離れて――子宮のような炭坑から出て――歯科医となると同時に象徴秩序＝「文化」に参入したと考えれば、これはかなり説得的な指摘に思える。実際、歯科医という社会的アイデンティティのおかげで、彼は「文化」の中で生きてこられたといっていいだろう。

しかしながら、おそらくより重要なことは、マクティーグはそのこと、つまり、アイデンティティが文化的構築物であることを理解していないということである。レスリングという文化的競技で勝利するには単に暴力で圧倒するだけではなく、相手の両肩を地面につけなくてはならないことが理解できないのと同様に、歯科医という文化的職業に従事するためには単に歯の治療が（道具を使わず指で抜歯するという暴力的な行為が）できるだけではなく、歯科学校に通って免許を取得しなくてはならないことが、彼にはどうしても理解できないのだ。これはマクティーグが結局のところ「文化」にうまく適応できなかったことを示すだろうが、それは取りも直さず、「文化」が彼の「人間性」を十分に抑圧できなかったということでもある。失職は、マクティーグという人物を破滅させる契機であったとしても、マクティーグという「人間」には、根本的な変化をもたらさない――これこそが、マクティーグの失職がこの小説における最大の事件であることの意味なのだ。

4 「文化」から遠く離れて

ある統計によれば、十九世紀最後の四半世紀には歯科学校の数が急増し、世紀末には三十五州で開業には免許が必要であったという（Heddendorf 679）。この事実は、南北戦争が終結し、ようやく市民社会が安定しつつあったアメリカにおいて「文化」の締め付けが厳しくなっていったことの一例として見なすことができるだろうし、そうした時代的背景に鑑みれば、マクティーグの失職とその後の暴力的な振る舞いに社会的な意味――例えば「個人」を抑圧する「文化」に対する批判――を読みこむことも可能であるように思える。失職の直接的原因が登場人物中随一のオポチュニストであるマーカスによる当局への密告であること、そしてマクティーグが最後まで語り手に「歯科医」と呼ばれ続けること――そう呼ばれるたびに、読者は彼のアイデンティティが「文化」に否認されていることを思い出させられる――なども、そうした読み方を補強してくれるかもしれない。

だが、既に明らかであるはずだが、『マクティーグ』の主眼は、「文化」による「人間性」の抑圧という社会的主題にあるわけではない。ノリスが「書こうとしたこと」とは、あくまで「人間性」それ自体であるはずだ。批評家達はしばしば、歯科医という（文化的）アイデンティティを失ったときにマクティーグの「退化」が始まると考えるのだが（Levenson 172）、この通説はいささかミスリーディングのように思える。強調しておいたように、マクティーグの暴力はいつでも発動し得るのだし、彼は最初から最後まで、「文化」を理解しない人物として提示されているのだから。前節でも見た彼の「文化」への恭順は、象徴秩序に参入した彼が「去勢」されたことを意味するわけではないのだ。

「リアリズム」が文化的に「去勢」された人々のドラマであるのに対し、ノリスの「ロマンス」は「去勢」を受けなかった「人間」を描こうとする。したがって、「文化」をまったく理解しない主人公の脇を固める人物達が、それぞれに「子供」的な属性——変化を嫌うロマンティックな心性——を与えられているのは当然ともいえるし、本稿の文脈ではさらに、彼らの「子供ぶり」が、冒頭で触れた作品のイデオロギー的、つまり「リアリズム的」な「問題」をしばしば脱構築するに至ることも指摘できるかもしれない。[5] 例えば子供のように飽きもせず同じ話を（マリアという「母」的な名前を持つキャラクターに）何度も聞かせてくれとねだるザーコフや、金に対してフェティッシュな執着をつのらせるトリーナは、[6] 金銭欲というリアリスティックな「文化」的欲望というより、もっと根源的な「欠落」を埋めようとするロマンティックな渇望に支配されているように見える。[7] あるいはマクティーグ自身について、トリーナを殺害して奪った金を使っている場面が描かれないことを想起してもいいだろう。『マクティーグ』という「ロマンス」が提示する人物達の常軌を逸した行動は、金銭欲や性欲といった我々自身の日常的な——リアリズム的な——欲望を誇張したものとしてではなく、まさしく常軌を逸した水準——非リアリズム的な水準——で読まれなくてはならないのである。

したがって、マクティーグの子供のような「暴力」は、特定の「文化」に向けられているわけではない。ヴァルター・ベンヤミーンは、その有名な「暴力批判論」において、次のように述べている。

英雄伝説では、たとえばプロメテウスといった英雄が、尊敬に値いする勇気をもって運命を挑発し、これと勝ったり負けたりの闘争を繰りひろげるのだが、そこには人間にいつか新しい法がもたらされることへの希望が、ないわけではない。この英雄と、かれ固有の神話の法的暴力とが、ほかでもなく、こんにちもなお民衆が犯罪者に驚嘆するときに、思いうかべようとしているものである。（ベンヤミン 55–56）

この「神話的暴力」に関する説明は、前節の冒頭で自然主義文学の後継ジャンルとして位置づけておいた、一九三〇年代の初期ノワール小説にはうまくあてはまるように思われるが、『マクティーグ』にはそぐわない。「文化」を理解しないマクティーグは、「文化」に反抗することもないのだ。事実、営業を禁じられたマクティーグは、ノワール小説の主人公達とは異なり、「法」の目をかいくぐろうとはしない。もちろん妻を殺したあとは逃亡生活に入るわけだが、それは小説最後の数章でのことにすぎないし、彼を捕まえるのは警察ではなく、「運命」の手先であるマーカスであり、「文化」から遠く離れた砂漠なのだ。

かくしてマクティーグは「文化」にではなく「運命」に敗れる。「文化」と戦うことができないキャラクターだからこそ、彼は「運命」に敗れる「悲劇」の主人公となったのだ。だが、こうした形での「悲劇」の構築を、ノリスは二度と試みなかったし、他の自然主義作家達もおこなわなかった。既に主流の文学モードとして定着してしまったリアリズム文学の磁場は、きっとそれほど強力だったのだろう。しかしそのことは、『マクティーグ』がただのアナクロニスティックな失敗作であることを意味しない。おそらくはアメリカ初の反リアリズム小説であるこの作品は、近代小説が存続する限り、決して古びることがないはずだ。リアリズムというフィルターの彼方にある「真実」を追い求めた『マクティーグ』は、小説というジャンルの可能性を夢見させてくれる、極めて刺激的な——暴力的なまでに刺激的な——「ロマンス」なのである。

注

1 当時の移民問題が『マクティーグ』に与えた影響については、Gardner 52–59 を参照。

2 したがって、引用文で「人種全体」と訳しておいた箇所（原文は “an entire race”）は「人類全体」と解すことも可能となり、人種の「問題」は脱構築されてしまうことになる。

3 この点に関しては、W・M・フロウホックの指摘が参考になる——「ゾラには本来多分に時代遅れのロマン派詩人的なところがあった。……ゾラのこうした面と彼を動かしていた強烈な人道主義的熱情——人間はもっと向上させ得るものだ、環境を良くすれば改革は必然的になってくる、したがって、為すべきことはこの抑圧的な第二帝国を取り除き、生活条件の向上に働きかけることである、とする熱情——との間には、幾らかのつながりがあったように思える」（フロウホック 91–92）。

4 ただし、この事件はトリーナの蓄財が、単なる金銭欲（文化的欲望）に見えるものから、金そのものに対するフェティッシュな欲望へとはっきりと変貌する契機となっている。

5 本稿では論じる余裕がなかったが、マクティーグの「暴力」を、自然主義文学に関してしばしば指摘されるジェンダー・イデオロギー的な「問題」——シオドア・ローズヴェルトの時代に相応しく、あからさまに「男性的」なものを書いたという指摘（Cruz 510, Dudley 55 など）——に回収することも、十九世紀の「男らしさ」が、概して「女らしさ」よりも「子供っぽさ」と対置されていたことに鑑みると（Rotundo 20）、難しいように思える。つまり、マクティーグの暴力的振る舞いが、

「男」としての振る舞いなのか、「男」になれない（攻撃性を「文化的」にコントロールできない）人間の振る舞いなのか、決定不可能に思えるということである。

6　よく指摘されるように、トリーナが金を隠す袋が子宮のようにふくらんでいくことは（Spangler 54）、この小説における「金」への欲望が、物欲とは質的に異なるものであることを象徴的に示すだろう。

7　バーバラ・ホックマンは、その優れたノリス論で、『マクティーグ』を突き動かしているのは、何かを得たいという欲望ではなく、喪失を恐れる気持ちであると指摘している（Hochman 61–62）。

引用文献

Cain, William E. "Presence and Power in *McTeague*." Norris, *McTeague* 328–43. Print.

Campbell, Donna M. "Frank Norris' 'Drama in a Broken Teacup': The Old Grannis-Miss Baker Plot in *McTeague*." Norris, *McTeague* 395–404. Print.

Cavalier, Philip Acree. "Mining and Rape in Frank Norris's *McTeague*." *American Transcendental Quarterly* 14.2 (2000): 127–41. Print.

Cruz, Denise. "Reconsidering *McTeague*'s 'Mark' and 'Mac': Intersections of U.S. Naturalism, Imperial Masculinities, and Desire between Men." *American Literature* 78.3 (2006): 487–517. Print.

Dudley, John. "Inside and Outside the Ring: Manhood, Race, and Art in American Literary Naturalism." *College Literature* 29.1 (2002): 53–82. Print.

Gardner, Jared. "What Blood Will Tell: Hereditary Determinism in *McTeague* and *Greed*." *Texas Studies in Literature and Language* 36.1 (1994): 51–74. Print.

Heddendorf, David. "The 'Octopus' in *McTeague*: Frank Norris and Professionalism." *Modern Fiction Studies* 37.4 (1991): 677–88. Print.

Hochman, Barbara. *The Art of Frank Norris, Storyteller*. Columbia: U of Missouri P, 1988. Print.

Levenson, J. C. "*The Red Badge of Courage* and *McTeague*: Passage to Modernity." *The Cambridge Companion to American Realism and Naturalism: Howells to London*. Ed. Donald Pizer. Cambridge: Cambridge UP, 1995. 154–77. Print.

McElrath, Joseph R., Jr. *Frank Norris Revisited*. New York: Twayne, 1992. Print.

Nisetich, Rebecca. "The Nature of the Beast: Scientific Theories of Race and Sexuality in *McTeague*." *Studies in American Naturalism* 4.1

(2009): 1–21. Print.

Norris, Frank. *McTeague*. Ed. Donald Pizer. 2nd ed. New York: Norton, 1997. Print.

——. *The Responsibilities of the Novelist and Other Literary Essays*. New York: Greenwood P, 1968. Print.

——. "Zora as a Romantic Writer." *McTeague* 273–74. Print.

Pizer, Donald. "Frank Norris's *McTeague*: Naturalism as Popular Myth." *ANQ* 13.4 (2000): 21–26. Print.

——. *The Novels of Frank Norris*. Bloomington: Indiana UP, 1966. Print.

Rotundo, E. Anthony. *American Manhood: Transformations in Masculinity from the Revolution to the Modern Era*. New York: Basic, 1993. Print.

Spangler, George M. "The Structure of *McTeague*." *English Studies* 59 (1978): 48–56. Print.

エミール・ゾラ「実験小説論」『ゾラ』古賀照一・川口篤訳、新潮社、一九七〇年、七八九―八二二頁。

高取清『フランク・ノリス――作品と評論』彩流社、二〇〇三年。

W・M・フロゥホック『暴力小説とは何か――現代アメリカ作家論』平田純訳、研究社、一九七四年。

ヴァルター・ベンヤミン『暴力批判論他十篇――ベンヤミンの仕事1』野村修編訳、岩波文庫、一九九四年。

II

モダニズムとその陰画

第5章

うたはアメリカの大義から　パウンドの詩学

渡辺信二

恋は暴力、愛は受苦。われら、クピードーの矢に傷ついて、癒し方を知らぬ。
——ギリシア・ローマ神話より

恋は、単純で原始的な行為である。それは闘争である。それは憎しみである。恋には暴力が必要である。相互の同意による恋は、退屈な労役にすぎない。
——アナトール・フランス『神々は渇く』

エズラ・パウンドはなお、毀誉褒貶の激しい詩人であり、いまだ正当な評価を受けていない。ここで彼に関して強調したいことは、彼がアメリカの詩人であり、アメリカ詩人の伝統に生きたこと、彼の理想とする「アメリカの大義」に殉じたことである。

彼の過ちは、大義を誤解したことではなくて、その実現へ至る方法の選択が大方の判断と異なっていたためである。しかし、この過ちこそが彼の詩学の支えであり、作品創造の原動力であった。彼は、反米、反ユダヤ、反民主主義、反金融資本主義を唱えた。すなわち、政治思想としては、民主主義という名の愚民支配政治を批判して孔子の思想に基づく賢人政治の実現を目指し、経済思想としては、当時も今も無視されているクリフォード・ヒュー・ダグラスの主張する「社会信用（ソーシャル・クレジット）」論という聞き慣れない経済理論を高く評価した。このダグラス理論の基本は、不況と戦争を回避するには、国家が国民に対して信用を供与して、国民の購買力を活性化する必要があるという考えだった。資本主義を否定するのではなくて、帝国主義的資本主義、金融資本主義に反対するものであった。

いまわれわれは、こうした「過ち」を含めて、パウンドの詩学全体をどう評価するのかが問われている。

1　アメリカ詩人エズラ・パウンド

周知の通り、アメリカ合衆国の起源となるイギリス人たちの北米移住は、当時のイギリス絶対王政が暴力的に圧制的に強いるアングリカニズムから逃れて、個人の信仰の自由を守ることが目的であった。よく引用されるが、ピューリタンたちの使命は、「丘の上の町」（マタイ五・十四）の建設、理想国家の実現、個人の自由を保証する社会の創出であった。この使命達成が、アメリカの大義である。しかし、「アメリカの大義」とは、同時に、「アメリカの神話」でもある。なぜならば、この「大義」は、現実に権力を握る者たちによって直ちに破られるためだ。

「アメリカの大義」に従えば、当然、他者の信仰の自由を侵すことは許されなかった。しかし、個人主義的な信仰の表明と、飽くなき自由の追求は、共同体の恙無き運営を図る当時の指導者たちによって、秩序の攪乱、共同体の破壊につながると判断された。具体的な事件が、一六三〇年のボストン移住後ほどなくして起きたアン・ハッチンソン事件（一六三七）である。神との直接対話と独自の聖書解釈を他者に語り掛けるアン・ハッチンソンは、共同体から危険人物と見なされて追放され、のちにインディアン襲撃によって殺されることとなる。

このアン・ハッチンソン事件は、象徴的だが、決して特別な事件ではない。共同体の利益にそぐわない人たちは、男女を問わず追放され、時には、死刑に処された。そして、これは、植民地時代だけでなく、独立後のアメリカでも常時見られる。アメリカ合衆国とは、世界で唯一のミッション系国家であるが、しかし、統治体として、あるいは国家として、「アメリカの大義」を掲げてアメリカ合衆国が現実に行う政策は、「アメリカの大義」と矛盾する。ほとんどが理念を国家利益に歪めている。

しかし、非常に純粋な形で真の「アメリカの大義」の遺伝子を継承してきたのが、アメリカ文学である。その源流は、アン・ハッチンソンの反律法主義（アンチノミアニズム）だと指摘される。これは、「神の啓示を受け無償の恩恵によってキリストの霊を体験し再生した者は人間の心の内に目に見えない〈神の律法〉を持ち、それを基準とするので、もはや外的な法制度としての律法に拘束されない」（西村 28–29）とする考え方である。個人の自由をあくまでも求める反律法主義者たちは、既成の制度や慣習、権力、政治・経済・社会からの強制を受け入れず、おのれの内的な声に耳を傾けて生きてゆこうとする。同じく、アメリカの多くの文学者たち、詩人たちにとって、おのれの信念をこの世で実現することが使命であった。例えば、ソローやメルヴィル、マーク・トウェインなど、アメリカが「大義」と異なる方向で戦争を始める場合に、国家としてのアメリカを強く批判して来た。そして、この系譜に、パウンドも位置づけられる。

ここでわれわれは、エズラ・パウンドの父系・母系の先祖が十七世紀、英国からニューイングランドに移住している事実を思い出してよいだろう（Moody xiii）。パウンド自身がこうした祖先の意図や影響の元にあったことを否定するのは難しい。勿論、実際のパウンドの使命は、宗教的なものではなく、詩人としてであったが。

彼には、誇大妄想狂的な詩人観がある。文学の力を絶対的に信頼し、詩人には天命・義務があるという信念にもとづいて、詩が時代を変え、人類を救済するという確信を持つ。文学者がアメリカの使命を自覚的に担おうとする時におこりがちな確信である。文学を社会変革の唯一の手段として信じていた。

パウンドは、歴史の周辺にあるもの、周辺を生きるもの、歴史で主流ではない者に真理を見いだし、信頼を置く。たとえば、プロペルティウス。古代ローマの詩人としては、ウェルギリウスやホラティウスなどの同時代人に隠れて、注目を浴びることがなかったが、パウンドは、『セクストゥス・プロペルティウスの讃歌』（一九一九）で、彼を単なる叙情詩人ではなくて、当時の帝国主義的な領土拡大路線を押し進めた古代ローマ帝国への批判者として捉え直した。

人気のある歴代アメリカ大統領と言えば、パウンド存命中でもやはり、ワシントン、ジェファソン、リンカーンであろう。誰が、第二代大統領ジョン・アダムズを考えるだろうか。しかし、パウンドは、『キャントーズ』でアダムズに六十二章から七十一章までを割く。既存の俗流歴史観への挑戦であった。

『キャントーズ』において、長い中国の歴史をうたう「中国詩篇」が第五十二章から始まり、六十一章に至って、雍正帝の死に言及したあと、清国は国家としてなお続くにも関わらず、次の第六十二章から突然アメリカ合衆国に眼を転じ、アダムズに話題を変え、いわゆる「アダムズ詩篇」を展開してゆく。この奇妙な飛躍は、何故起きたのだろうか。

清朝第五代皇帝雍正帝は、皇帝としての統治期間はわずか十三年であり、康熙帝（在位六十一年間）と乾隆帝（在位六十年間）に挟まれてあまり目立たないが、厳格な政治で清朝の体制の維持を図り、清朝の全盛期を支えたと言われる。パウンドは、アメリカにも孔子の政治理念を実現させたいと考え、雍正帝の亡くなった一七三五年に、ジョン・アダムズが生まれたので、雍正帝の生まれ変わりとしてアダムズを捉えた。

実際、アダムズは、ボストン虐殺事件では加害者とされたイギリス兵士の側に立って弁護を引き受けている。大統領としては、芸術、文化、農業を重視する政策を奨めた。また、フランスとの戦争を煽る一派を押さえて、武力衝突を回避している。こういう良識ある者が大統領に選ばれたこと自体、今となっては驚きである。当然のことながら、再選されないのが定めである。

2　「美」を計り売りする現代に抗して

パウンドは、ダグラスの経済理論に基づき、「利子」を取る金融資本主義を批判し、伝統的にその金融主体を担うと見なされてきたユダヤ系の人々を批判した。パウンドにとって、「利子」を否定することは、より良き社会の実現のため必要不可欠のものであった。

有名な「キャントー四十五」は、全体四十九行の詩だが、一部を引用すると、次のようになる。

利子（ウーズーラ）では

利子ではだれも美しい石の家をもつことはない

……

利子は鑿（のみ）を錆びつかせ
利子は匠とそのわざを錆びつかせる
利子は織機の糸を噛み切り
だれも金の糸を模様に織ることを学ばない
藍は利子で腐食し、緋色の生地は縫い取りをほどこされず
メムリングはエメラルドを見つけることがない
利子は胎内の子供を殺し
若者の求愛をとどめる
利子はベッドに中風をもたらし
若い花嫁と花婿のあいだに横たわる

（『エズラ・パウンド詩集』182–85）

なぜ、「利子ではだれも美しい石の家をもつことはない」のか。
利子の支払い期日は否応なくやってくる。支払うためには、美しさよりも、期日までの仕上げが優先される。むしろ、遅くなれば、利子が嵩み、時には破産する。もはや、職人気質は許されない。「匠」など不要である。時間をかけ、納得ゆくまで、じっくり仕上げるような時代ではない。利益優先で、手抜きが横行し、眼に見えないところは軽視する。たとえ裏地であろうと、ひと針ひと針、精魂込めて縫い上げるような作業は、過去の遺物に過ぎず、全てが工業化され、工場で生産される。経済優先で、子どもも生めなくなる。住宅ローンを考えずとも、銀行への支払いに追われて、病気となったり、命を落とす者も出てくるだろ

う。これが今我々の生きている金融資本の時代である。
実際、「美」が計り売りされている。一例にすぎないが、二十紀初頭、ギリシア語で美を意味する「ト・カロン」という名の香水が大量生産され販売された。そして、こうした大量生産、大量販売の時代に先鞭をつけたのは、アメリカ合衆国である。職人気質の残る最後の詩人ライナー・マリア・リルケが、死の一年前に次のように言う。この有名な箇所は何度も引用されているが、その言葉の重みが減ることはない。

僕たちの父親の父親たちの世代にとってはまだ、家や噴水、見なれた塔、それから彼らの外套や衣服にいたるまで、このうえもなく親しみのあるものでした。なんであれしまいこめる、いわば壷のようなものだったので、そこに彼らは人間的なものを見いだし、さらに別の人間らしさを蓄えていったのです。ところが、いまやアメリカから、均一で空虚な物がなだれこんできたのです。物のうわべ、生活の見せかけ……。アメリカ風の家、アメリカのりんご、彼の地での生活は、僕たちの祖先の思いや希望が浸透していた家、りんごやぶどうとはなにも共通点を持たないのです。僕たちと共に生き、僕たちと通じあっている、生命の通った物は衰退し、もうとりかえることができなくなりました。僕たちはおそらく、あの時代の物を知っている最後の人間でしょう。(Rilke 374–75)

来るべきマーケット経済や消費中心の資本主義時代においては、崇高なる物を含めて全てが値踏みされ値付けされ、取引されるが、そうした時代の到来をパウンドもまた予感していた。時代が美を貴重な物というよりは高価な物として扱い、美を実は何ら理解していない。金融資本主義の犯罪性と、倫理性欠如という本質をパウンドが見抜いていた。そして、その根幹のひとつである「利子」は、パウンド詩学にとってきわめて重要な否定的概念である。「利子」が、現代の腐敗と卑俗化の象徴的な原因であると、彼は、考えている。

パウンドは、自分の理想を実現しようと、努力を惜しまない。ムッソリーニに孔子の教えを紹介しようと努め、アメリカが第二次世界大戦に参戦する前には、ワシントンを訪れて、代議士たちに会い、戦争への不参加を訴えようとした。戦争が始まれば、ローマからラジオを使って、反米、反ユダヤ、反民主主義、反金融資本主義を声高に叫んだ。

結局、彼は、戦後、国家への反逆罪で逮捕・収容されることになる。

3　伝統の模倣から独自の革新へ

エズラ・パウンドが詩を書き初めた頃は、模倣する若者であった。優れた詩人たちに倣って詩を書きながら、古今東西の詩作品の翻訳／翻案を行い、模倣対象の乗り越えを「引用」という詩法によって実践しながら、ついには、詩人たちの声を自家薬籠中のものとして、膨大な長篇詩を書き継ぐこととなる。

パウンドが詩人として最初に作成したのが、『ヒルダの本』（一九〇七）である。手作りの詩集で、パウンドの最初の恋人であり二十世紀アメリカ屈指の女性詩人であるH・Dに捧げられた。H・Dとは、ヒルダ・ドゥーリトルである。

H・Dは、自分が亡くなる三年前の一九五八年にパウンドとの思い出をスイスのサナトリウムで追想録に綴ったが、彼女が亡くなって十八年経過したあとに、『苦悩に終わりを』（一九七九）として刊行された。その末尾に『ヒルダの本』が含まれている。それまで、この『ヒルダの本』は、幻の詩集であったが、これを今の時点から振り返ると、詩人の出発として、注目すべき点がある。その基本は、伝統に寄り添いながら、伝統から外れていることである。

第一に、『ヒルダの本』は、冒頭の序詩「草の子どもよ」("Child of the grass") も含め、おそらく全体で二十五篇ある作品のうち、ソネットと呼べる十四行詩が十篇ある。しかし、作品と作品の区切りが曖昧で、独立した作品かどうか確定しづらい箇所がある。

第二に、十四行詩全てをソネットと言って良いかどうかも議論が必要だろう。伝統と異なり、パウンド独特の脚韻を踏む作品もある。彼のあふれる詩才は、実は形式に納められない何かを胚胎していたのだろう。

第三に、タイトルのない作品も数篇見える。これも、伝統的な詩集の体裁に不都合であろう。但し、ウォルト・ホイットマンの『草の葉』第一版やエミリ・ディキンソンの作品などには、各詩のタイトルがないので、アメリカ詩の伝統に則っていると言えるかもしれない。ただし、内容は、既に何度も指摘されてきたが、ウィリアム・モリスやロセッティ、スウィンバーン、また、チョーサーなどに倣っているし、ミューズを求める伝統的な姿勢も垣間みられる。

『ヒルダの本』冒頭の「草の子どもよ」を少し検討してみよう。この作品にもタイトルがなく、何処で終わっているのかも、にわかには断定しがたい。

草の子どもよ
歳月がわれらの頭上を過ぎ

大気の影がみなわれらを愛する
われらが仲間の風が
褐色　また　黄色の
秋の色がわれらの色彩を
われらが人生の朝を彩る　誓って　われら
決して　老いることなく
われらが精神は　出会えば　これまで以上に　ますます精気に溢れ
全て古（いにしえ）の伝承を超える
森の話や林の方（かた）を語って
われらを救い出してくれるだろう　われら絆と封印を守り
われら　決して
悲しみなど微塵も感じないように

［……］

光あれ　光　おまえの周りを飛び交え
大気の覆いのように

（H.D. 68–69）

［……］は、判読不能の箇所なので、最後の2行が別の作品である可能性を完全には否定できない。判読不能な箇所が多い理由のひとつは、長い時間の経過と手作りのせいである。

『ヒルダの本』の実際の大きさは、十三・七センチ×十・五センチ。文字も、二篇が手書きで、他は青いリボンでのタイプ打ちである。表紙が羊皮紙で、これにも黒いインクで手書きされていて、それが、この「草の子どもよ」だという。羊皮紙は、紙と重なってくっついてしまい、字が解け込んでいるらしい。

この作品を書いた頃のパウンドは、H・Dによれば、「一日一回歯磨き、一日一篇ソネット」(H.D. 46)をモットーとしていた。パウンドがこの作品を書いてからほぼ七十年間、詩人として生きることになるその主題や詩法がここに垣間見えると主張しても、あながち、誇張ではない。

その第一点は、アメリカ文学の伝統を継承する意志である。冒頭一行目「草の子どもよ」とは、ヒルダへの呼びかけだが、これは直ぐに、ホイットマンの『草の葉』やその中の有名な箇所をすぐに思い出させる。パウンド最初の詩集の最初の作品、最初の言葉が、ホイットマンを想起させる点は大いに強調されるべきだろう。当然、十九世紀アメリカ文学の巨匠ホイットマンの遺産継承を示唆すると言って良い。

第二点は、パウンドとH・Dが詩人として愛し合うときに生じる文学的で精神的な高揚を宣言している点だ。「われら精神　会えば　ますます精気に溢れ／全て古(いにしえ)の伝承を超える」つまり、二人の創作の力、創造力の確かさを確信していた。それは、まだ実現していないにしろ、二人には、「伝承」を超えるだけの力が潜んでいると宣言する。こうした、確信の言語化、及び、伝統を越える意志もまた、ホイットマン的であると言えよう。

第三点は、文学における永遠性の確信である。すなわち、伝承や神話へ敬意を表しつつそれらを超えることが目標であると分かる。三宅晶子は、パウンドが天上霊魂と結婚したと考え、ペンシルヴェニアの森を彼と歩いていたH・Dがその「天上と地上の結婚」（H.D. 19）に立ち会ったと指摘しつつ、この異端というよりは異教的な結婚によって、パウンドがキリスト教から離れたのだと考察している（Miyake 11）。

そして、この第三点と大いに関わるが、第四点は、主題の一つとして樹木が挙げられていることから分かるように、古代ギリシア・ローマにまで遡る西欧の伝統継承を示唆していることだ。具体的にこの作品で言及される言葉は、森林（"forest"）や森（"wood"）だが、パウンドは、こうした「樹木」の主題を古代ギリシア・ローマに見いだした。パウンドは、ヒルダを「木の精」（ドライアド）と呼ぶ。彼女もそう呼ばれるのを好んだ。

パウンドとH・Dが恋人関係にあった一九〇五年から一九〇八年のあいだ、彼女とパウンドの関係でもよく樹木がその背景として言及される。作品としては、『ヒルダの本』のなかに「樹木（"The Tree"）」という詩がある。貧しいが仲の良い夫婦が神様と知らずに神様に親切にし、そのお礼として、死後、二人とも樹に変えてもらうという感動的な神話を素材にしたが、パウンドはヒルダとの関係をこの樹木変貌に見た可能性がある。

他にも「樹木変貌」を主題とした有名な詩のひとつに、この数年後に書かれる「少女（"A Girl"）」がある。但し、ここでは、樹になる女とその変貌を見つめる男は結ばれない。アポロが樹となったダフネーを抱けないように、パウンドは、H・Dと別れる定めであった。

第五点、既に示した試訳が実は、正しいとは言えない可能性がある。原文には、大文字の不自然な使い方、詩句の区切り方の不明確さ、述語がないと思える文章や、ピリオドが一カ所のみで、何処で切って読んで良いのか不明な点などがある。紙幅の関係で具体的な指摘を行う余裕はないが、文法的に幾つかの解釈が可能な箇所があり、従って、いくつか別の文脈と取り得る。これは、後の『キャントーズ』の文体を彷彿とさせる。

第六点、この作品はまた、ヒルダに対するパウンドの愛の誓いである。第十四行目にある通り、「決して悲しみなど感じない」人生を共に歩もう、とこの時点では呼びかけている。パウンドはこの詩を書いている時、ほんとうに、ヒルダと一生を添い遂げつつ、詩人同士として切磋琢磨して、いにしえの伝承どころかありとあらゆる詩人たちの作品を凌駕しようと決意していた。

したがって、この詩のみから、ヒルダとの来たるべき別れを読み取るのは難しい。強いて言えば、ヒルダと呼びかけていない点が注目されるべきだろう。つまり、呼びかけを「草の子ども」としている点を強調するなら、ヒルダを念頭に置きながらも、彼女を抽象化してその個性や肉体を取り払ったり、超えたりする詩的存在として言語化したと言える。

実際パウンドは、ヒルダへのこの誓いを裏切り、呼びかけを呼びかけのままにして、ロンドンに発つことになる。その直接の原因は、しかし、Ｈ・Ｄとの関係にあるのではなくて、パウンドがアメリカに見切りを付けたためだった。

4　叙事詩の生めないアメリカを去る

彼は、或る一寸した女性絡みの不祥事を引き起こし、そのため、ロマンス語の講師として就職したインディアナ州クローフォーズヴィルのウォバシュ・カレッジを一年足らずで去らねばならなかった。

パウンドの説明によれば、雪の中で行き倒れになっていた旅芸人の女性を自分の部屋に連れて来て、彼女を自分のベッドに寝かし、じぶんは床に寝たと言うが、誰も信じなかった。彼は、大学を首になり、東部に戻って来た。そこで、H・Dの父がパウンドに、「今回、君に何か落ち度があったとは言わない。この家に来ることを禁じるつもりもない。が、あまりしょっちゅうは来て欲しくない」と言い渡した(H.D. 14)。これが、事実上の禁足令であり、H・Dとの婚約破棄へとつながる。しかし、H・D本人は、インディアナ州で何があったのかを教えられずに、「どうしたの?」と何度も尋ねている(14, 15)。

なお、H・Dが「婚約」時代と考えていた時期に、パウンドの方は、実は少なくとも二人か三人の女性と関わっている。たとえば、H・Dを嫉妬させたほどに美しくまたパウンドのベアトリーチェだと言わしめたキャサリン・ヘイマン、あるいは、結婚してクローフォーズヴィルで一緒に暮らそうかとパウンドが考えたほどのメアリ・ムアである。ともに短いロマンスであった。前者は、のちのオルガ同様に、音楽家であった。後者のことは、H・Dには隠していたらしい。

二月に大学を退職して、東部に戻ってきたパウンドは、一ヶ月後にヨーロッパへ旅立つ。決断は早いが、成算の見込みはなかった。彼は、H・Dに一緒に行こうと誘ったが、彼女の方は、直ちに決断できるものではなかった。ニューヨークから旅立つパウンドを見送ったのは、H・Dではなくて、メアリ・ムアだった(Moody 62)。

アメリカで生きる決断、メアリとであれH・Dとであれ将来結婚してアメリカで大学教授として生きる決断、これをパウンドがしていなかったとは言えまい。しかし、現実にウォバシュ大学のあるクローフォーズヴィルで暮らせば、直ちに疎外感や孤独を感じ、そこから逃亡することを願った。これは、一九五八年、パウンドが精神病院からの監禁を解かれてイタリアへ向かう時に言った有名な台詞、「アメリカそのものが精神病院さ」と呼応しあう。

クローフォーズヴィルとは、典型的なアメリカの町であり、保守的で偏狭で芸術を理解する者などいなかった。それは実は、クローフォーズヴィルではなくて、アメリカそのものであった。したがって、クローフォーズヴィルからの逃亡は、アメリカからの逃亡であった。

十九世紀から二十世紀初頭にかけて、近代心理小説の祖と言われるヘンリー・ジェイムズが、アメリカで小説が書けない理由として、本来、文学に必要な「一流文明の必需品」がアメリカ合衆国に欠けているためだと、ホーソンのために嘆いた（James 34–35）。その主眼は、文化や制度の欠落であった。これと内容は異なるが、パウンドも、一九〇九年六月の終わり頃、ロンドンから母に宛てた手紙の中で、やはり文学に対してアメリカが提供できないものを書いている。ここで言う「西の世界」とは、ヨーロッパから見た西と言う意味で、アメリカ合衆国のことを指している。

西の世界に叙事詩ですって?? まさかぁ!!
叙事詩に相応しいことを、西の世界は、何かしたでしょうか。
ダンテが中世ヨーロッパを表現したように、ホイットマンがアメリカを表現しました。で、アメリカは、余りにも滑稽すぎて見るに耐えません。（もちろん、結果は呆れるほどひどく、それで——）

叙事詩が作られるのに何が必要なのか、どうかお考えください。

一、美しい伝統

二、その伝統の輪郭内にある統一、『オデュセイ』［ママ］を参照のこと。
三、ヒーロー　神話上でも歴史上でも良い
四、ある話に関して、ごてごてした細部が忘れられ、沢山の美しい嘘で飾られるようになる、とてつもなく長い時間経過（Rachewiltz 174）

この手紙は、一九〇九年付けであるが、アメリカでの叙事詩の可能性を真っ向から否定している。アメリカの歴史の浅さと人工国家である点は、如何ともしがたい。ピューリタンとは逆方向に大西洋を渡ったパウンドには期するものがあったであろう。パウンドのアメリカ脱出は、ある副産物をもたらしている。これから、ペルソナを借りてそうすることはあるかもしれないが、パウンド本人は、女性依存的な発想であるベアトリーチェ探求、詩神ミューズの希求、といった伝統的な詩人にありがちな姿勢から脱却した。

パウンドは、H・Dを詩人としてデビューさせるため、『ポエトリ』編集者ハリエット・モンローに手紙を書いて、強く彼女の詩を推奨している。以下がH・Dを初めてモンローに紹介するパウンドの手紙である。

ハリエット・モンローへ　一九一二年十月　私はまた幸運だった、だって、今送っているのが、アメリカ人の書いたモダンな作品ですから。モダンと言うのは、たとえ主題が古典的だとしても、イマジスト風の端正な言葉使いだからです。少なくとも、H・Dは、子どもの頃からそうしたものと一緒に育って来ており、本を読んで知識を手に入れる前からすっかり分かっています。

この作品は、アメリカ的であり、ここロンドンでもパリでも馬鹿にされずに人に見せられます。事物に即していますが——決してごつごつしてません。直接的で——形容詞を余計に使っていません、吟味されて困るようなメタファーを使っていません。これは、率直な話し言葉、まるでギリシア語のように率直です！　しかも、長い間手元に置いておいて初めて意味が分かるのです。(Pound, *Letters* 11)

上記の手紙で分かる通り、「H・Dイマジスト」として、ヒルダ・ドゥーリトルをモンローに紹介している。「ドゥーリトル」を名まえではなくて、音や言葉として取るなら、「ほとんど何もしない」と言う意味になり、印象が非常に悪いので、イニシャルの「H・D」を使うようにと、パウンドが勧めた。その場面をちょっと見てみよう。場面は、一九一二年のロンドン。パウンドは依然として、H・Dのことを木の精ドライアドと呼んでいた。

「だけど、ドライアド」(大英博物館の喫茶室だった)「これは詩だよ」。彼は、鉛筆をさっと振るった。「これは削除、これはもっと短く。“Hermes of the Ways”は、良いタイトルだ。『ポエトリ』のハリエット・モンローに送っておくよ。コピーはあるかい？　ある？　ならこれを送るね。戻ってからタイプしても良いが。これで良いかい？」そして彼がその紙の下の方に走り書きしたのが、「H・Dイマジスト」だった。(H.D. 18)。

H・Dがこの場面を七十一歳まで記憶していても驚くに値しない。『苦悩に終わりを』四十頁にも反復されるので、H・Dの意識では何度も思い出されてきただろう。確かに、「H・Dイマジスト」という女性詩人の生まれた瞬間を的確簡潔に示している。

ここでのパウンドの言動は、一方で、エリオットの『荒地』を編集したり、イエイツの作品にまで赤を入れてしまうパウンドの姿を彷彿させるが、他方では、有無を言わせずに、新しい名乗りをH・Dに授ける姿に、彼女を精神的に支配する、ないし、支配しようとする姿を垣間みることができよう。

なお、パウンドが、イマジズムを推進した理由の一つに、彼女の作品を世に出すためだったという説がある。イマジズムのモットー「事物に即して」とか「直接的」とかの形容は、彼女の書く詩の内容に合わせたらしい。

5　文学は時間を溯行する

H・Dの『苦悩に終わりを』は、彼女の苦悩の様だけでなく、H・Dが何にこだわって来たのかを良く伝えている。ある思い出やある場面、ある言葉が繰り返して出現する。こうした反復出現のひとつに、パウンドがH・Dを病院に見舞った一九一九年のエピソードがある。

H・Dは、一九一五年に最初の妊娠で流産しており、一九一九年の二回目の妊娠の時には、ロンドン近郊のイーリングの病院に入院していたが、出産の前日、突然、パウンドが病室に現れたのだ。彼は、黒檀の杖を棒のように壁に打ち付けた。H・Dは、その様を「パウンドがパウンディングしている」と描写しているが、これは、駄洒落ではなくて、ある意味、恐怖に溢れた表現であっただろう。

彼はそんなふうにして前にも杖でばんばんと叩いたことがある。タクシーの中のことだったが、あれは、わたしの人生の中で重大な危機だった。今ここでまた、それが起ころうとしている。「だがな」と彼が言った、「私が是非とも批判しておきたいことはただ一つ、この子がわたしの子どもじゃないってことだ」

(H.D. 8)

別々に結婚していながら、こういう台詞を吐くパウンドの神経を、しかし、疑ってはいけない。彼は、エキセントリックさにかけては、誰にも負けない人間であった。実際、彼は、法律上結婚していない女性に六年後、子どもを産ませることになる。そもそも、パウンドのことをまともな人間だと思う人はいなかった。たいていが、「変なやつ」「気違い」「奇妙だ」といった感想をもつのだが(20)、しかし、一方では、ヘミングウェイやT・S・エリオット、W・B・イエイツら錚々たる文学者との親好を保ち続けた。ヘミングウェイやイエイツなどは、イタリアに移ったパウンドをラパロに尋ねてもいる。

先の引用にある「ただ一つ、この子がわたしの子どもじゃないってこと」を批判しておきたいというパウンドの言葉は、H・Dの頭の中に反響し続けただろう。「この子」は実は、夫オールディントンの子どもではなかったし、その事実を、パウンドもまた知っていただろう。彼の言葉は、生傷の上に塩を塗り込む行為であった。おそらく、H・Dのトラウマとなって記憶され、何度も思い起こされたに違いない。『苦悩に終わりを』の中でも、少なくとも後二回、同じ台詞が記述されている(33, 41)。そして、身体的肉体的な意味での子どもが、抽象化され、幻視化されて彼女を苦しめる。

パウンドは、彼女への奇妙な行動を時々、不意に起こす。

リチャード・オールディントンと住んでいたアパートの向かいの部屋のドアが開いていたので、不思議に思ったH・Dが覗くと、なんとそこにパウンドが立っていた。

「ど、どうしたの?」と尋ねると、「イエイツとやりあう場所を探しているんだ」と答えた。でも、パウンドとドロシーが本当に引っ越して来たときにはまごついて引けてしまった。あまりにも近すぎる。(5)

H・Dによれば、まるでパウンドの詩のなかのイメージや言葉がそうであるように、「パウンドの出現そのものが、いつも突然で予測不可能なのだ」(8) という。

「エズラのしたことを受け入れたり、見逃したり、許したり、忘れたりする訳は絶対にありません」(34) と断言するH・Dは、だが、他方で、「エズラがヨーロッパへ去った時からほとんど五十年、過酷な不安に苛まれながらも手紙を待っていた」ことも、今になって気づく (35)。「友人や家族、更にはアメリカからも離されたのは、エズラのせいだった」(35) ことも、今、知る。そして、知ることは、つまり、言葉にすることは、救いとなる。彼女は、自分が何かを隠していたことに気づく。

この『苦悩に終わりを』で反復される最も重要な鍵言葉のひとつが、「隠す」である (18, 47, 50, 51 など)。彼女は、五十年経って初めて、自分が何かを隠してきたことにとうとう気づく。心理学で言う「記憶の抑圧」であった。これは、自我を脅かす記憶を意識から締め出して意識下に押し留めることであり、意識されないままそれらを保持している状態である。精神分析において想定される自我の防衛機制のうち、最も基本的なものと考えられている。

彼［＝エズラ・パウンド］はわたしから逃げ出したかったか。もちろんそうだった。わたしは、あれから、あのとてつもなくぼんやりとして不確かな〈婚約〉の記憶を押し殺し隠して来たのだろうか。彼は、潜在意識からか意図的かは分からないが、婚約を破棄した、あの一寸した〈不祥事〉を理由にして、失職したけど、あれは意図的だった。論理的にいえばそれは全く無理があるのは分かるけど。ずうっと昔の話だし……。（47）

そう、「あれは意図的だった」。確かに、H・Dは、「パウンドに捨てられた」。この新たな認識に達するのは、一九五八年、彼女の亡くなる三年前、七十一歳のことである。彼女の心に、いかにあの婚約破棄事件が大きな傷となっていたかが分かる。それは実は、彼女の自尊心をずたずたにした事件であり、自己実現の可能性を葬り去った事件である。

ではなぜ、この認識が今、起こったのか。

おそらく、ワシントンの聖エリザベス病院から解放されイタリアに船出しようとするパウンドの姿を思い、パウンドの一九〇八年ヨーロッパ出発が想起されたのだろう。

実際、H・Dには、遠くスイスにいながら、ワシントンの聖エリザベス病院から解放されてイタリアに船出するパウンドの姿が見えている。そして、過去を思い出す。自己の尊厳を傷つけられ、精神的に深手を負いながら抑圧してきた婚約破棄事件の想起。じぶんのトラウマを言語化し、初めて、トラウマから解放される。これが、思い出の記『苦悩に終わりを』のなかで、三月七日から七月十三日までの約四ヶ月間に起きたドラマである。

それにしても、パウンドの乗り込んだ船の名が「クリストフォロ・コロンボ号」であるとは、また、奇妙な皮肉である。アメリカを発見したと言われるコロンブスの名前を冠した船に乗って、アメリカからヨーロッパへ逆コースを辿るとは、ある意味で、パウンドの詩人としての航路を再現しているのだろう。長篇詩『キャントーズ』冒頭の「キャントー一」を読み直してみよう。ホーマーのオデュセウスとは逆コースを辿るパウンドのオデュセウスを暗喩するのかもしれない。だが、年老いて再び遡行の旅に出て、パウンドは、果たしてヨーロッパを発見するのだろうか。

パウンドが結局、H・Dのことをどう思っていたのかは、今となっては問うに値しないだろう。あるいは、答えが、肯定的であっても否定的であっても、結果、同じ意味だろう。文学史から見れば、どんな恋愛であれ全て、個人的なことだ。その恋愛が作品に繋がるのなら、文学史は、高く評価する。

パウンドは、私生活でも過酷な人生を生きた。一九二二年、パウンドは、ヴァイオリニストのオルガ・ラッジと交渉を持つようになった。彼らと、パウンドの妻ドロシー・シェイクスピアの三人は、パウンドの死に至るまで、不安定な三角関係を続けた。オルガが娘を、ドロシーが息子を産んでいる。

なお、ドロシーの生んだ子どもについて言えば、一九二六年エジプトを一人で旅行してきたドロシーは、パウンドの元に戻って妊娠が発覚する。そして、その年の十月彼女が息子オマーを出産するが、その際にドロシーに付き添って病院へ行ったのは、パウンドではなくて、ヘミングウェイだった。パウンドはオマーに全く関心を示さず、子どもが十一歳になってから初めて対面したため、パウンドの子どもではないという指摘が有力である（Carpenter 453）。

終わりに

思想を作品から切り離して、作品を擁護しようとする考えもあるだろう。だが、パウンドの思想と作品は一体である。彼の偏向した思想とその挫折が無ければ、大作『キャントーズ』は成立しない。

パウンドは激しい詩人だ。

過酷さをものともせずに生きた。

その生き方そのものが、愚かしくも孤高の美しさを保つ。

彼の理想が、果たして、いくらかは実現されて、世の中が改善されたのか。パウンドの反対した戦争はもう起こらないのか。戦争で金儲けする人たちが心改めたか。現状では衆愚政治でしかない民主主義に代わって、孔子の教えにもとづく賢人政治が復活するのか。戦争という最大の暴力に反対したパウンドは、女性に対して暴力的に振舞ったことはないのか。

答えは全て否である。彼は、矛盾を生きた。彼の理想は実現しない。しかし、彼の危惧は当たった。テロとの戦いという名の新しい「戦争」が発明された。必ず嘘をつく政府とマスコミによって、特定のイメージが反復され情報が操作されている。民主主義とは名ばかりで、実質、破綻しているのではないのか。

彼の理想は、彼の作品を読む読者には分かる。たとえ、極端で偏狭で誤解に溢れていようとも、意のあるところは分かる。彼の言葉は、偏向し歪み、過酷である。それゆえにこそ、突然、美しい。突然、真実を垣間みさせる。

この世が醜悪である限り、彼の批判と彼の理想はなお、輝き続ける。彼は、われらを過酷にも批判する。果たして、この世の姿が美しいか。この世の姿が正しいか。

引用文献

Carpenter, Humphrey. *A Serious Character; The Life of Ezra Pound*. London: Faber, 1988. Print.

H.D. *End to Torment*. New York: New Directions, 1979. Print.

James, Henry. *Hawthorne*. N.p.: Cornell UP, 1963. Print.

Miyake, Akiko. *Ezra Pound and the Mysteries of Love: A Plan for the Cantos*. Durham: Duke UP, 1991. Print.

Moody, A. David. *Ezra Pound: Poet: A Portrait of the Man and His Work, Vol. 1: The Young Genius, 1885–1920*. Oxford: Oxford UP, 2007. Print.

Pound, Ezra. *The Letters of Ezra Pound, 1907–1941*. Ed. D. D. Paige. New York: Harcourt, 1950. Print.

Rachewiltz, Mary de, A. David Moody, and Joanna Moody, eds. *Ezra Pound to His Parents: Letters, 1895–1929*. Oxford: Oxford UP, 2010. Print.

Rilke, Rainer Maria. *Letters of Rainer Maria Rilke*. Trans. Jane Bannard Greene and M. D. Herter Norton. New York: Norton, 1969. Print.

西村裕美『子羊の戦い』未来社、一九八九年。

パウンド、エズラ『消えた微光』小野正和・岩原康夫訳、書肆山田、一九八七年。

――『エズラ・パウンド詩集』新倉俊一訳、角川書店、一九七六年。

――『仮面』小野正和・岩原康夫訳、書肆山田、一九九一年。

――『ローマ＝ロンドン２部作』渡辺信二訳、シメール出版企画、二〇一二年。

第6章

「常態への回帰」

『本町通り』における不可視の暴力

田中久男

はじめに

シンクレア・ルイスが一九二〇年に発表した『本町通り』は、通例、風俗小説というレッテルを貼られ、現在では本格的な考察の対象となることはほとんどない。我が国では、斎藤忠利の『シンクレア・ルイス序説』（一九八八）と、研究社の二〇世紀英米文学案内シリーズの一冊として刊行されたガイドブック『シンクレア・ルイス』（一九六八）以外には、ルイスに関する研究書がないという事実が、彼の不人気と評価の低さを暗に示している。平石貴樹の浩瀚な『アメリカ文学史』でも、「風俗小説以上に、人間像のもっと根本的な変化に気づきはじめた小説のほうに、現代の読者が新しい魅力を感じとったことは当然だった（したがってルイスは忘れさられた）」（283）と、彼の文学は臨終を告げられたかたちになっている。

確かに『本町通り』は、ルイスの故郷ミネソタ州ソーク・センターをモデルとしたゴーファー・プレーリーという人口二、三千人のスモール・タウンの表情とその住民の生態を、一九一二年〜一九二〇年の時代の動きと絡めて詳細に描写した、ローカルカラー色の強い作品である。しかも、物語の進展がエピソードの連なりという平板な印象を与えかねない小説形態である。実際、イカサマ牧師を主人公にした『エルマー・ガントリー』（一九二七）の中で、作者はある登場人物の口を借りて、『本町通り』が「退屈きわまりない代物」で、「やたらとだらだら続くばかりで、ゴーファー・プレーリーの田舎者の中には、自分ほどひんぱんに文学的なお茶の会に行かない者がいる、ということしか、あの男には分かってなかった！」（Lewis, *Elmer* 357）と、自己の作風を自嘲するポーズを入れている。ルイスの浩瀚な伝記を著したマーク・ショーラーも、シグネット版『エルマー・ガントリー』の「あとがき」で、その作品を「エピソードでゆるやかに連結した年代記」（Schorer, Afterword 428）と裁定した。こうしたルイスの作品の特徴は、緊密な物語構成を高く評価する伝統的な価値基準からは、確かに凡庸に見えてしまうことは間違いない。彼と同時代の作家シャーウッド・アンダソンも、「私たちの人生の外界の出来事に対する、ジャーナリスト的な鋭い嗅覚」（Anderson, "Sinclair Lewis" 27）という賛否を込めた微妙な表現で、ルイス文学の特徴を捉えている。

しかし、例えば、マルカム・カウリーが、ウィリアム・フォークナーのスノープス三部作の第一作『村』が、「糸に通したビーズ玉のようなエピソードの連なりに分散する傾向がある」（Cowley xxv）と、物語構成に不満を述べたとき、ロバート・ペン・ウォレンは、「その小説は、物語よりもテーマに重点を置くことを基本原則とするタイプの構成であり、いったんその事実をつかめば、作品のユニティは、明確になると思う」（Warren 123）という卓抜な考え方を提示した。実際、近年のフォークナー批評は、『村』と構成がよく似た『行け、モーセ』の評価においても、このウォレンの解釈の流れを踏襲している。

そして実は『村』と同じような構成原理の小説が、『本町通り』の身近にあった。それがアンダソンの

『ワインズバーグ・オハイオ』（一九一九）という実験作である。中西部の小さな田舎町の住民が、孤独を内面に抱えて自閉的にもがいている姿を、モザイク的につないでいく、一見短編集に見える小説のゆるやかな構成を、作者は書簡の中で次のように釈明している――「私はときどき、小説という形態は輸入されたもので、アメリカ作家には合わないとさえ思うことがあります。望まれているのは、新しいゆるやかさ（a new looseness）で……物語はそれぞれ個々にあるが、生についてのそれらすべての物語は、何らかの意味で関連しています」（Anderson, *Winesburg* 14）。もし読者が、このアンダソンの主張を認め、先述のウォレンの読み方の提唱に同調できるとすれば、ルイスの『本町通り』も、従来とはもっと違った解釈と評価を求めてくるように思われる。

1　ゴーファー・プレーリーとキャロルの孤独な奮闘

『本町通り』には、作者の有名な前書きがある――「小麦とトウモロコシと乳業とわずかな木立からなる地方の人口二、三千人の町、これこそがアメリカです。その町は、私たちの物語では《ミネソタ州ゴーファー・プレーリー》と呼ばれています。が、その本町通りは、全国にある本町通りの延長です」。この誇らかな宣言は、この小説で描かれているアメリカの一地方の小さな町が、アメリカのすべてのスモールタウンの典型として、あらゆる風俗習慣を捉えているはずだという、芸術の普遍性に対するルイスの信念の表明である。しかし、それは同時に、主人公のキャロル・ケニコットの視点から見れば、「倦怠と無為から出来上がった通り」（Lewis, *Main Street* 325）の普遍的な類似性への批判とも読める。そのことは、「キャロルは、ゴーファー・プレーリーのようないろんな町の、表面に出ている醜悪さをはっきり分析してみようとした。それは、普遍的な類似性の問題であると彼女は主張した。……それは退屈な安全性という哲学の具象的な表れである」(268) という小説中の作者の言説からも推測できる。「村のウィルス」(Schorer, *Lewis* 102; 斎藤 20) という本小説の元のタイトルは、「倦怠と無為」が瘴気のごとく共同体全体を包み込んでいる負のイメージを強く暗示している。「わたしは、この隣人愛なるものが、大半はまやかし物であり、村落が、兵営に劣らず、宗教裁判所的なところになり得るのだ、という信念にかわったのであった」(斎藤 20) というルイスの言葉が示唆するように、作者がイエール大学時代の一九〇五年に帰郷した折に、それまで隣人愛に満ちた牧歌的な地方町と思っていた郷里の、批判的な噂を飛ばしあう偏狭で冷たい裏の顔に気づき、その認識の衝撃が創作のバネになったようである。

もう一つ、重要な伝記的エピソードとして、「主要人物はキャロル・ケニコットではなく、弁護士のガイ・ポロックで、私は彼を学識があり、愛想がよく、野望に満ちた若者として(……医者のルイスの末っ子ハリーのイメージを頭において) 描きましたが、彼は大草原のある村で弁護士稼業を始め、精神的に飢餓状態になっていたのです」(Schorer, *Lewis* 102; 斎藤 20) と、ショーラーは明かしている。さらに地元のルイスの伝記作家ロバータ・J・オルソンは、「父に払うことのできる最大級の敬意として、父をウィル・ケニコットとして、そして自分をキャロルとして描いたのです」(Olson 23) と、作者が友人に語ったとも伝えている。つまり、彼の想像力の中では、ポロックとキャロルは、たとえ創作上の時間のずれはあっても、どちらも自己のペルソナとして、重なっていたということである。

とすれば、作者はポロック同様、小説の中でキャロルにもかなり仮託した視点に立っていると想像できるが、そのことを確かめるために、まず彼女の経歴を確認し、次に彼女が小説で紹介される場面を見てみたい。彼女は九歳で母を亡くし、十三歳で判事の父と死別、唯一の肉親である姉はすでに結婚していて、いわば「孤児」(*Main Street* 3) 同然という境遇となって、ミネアポリスのカレッジ卒業後、シカゴで一年間、図書館学を修め、セント・ポールで三年間、公立図書館に勤務し、その後、姉の知人の紹介で知り合ったゴーファー・プレーリーの町医者ウィル・ケニコットと結婚して当地にやって来るが、この都会育ちの経歴は、インテリ女性としての彼女の独立心と自負と、個人主義的で理想に燃えやすい性癖を次のように裏打ちしている。

キャロルは、町を変革するという決心――町を目覚めさせ、小突き、「改良する」という決心に立ち返った。……町の人たちのものの見方に立つなんてことはできない。そんなことは、後ろ向きで、知性の汚辱で、偏見と恐怖の泥沼だわ。彼らに、こっちのものの見方を飲み込ませなくちゃ。……あの人たちの美に対する不信感を、ほんのちょっと変えただけでも、目的の第一歩にはなるでしょうよ。ひと粒の種も芽を出せば、いつの日にか、しっかり根を張って、あの人たちの凡庸さの壁に割れ目を作ることになるわ。(110)

この引用文から推察できるように、周囲の反応にお構いなしに、住民の読書の質を上げ、薄汚く何の変哲もないと彼女が感じる町を美化するなどの改革に盲目的に突き進もうとするキャロルの、前のめりになりがちな理想主義と、周囲の人々の知的なレヴェルや関心を凡庸と見下して、自分流に町の知的活性化を図ろうとする独善的な善意を、作者は意外なほど批判的に突き放した目で捉えている。

ここが、したたかなリアリストであり、辛辣な冷笑家ルイスの面目躍如たるところである。というのは、ある意味で、このようなキャロル像を創造することは、作者にとって自分の肉を切り血を流す自虐的な視線の導入であるが、彼はさらに、傷に塩を塗るかの如く、上の引用の三十頁ほどあとで、「どのようにして彼女は……その内部で楽しく眠る人たちにとってはこの上なく居心地のいい壁に、なんでもいいから、何かを植え付けてみようとする愚かさに、落ち込んでしまったのだろうか？」(144) というコメントを置いているからである。「この上なく居心地のいい壁」とは、「村のウィルス」という不可視の暴力が具象的な形を取ったイメージであるが、作者は自分が必ずしもキャロルの革新的な熱意に同調していないことを、明白に読者に伝えている。作者はイエール時代に文学的趣味から友だちになったアラン・アプデグラフと二人で、一九〇六年二月に大学を一時去り、あの『ジャングル』(一九〇六) で有名なアプトン・シンクレアがニュージャージー州エングルウッド近郊で主催する社会主義者の実験共同体ヘリコン・ホール、つまり、「創造的な人間にとって、外界のゴリゴリの物質主義の防波堤」(Olson 10) に飛び込んでいるが、そのようなルイス自身の革新主義的なリベラルな生き方が、キャロルの人物造形に同情的な影を落としているのではないかと考えたくなる読者にとって、彼女に対するこの作者の距離は意外である。もしこれをルイスの世間に向けた仮面と見ることができるならば、彼の韜晦術は実にしたたかだと言わねばならない。

それでは、作者のもう一方のペルソナであるガイ・ポロックを、ルイスはどのように捉えているのか。彼の肉声が聞けるのは、二十六歳のキャロルが同類としての四十七歳のインテリのポロックに親近感を抱き、「村のウィルス」の正体を聞き出そうとする場面であるが、そこで彼女からこの田舎町に長く住み続けた理由を尋ねられて、彼が明かした経歴を整理してみると、オハイオ州出身で、キリスト教系の大学を出てコロンビア大学の法学部に行き、ニューヨークでかなり教養度の高い生活を四年間送った後、いとこのつてで当地にやって来たが、「高尚な趣味を持続するという誓いをしていた」(*Main Street* 156) にも拘らず、二、三年前に「田舎者で時代遅れになっているのに気づき」、それで「当地から出て行く決心をしました。固い決心です。世界を掴んでやろうと。すると、村のウィルスにがっちり取り付かれていることが分かったのです。新しい町の通りや若者たちに相対することが――本当の競争をすることがいやになったのです」と、現在は「生ける屍」(157) 状態に甘んじていることを、自嘲的に告白している。彼のような知的な情熱を持っていた人間でさえも、飼い慣らし骨抜きにしてしまう「村のウィルス」という恐ろしい病原菌とは、キャロルの目から見ると、共同体に蔓延している「神格化された倦怠」(265)、すなわち、前例を規範化し、中庸の道、平凡をよしとする価値観を極度に美徳化した受動的生き方ということになる。但し、彼の言葉からも推測できるように、このウィルスは外部から忍び込んでくるだけでなく、人間の内部からも、つまり、知的好奇心や冒険心の衰えやひるみ、生き方や考え方の惰性から徐々に醸成されてくるものであることに、彼女が十分自覚的であるかどうかは怪しいのである。

2 「常態への回帰」という魔力

このように、キャロルと同じくガイ・ポロックも、リアリストのルイスは同情と批判の両面から捉えているのである。とすれば、作者が村落病をも包み込むアメリカ社会の暴力的な要素として、最も恐れているものは何なのか。

キャロルは伴侶の夫にも自分が求める理想的な生活を実現する端緒が見い出せないことに苛立ち失望し、

一九一七年四月にアメリカが第一次世界大戦に参戦して間もなく、三歳半の息子ヒューを連れて首都ワシントンに飛び出し、戦時保健局に事務職の仕事を見つけて新生活を始めるが、この大胆な行為は、彼女の価値観や生き方の新たな展開を読者に期待させるに十分な冒険である。事実、作者も「彼女はもはや結婚生活のペアの一人ではなく、人格を持った丸ごと一人の人間だと感じた」(425) と、独り立ちした彼女の高揚感を示唆し、「賢い人間になろうとする勇気を持っていた」(426) と、好意的な評価もしている。しかし、彼女が最初に知り合ったのは、夫のかつての恋人で、元教員のヴィーダ・シャーウィンの紹介状を通してのメソディスト教会の会員たちであったという関係の絆が示すように、そして、「キャロルはワシントンにも……移植され大事に保護されている本町通りがあることに気づいた。……教会は彼らの社交界であり、彼らの基準でもあった」(426) という現実に直面するように、彼女はワシントンにあっても、夫の郷里と全く変わらない宗教を基盤とした堅固な人間関係の網に捕囚されるのである。[1] このことは小説の前半で、「ジョージア王朝風の市役所」(131) を建てることを夢見ている彼女に向かって、レナード・ウォレン夫人が、「結局のところ、共同体の真の中心は、教会じゃありませんこと?」(132) と、やんわり彼女の幻想的な熱意を冷まそうとする言葉からも分かるように、アメリカ社会では教会中心の生活のリズムが、ごく一般の人びとの生活様式を支配している。このことはアレクシス・ド・トクヴィルが『アメリカにおけるデモクラシー』の中で、「アメリカに英国植民地を誕生させたのは宗教であった。そのことを決して忘れてはいけない。合衆国において宗教は、祖国という言葉が喚起するあらゆる国民的慣習やあらゆる感情と絡んでいるのだ」(Tocqueville 432) と、アメリカの社会で宗教が果たす役割を強調していることからも、理解できるはずである。

確かにキャロルは、「国会議員の秘書と教師と一緒に小さなアパートを借り」(*Main Street* 427)、「婦人参政権獲得運動の組織作りに関わったり、政治犯として収監された人たちの擁護をした女性たちと交わる」(429)ことで、田舎を捨てた大義と自負と、自分の仕事への自信を感じはしたが、同居人たちとの話をもとに比較し相対化してみると、あれほど偏狭で退屈極まりないと思っていた「ゴーファー・プレーリーが大胆な色彩、賢明な計画、熱狂的な知性に富んだ見本のような町」(429)にも見えてきて、自分の批判的な目の傲慢さに陰りが出始め、その自信にも揺らぎが生じて来るのである。ここからあとの物語は、夫ウィルのワシントン訪問、二人の見物旅行、夫の配慮による暫時のワシントン滞在のあとの帰郷、そして女児の誕生という急速な展開によって、キャロルは元のさやに収まっていくが、これは彼女が半ば敬愛し、また恐れてもいたヴィーダ・シャーウィンが、結婚して教職を辞し、夫が第一次世界大戦に参戦したアメリカの大義を守るためにヨーロッパ戦線に出征するのを励まし支え、「彼女にとって、暖炉こそまさしく祭壇であった」(262)という言説が示すように、家庭の炉を守るという伝統的な女性の役割に喜びを見出した生き方の追従となっている。まさに「常態への回帰」である。これこそが、「村のウィルス」を含めて、作者ルイスが最も恐れていた、柔和だが、いつの間にか活発な精神をも麻痺させる暴力の正体ではなかっただろうか。

3 ウィルソンとキャロル——ハーディングとパーシー・ブレズナハン

アルフレッド・ケイジンは『故国に立ちて』という優れた近代アメリカ文学論の中で、『本町通り』の次作『バビット』を主に念頭に置いて、「ルイスの小説には実際、フォークナーのような作家とか、ハードボイルドの小説家よりも、もっと重要な類の恐怖がある。というのは、それは平凡なるものに内在する恐怖であり、ルイスの全身に染み込んでいる世界の抑圧、卑劣さ、痛烈なあざけりから立ち現れてくる恐怖だからである」（Kazin 124）という卓見を吐いている。人口三十～四十万の中西部の都市ゼニスで家庭持ちの四十六歳の不動産業者ジョージ・F・バビットは、「走れ、バビット」と言いたくなるほど、生の充実感の欠落に漠然と苛まれて倦怠感、焦燥感を抱き、そうした生活に刺激を求めて、旧友のポール・リースリングと二人でメイン州の湖水地方に逃避したり、タニス・ジュディーク未亡人やその放蕩的なボヘミアングループと危なっかしい付き合いをしたり、労働者のストライキに同情と理解を示そうとするあまり、同業者仲間から黙殺され孤立感を深めて耐え切れなくなった挙句、労働組合を抑圧する、市の名士の大半が所属する「善良市民連盟」の熱烈な支持者に転向し、結局は家庭の守護神に収まっていくのである。このバビットの一時的な反抗者から、社会の慣習や道徳律の遵奉者への変身は、まさにキャロルがたどった道筋と同じもので、ここにはケイジンの言う「平凡なるものに内在する恐怖」が、不気味なほどに感じられるはずである。なぜなら、この連盟の「会員たちはすべて、労働者階級は自分たちのいるべき場所に押さえつけておかなくてはならないということで意見が一致し、アメリカの民主主義は、富の平等など示唆しているのではなく、思考、服装、絵画、道徳、語彙の健全なる一致をこそ要求しているのだと理解していた」（Lewis, *Babbitt* 391）と、作者は皮肉なコメントをテクストに挿入しているからである。「健全なる一致」を求めるアメリカ文明の抗いがたい力を、キャロルは自分が雇ったスカンジナヴィア系の農夫の少女ビー・ソレンソンが持っていた異国的な文化が、画一的なアメリカ化の波に消殺されてしまったという現象に見て取り、「健全なるアメリカの慣習が、汚染の跡を一点も残さずに、今一つの外国文化の侵入を吸収してしまったのだ」（*Main Street* 266）との認識を示している。

アメリカ的な価値観や生活様式を称揚する総称として使われるアメリカニズムという言葉は、普通は、自由と平等を基盤とした民主主義と個人主義、および、進歩や改革を信じて新しいものを追い求める理想主義的な考え方や心性を意味するが、もう一方では、それらが過度に行使されたときに歯止めをかけて、常態に引き戻し静穏と秩序を回復しようとする「健全なる一致」の精神の追求を含めてもよいと思う。というのは、民主主義が持っているこの後者の特質は、トクヴィルが例の著書において、「啓発的な考えや英知は、個人よりも大多数の方が多く有しているという考え方」や「大多数の利益は、少数の利益よりも優先されるべきであるという原則」(Tocqueville 247) を尊重する民主主義体制に内在する「多数の圧政」に直結する暴力的な要素として、見抜いていたからである。これこそが、先ほど「常態への回帰」という言葉で示唆していた民衆の安定志向、平穏志向で、それは、「人人の思想を拘束し、追従の精神を瀰漫させて、トクヴィルが最も尊ぶ自由、すぐれた個性の抑圧をもたらす」(岩永 viii) 共同体の結束力として発揮される不可視の暴力の元凶ともなるものである。

アメリカニズムのこの両極の特質が、暴力的なまでの対立の構図として扱われた小説の典型は、ナサニエル・ホーソーンの『緋文字』であり、児童文学という卓抜な装いを借りて描き出したのが、マーク・トウェインの『ハックルベリー・フィンの冒険』である。『本町通り』や先述の『バビット』も、このような小説の系譜に連なっている。アメリカ文学に散見される、アメリカニズムの両極の磁力の衝突は、[2] 第一次世界大戦がアメリカの参戦により一九一八年十一月に終結した直後に、アメリカ社会で現実のものとして出現した。これは『本町通り』の執筆時期 (執筆開始は一九一八年五月 [Olson 18; 斎藤 86]) と重なっているので、ルイスはこの衝突現象を意識していたのではないかとも推測したくなるが、それを保証する伝記的事実は確認できないので、ここでは推測にとどめておきたい。その現象とは、国際連盟の設立という高邁な理想に向かって突き進もうとするウッドロー・ウィルソン第二十八代大統領と、まずは戦争の疲れを癒して生活のリズムを元に服し、自国のことに専心しようとする彼の周りの政治家やアメリカ国民とのせめぎ合いという対立図であった。それをフレデリック・ルイス・アレンは、一九二〇年代を回顧した名著『オンリー・イエスタデイ』(一九三一)の中で、「常態への回帰」(第二章)という表題のもとに、臨場感あふれる筆致で克明に捉えている。

その章の冒頭でアレンは、アメリカが果たすべき役割の遂行を呼び掛けた大統領の教書を引用し、「これほどウィルソンらしいドキュメントはなかった。その三つの文章の中でしゃべっているのは、ピューリタンの教師で、感情が沸き立っているときでも冷静で、その日の教訓を落ち着いて垂れている。道徳的な理想主義者として、憎悪の平和よりは和解の平和に心を砕き、民主主義の独断的な預言者として、自分が生涯信奉してきた類の諸制度が、世界のあらゆる国民にとって、必ずしも最善とは限らないなどとは、夢にも思っていないのだった」(Allen 13)と、大統領が唱える民主主義や理想主義が、教条的になりかねない危険を示唆している。キャロルがゴーファー・プレーリーで精神的に窒息死しそうになって、ワシントンに飛び出したように、大統領は結局、四面楚歌の状態になって病に倒れるのだが、学者出身知事として国政の世界に転身した彼の悲劇的結末は、リチャード・ホフスタッターが『アメリカの反知性主義』(一九六三)で包括的に究明した、エリート主義的な知性主義に対するアメリカ社会全般の嫌悪・反発の典型例だと言ってもよい。一九二〇年の選挙で第二十九代大統領に選ばれたのが、オハイオ州選出の平凡で温厚な共和党の上院議員ウォレン・ガマリエル・ハーディングだったことは、当時のアメリカの国民感情の全体的な表明であった。というのは、「アメリカが現在必要としているのは、英雄的行為ではなく癒しであり、社会を正そうとする特効薬ではなく常態であり、革命ではなく回復である」という彼の演説をアレンは引用し、「道徳的義務と世界の希望に倦怠した国民が心から信頼したのは、この人物だった」（Allen 35）という評価で、「常態への回帰」現象を総括しているからである。当時の国民感情を象徴するかのように、『本町通り』は発表されたのだ。その時機を得た出版を、コンスタンス・ルアークは、「アメリカ人の生活の直截な把握は、苦々しい描写で行われているが、それは肖像を提供し、鏡を掲げてくれたのである。そして自分自身に並々ならぬ好奇心を持ったアメリカ人は、それを覗き込まざるを得なかったのだ」（Rourke 31）と、その作品が彼らを惹きつけた抗し難い魅力を実にうまく伝えている。

このハーディングの登場が国民に癒しを与えたのと同じ類の役割を演じているのが、小説全体を通して登場人物たちが言及するパーシー・ブレズナハンである。今ではボストンで「ニューイングランド最大のヴェルヴェット自動車会社」（*Main Street* 43）の社長になっている彼は、強い郷土愛を持ち、田舎町に新鮮な風を入れる東部のニュース提供者として、地元では敬愛されている。快活で押しが強く、愛嬌があり、鷹揚で気前が良い人物として語られ、それゆえ作者は、「偉大なるパーシー・ブレズナハンの故郷訪問という大事件が起こったのは、アメリカが第一次世界大戦に参戦した二ヶ月後の六月のことだった」（276）などと、誇大な語り口で叙述し、彼の存在が、住民の「健全なる一致」という精神のバックボーンになっていることを示唆している。例えば、キャロルに対しては、「あんたの話を聞いてると、あなたが住民たちと言ってる人はみんな、忌々しいほど不幸で、さっさと自殺しないのが不思議なくらいだと人は思うだろうよ。だがみんなは、何とか頑張っておるじゃないか」（284）と、やんわり彼女の腰高な理想主義を批判している。この邂逅において、「彼女の唇や髪や肩を見つめる彼の視線に、自分が子持ちの人妻であるだけでなくて、一人の若い女でもあることを、はっきり意識した」(286) とキャロルの心のざわめきが明かされているように、「男らしく、働き者で、友達がいのある」(285) ブレズナハンの人間臭い磁力に、彼女は心ならずも吸い寄せられたのである。

4　赤の脅威とキャロルの理想主義の終息

このキャロルとブレズナハンとの出逢いのエピソードは、彼女がいずれ常態へ収まっていく可能性を予告するものであるが、先述の『オンリー・イエスタデイ』の「常態への回帰」の次章が、「《赤》の脅威」となっているように、『本町通り』においても、赤の脅威が消殺されるような物語の展開になっていて、この点においても、本作品が時代の鋭いアンテナであることのの証左になっている。アメリカの共産主義アレルギーは、外部の者が想像する以上に根強いが、そうした体質の源泉を古矢旬は次のように明察している――「立憲的政治制度、個人主義、自由主義、企業家精神、キリスト教的道徳観等々、アメリカ社会の根本的な立脚基盤をなす伝統的な諸価値のことごとくにたいして、共産主義は反対の方向をめざすイデオロギーであった。……しかしながら、共産主義というこの新しい敵は、いくつかの点でアメリカにとっての伝統的な敵概念を大きくこえる性格を有していた。なによりもまずボルシェヴィキ革命が、この対抗的なイデオロギーを、確固とした国家意志へと凝縮し、一つの巨大な政治体制のうちに現実化したことである」(230–31)。先述のように、合衆国の出立が宗教であったことを考えれば、無神論者のイデオロギーと見なされる共産主義が、アメリカ社会で蛇蝎のごとく嫌われ恐れられるのは、よく理解できるし、それをもアメリカニズムの重要な要素として、数え上げることができると思う。

ゴーファー・プレーリーがアメリカ社会の縮図として、すさまじい反共体質を持っていることは、キャロルの家政婦ビーが結婚したマイルズ・ビョーンスタムに対する共同体の反発が証明している。ルイスがイェール大学時代に「赤」と呼ばれていたように（Schorer, *Lewis* 92; Olson 9）、[3] 彼は「赤のスウェーデン人」（*Main Street* 114）と呼ばれ、「無神論者」で「無政府主義者（アナーキスト）」と見られている町の異分子で、キャロルとガイ・ポロックと、「社会主義者」（116）の製粉工場の職工長と自分だけが、「本物の想像的な頭脳」の持ち主だと誇るところから、「健全な一致」をモットーとする共同体で彼が受ける冷酷な扱いは、およそ予言できる。それは、清潔な井戸水が飲めなかったビー親子がチフスにかかって死亡し、村八分同然のわびしい葬式を済ませたビョーンスタムが、町を追われるかのように立ち去るという痛ましい挿話に描出されている。

彼は立ち去る前に、町の人々に悪態をついたとの噂が立った。彼を引っ捕えて、横木に乗せて引き回そうというリンチの話も出ていた。停車場でチャンプ・ペリ老人がマイルズを叱りつけて、こう言ったという噂もあった――「この町に戻らん方がいいぞ。お前の死んだ家族には同情するが、お国のために何一つしようとせず、自由公債をたった一枚しか買わなかった、お前みたいな冒涜者の裏切り者には、これっぽっちの同情もしてはおらんぞ」。（323）

このように、噂という、発話の主体を曖昧にすることで、町の住民の集合的な意思を浮かび上がらせようとする手法は、地方特有の体質を示唆するときの文学的常套手段であるが、噂という暴力的な不可視の圧力により、共同体の「パライア（のけ者）」（115）は消されていく。例えば、ヴィーダ・シャーウィンの後任の高校の若い女教師ファーン・マリンズは、教え子のサイ・ボガートとダンス・パーティに行き、放蕩癖のある彼が酔いつぶれたことを母親がスキャンダルにして教育委員会に訴え、その委員会の圧力で辞任に追い込まれ町を去って行く。田舎出のスウェーデン人の若者エリック・ヴァルボーグは、その際立つ容貌、身だしなみ、文学的趣味から、キャロルには「迷えるジョン・キーツ」（337）に見えて、二人は危険なほどに仲を深めていくが、ヴィーダから二人の噂を耳にしていると忠告され（372）、夫からも諌められて、彼女の淡い幻想の世界が消滅していくのである。

小説の結末でルイスは、キャロルが帰郷する前に、ヴァルボーグとブレズナハンのさえない経歴の到着点を手短に報告することで、時間の暴虐的な流れという人間の抗いがたい最大の敵の存在を強烈に示している。「自動車のセールスマンとしては、素晴らしい男だと思いますよ。でも、航空機関係の部門では、厄介者です」（432）という、彼をよく知る人物の評言により、彼も時代の劇的な変化に取り残された卑小な存在となっていることが示唆されている。同様に、キャロルが銀幕で偶然目にした俳優がかつてのヴァルボーグで、さえない役をあてがわれているのに失望した彼女の惨めな気持ちを読者に伝えることで、やはり、時間の腐食作用によって、彼女の夢の世界が急速にしぼみ現実に引き戻されていくことが予告されている。実際、帰郷した彼女について、金物店主のサム・クラークが、「彼女はそのうち落ち着いて、日曜学校で教えたり、社交のいろんな世話をしたり、行儀良く振舞って、商売や政治に鼻を突っ込むこともしなくなるだろうよ」（447）と、彼女の「常態への回帰」を予見している。彼女も「村のウィルス」という、瘴気のような不可視の暴力に気づかぬうちに捕縛され、ガイ・ポロックと同じように、死の中の生という精神の麻痺状態に落ち込んでいくのは、どうやら必定の成り行きのようである。『本町通り』が風俗小説という半ば軽蔑的なレッテルを超えて価値を持つとすれば、共同体の平凡に見える日常生活が隠匿している暴力的な特質を、読者に恐怖を覚えさせるほどつぶさに剔抉したところにあると言えるだろう。

注

1　ワシントンの婦人参政権獲得運動の指導者はキャロルに、「あなたの郷里の中西部は、二重の意味で清教徒的なのよ――ニューイングランドの清教徒に大草原の清教徒を重ねたという意味でね。表面は、ぶっきらぼうな開拓民だけれど、心の中は今でも、雨氷の嵐に包まれたプリマス・ロックの理想を保持しているのよ」(441) と指摘しているが、彼女のこの言葉は、ミネソタ州の南部のマンケイトーで判事をしていたキャロルの父はマサチューセッツ州出身で、楡の木の並木道があるその町が、「ニューイングランドの生まれ変わりのような白と緑の町」(6) と捉えられていることと、どこかで共振する響きを持っている。

2　古矢旬は、「アメリカニズムと暴力」において、奴隷制度やジム・クロウ法のような、社会的な生活の場で可視化されやすい政治的、法的な暴力の表象という面から、アメリカニズムの諸相を考察している。

3　イエール大学時代に、ルイスは髪の毛の色だけでなく、思想的傾向からも「赤」と呼ばれていたが (Schorer, *Lewis* 92)、「共産主義シンパとして、終生ＦＢＩから偵察されていた」(Olson 11) ようである。

引用文献

Allen, Frederick Lewis. *Only Yesterday: An Informal History of the 1920's*. New York: Harper, 1959. Print.

Anderson, Sherwood. "Sinclair Lewis." Schorer, *Collection* 27–28.

——. *Winesburg, Ohio: Text and Criticism*. Ed. John H. Ferres. New York: Viking, 1966. Print.

Cowley, Malcolm. Introduction. *The Portable Faulkner*. Revised and expanded ed. Ed. Malcolm Cowley. New York: Viking, 1967. vii–

xxxiii. Print.
Kazin, Alfred. *On Native Ground: An Interpretation of Modern American Prose Literature*. Garden City, NY: Anchor, 1956. Print.
Lewis, Sinclair. *Babbitt*. New York: Harcourt, 1950. Print.
——. *Elmer Gantry*. New York: Signet, 1967. Print.
——. *Main Street: The Story of Carol Kennicott*. New York: Grosset & Dunlap, 1922. Print.
Olson, Roberta J. *Sinclair Lewis: The Journey*. Second, revised ed. Sauk Center, Minn.: Sinclair Lewis Museum, 1997. Print.
Rourke, Constance. "Round Up." Schorer, *Collection* 29–31.
Schorer, Mark. Afterword. *Elmer Gantry*. By Lewis. 419–30.
——. *Sinclair Lewis: An American Life*. New York: McGraw-Hill, 1961. Print.
——, ed. *Sinclair Lewis: A Collection of Critical Essays*. Englewood, NJ: Prentice-Hall, 1962. Print.
Tocqueville, Alexis de. *Democracy in America*. Ed. J. P. Mayer. Trans. George Lawrence. Garden City, NY: Anchor, 1969. Print.
Warren, Robert Penn. "William Faulkner." *William Faulkner: Three Decades of Criticism*. Ed. Frederick J. Hoffman and Olga W. Vickery. East Lansing: Michigan S University P, 1960. 109–24. Print.
岩永健吉郎「解説」、『アメリカにおけるデモクラシー』岩永健吉郎・松本礼二訳、研究社、一九七二年。iii–xviii 頁。
斎藤忠利『シンクレア・ルイス序論』旺史社、一九八八年。
平石貴樹『アメリカ文学史』松柏社、二〇〇九年。
古矢旬『アメリカニズム——《普遍国家》のナショナリズム』東京大学出版会、二〇〇二年。
——「アメリカニズムと暴力」古矢旬・山田史郎編著『権力と暴力』ミネルヴァ書房、二〇〇七年、一—一四頁。

第7章

『神の小さな土地』暴力の位相

花岡　秀

序

アースキン・コールドウェルの『神の小さな土地』には、そのタイトル、あるいは全体にちりばめられたユーモラスな語りとは裏腹に、タイタイ・ウォルデン一家を襲った二つの殺人事件と、自殺の可能性を色濃く湛えた次男の失踪という、まぎれもない悲劇が描き込まれている。タイタイの次男バックによる兄ジムの射殺、工場のロックアウトを解除しようとした娘婿ウィルのガードマンによる射殺、さらにはジムを殺害した後のバックの失踪という、タイタイ一家に降り掛かった束の間の出来事は尋常ではない。アメリカ南部における暴力的傾向は、『南部文化辞典』の大見出しの一つを飾っていることからも衆目の一致するところであるが、この作品で語られる二人、あるいは三人の男の死は、南部の暴力的傾向という視点からでは捉えきれない要因をも孕んだものとなっている。その要因の一端を考察することが本論の目的である。

1　ウィルとジムの射殺

『神の小さな土地』は、ジョージア州の片田舎マリオンにあるタイタイの農場、農場を出た長兄のジム・レスリーが結婚し、商売を営み、ひとかどの成功を収めて暮らす小都市オーガスタ、娘ロザモンドが夫ウィルと暮らすサウス・キャロライナのホースクリーク・ヴァレーにあるスコッツヴィルの綿紡績工場町という三つの場所を軸に展開する。伝統的に南部を象徴する農場、シェア・クロッパーに任せきりの農場に見切りをつけた地主たちが移り住むようになった点在する小都市、新たな工業化への途を探り始めた工場町と、一九三〇年前後のさまざまな矛盾を抱えた南部を形成する典型的な場がこの作品の舞台を構成している。ジェイムズ・コージズが指摘するように、物語は、農場―工場町―農場―オーガスタ―農場―工場町―農場(Korges 28) と、対称的な舞台の転換のもとで展開し、当時の南部を鮮やかに、総体的に浮かび上がらせる。

まず最初に、タイタイの娘婿ウィルのガードマンによる射殺について触れなければならない。ウィルが妻ロザモンドと暮らすキャロライナのスコッツヴィルは、黄色い社宅が立ち並び、「誰もがすきっ腹を抱えてストライキが終わるのを待っている」(Caldwell 65) 小さな町である。一年半前に会社側は、給料を切り下げ、労働者が抵抗すると工場の電源を切り、ロックアウトしたのである。劣悪な就労環境のもとで工場で働いてきた男たちは、綿屑を長年にわたり吸い続けてきたため、「咳をすればその固く結ばれた口角から血を滲ませ、キャロライナの黄色い土に唾を吐き」(173) 出す。食料といえば「豚のわき腹の脂身や赤十字社から配給される小麦粉」ばかりで、「あまりもの飢えから、いまでは誰もがペラグラにかかってしまっている」(52) 工場町は、一九二〇年代から操業短縮、賃金の切り下げ、労働時間の延長といった問題が露呈し始めた南部綿紡績業の現状を映し出す。

このような状況下で、米国労働総同盟（ＡＦＬ）が会社側と組合の調停に乗り出すが、その煮え切らない姿勢に苛立ち、ウィルたちは、「ここにじっと座って、会社のやつらが一日一ドル十セントでおれたちを飢えさせ、おまけにおれたちが住んでいるところへ家賃をふっかけるのを黙って見ていられるか。工場に踏み込んで機械を回すだけの人数はそろっているんだ。俺たちで工場は何とかできるんだ。他のだれよりもうまくやれるんだ。あしたの朝には工場へ入って電源を入れるんだ」（151）と、ロックアウト突破を決行する。しかし、ウィルが先頭に立ってロックアウトを破った直後、彼は会社側が雇ったガードマンに射殺されるのである。コールドウェルは、かつてロナルド・ウェズリー・ホウグとエリザベス・ペル・ブロードウェルとの質疑応答の中で、一九二九年にノース・キャロライナのガストニアで実際に起こった紡績工場のストライキをめぐる一連の騒動とこの作品との関連を認める発言をしているが（Arnold 201）、彼のこのような言及を待つまでもなく、このホースクリーク・ヴァレーでのロックアウト騒動が一九三〇年前後の南部の綿紡績工業をめぐる現状を髣髴とさせるものであることは間違いない。南部の綿紡績工業は、当初は零細な南部資本を結集してピードモント地方に建設されたが、結局この分野にも北部資本が進出した。会社側が雇っていたガードマンが「ピードモント」（173）から派遣されていたことは、ウィルが働く紡績工場も北部資本によって経営されていたことすら窺わせる。遅遅として進まぬ南部の工業化であったが、そのわずかな兆しを見せた紡績業も北部資本の支配が色濃く影を落としていた、南部の悲劇的な側面をこのスコッツヴィルにも認めることができる。

ガードマンによるウィルの射殺は、いわば労使関係のもつれに起因するものである。このような産業に纏わる暴力は、全米で一九三〇年代に最高潮に達し、とりわけ紡績業の中心であったノース・キャロライナでは、ストライキをめぐって一気に高まったことは『南部文化辞典』でも小見出しを設けて記述されている(Wilson & Ferris 1484–85)ほどである。ウィルの死は、低賃金の維持、操業時間の短縮、あるいは労働時間の延長などによって利潤を追求しようとする経営者側と、最低限の生活を守ろうとする労働者のせめぎ合い、摩擦の結果以外の何ものでもない。この労使関係のもつれは、経営者側からの暴力の行使という形で終わることになる。経営者は、利潤の確保、追求のために労働者を支配し、そのための体制をどこまでも維持しようとする。そのような観点からこのウィルの射殺を眺めれば、それはヴァルター・ベンヤミーンが『暴力批判論』のなかで提示している神話的暴力の一つ、いわゆる「法維持的暴力」(ベンヤミン 40)として捉えられるものであろう。

一方、タイタイの長男ジムは、十五年も前に農場を飛び出し、今では小都市オーガスタで手広く商売を営み、ひとかどの成功を収めている。「丘の上に住んでいる金持ち連中」(Caldwell 117)の出の女性と結婚し、「三階建てで、屋根まで伸びている円柱のついたポーチのある白い大きな屋敷」(114)に暮らすジムは、「綿花の先物で賭けをして金持ちになった」が、ウィルにいわせれば、「わずかな金を農民に貸して、農民が作った作物を一切合財分捕る」輩、いわゆる「綿花ブローカー」(75)である。さらに彼は、ダウンタウンに借家を保有し、どうやら不動産業をも営んでいるようだが、家賃を払えない借家人を追い出したり、家具を差し押さえたり、仕事には抜け目がない。こうしたジムの非情な仕打ちは、自らはそのジムに金の無心にやってきたことは棚に上げ、「貧乏人の家財道具を売り飛ばしたりしてるなんて、聞くだけでも情けなくなる」(124)、とタイタイが嘆くほどである。

オーガスタは、あの『タバコ・ロード』に登場するハーモンの旦那が、ジーターの農場を買い取りはしたが、結局、収穫のあがらぬ土地に見切りをつけて、一切の農機具や家畜を売り払い、引っ越した先であった。そこは、映画館、ホテル街、「鉄格子のついたバルコニー」(111)から下を通り過ぎる男たちに声をかける娼婦たちが暮らす歓楽街、さらには大きな家屋敷が立ち並ぶ丘の上の高級住宅街からなる、一九三〇年前後の典型的な南部の小都市である。ハーモンの旦那のような裕福な連中が集まる一方で、家賃の支払いに苦しむ庶民、また歓楽街で身を売る女性たちがうごめく、不況下の南部の街で暮らすジムではあるが、その妻はたいていのオーガスタの金持ちの女に特有の「病気持ち」で、しかもその病気たるや「淋病」(118)の可能性が高いことは、「性」すら商品化された区域を含む小都市の退廃が夫婦関係にまで影を落としている現実を窺わせる。

ジムの弟、ショウとバックを従えて、金の鉱脈探しにうつつを抜かし、「ほぼ十五年にもわたって」(2)自分の農場を片っ端から掘り起こし、「いったん黄金熱に取りつかれようものなら、ほかの事をする暇なんぞなくなるんだ。……ちょうど酒や女と同じことなんだ」(11)といって憚らないタイタイの農場は、「十五エーカーから二十エーカーもの土地が、……深さ十フィートから三十フィート、幅はその倍もあるたて穴があちらこちらに口を開けて」(8–9)いる有様で、小作人の黒人ブラック・サムとアンクル・フェリックスの二人が細々と土地を耕している。このような農場に見切りをつけ、オーガスタの金持ちの女と結婚、さらにその商才を発揮して、ひとかどの成功を収めたジムからすれば、弟バックの妻、グリゼルダにただならぬ関心を寄せるウィルなどはホースクリークの「綿屑野郎」に過ぎないし、「バックなんか糞食らえ、といっただろう。きっとお前を手に入れるからな」(126)とすらグリゼルダにいい放つ。自らの経済力を盾に、弟の妻をも手に入れようとするジムは、物語の終盤で農場に乗り込む。

かねてより、ウィルのグリゼルダに対する執着にいらだっていたバックは、ウィルが射殺されたあと農場に戻った妻グリゼルダに、「やつはもう死んじまったけど、……やつにぶち込んでやる弾が買える限りは、何度でも殺してやりたい気分だ」(187)と、怒りの矛先を向け、殺気立つ。そこにやってきたジムが、無理やりにグリゼルダを連れ去ろうとするが、バックはその場でジムを射殺する。なんとも乱暴な話で、「暴力をもって誇大な面目を立てる」(Wilson & Ferris 1473)南部気質さながら、妻に横恋慕するものはたとえ兄であっても容赦しないバックの姿勢に、南部の暴力的気質の典型を読み取ることはあながち的外れではない。しかし、なによりもバックは、経済力にものをいわせ、妻のグリゼルダを横取りしようとする兄に対し、自らの家庭の安定を求め、維持しようと抵抗したのであり、そのような観点から眺めれば、この殺人もまたベンヤミーンが提示するところの神話的暴力の一つ、いわゆる法維持的暴力と重なるものであろう。バックがジムを射殺したあと、「わしの土地で血が流されるなんて」と嘆くタイタイには、「目の前に広がる農場は荒涼たるものに見えた」(205)。この血がけがすことになったタイタイの農場の土は、スコッツヴィルの労働者が吐き出す、血を滲ませた口角から唾を吐き出す土とつながるとともに、この血は、ベンヤミーンが神話的暴力の特質として挙げる「血の匂い」(ベンヤミン 59)と不気味に共鳴する。

2　バックの自殺とグリゼルダ

タイタイ一家のウィルとジムの死、しかも二人とも射殺されるという尋常ならざる事態を、一九三〇年前後の南部における暴力の典型として捉えることはあながち的外れなことではあるまいが、バックがジムを射殺したあと、物語はいささか意外な展開をみせることになる。

「葬儀屋か医者か、なんでもいいから呼んでこい」(Caldwell 206) とショウをせき立てたあと、タイタイは、やがて保安官がやってくることをバックに告げる。バックは、しがみついて離れようとしないグリゼルダを抱きしめたあと、「バック、どこへ行くの」と叫ぶグリゼルダに、「散歩してくる」(209) といい残して、ジムを射殺した銃を持って畑を横切り新たな開墾地の方へ足を進める。そのあとすぐさま、タイタイが「ダーリング・ジルとロザモンドが興奮して張り上げた声をはっきりと耳にする」(211) ところで物語は閉じられる。この場面、ダーリング・ジルとロザモンドが興奮して声を張り上げるような状況は考えにくく、ウェイン・ミクソンが断定しているように (Mixon 52)、おそらくバックが、携えて出た銃で自殺したと考えるのが妥当であろう。バックが自殺したとなれば、バックによるジムの射殺はいっそう複雑な様相を帯びてくることになる。ベンヤミーンが提起するところの法維持的な暴力を執行したものが自らの命を絶ったことになる。バックの自殺は、あらためて兄弟殺しの現実、その悲劇を前景化することになる。しかも、「ほぼ十五年にもわたって」(Caldwell 2) 金の鉱脈探しにうつつを抜かしてきたタイタイの怠惰でどこか滑稽なそれまでの生活、ご都合主義以外の何ものでもない奇妙な「神さま」との共存関係が、逆にバックによるジムの兄弟殺しに一層悲劇的な趣を添えることになる。

そもそもこの作品のタイトルとなっている「神の小さな土地」(13) とは、タイタイが二十七年前に現在の農場を入手したときに、そのうちの一エーカーを神さまのためにのけておき、その一エーカーの土地から獲れるものはすべて教会に捧げる意向で設定した一区画であった。しかし、「金の鉱脈を最初に神さまの土地で探り当て、それをみんな教会に持っていかなくちゃなんねえなんて、まっぴら」(14) なので、「この二十七年間、何べんも神さまの土地をあっちこっち移さなければならなかったんだ」(13) とタイタイは平然といってのける。自分のご都合次第でその一エーカーの場所を次々と移してきた顚末は、ウィルとジムの死が突如降りかかるまでの物語のユーモラスな雰囲気を醸し出す源泉となっている。

しかし、物語の終盤、七回も繰り返される、「わしの土地で血が流されるなんて」というタイタイの嘆きは、「血が、しかも息子の一人の血が彼の土地の上に流された」(206) 衝撃の深さを鮮明に映し出すことになる。物語終盤まで支配的であった、「神の小さな土地」をめぐるエピソードを核とする、どこか長閑で喜劇的な雰囲気は、逆に、きわめてアイロニカルに、兄による弟の殺害と逆の関係ではあるが、創世記に登場するカインとアベルのエピソードを想起させ、その嘆きを大地に流されたアベルの血の呪いへと接続させることになる。

南部における暴力性への傾斜、あるいはベンヤミーンが提起するところの、神話的暴力を構成する法維持的暴力という観点から捉えられる作品の世界の背後に、さらなる世界が不気味な淵を覗かせているように思われる。

義理の関係をも含めれば、ウィル、ジム、バック、三兄弟の死は、この作品で描かれる暴力を一層深刻なものにしているが、これらの暴力に不気味な影を落としているのがグリゼルダの存在である。

物語の開始早々、義理の父親であるタイタイまでもが、「わしはいったんおまえの話を始めればやめられねえんだ。ただただほめずにはいられねえんだ。……わしはおまえをはじめてみたとき……、その場にひれ伏して、なにかを舐めたいような気分になったんだ。男がそんな気になるなんてことはめったにあるもんじゃねえ、それで、わしは、そんな気になったときには、おまえに聞こえるようにその話をするのがうれしくて仕方がねえんだ」(30) と、耳を疑いたくなるようなことばでその想いを吐露する。兄のジムはジムで、金の無心に訪れたタイタイに同行したグリゼルダに、「きっとお前を手に入れるからな」といい放つ。ウィルも、「長い間、おれはあいつがほしかったんだ、もうこれ以上待てねえ、おれはあいつを手に入れるんだ」(48)といって憚らなかった。タイタイの農場の小作人である黒人のブラック・サムまでもが、「あのグリゼルダっていう女は、ほんとうにいい女だ。一目見れば、男は身体中がかゆくなって、どこからかきはじめたらいいのかわからなくなるんだ」(198)と褒めそやすグリゼルダの魅力とは、疑いもなくその性的な魅力である。

オーガスタに居を構え、金持ちの女と結婚生活を送っていながら、弟バックの妻であるグリゼルダの奪取へとジムを駆り立てたのも、ほかでもない彼女の性的な魅力であったことはいうまでもない。また、ウィルも、翌日、ロックアウトを破るための実力行使の決行が決まった前夜、プルートの車に同乗してダーリング・ジルとスコッツヴィルを訪れたグリゼルダと関係を結び、長い間抱き続けてきた想いを遂げる。決行前の不安と恐れが入り混じった興奮状態の中、妻のロザモンド、ジル、そしてプルートの眼前でグリゼルダの衣服を「剥ぎ取り、二度とつなぎ合わせることができないほどにずたずたに引き裂き」(155)、グリゼルダを隣の部屋へ連れ去る。不思議なことに、妻のロザモンドは、落ち着き払って事の成り行きを見守る。あたかもこれから起ころうとしている悲劇を察知し、夫の最後の無理を許しているかのような印象すら与える場面である。三人の女たちの間で繰り返される「バックはウィルを殺す」(166)ということばは、ウィルの死を予兆するかのごとく不気味に響く。しかし、皮肉なことに、ウィルは翌朝、先頭に立って工場のロックアウトを破った直後、バックではなく工場が雇ったガードマンによって射殺されるのである。あたかも、かねてよりの強烈な欲望の的であったグリゼルダを手に入れたことをばねにして、高揚した気分の中でロックアウトを決行したことすら感じさせるくだりであろう。

バックにしても、父親タイタイのグリゼルダ礼賛に、「あれの出たあたりでは、あれよりべっぴんはもういないぜ、……あれは選り抜きだったんだから」(30)と、いつも調子を合わせてきたほど、彼女の魅力がほかの男たちの欲望を掻き立ててきたことは充分に承知している。だからこそ、ほかの男たちに対して、一時も油断できない緊張した時間を過ごしてきたに違いない。妻グリゼルダの並々ならぬ性的な魅力ゆえに、あからさまにグリゼルダへの欲望を平然と表に出してきたウィルに対して憤怒を抱き、兄のジムを射殺、さらに自らの命を絶たざるを得ない状況に追い込まれていったといえよう。

タイタイ一家を襲った悲劇の背後に、紛れもなくグリゼルダ、彼女の性的な魅力が色濃くその影を落としている。この作品で描き出されるグリゼルダの性的な魅力、その力は、実はそれほど単純ではない。義理の父親であるタイタイの、耳を疑いたくなるようなグリゼルダ礼賛は、物語の前半ではユーモラスでどこか軽薄な調子を響かせているが、ウィルが射殺され、バックがジムを射殺した前後から、そのことばの響きはがらりと変わり、グリゼルダの魅力が人間に関わる根源的な問題へと繋がるものとなる。

3　暴力の位相

男たちの視線を集め、圧倒的な存在感を男たちに与えているグリゼルダではあるが、ウィルの死後、タイタイと交わすことばは興味深いものである。グリゼルダはタイタイに、「いままで、わたしがこうしてもらいたいと思ったとおりに、わたしにしてくれたのは、あなたとウィルの二人だけでしたわ」、「あなたとウィルは、ほんとうの男でしたわ、お父さん」と、物語の中では、はじめて重い口を開く。さらに、「男の人が私を見たらしたくなるようなこと」（181）に関して、女性とて同じで、「あなたやウィルのような男でなければ、女はほんとうに愛したりすることはできません。……もしウィルが撃たれていなかったら、私はずっとあの町にとどまっていたでしょうに。……男が女にあれをすれば、この世の中のどんなものもとめることができないほど、想いは強くなるんです。人間があれをするのは、人間の中にひそんでいる神さまにちがいありませんわ。とにかくとてつもないもので、私には今、それがあるんです」（182）と、ウィルへの想いと「性」が女性に対してもつ力をとうとうと語る。

このグリゼルダの語りに対して、彼女も自分と同じように「生きることの神秘」（182）を知っていることをタイタイは見抜き、「教会へ行くと、牧師はわしらに心のそこで考えてみれば嘘っぱちだとわかるような事をいろいろといって聞かせる。……人間は神さまの思し召しどおりにものごとを感じなきゃだめだ。生活を台なしにしてしまうのは頭ばかりに支配される奴らだ。恋をするにしたって、心の中でそう思わなくちゃできるもんじゃねえ」、と「心の中にあるものを感じる」（183）ことの大切さを説く。さらに、ジムがバックに殺されるに至って、タイタイの語りはその重さを増していくことになる。

グリゼルダをめぐっての息子たちの兄弟殺しを目の当たりにして、タイタイは、「わしらはどこかで悪いたくらみにひっかかったんだ。神さまはわしらを動物の体に入れられて、人間のようにふるまわせようとなさったんだ。それがそもそも間違いのはじまりだったんだ。……体の中から自分を感じながら、牧師のいうことを聞くなんてことはできねえ相談だ。両方をいっしょにやることなんぞできねえ、どっちかひとつしかできねえ。体の中の自分を感じながら、もともとそう生きるようにつくられたように生きるか、さもなければ、牧師のいうように生きて、体の中は死んでしまっているような生き方をするかだ」（208）と、「性」をめぐって人間が直面しなければならない現実を語って聞かせる。神が人間に性的な欲望を与えたことがそもそも問題であって、しかもその欲望を意識しながらそれを抑圧して生きることがいかに難しいことであるかということをタイタイ独特の素朴で直截なことばで表現したくだりである。そして、バックによるジムの射殺を前にして、あの、「わしの土地で血が流されるなんて」という嘆き、「血が、しかも息子の一人の血が彼の土地の上に流された」(206)という絶望にタイタイは打ちひしがれることになるのである。

物語冒頭でタイタイ自身によってユーモラスに語られた「神さまの小さな土地」は、バックによるジムの射殺によってたちまちその様相を一変し、創世記にまで遡る時の流れを抱き込んだ悲劇の舞台となる。流されたジムの血はアベルの血と接続し、このような悲劇が人間によって綿々として繰り返されてきたことを映し出すと同時に、その悲劇の発端となった「性」をめぐる人間の苦悩もその誕生にまで遡ることを否応なしに思い知らせるものとなっている。その時々の自分の都合であちこちへと移動させてきた「神さまの小さな土地」ではあったが、ウィルの死を機に、「タイタイは神さまの土地を家のそばに移して、いつでもそのそばにいられるようにしたい」と思い、「農場のずっと向こうのほうから自分の足元に移した。そして、死ぬまでそこから移すまいと心に誓った」(180)矢先、ジムの血がそこで流されることになったのであるから、実に皮肉なこととといわざるを得ない。

バックがジムを撃ち殺したあと、茫然としたタイタイがふと漏らす、「わしには、まるでこの世の終わりがやってきたような気がする」(208)ということば、直後に起こるバックの自殺を不気味に予示するとともに、この作品で提示される暴力に新たな局面を付与することになる。

ウィル、ジムの射殺は、ベンヤミーンが提起するところの神話的暴力を構成する「法維持的暴力」として捉えられるものであったが、さらにバックの自殺を含めれば、そこにはグリゼルダの性的な魅力が不可解な影を落とし始めることはすでに述べたとおりであるが、タイタイの「この世の終わりがやってきたような」ということばは、気にかかる。それは、今一度ベンヤミーンの『暴力批判論』を想起させる響きを含んでいるためである。

ベンヤミーンは、神話的暴力に対立するものとして、神的暴力を設定している。神話的暴力は比較的その概念を理解しやすいが、神的暴力の概念は曖昧で、それを明確にすることはきわめて難しい。しかし、「神話的暴力はたんなる生命に対する、暴力それ自体のための、血の匂いのする暴力であり、神的暴力はすべての生命にたいする、生活者のための、純粋な暴力」（ベンヤミン 59–60）で、「神聖な執行の印章であって、決して手段ではないが、摂理の暴力といえるかもしれない」（65）というベンヤミーンのことばは、この物語の全体像を把握するうえで、傾聴に値する。それは、人間が常に対峙してきた「性」の圧倒的な力とは、まさに「すべての生命にたいする純粋な、摂理の暴力」として捉えることも可能なものであるためである。したがって、グリゼルダの性的な魅力、さらには男女を問わずその不可抗力ともいえる「性」の力とは、ベンヤミーンのことばを援用すれば、まさに「神話的暴力に停止を命じうる純粋な直接的暴力」（59）ということになるのではなかろうか。

『神の小さな土地』は、労使関係の縺れによる殺人、さらには兄弟殺しといった、南部に顕著に見られる暴力的な資質と重ね合わせることができるもの、視点を変えればベンヤミーンの神話的暴力のもとでの法維持的暴力として捉えられるものを描き出すと同時に、さらにその背後に、底知れぬ奈落へと誘う「性」の魔力、いわば神的暴力の存在をも描き込んで、さまざまな暴力の相互作用に翻弄される人間の哀しさを映し出したものといえよう。

引用文献

Arnold, Edwin T., ed. *Conversations with Erskine Caldwell*. Jackson: UP of Mississippi, 1988. Print.

Caldwell, Erskine. *God's Little Acre*. Athens: U of Georgia P, 1995. Print.

Devlin, James E. *Erskine Caldwell*. Boston: Twayne, 1984. Print.

Korges, James. *Erskine Caldwell*. Minneapolis: U of Minnesota P, 1969. Print.

Mixon, Wayne. *The People's Writer: Erskine Caldwell and the South*. Charlottesville: UP of Virginia, 1995. Print.

Wilson, Charles Reagan, and William Ferris, eds. *Encyclopedia of Southern Culture*. Chapel Hill: U of North Carolina P, 1989. Print.

ヴァルター・ベンヤミン『暴力批判論』野村修編訳、岩波書店、二〇〇九年。

III

ポストモダンの現在形

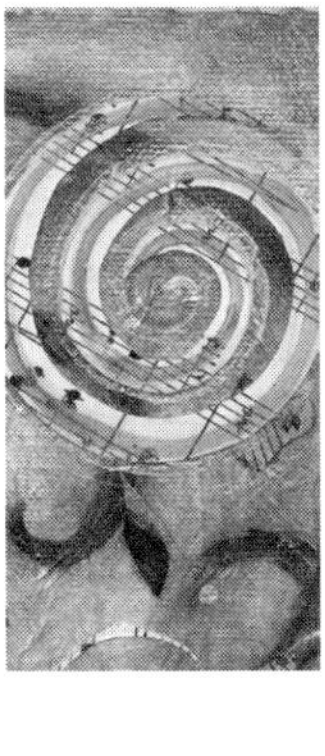

第8章

目の中の痛み

ナボコフの『プニン』を読む

若島　正

苦痛は優れてナラトロジカルな問題である。なぜなら、ある人物が経験する身体的および精神的な苦痛というものは、他人が本人の代理になってそれをありのままに語るということが決してできないものだからだ。三人称の語りの小説で、いわゆる全能の話者ならば、なんでも語りうるという特権を利用して、登場人物の苦痛にまでアクセスすることも許される。それでは、一人称の語りの小説で、語り手の「私」が他者の苦痛を語るという、ナラトロジカルには不可能なはずの事態が起こっている小説は、いったいどのようなものになるだろうか。そこでは苦痛がどのように描かれているのか。

本稿では、そのような問題意識に沿って、ウラジーミル・ナボコフが代表作『ロリータ』の次に発表した長篇『プニン』を再読する。すなわち、この作品を語りの形式と苦痛の主題系との関わりから考察するのが本稿の目的だが、[1] その際に、従来の『プニン』批評ではほとんど論じられることがなかった、「目」のモチーフ系を媒介項として設定する。

1　プニンと語り手

一九五五年九月二十九日、ヴァイキング社のパスカル・コーヴィシに宛てた手紙の中で、ナボコフは『プニン』の創作意図を次のように説明している。

『プニン』を書き始めたとき、私にははっきりとした芸術上の目的があった。つまり、喜劇的で、外見的には魅力のない――お望みなら、グロテスクと呼んでもいい――一人の人物を創造すること、ただしその人物を、いわゆる「正常」な人々と対置することで、はるかにより人間的な、より重要な、そして心の次元でより魅力的な人物として浮かび上がらせることだった。プニンがいかなる人間であれ、彼は断じて道化ではない。私が貴兄に提供しようとしているのは、文学においてまったく新しい人物――重要かつ強烈に痛ましい人物――であり、文学作品における新しい登場人物とは日々生まれるものではない。

(Nabokov, *Selected Letters* 178)

いかにもナボコフらしい自信に満ちた言明だが、ここにはいくつかの大きな問題がある。まずわたしたちが意外に思うのは、『プニン』の創作意図を、プニンという一人のキャラクターを創造することにあったと述べている点だ。普通の小説家がそう語っているのならべつに驚かないが、技巧の限りを尽くした小説を書くことで知られるナボコフが、こうした素朴なものの言い方をしているから驚くのである。「一人の人間を描くこと」という、普遍的ではあっても旧来的な小説観は、ナボコフには似合わない。そしてもう一つの問題は、滑稽に描かれているように見えても、最後には読者の共感を得るような、そんな人物ははたして「文学においてまったく新しい人物」なのかどうかという点である。それは決してナボコフが自慢するほどのことではなく、むしろ喜劇的小説の一つの典型ではないのか、とさえ思わせる。たとえばアイザック・バシェヴィス・シンガーの「ばかのギンプル」に出てくる主人公ギンプルをはじめとして、嘲笑される存在でありながらある種の聖性を獲得するキャラクターの系譜を、わたしたちは容易に想像することができるだろう。

『プニン』は、ナボコフの小説群の中ではほとんど例外的にと言っていいほど、悪口を言われない小説である。それは、主人公のプニンが、これもほとんど例外的に、読者の共感を誘うキャラクターだからである。ナボコフ自身も、ある書簡の中で、初出になった『ニューヨーカー』誌の読者がプニンに好感を抱き、「これまで他の短篇ではもらったことがないほどたくさんのファンレターをもらった」と率直に喜びを表現している（*Selected Letters* 182）。

こうしたナボコフ本人の言葉をどう受け取るべきか。わたしは、『プニン』において真に新しいのは、プニンという人物そのものではなく、プニンという人物の描き方、つまり人物造形の方法であると考えている。ナボコフにとって、キャラクターとは、人物造形《キャラクタリゼーション》の方法と切っても切れない関係にあった。『ヨーロッパ文学講義』に収められた、ジェイン・オースティンの『マンスフィールド・パーク』講義の中で、ナボコフはオースティンの人物造形の方法として次の四種類を挙げている。①直接的な描写。②直接に引用された発話。③間接的に伝えられた発話。④その人物の発話を真似た語り（*Lectures* 13–14）。これは、人物造形の問題を語りの問題としてナボコフがとらえていたことを示すものであり、ナボコフがどれほど語りの技法について意識的であったかがよくわかる。③はナボコフの文体的特徴の一つである自由間接話法の使用という問題に直結しているし、④はナラトロジー的に言えば、ヒュー・ケナーが『ジョイスの声』（一九七八）

で初めて指摘した、いわゆる「チャールズ伯父さんの法則」という現象である（Kenner 15–38）。つまり、ナボコフはケナーが指摘するはるか以前に、方法論に意識的な実作者として、この手法の存在を知っていたことになる。

ここで、『プニン』における語り手の特異性についてまとめておこう。『プニン』は三人称に偽装した一人称小説とでも呼べるだろう。語り手はナボコフに似て、ウラジーミル・ウラジミロヴィチという名前、およびNのイニシャルが付いた姓を持ち、小説家であり、プニンの旧友である。しかし、そのような事実が明かされるのは小説の終盤近くになってからであり、前半部では語り手はほぼ語りの裏側に隠れている。語り手が語るプニンの物語は、彼がその場に居合わせない（従って、直接には語れないはずの）出来事ばかりであり、それのみならず、プニンの心理や、幻想、夢といった、プニン本人以外には誰も直接にアクセスできないはずの事柄まで記述する。たとえば、この小説の書き出しでは、講演に出かけるため列車に乗っているプニンの姿が描写される。そこで語り手は、「その車両にはプニンしかいなかった」（8）と強調する。[2] 当然読者は、この小説が全能の話者による三人称の語りだと思い込むが、意外なことに、第一章の目立たない文章の端々に、どうやらプニンの友人らしい「私」がちらちらと現れる。この語り手は、物語が進むにつれて次第に存在感を増し、ついに最終章となる第七章では、居場所を失ったプニンが勤務先のウェインデル大学を去っていくのと入れ替わりに、新しくそこに迎えられた語り手が実体を備えて登場する形で小説は終わる。語り手とプニンはついに出会うことがない。また語り手は、プニンが今は別れている妻リーザと結婚する前に、彼女と関係を持っていた。「私は絶対にあの男の下では働きません」（170）と言うように、プニンにとって語り手は嫌悪すべき人物なのだ。

それだけではない。事態を複雑にしているのは、ロシアで共に過ごした少年時代に始まって、語り手がプニンを回想する、その記憶の一つ一つに対して、プニンがことごとく異論を唱えていることだ。さらに、プニンは語り手について、「あいつの言うことなんか、一言も信じてはいけませんよ。……あいつはなんでもでっちあげるんです。……ひどい作り話の名人なんだ」(185)と痛罵する。このプニンの発言は、極端に解釈すれば、この小説全体をいわゆる「嘘つきのパラドックス」へと落下させかねない。「私は嘘をついている」という言明は真か偽かという問題にまつわるパラドックス。読者にとって、語り手の語りに対する信頼が大きく揺らぐ。いったい語り手の語りか、それともプニンの言明のどちらが信頼するに足るのか、というのはしばしば論じられる問題である。[3] 言い換えれば、ここで起こっているのは、アガサ・クリスティの『アクロイド殺し』で一人称の語り手が犯人だったという事態とほぼ同等の現象である。語り手が犯人であるとすれば、いったい読者は何を事実として信用すればいいのか。それと同じように、『プニン』で一人称の語り手が嘘つきであるとすれば、いったい読者は何をプニンの実像として受け取ればいいのか。「一人の人間を描くこと」という一見して単純そうな創作意図で書かれたはずの『プニン』が、急につかみどころのない小説のように見えてくる。プニンというキャラクターの輪郭がぼやけてくる。

このような事情から、従来この小説の語り手は批評家たちにはおおむね胡散臭い存在として見られていた。[4] 語り手による記述の矛盾点もしばしば指摘されるところで、[5] そのような細部のミスを犯すはずがないと信じられているナボコフと比べて、この明らかにナボコフを想起させる『プニン』の語り手は、生前の遺作となった『道化師をごらん!』の語り手ワディムに似て、ナボコフの部分的な似姿ではあっても技量がはるかに劣る小説家として設定されているのだ、という議論もよくある。そうした批評の傾向の中で、語り手の役割を最も肯定的に評価したのがレオナ・トーカーである。トーカーはベルリン時代に書かれた短篇「スカウト」に『プニン』の原型を見ている（Toker 22–23）。「スカウト」も擬似三人称的一人称と見ることが可能な小説で、葬儀からの帰り道に公園のベンチで腰を下ろす老人の物語が一見三人称風に語られる中で、語り手の「私」はしばしばコメントを差しはさみ、最後には、今ベンチで横にいる老人を見てこの物語をでっちあげたのだと説明する（Nabokov, "Recruiting" 401–05）。そこでは、老人についての事実と、語り手が作り上げたフィクションとの、当然存在するはずの差は問題にならない。フィクションによって仮構された、語り手とその観察対象である老人との絆が大切なのである。トーカーはこの構造を『プニン』にも見いだす。

本論の基本的な立場は、このトーカーの読み方と同じものであることを、ここで明言しておきたい。語り手はいったいどうして自分が直接には目にしなかったプニンのさまざまなエピソードを語れるのか。それはまったくのでっちあげではないことが、小説の範囲内で示唆されている。奇矯な人物として、プニンは大学人のあいだで物笑いの種になっていた。ウェインデル大学にやってきた語り手は、前任者プニンのおもしろおかしいエピソードを耳にする機会があった、というのが読者の想像である。すなわち、語り手にはプニンの物語を語るだけのソースがあった。ただしそれは、聞いたことをそのまま書いたわけではない。エンディングで英文科主任のジャック・コッカレルが、プニンの物真似を始める。プニンがクレモーナへ講演に出かけて、間違った原稿を持ってきたことに気づくという話だ。それは明らかに、語り手が第一章で同じエピソードを語った、そのソースになっている。しかし、語り手によるヴァージョンでは、プニンは失敗の連続に巻き込まれるが、間違った原稿を持ってきたわけではなかった。それは語り手による改変なのである。

こうした立場から見ると、語り手の語りをめぐる特異性は、直接に知りえない事実の描写や、散見される記述の矛盾も含めて、すべてある一貫した意図の下に設定されているように思われる。それはすなわち、ここで語られていることが「作り話」かもしれない、という点を読者に強調しようとする意図である。それがどの程度事実に相違しているか、その範囲は見定めようがない。しかし、おそらくその問題は不問に付されている。語り手がそのような確信犯的嘘つきであるからといっても、わたしたちは語り手を不誠実だと非難する必要はない。本論はむしろ、語りのこうした特徴を『プニン』の根幹にあるものととらえ、肯定的に評価しようとする試みである。

ここまでの議論と直接に関係する重要な部分だと思われるのが、リーザの目に関する次の描写である。その驚くべき一節では、記憶と想像力をめぐる語り手の根本的な態度が明らかにされている。

最愛の女性には、目の輝きと形が偶然融合することによって、こっそり見た瞬間に私たちに直接の影響を及ぼすのではなく、心ない当の人物がいないときに遅れて蓄積された光の照射となって影響を及ぼし、魔法のような心痛がいつまでも残り、そのレンズとランプが暗闇の中に設置される、そんな目を持つ者がいる。現在はウィンド夫人となっているリーザ・プニンがどのような目の持ち主であろうと、その目が宝石の水と言うべき本質を現すように思えたのは、それを思考の中で喚起したときだけに限られ、そのときには虚ろで、盲目で、濡れた水宝石《アクワマリン》の炎がゆらめきながらじっとこちらを見つめ、まるで太陽と海の飛沫が見る者の瞼の中に入り込んだようだった。（43–44）

語り手がリーザの目についてこのように具体的に描写できるのは、かつて彼女と関係を持っていた時期があったからである。この一節は、現在では再婚してウィンド夫人となっているリーザとプニンが再会するくだりの前に置かれている部分で、いかにリーザが現実には薄情な女性であろうが、プニンにとって記憶の中のリーザはおそらく変容を伴って保持され、今なお愛情の対象となりえていることを暗示している。しかし、語り手の想像の中でリーザを見るプニンの視線には、語り手がリーザを見る視線も重ね合わされていることが容易に看取できるだろう。いつまでも残る「魔法のような心痛」（傍点論者）は、おそらくプニンだけではなく、語り手も共有するものであるはずだ。

語り手にとって、リーザの目が現実にどうであるかは問題ではない。彼にとっては、その「本質」が問題であり、それは彼の「思考の中で喚起したとき」にのみその姿を現す。これを、語り手の語りとプニンの言明との食い違いに敷衍すれば、次のように言い換えることができるだろうか。すなわち、語り手にとって、プニンについての事実は問題ではない。語り手が想像力でとらえたプニンの本質、それこそが問題なのである。従って、語り手かプニンか、どちらの言っていることが正しいかをこの小説で問うことは意味がない。もともと、そうして語り手を嘘つき呼ばわりするプニンじたいが、語り手による構築物であり、いわば「プニン」と鉤括弧でくくられるべき存在であるかぎり、その鉤括弧をはずした真実のプニンを探すことは無駄だろう。つまり、私たちがこの小説で見いだすのは、あくまでもそのような「プニン」であり、プニンではない。その語り手の試みがどれほど成功しているかは、すでに引用したナボコフの書簡で明らかなように、大勢の読者がプニンに好感を抱いたという事実から測定することができる。それはとりもなおさず、語りの戦略の勝利を意味するのである。

2　苦痛と目

この小説の中で、プニンはさまざまな苦痛を体験する。ここでまず、身体的苦痛の方に注目してみよう。プニンがアメリカに来て総入れ歯にする手術を受けるエピソードでは、「彼の雪解け中の、まだ半分死んでいる、残虐なまでに葬られた口腔では、麻酔の氷と木が苦痛のあたたかい流れにゆっくりと取って代わられつつあった」とあるように、苦痛を伴いはしたものの、新しい入れ歯はプニンにとって「人道的なアメリカ」(38)そのものだった。しかし、子供の頃からプニンについてまわる、原因不明の心臓発作は、プニンにたえず言い知れぬ不安を抱かせる一方で、それが世界の謎を解く鍵へとつながっているような感覚を彼に起こさせる。それは、自分たちの住んでいる世界が巧妙に構築された虚構であること、そしてその虚構世界の背後にそれを作り出した作者の影がちらりと見えること、そういうつかのまの啓示を登場人物たちが体験するナボコフ的瞬間でもある。

次の引用は、第一章で講演に向かう途中にプニンが公園で心臓発作を起こし、ベンチにうずくまったとき、小さい頃に高熱を出して寝込んだときの体験を思い出してタイムスリップする場面である。

瞼がちくちく痛むので、彼は目を閉じることができなかった。視界は突き刺すように斜めの光線が入った長円形の苦痛と化した。見慣れた物の形も邪悪な妄想が繁殖する場所になっていた。ベッドのそばにはつやだし板でできた四つ折りの衝立があり、その各面には、落葉の散り敷く乗馬道、睡蓮の池、ベンチで屈み込んだ老人、そして前足に赤っぽい物体を抱えているリスを描いた焼絵模様がついている。几帳面な子であるティモーシャは、その物体がいったい何だろうか(クルミ？　マツカサ？)と思ったことがよくあり、他に何もすることがなかったので、この退屈な謎を解いてみようと取りかかったが、熱で頭がガンガンして、あらゆる努力も苦痛と恐怖にかき消されてしまうのだった。(22–23)

過去と現在が二重映しになったこの幻想的な場面(「ベンチで屈み込んだ老人」は現在のプニンの姿でもあり、それが過去の衝立に描かれている)に出てくる、何やら赤っぽい物を抱えた「リス」は、この小説世界の謎を解き明かすかもしれない鍵を握った存在であり、過去の『プニン』批評ではこれに触れない論者がほとんどいないほど頻繁に論じられてきた。しかし、それにもかかわらず、この個所で見過ごされてきたのは、プニンの目に宿った苦痛のありようではないだろうか。ここで目は、まさしく「長円形の苦痛」そのものになっている。すでに述べたような、世界の虚構性があらわになるナボコフ的瞬間は、しばしば明晰な狂気を通して訪れるが、ここでは心臓発作という「苦痛と恐怖」(“pain and panic”)、そして目に宿った苦痛を通して立ち現れることに注意しておきたい。

実を言うと、この目に宿った苦痛というモチーフは、プニンと語り手を結ぶ絆でもある。語り手の語りは「作り話」である可能性を読者がつねに意識しなければならない、という点についてはすでに述べたが、それではこの小説で読者が高い蓋然性で信じることのできる記述は何かといえば、語り手自身の実体験である。最終章で、語り手はそもそもプニンを初めて知るきっかけになった少年時代の出来事を語りはじめる。それは、一九一一年の春のある日曜日のこと、語り手の左目に炭塵が入ったという事件だ。

私は十二歳の誕生日に贈られた美しい新品の英国製自転車を試し乗りしていたところで、モルスカヤ通りにある赤みを帯びた石造りの我が家へと、寄せ木張りのようになめらかな木造りの舗道を帰っていくとき、家庭教師の言いつけに由々しくも背いたという意識よりも、私の眼球の極北に宿ったずきずきする痛みの微粒の方がはるかに気がかりだった。(174–75)

この炭塵を取ってもらうために、語り手は高名な眼科医であるパヴェル・プニンの診察を受けた。そこで出会ったのが、眼科医の息子ティモフェイ・プニンなのである。いわば、目に宿った「ずきずきする痛み」こそが、語り手とプニンを引き合わせたのであり、語り手の側からの一方的な思い入れであるにせよ、二人のあいだに存在する絆なのだ。あるいは、こう想像することもできるだろうか。つまり、この語り手の体験こそが、少年時代にプニンの目に宿った苦痛(それはもちろん語り手には知りえない出来事である)を描かせたソースになっている、と。語り手はこの記述のしばらく後で、パヴェル・プニンに取ってもらった炭塵に思いを馳せ、「いったいあの塵は今どこにあるのだろう? 退屈で、唖然とするような事実ではあるが、それは今もどこかにたしかに存在しているのだ」(176)と述べる。この奇妙なオブセッションは語り手にとって、あの「ずきずきする痛み」が今なおリアルであることを示唆している。それはもしかすると、語り手に『プニン』という物語を語らせた遠因なのかもしれない。語り手にすれば、プニンという存在が「ずきずきする痛み」であり、いつまでもその痛みが消えない幻の塵のようなものだったのかもしれない。

それではプニンが被る精神的苦痛はどうか。その大きな源になるのは、最初の恋人であったミーラ・ベローチキンと、結婚してから別れたリーザ、この二人の女性である。苦痛の主題系と目のモチーフ系が、リーザの場合にどう関連しているかについては、すでに述べた。ここで取り上げるのは、ミーラ・ベローチキンの場合である。

次の一節は、プニンが経験する中でおそらく最大の苦痛を描いた箇所で、本書の白眉と言える。

おしゃべりなシュポリャンスキー夫人が口にしたことが、異様な力でミーラのイメージを魔法のように浮かび上がらせた。プニンは心乱れた。人が一瞬でもこれに対処できるのは、不治の病で諦観に達したとき、あるいは死の瀬戸際で正気が訪れたときしかない。理性的に生きるには、決してミーラ・ベローチキンを思い出したりしないことだ、とこの十年間、プニンは己に言い聞かせてきた――若かりし頃の、平凡な短い恋を思い出すことそれじたいが心の平安をかき乱すからではなく（悲しいかな、リーザとの結婚生活の思い出の方が傲慢で、以前のロマンスを追い出してしまうのだ）、もし人が己に対して本当に正直なら、どんな良心も、それゆえにどんな意識も、ミーラの死といったものが可能であるような世界では存続できるはずがないからだ。人は忘れなければならない――なぜなら、この上品で、かよわく、やさしい娘、あの目、あのほほえみで、あの庭と雪を背景に立っていた娘が、家畜車で絶滅収容所に運ばれ、過去の黄昏の中、口づけた唇の下で脈打つのを聞いたあのやさしい心臓に、フェノールを注射されて殺戮されたのだ、という思いを抱えて人は生きていくことができないからだ。そして正確にはどのように死んだのか記録が残っていないために、ミーラは幾度となく人の心の中で死に続け、幾度となく生き返ってはまた何度も死んで、熟練した看護婦によって運び去られ、汚物や破傷風菌やガラス破片を接種され、シャワー風呂よろしく青酸ガスを浴びせられ、ガソリンを沁み込ませたブナの薪を積んである穴の中で火炙りになるのだった。（134–35）

この一節で繰り返される、あえて「人」と訳した言葉“one”に注目しよう。この“one”は、人間全般を指すように見えて、実際には文脈によって指示されるある一人の人物（たいていは主人公や語り手の「私」）を念頭に置いているときによく用いられる。この一節の場合なら、言うまでもなくそこで想定されているのは第一義的にはプニンである。しかしそこには、プニンの最も内奥の部分を探ろうとしている、語り手の姿も重なっているように感じられる。あえて言えばこうなるだろうか。すなわち、ミーラ・ベローチキンが強制収容所で虐殺されたその最期の様子は、プニンには知りえない。そこでプニンが想像の中で何度もさまざまにミーラの死を思い浮かべる姿を、プニンの心中を知りえないはずの語り手が、小説家としての想像力で思い描いているのだ、と。

ここでプニンはミーラの「あの目、あのほほえみ」を思い出している。それはプニンの秘められた思い出の中では、彼だけが永遠に記憶し保存しているものだ。しかしここでもまた、リーザの目の記憶がそうだったように、語り手はミーラの目の記憶もプニンと共有している。語り手は十六歳のとき、バルト海沿岸に住む叔母の屋敷を訪れていたおりに、シュニッツラーの『恋愛三昧』を上演した素人芝居にプニンが出ていたことを記憶しているが、その舞台にはミーラも出ていた。そのエピソードを語る第七章第二節は、「小柄な婦人帽子屋でテオドールの愛人、ミツィ・シュラーガー役を魅力的に演じたのは、可愛らしく、首筋がほっそりして、ビロードのような目をした娘である、ベローチキンの妹で、その晩最大の喝采を博した」（179）という文章で終わる。それはおそらく、ミーラととりわけ彼女の「ビロードのような目」が、観客の一人である語り手にとっていかに強い印象を残したかを物語っている。ミーラの目の記憶は、語り手が物語を紡ぐ一つのソースになったはずだ。

しばしば引用される次の箇所で、プニンは人間がいかに理不尽な苦痛を被ってきたかという歴史を講義することを、直属の上司であるドイツ文学科のハーゲン博士に提案する。

「……かなり前から計画していた新設コースの名案があるのですが、来年からあなたと私でそれを始めましょう。暴政について。足枷についていて。ニコラス一世について。現代の残虐行為の先駆けになったすべてについて。ハーゲン、我々は不正を話題にするとき、アルメニアの大虐殺や、チベットが編み出した拷問術、それにアフリカの植民地主義者たちのことを忘れてしまうのです……。人間の歴史は苦痛の歴史なんですよ！」(168)[6]

プニンのいつになく力のこもった口ぶりから、この苦痛の歴史というテーマがプニンにとって切実なものであることがうかがえる。ここで言及される「現代の残虐行為」が、ナチス政権下のドイツによるホロコースト、そしてソヴィエトにおけるラーゲリと呼ばれる強制収容所での虐待を指しているのは疑いない。しかしプニンの講義計画は、その「先駆けになったすべて」を歴史的にたどろうとするもので、奇妙にもホロコーストの手前で終わるように見える。それはなぜかと言えば、ミーラにまつわる記憶がまとわりついたホロコーストを語ることは、彼にとって苦痛そのものでしかないからだ。彼はその記憶に蓋をする。人の隠された秘密を暴こうとする精神医学に対して、「人の秘かな悲しみを、どうしてそっとしておいてやれないのでしょう？　悲しみこそは、人が所有していると本当に言える、世の中で唯一のものではないでしょうか」(52)とプニンが異議を唱えているのは、こうした彼の秘密と軌を一にする。個人のレベルで言えば、プニンの人生という歴史はまさしく苦痛の歴史でもある。

　頑なに悲しみの内に閉じこもろうとするプニンに対して、語り手は擬似的な全能の話者の特権を活かし、暴力的にその記憶の蓋を開け、プニンの苦痛の核に迫ろうとする。プニンの信条を著しく侵犯するこの行為は、ナボコフと歴史という問題を論じたウィル・ノーマンの言葉を借りれば、「美学と歴史的記憶が対峙する際の倫理的代価」を問いかける。知りえない事柄まで語る特権を持った一人称の語り手という特異な設定は、究極的な「語りえぬもの」であるホロコースト体験という、この歴史の暴力を描くためのものではなかったか。ふたたびノーマンから引用すれば、「作品の中でホロコーストを描くために、ナボコフはこの野蛮な語り手を創造するしかなかった」(Norman 105) のである。

3　おわりに

　語り手とプニンは不思議な絆で結ばれている。語り手は伝記的事実においてナボコフの似姿として設定されているが、プニンの細部を愛する性癖や、入れ歯手術をはじめとするアメリカ体験などには、ナボコフのそれが投影されている。つまり、この二人はいずれもある意味でナボコフの分身であり、双子もしくは兄弟のような関係にあると見ることもできる。ロシアの裕福な家庭に育った語り手は、渡米してからも達者な英語を操る小説家として知られ、なんの苦労もしていないように見える。その語り手にとって、生きることが苦痛の連続であるような人生を送り、渡米してからも英語がうまくしゃべれず、失敗ばかりして物笑いの種になるプニンは、もしかするとそうなっていたかもしれない可能性、「ずきずきする痛み」として語り手の目の中に宿っていたのかもしれない。

ここで想起されるのは、ウラジーミル・ナボコフとは一歳違いだった弟セルゲイ・ナボコフのことである。ナボコフ家において、セルゲイの存在はつねにデリケートな問題であった。なぜなら、セルゲイは同性愛者だったからである。そうした事情を反映して、ナボコフはセルゲイに関してはほぼ沈黙を守っている。自伝『記憶よ、語れ』の中でも、セルゲイについてはほとんど触れられていない。その代わりに、ナボコフの小説作品では、セルゲイが影のように存在している気配が感じられることがしばしばある。亡くなった異母兄弟の小説家の足跡をたどろうとする『セバスチャン・ナイトの真実の生涯』がその代表例だが、この『プニン』もその一例ではないか。なぜなら、ベルリンに住んでいたセルゲイは一九四三年に反政府的言動の容疑でゲシュタポに逮捕され、ハンブルク近郊にあるノイエンガンメ強制収容所に送られて、記録によればそこで一九四五年一月九日に死亡したとされているからだ。その事実は、いかに語りえないものではあっても、ナボコフにとっては何らかの形で語らざるをえないものであった。ミーラの死のありさまを想像するプニンの心の中を想像する語り手の暴力的な侵犯行為には、世界の不条理に抗いながらセルゲイの死のありさまを思い浮かべ、それをこのような形でしか表現できないナボコフの煩悶が現れているのだと想像してみることは、この小説の読者に許された侵犯行為ではないだろうか。[7]

注

1 同じく苦痛の主題系から『プニン』を論じたボイドの指摘を俟つまでもなく、「プニン」(Pnin) という名前からわたしたちがまず連想する単語は「苦痛」(pain) である (Boyd, *American Years* 272)。
2 『プニン』からの引用は、使用テクストにおける該当ページ数を直接括弧に入れて示す。
3 たとえばバラブタルロは、このエポケーを解消する方法として、語り手とプニンは同一平面に存在していない、という仮説を提唱している（Barabtarlo 173）。

4 「語り手が信頼できない人物で、俗物であり、自惚れであって、最終的には気高さと優しさの点でプニンに比べて劣っていることを、語りそのものがあらわにしている」（Connolly 207）といった見方がかつては一般的だった。

5 ボイドはこうしたテクスト内に散見される矛盾について、当時ナボコフが時間に追われていて、大学の勤めも忙しかったというテクスト外の事情を原因としている（Boyd, "Nabokov's Fallibility" 60–61）。しかし、食い違いが一つの主題系を形成しているような『プニン』の場合、誤りをナボコフに帰すのではなく、まず語り手の何らかの意図に帰すべきだというのが本稿の立場である。

6 新設コースを夢見て一人興奮するプニンは、ここでハーゲンから、彼が別の大学に移ることになり、英文科には新しいロシア人（実は語り手）が招聘でやってくるので、従ってプニンにはウェインデル大学で居場所がなくなりそうだという話を聞かされる。『プニン』をキャンパス・ノヴェルとして読むときにクライマックスを形成するこの第六章の終わりで、皮肉なことに、プニンは堪えがたい苦痛を味わうのである。

7 セルゲイ・ナボコフを主人公にした偽伝記という形式を借りている、ポール・ラッセルの小説『セルゲイ・ナボコフの非真実の生涯』も、そうした想像力による侵犯行為の一つである。

引用文献

Barabtarlo, Gennady. *Aerial View: Essays on Nabokov's Art and Metaphysics*. New York: Lang, 1993. Print.

Boyd, Brian. *Vladimir Nabokov: The American Years*. Princeton: Princeton UP, 1991. Print.

———. "'Even Homais Nods': Nabokov's Fallibility; or, How to Revise *Lolita*." *Vladimir Nabokov's* Lolita: *A Casebook*. Ed. Ellen Pifer. New York: Oxford UP, 2003. 57–82. Print.

Connolly, Julian W. "*Pnin*: The Wonder of Recurrence and Transformation." *Nabokov's Fifth Arc: Nabokov and Others on His Life's Work*. Ed. J. E. Rivers and Charles Nicol. Austin: U of Texas P, 1982. 195–210. Print.

Kenner, Hugh. *Joyce's Voices*. Berkeley: U of California P, 1978. Print.

Nabokov, Vladimir. *Lectures on Literature*. Ed. Fredson Bowers. New York: Harcourt/Bruccoli Clark, 1980. Print.

———. *Pnin*. New York: Vintage, 1989. Print.

——. “Recruiting.” *The Stories of Vladimir Nabokov*. New York: Vintage, 1997. Print.

——. *Selected Letters 1940–1977*. Ed. Dmitri Nabokov and Matthew J. Bruccoli. New York: Harcourt/Bruccoli Clark Layman, 1989. Print.

Norman, Will. *Nabokov, History and the Texture of Time*. New York: Routledge, 2012. Print.

Russell, Paul. *The Unreal Life of Sergey Nabokov*. Berkeley: Cleis, 2011. Print.

Toker, Leona. *Nabokov: The Mystery of Literary Structures*. Ithaca: Cornell UP, 1989. Print.

第9章　子供の国のフランツ

『重力の虹』に見るエンジニアの支配と幻想

長畑明利

1　支配と服従

　自分が本来的に批判する行いに荷担していることを理解し、その帰結を想像することができるにもかかわらず、それを見せまいとする、あるいは、それから隔離する企みに、自ら抗することなく、しむけられるままに協力を続けること、そして、それがもたらした惨状を目の当たりにしてようやく自分の過ちを悔いること——『重力の虹』に描かれるドイツ人技師フランツ・ペクラーのエピソードは、あるエンジニアの非人道的プロジェクトへの協力と抵抗の葛藤を描くエピソードとして読める。それは一人のエンジニアの意志を巧妙にコントロールして、戦争遂行の目的のために利用し、それによって彼に破滅をもたらす物語である。しかし、ペクラーは必ずしも自らの意志を暴力的にねじ曲げられて支配者に協力したわけではない。逆に彼は自ら積極的に、あるいは、自身が協力している事業の闇をまったく知らずに、それに関与したわけでもない。エンジニアは、権力者が仕掛ける支配のための巧妙な操作に直面し、自らそれを受け入れ、事業に協力したと考えられる面がある。結果としては非人道的な戦争犯罪に荷担したことが明らかになるものの、その荷担のあり方は、威嚇による支配と自発的服従の、意志と強制の微妙な境界を浮かび上がらせる類の曖昧さを伴うものに見える。[1]

ペクラーの例は明らかに特殊なものではなく、時代や国を異にする他の多くの科学者やエンジニアに及ぶ普遍性を持っている。すでに多くが語られている『重力の虹』ではあるが、[2] この一見地味なペクラーのエピソードに再び注目することは、現代社会におけるテクノロジーと権力の問題、科学技術と倫理の問題について改めて考える機会にもなるだろう。

2 貧しいエンジニアの軌跡

はじめにペクラーの経歴を簡単に振り返っておこう。ドイツの化学エンジニアであるフランツ・ペクラーは、ミュンヘン工科大学でラズロ・ヤンフという名の科学者から高分子理論を学んだとされる。ヤンフ（実在する人物ではない）は幼少のタイロン・スロスロップに条件付けの実験を行った非人間的科学者という設定になっているが、ペクラーの目から見れば、彼はユストゥス・フォン＝リービッヒ、アウグスト・ヴィルヘルム・フォン＝ホフマン、ハーバート・ガニスターという偉大な化学者の系譜に連なるまばゆい存在にほかならない。

ペクラーはドイツ北部の都市リューベック出身のレニと結婚する。彼女はドイツ共産党の活動に携わり、ローザ・ルクセンブルクばりの革命を夢見る女性で、ペクラーは彼女を冗談で「レーニン」と呼ぶこともある。レニは危険を顧みず、生きて帰らぬ決意すら秘めて、街頭での政治パフォーマンスに出かけるが

(Pynchon 399)、フランツは政治的活動には積極的でなく、街頭での活動にも何かと理由をつけて参加しない(158)。二人の間にはイルゼという娘が生まれる。映画好きの彼は『悪夢』(*Alpdrücken*)という名の映画を見た後、その映画の主演女優マルゲリータ・エルトマンに対して抱いた欲情を投影しつつ、レニと性交したことがあり、後に彼は、イルゼができたのはこのときの交わりだったに違いないと考える(398)。レニは夫フランツとの生活に倦み疲れ、娘とともに家を出る。フランツは妻に去られたショックで体調を崩す。

フランツがロケット開発に関与するようになるのはこの頃だとされる。レニとイルゼが姿を消す前、ベルリンで、彼は生活費を稼ぐために、掲示板に映画のチラシを貼る仕事をしていたが、夜になって、ライニッケンドルフの人気のない街まで彷徨い込んだ彼は、そこで偶然行われていたロケットの静止実験(とその失敗)を目撃し、また、そこでミュンヘン工科大の同窓生であるクルト・モンダウゲンに再会する。『V.』にも登場するモンダウゲンは、西アフリカでの任務の後、ロケット開発に携わっていたのである。レニの失踪後、フランツは(おそらく、失意の彼を慰めてくれるモンダウゲンに誘われて)彼がロケット開発プロジェクトを進めるベルリン郊外のクメルスドルフに引っ越し、その開発プロジェクトに加わる。彼はそこでロケット開発の「推進力グループ」(402)の作業に手を貸す。

その後、ペクラーは次第にナチスのロケット開発への関与を深めていく。一九三七年には、他の約九十人とともに、彼はドイツ北部のペーネミュンデに移る。先遣隊の一人として、沖合にあるグライフスヴァルター・オイエ(島)の漁師小屋に住み込んで、この島をテスト・センターにする作業に従事した後、一九三八年までにはできあがっていたペーネミュンデ基地に移動。そこで彼は他のエンジニアたちとともに、推進力を向上させ、装置を簡素化し、弾道誘導技術の向上に取り組んだと考えられる。ペクラーは、その後、ポーランドのブリズナに送られて、ブリズナから打ち上げられたロケットを、北部のサルナキ地域に定められたそのターゲット地点で待ち受け、観察するという任務もこなす。一九四三年八月にペーネミュンデがイギリス空軍に爆撃されると、爆撃を避けるために、ハルト山中のノルトハウゼンに「地下工廠」が作られ、一九四四年の春には、ペクラーもそこへ移動する。彼はこの地下兵器工場で、裸電球に照らされながら、素材の研究と調達に取り組む。敗色が濃厚になる中、彼は上司であり自分を支配するヴァイスマン大尉（コード名ブリケロ）から、00000なる番号をふられたロケットの推進部のために絶縁性プラスティック板を開発することを求められ、それに協力する。一九四五年四月、ノルトハウゼンから科学者たちが退去する際に、ペクラーも地下工廠を出る。

3　身体的暴力と脅迫

このようにペクラーは、ナチスのロケット開発の歴史を生きた人物として造形されている。[3] しかし、ここで注目したいのは、ペクラーがロケット開発のプロジェクトに巻き込まれていき、そこから逃れられなくなっていくまでの経緯の描写である。彼は、自身のもとを去った妻のレニのように、強い覚悟でもって体制への抵抗を試みることはなく、また、レニから自分が彼らに利用されていることを指摘されながらも――「あいつらは人を殺すためにあなたを使っているのよ」(400)[4]――その言葉に従うことなく、次第に体制に順応していく。このペクラーのエピソードにおいて、党と軍需産業が一エンジニアを兵器開発に協力させるために、その行動を支配していく様はきわめて巧妙である。ペクラーの支配は、明らかに身体的暴力によって、個人の意志をねじ曲げて、行動を強いるものではない。非現実的な設定を用いながらピンチョンが描き出す支配のプロセスは、エンジニアの生と欲望と感情を把握し、彼の内なる弱みに働きかけて、協力を誘導するものである。

もっとも、作品中に彼を支配しようとする権力側の身体的暴力が描かれないわけではない。そこには、レニの愛人だったペーター・ザクサが一九三〇年にベルリンのストリートで警官に撲殺される様が描かれている(218-19)、そのシーンを彷彿とさせる警官の暴力をペクラー自身が目撃するシーンもある。レニの失踪後にベルリンのストリートに出てみたペクラーは、そこで警官による警棒の一撃をすんでのところで回避したのである。

一人の警察官がペクラーにねらいを定めて一撃を下そうとした。彼はこれをよけ、代わりに一人の老人がそれをくらった。[パフォーマンスのための変装ではなく]髭を生やした本物のトロツキストのじじいだった。……黒ラバーの皮の下に、スティール製のケーブル索が見えた。警棒を振り下ろす警官の顔には気むずかしげな笑みが浮かび、空いた片手はいくぶん女性的な手つきで反対側の衿を掴んでいた。警棒を持つ手の革手袋は手首のボタンが外れていた。最後の瞬間に彼の目はたじろぎを見せた。まるで警棒が神経とつながっていて、老人の頭骨を捉える際に痛みを感じるかのように。恐怖で吐き気を催しながら、ペクラーは戸口へと逃げた。(399)

ロケット開発の現場の描写には現れないこうした身体的暴力の描写は、体制側の人間がうわべの平静さの背後に隠し持つ暴力性を伝えるものとして効果的である。それは、軍事兵器開発への協力という行為にペクラーを仕向けるという、つまり、ナチス党の政治綱領や戦争遂行に批判的であったと考えられる、この貧しいエンジニアの意志を支配するという試みが、表面上は身体的暴力を加えることはないものの、潜在的な暴力の仄めかしによる威嚇を伴うものであったことを示している。

彼にロケット開発への協力を促す強い要因となるイルゼとの邂逅にも、潜在的な暴力の仄めかしがある。ペーネミュンデのロケット製造基地で働くようになった彼のもとを、ある年、妻とともに姿を消していたイルゼが訪問する。ペクラーが行方の知れなかったイルゼと再会できたのは、ナチスの軍事兵器製造に協力することの見返りであることが想像される。裏を返せば、そのことは、体制側がペクラーの行動を支配するために、彼の家族を利用し得ることを示している。イルゼはペクラーとともに、秘密であるはずのロケット発射実験をも見る。彼女は完全に権力（ナチス）の支配下に置かれているために、情報の漏洩を心配する必要がないのだとペクラーは考える。ペクラーは、彼女からレニが矯正施設に入れられていることを知り、またさらに、二人が監視されていること、レニがときおり連れて行かれ、数日間帰ってこないことがあるということを知る。その情報は、レニに対する何らかの暴力の行使を仄めかすものでもある。権力側はペクラーに対して、イルゼの口を通じて脅迫を行っているとも言える。

ピンチョンは、ペクラーとイルゼとの邂逅が仕組まれたものでありうることを示すのに、イルゼと思われる少女がもしかすると本当のイルゼではなく、イルゼを演じる別の少女かもしれないことを仄めかす。彼女の最初の訪問後、ペクラーは、毎年夏に休暇を取ってイルゼと過ごすことを許され、二人は、イルゼの希望に従い、ペーネミュンデ近郊にある、子供によって運営される遊園地ツヴェルフキンダーへ赴く。しかし彼は、毎年成長して現れるイルゼがもしかしたら複数の別々の少女なのかもしれないという疑念すら抱く。そのことの真偽は小説中で明らかにされることはなく、この印象はペクラーのパラノイアがもたらすものと考えることもできるが、イルゼと家族の情報を仕込まれ、演技をたたき込まれた少女が実のイルゼに成り代わってペクラーに会うために送り込まれているという可能性は、権力側が実際に家族を人質に取ってその身の安全を脅かすのではなく、家族を人質に取り危害を加えるという「虚構」によってすらも、個人を支配することができることを暗示している。

4　科学技術への憧憬と運命主義

このように、ペクラーは家族を人質に取られることにより――あるいは、その仄めかしにより――行動を支配されていったと考えることは可能だが、その一方で、このペクラーのエピソードは、支配に屈する者が常に、背後に隠された暴力を恐れるという理由だけで、自分の意志を曲げるわけではないことも示唆している。支配者は必ずしも彼を暴力、あるいは、暴力の暗示によってのみ、支配しようとするわけではない。ペクラーの支配の経緯を描写するにあたって、ピンチョンは明らかに、支配者側のみならず、支配されるペクラーの側の要因にも読者に注意を促している。

その要因の一つは、彼のロケット開発への、そして、科学技術一般へのロマン主義的憧憬である。ベルリン郊外でロケットの静止実験を目撃した彼が、家に帰って興奮したようにその様子を語る口調――「それは失敗だったよ、レニ、でも彼らは成功することしか話さないんだ！　……信じられなかったよ、レニ、それまで誰もやったことのないものを見たんだ」（162）[5]――は、彼がロケットそのものに魅了されたことを示しているが、その興奮ぶりは彼の科学技術全般への純然たる憧れをも反映しているだろう。彼がリービッヒをはじめとする、化学の発展に寄与した過去の偉大なる学者に対する憧憬を抱いていたことはエピソードの随所に示される通りである。学生時代にミュンヘンのリービッヒ街という名の街に住んでいた彼は、自分が大化学者の名を冠する場所に住んでいたことの偶然を喜んだとされるのはその一例であるし（161）、彼の妄想の中で、恩師のヤンフの授業が回想され、そこでアウグスト・ケクレがウロボロスの夢を見てベンゼンの鎖状構造の着想を得たとする逸話への言及がなされるのも（412–13）、ペクラーの科学技術一般への憧憬を示唆するものと言える。

皮肉なことに、ペクラーは自分を情熱やイデオロギーとは無縁の、冷静な、実際的人間であるとみなしていた（401）。しかし、それゆえに彼は政治的な危険に盲目的であり、レニから自分が人殺しのために使われていると指摘されたときも、それを本気にせず、ロケットが開発され、大気圏外を獲得すれば、ナチスは殺人をする必要がなくなり、国境は無意味になるというおめでたいロケット論を語る（400）。[6] 科学技術への憧憬に伴われた、彼のこの自己認識の甘さと盲目性は、彼を使おうとする権力側にとってはきわめて都合のよいものだったと言える。

科学技術に対するペクラーの憧憬は、エピソード中でさらに大きな文脈に接ぎ木されている。それはペクラーの――そして、レニの見方に従えば、ドイツの多くの男性たちに観察される（162）――運命論的傾向である。テクスト中でレニは、ロケットを何らかの「超越」的存在とみなすフランツのロケット解釈を聞かされ、彼が「ロケット神秘主義」（154）を患っていると言う。この評言は、未知の大いなる存在に憧れるペクラーのロマン主義的な性向を指すだろう。第一次大戦の前年に、彼は両親と観光名所シャフハウゼンに行き、そこの大自然に強い感銘を受けたとされるが、彼は自分が何らかの大いなる、超越的なものに支配される運命にあることを予感し、それを半ば恐れ、半ば期待した。実際、ペクラーをめぐるエピソード中には「運命」という言葉が繰り返される。レニは、ドイツの男たちが自分に与えられた生を受動的に生き、それを「運命」がもたらしたと考える傾向にあることを指摘するし、ペクラーはレニが自分を「背中に乗せて、運命の届かないところへ運んでくれる」存在だと考えていたとも書かれている（162）。ペーネミュンデにおいて、ロケットの実験結果がよくなっていくにつれ、そこで働いていた者たちは、「運命のことを考えずにロケットについて考えることは不可能だった」という言葉も見出せる（416）。[7]

崇高なるものに対する自己の投企――あるいは自己犠牲――を「運命」と考えるフランツの姿勢は、さらに、彼が「原因・結果人間」（cause-and-effect-man）と呼ばれることにも連結される（160）。この言葉はたんに、あらゆる事象には原因があり、その事象は結果をもたらすという因果関係を指すものとも考えられるが、同時に、そのような因果関係に従う世界について人がしうることはなく、因果律に従って生起する世界を受け入れるほかないのだとする考え方をも示唆する。そのようなペクラーの受動的な運命主義は、テクスト中でしばしば言及されるように、彼の「マゾキズム」的傾向の現れとしても解しうる。彼は「誰かに命じられる」ことを必要とする人間だったと語り手は告げる（414）。そのような彼は、体制側の人間から見れば、支配するにもってこいの人物――「まさにあいつらが望むような」人間（154）――となる。命令されることを求める彼に、上司であり、仮想敵であるヴァイスマン大佐は、彼に与えられる任務（たとえば、ノルトハウゼンへ行くこと）が命令ではないことを告げる。ペクラーは自らの意志でその任務に従うという形で、その暗黙の命令を受け入れる。

5　幻想と幻想の外部

ナチスによるペクラーの支配は、このように、体制側の脅迫とペクラーの嗜虐的な自己犠牲の性向が不可分に絡み合って、彼が持っていた抵抗の力が奪われ、彼がついには全面的な体制への協力者になる過程と見なすことができる。その過程を描く際にピンチョンは、ゲーム、虚構、幻想などのモチーフを使っている。それらに共通して見出されるのは、現実からの遊離である。

ペクラーが映画『悪夢』を見て、女優に欲情し、そのイメージを妻にかぶせて性交したというエピソードは、彼が虚構の物語や現実ならざるイメージにとらわれがちであったことを示している。彼がその性交によってイルゼが生を得たと考えていることは、ペクラーをめぐるエピソードのその後におけるイルゼの役割が、まさにペクラーが耽溺することになる虚構の世界を体現することでもあることを暗示する。「やつらが俺の子供を使って作ったのはそれなのか？　映画か？」と彼は思う（399）。実際、レニとともに姿を消したイルゼが（あるいは、イルゼの役を演じている少女が）、ペクラーの戦争協力の見返りかと思われる形で、毎年、彼と夏を過ごすのは、前述の通り、ツヴェルフキンダーという遊園地、虚構の世界である。

この遊園地の性格付けはいかにもピンチョンらしいキッチュ趣味と倒錯性に満ちている。そこは子供によって運営され、子供だけが入ることのできる遊園地とされ、大人が入園するには子供の付き添いを要する。そこには子供の市長がおり、十二人の子供が構成する市議会がある。清掃係も催しの案内係も子供である。一人でいる大人が見つかると、子供警察に懲戒される。（子供が運営しているというのはもちろん建前であり、背後には大人がいる。）場内には「ニーベルンゲンの宝庫」があり、「ガラスの山」があり、妖精の王と王妃が小人や小妖精を従えて現れる。道化がおり、かまどの前にヘンゼルとグレーテルと魔女の石膏像が立っている（ヴァイスマン／ブリケロがカティエとゴットフリートに強いるＳＭプレイ［94-96］を想起させる）。ソーダ水の噴水は牙のある龍や野生のライオンや虎の口をかたどっている（398, 419）。キッチュであり、倒錯的であり、退行的であるとも言えるこの虚構の世界で、毎夏、ペクラーは替え玉（虚構）かもしれぬ娘との再会を続け、その見返りに、軍事用ロケット開発の世界に絡み取られていく。

ペクラーの支配の過程がこうした虚構に満ちた子供の世界と連結されていることは、ペクラー個人の幼児性を示唆するものではある。しかし、ピンチョンの描写は同時に、過酷な現実を生きる者は誰しもが無垢の世界に惹かれるものであり、権力はまさに人のそうした根源的欲望を利用して個人の支配を進めることができるということを示している。「組合国家では無垢のための場所が、そしてその数多くの用途のための場所が作られなければならない。無垢の公式版を形成する上で、子供時代の文化が大変貴重であるということがわかった」（419）という語り手の言葉もそのことを示している。

ペクラーの虚構依存体質は、エピソード中に紹介される彼の妄想によっても示される。イルゼと再会して、レニが生きているという情報を得た彼が、ロケット開発で華々しい地位を得た自分がレニと再会する場面を夢想するのはその一例である。最初の再会の際に、イルゼが親子三人の月旅行という空想を語るのも、二人の邂逅がペクラーを空想の世界へ誘うものであるという意味において暗示的である。イルゼの話を聞いて、ペクラーは彼女に酸素のない月に住むことの困難を諭そうかとも思うが、結局思い止まる。翌年の夏、再びイルゼ（もしくは、一年前よりも大きくなったイルゼを演じる少女）と会ったときには、彼はイルゼとの近親相姦の妄想に耽り、また、イルゼとともに船に乗ってデンマークへ脱出するという、映画の一場面を思わせる夢想に耽る。

このように、ペクラーの妄想癖・虚構依存体質は、彼が現実から目をそらせ、幼児退行的空想の世界へ逃げ込む様を浮き彫りにしている。ピンチョンがそれらの描写によって示そうとしているのは、ペクラーが現実に直面することを想起しつつも、それを実行に移すことができないことであるように思われる。ペクラーのその逃避的性向は、自身とナチスとの関係についての、彼自身の認識に顕著に示されている。すでに述べたように、ナチスのロケット開発のために利用されていく彼は、自分がナチスに協力する見返りに、ナチスが自身及び家族（レニとイルゼ）の命を保証しているのであり、ツヴェルフキンダーでの年に一度のイルゼとの邂逅は、その関係を彼に知らせる役割を果たしていると思いこむ。そして彼は、そうした姑息な手段で自分を支配しようとするナチスと、自分は駆け引きを繰り広げているのだという空想を展開し、しばしば、それをチェスのイメージによって思い描いている。ロケット開発に関わる中で自分が次第に身動きが取れなくなっても、彼は自分が依然としてその駆け引きを続けているという幻想の中にいる。ペクラーはあえてその幻想の外に出ようとしない。例えば、イルゼとの最初の再会の後でヴァイスマンに会ったとき、彼は妻と娘のための交渉にあたっているつもりでいるが、冷静なヴァイスマンを前にしてその意識は消え、結局彼は従順な被支配者の殻を破らず、ヴァイスマンのために働く。イルゼと二度目に会い、彼女からレニが別の収容所に移されたことを聞いたペクラーは、憤怒のあまり、自分と家族を支配する体制側の権化ヴァイスマンに、チェスボードと駒を投げつける様を、つまり、映画のヒーローの如く反逆を試みる様を思い描くが、それもまた夢想に留まり、実行に移されることはない。彼の現実回避の性向は、彼がノルトハウゼンに移った後も続く。彼はその地下工廠で働いているのが、近くの収容所にいる外国人たちであることに気づくが、見て見ぬふりをする。イルゼ（もしくはイルゼを演じる女性）との再会の際に、彼女が近くのドーラ収容所に収容されていることにも彼は気づくが、彼はそのことにも目を閉じたままでいる。

ペクラーが幻想に塗り固められた世界を脱却して、現実を直視することになるのは、結局、ナチスの支配がほとんど終結した頃である。ツヴェルフキンダーで最後にイルゼ（もしくはイルゼを演じる女性）に会ったとき、彼は彼女に来年はもう来なくてよいと告げ、支配者と自身との間で演じられるゲームを止めることを提案する。そして、ノルトハウゼンの地下工廠から人々が去った後、彼はようやくドーラ収容所に入り、その惨状を目の当たりにする。その収容所内部の状況について、彼は「データは持っていたが……五感では、あるいは、心では、それを知らなかった」（432）のだと語り手は言う。

そこへ忍び込んだ彼を、糞と死と汗と病と白黴と小便の臭いが、ドーラ収容所の呼吸が包んだ。アメリカがすぐ近くに迫っているため、裸の死体が運び出され、火葬場の前に積み上げられていた。男たちの陰茎が垂れ下がり、真珠のように白く、丸い彼らの足指が鈴なりになっていた。……彼の真空地帯はすべて、彼の迷宮はすべて、この世界の裏側だったのだ。彼が生きている間、そして紙の上に記号を書いている間、外の闇の中で、この目に見えぬ王国は続いていたのだ……その間ずっと……ペクラーは嘔吐した。彼は少し泣いた。（432–33、最初の省略のみ引用者による）

ペクラーが目の当たりにしたドーラ収容所内部の描写は、彼が自身を隔離していた「真空地帯」、「迷宮」の中からは見ることのなかった現実世界の姿を垣間見せるものである。酸鼻を極める収容所の世界が、彼を隔離し、あえて飛び出そうとはしなかった「真空地帯」の裏側であったとする指摘は、ノルトハウゼンの地下工廠とドーラ収容所が同じ地区にあり、地下工廠で働く労働者の多くがその収容所から送られてきていたという事実を踏まえるだけではない。それは彼のいた世界が過酷な現実と戦争犯罪に直結し、また、それらを支えるものであったことの苦い認識を表すものでもあるだろう。彼の空想と虚構とパラノイアを利用して体制側によって構築されたかに見えるその閉じられた世界の中で、ペクラーは結局のところ現実から隔離され、そこで兵器製造に携わり、奴隷労働の強制に間接的ながら協力したのである。

ピンチョンはこの収容所内部の描写の後で、「彼に一体何ができるというのか」（433）と問い、ペクラーの無力感を描写した上で、彼が瀕死の女性に自分の結婚指輪をはめてやる場面を描く。幾分センチメンタルとも言いうるその描写は、自分と違って体制に利用されることなく、身を以て抵抗の姿勢を示したレニの行動を思い起こさせるものでもある。

6　創造的な夢想

このように、ピンチョンは、ナチス政権の非人道的行為に荷担することになったペクラーの弱さを描くに際して、彼が科学と工学の研究に魅了されるあまり、社会・政治的現実に盲目的であったこと、超越的なものを運命として受け入れる神秘的かつ嗜虐的な性格を有していたこと、空想や虚構に沈潜し、現実との対峙を忌避したことを前景化した。このうち特に印象深いのは、彼の空想・虚構への耽溺である。ピンチョンは、この小説におけるナチス政権下のエンジニアの描写において、映画のもたらす幻想によって端的に示される空想の世界を「真空地帯」と呼び、悲惨な現実および自らの行動の意味との直面を回避して、その世界に沈潜するペクラーを批判的に描いている。その姿勢には、大衆文化を現実から目をそらすイデオロギー装置とみなす立場を見ることもできる。

しかし、ピンチョンは、空想や幻想を根源的に否定し去っているわけではない。彼は物語の後半で、体制側が巧妙に浸透させる物の見方に対し、それとは異なる見方を持つことの重要性を、作品中の登場人物の一人に語らせている。「創造的パラノイア」(638)という言葉で呼ばれるこの別の物の見方は、体制が押し付ける支配の構造を否定し、その支配を打ち破ることを実現可能なものとして夢想することとして理解することができる。それはいわば、体制によって習慣化された思考や空想のあり方を、意図的に改変する試みとみなすことができるが、ピンチョンは、小説の後半で、彼が「反勢力」と名づける者たちに、この夢想の創造的利用とそれに基づく体制への抵抗の行動を託すのである。

権力機構は、ペクラーの生のあらゆる側面を監視し、彼の性向と欲望を知り、それを巧みに利用して、あからさまな脅迫や強制によってではなく、つまり、彼の意志を強引にねじ曲げることなく、戦争遂行に協力させた。その物語の中でピンチョンは、個人の生を管理し、その意志をコントロールしようとするナチスの支配の技術(とその非倫理性)を示すとともに、それに屈するエンジニアの弱さと非倫理性を描いた。それが必ずしも現代社会と無縁の物語ではないことは、小説の結末で、00000ロケットが突如大陸間弾道ミサイルに姿を変え、ロスの映画館めがけて落下する場面が描かれることによっても示されている。そこに見出されるのは、ナチス政権下のドイツにおける状況が、一九七〇年のアメリカにおいても、また、時と場所を異にする世界の他の地域においても、反復されうるものだという警告である。そして、そのような状況において求められるのは、権力機構による個人の支配の構造を打ち破るための抵抗の姿勢と、それをあえて可能なものとみなす創造的な思考であるに違いない。

注

1 「自発的服従」に関する古典的文献としてはウェーバーを参照のこと。

2 ペクラーを含むエンジニアについて論じた論考として、文献中のリーヴァイン、リンド、マクラクリン、タッビを挙げておく（Levine, Lynd, McLaughlin, Tabbi）。

3 ピンチョンがV2ロケット開発に関する資料として利用した文献については、文献中のコワートとワイゼンバーガーを参照のこと（Cowart, Weisenburger）。

4 『重力の虹』からの引用部分の和訳は断りがない限り拙訳である。ただし、越川・植野・佐伯・幡山訳を参考にさせていただいた。

5 技術者たちのロケットにかける情熱への言及は、ドルンベルガーの回想録においても繰り返し言及されている。

6 この言葉は、しかし、ドルンベルガーが記録する、一九四三年のヒットラーの次の言葉と不吉に共鳴するものでもある――「一九三九年にこのロケットを持っていたら、この戦争は起こらなかったのだ。……現在、そして未来には、欧州や世界は戦争するには、余りにも小さいものとなるだろう。このような兵器をつかっては、人間は戦争に耐えられなくなるであろう」（121）。

7 「運命」という言葉は、ヒットラーの演説にもしばしば見出される。例えば、一九三九年十月六日の演説における次の言葉を参照のこと――「ドイツ人民も、また私も、ヴェルサイユ条約に誓いを立てたことはない。私は私に統治の信任を与えた我が人民の繁栄に、そして、運命によって生活圏内に置かれ、それゆえ、私たち自身の繁栄と不可分につなぎ止められた者たちの繁栄に、誓いを立てただけである」「チャーチル氏は大英帝国が勝つと確信しているかもしれない。私はドイツが勝利することを一瞬たりとも疑うことはない。誰が正しいかは運命が決めるであろう」（"Hitler's Speech"）。

引用文献

Bloom, Harold, ed. *Thomas Pynchon*. New York: Chelsea House, 1986. Print.

Cowart, David. *Thomas Pynchon: The Art of Allusion*. Carbondale: Southern Illinois UP, 1980. Print.

"Hitler's Speech to the Reichstag, Berlin: Speech of October 6, 1939." Humanitas International. May 18, 2013. Web.

Levine, George. "Risking the Moment." Bloom 59–77.

Lynd, Margaret. "Science, Narrative, and Agency in *Gravity's Rainbow*." *Critique* 46.1 (2004): 63–80. Print.
McLaughlin, Robert L. "Franz Pökler's Anti-Story: Narrative and Self in *Gravity's Rainbow*." *Pynchon Notes* 40–41 (1997): 159–175. Print.
Pynchon, Thomas. *Gravity's Rainbow*. 1973. London: Picador, 1975. Print.
Tabi, Joseph. "'Strung into the Apollonian Dream': Pynchon's Psychology of Engineers." *Novel: A Forum on Fiction* 25.2 (1992): 160–80. Print.
Weisenburger, Steven. *A* Gravity's Rainbow *Companion: Sources and Contexts for Pynchon's Novel*. Athens, GA: U of Georgia P, 1988. Print.
マックス・ウェーバー『支配の諸類型』世良晃志郎訳、創文社、一九七〇年。
W・ドルンベルガー『宇宙空間をめざして——V２号物語』松井巻之助訳、岩波書店、一九六七年。
トマス・ピンチョン『重力の虹』越川芳明・植野達郎・佐伯泰樹・幡山秀明訳、国書刊行会、一九九三年。

第10章

虚ろな目の光とオレンジ色のライフジャケット

J・M・クッツェー作品における政治的暴力の表象

中尾秀博

1 「拷問」写真

今世紀になって広く流通した写真のなかで際立って暴力的なものといえば、アブグレイブ刑務所で撮影された一連の「拷問」写真ではないだろうか。[1] そして、この写真の暴力性について即座に、最も真摯にコメントしたのがスーザン・ソンタグ「他者の拷問へのまなざし」(二〇〇四)であることに異論はないだろう。ソンタグの代表作のひとつが『写真論』(一九七七)であることは言うまでもないが、その続篇ともいえる『他者の苦痛へのまなざし』が上梓されたのは二〇〇三年。この四半世紀ぶりの「続・写真論」で挑んだテーマを更に掘り下げる契機となったのが、アブグレイブ刑務所のスキャンダルであった。タイトルからも推測できることだが、論考としては「他者の拷問へのまなざし」は『他者の苦痛へのまなざし』の姉妹篇といえる。

ソンタグの即応性には及ぶべくもないが、英語圏作家J・M・クッツェーも、この「拷問」写真の流出スキャンダルを取り巻く世界的な状況について『凶年日記』（二〇〇七）のなかで、かなり熱心に「発言」している。[2] クッツェー自身の分身的な作家＝主人公が発信するさまざまな「ストロング・オピニオン」で構成される第一部のなかで、このトピックに関するこだわりは強い。『凶年日記』がカバーするのは二〇〇五年九月十四日から翌年五月三十一日までの期間で、作家は「対テロ戦争」によって生みだされる無秩序と残虐に「不名誉」を覚えずにはいられない。欧米の政治が振り回す強権的な軍事力の横暴に義憤をたぎらせている。

「他者の拷問へのまなざし」でソンタグが糾弾しているのは当時のブッシュ大統領たちが弄する言い逃れの「不道徳さ」であるが、それをクッツェーの分身的作家は「ストロング・オピニオン」のなかで「恥」あるいは「さもしさ」と言い換えている。ソンタグが非難を浴びせるのが米国ブッシュ政権であるのに対して、クッツェーの主人公の批判の対象は主にオーストラリアのハワード政権になるが、その憤りが統治者に向けられた倫理的なものである点で、ソンタグとクッツェーの主人公は共通している。[3]

「拷問」写真の流出に関して記者会見に臨んだラムズフェルド国防長官は、終始「拷問」という言葉の使用を認めなかった。一部の不見識な兵隊による「逸脱行為」とか「虐待」などと言い繕うことによって、「対テロ戦争」に従事するアメリカ軍の威信を死守しようとした。事態のおぞましさを流出した写真の画像そのものに帰し、写真が伝えるおぞましさの起源の解明を封印しようとした。「対テロ戦争」を推進するアメリカ合衆国の大義は堅持されるべきとの政治的判断だった――ソンタグが糾弾するのは、当時のブッシュ政権をドライブしていたこうした「不道徳な」言説。「遺憾の意」を表明したり、「嫌悪感」を露にしたりすることで事態を収束させようとする「侮辱的な」もくろみであった。

クッツェーの分身的主人公が「対テロ戦争」の指導者一同を「倫理的夷狄ども」(Coetzee, *Diary* 171) と呼び捨てるとき、初期の傑作『夷狄を待ちながら』(一九八〇) の「夷狄」ということばが想起されるかもしれない。代表作のひとつ『恥辱』(一九九九) の中心テーマでもある「恥辱」は、第一義的には登場人物の個人的な体験に基づく個人的な感情ではあるが、背景には南アフリカ共和国のアパルトヘイトの歴史、つまり社会正義の負の遺産が意識されており、『凶年日記』で表明される「恥」や「不名誉」と同根の倫理観といえる。

もちろんクッツェーの分身的な主人公が、作品中で『夷狄を待ちながら』や『恥辱』の作家ということになっているからといって、そのまま虚構と現実を重ねて、作者とその作品中の人物を同一視する愚は避けるべきではあるが、その倫理観の基準に関して、両者はほとんど一致していると考えてもよいだろう。

それでは、クッツェーの政治的暴力に対する倫理観は他の作品にも通底しているのだろうか。ソンタグの写真論に倣って、第一作『ダスクランズ』(一九七四) における政治的暴力の表象について考えてみよう。

2　虚ろな目の光

『ダスクランズ』の第一部「ベトナム計画」には、アブグレイブ刑務所での「拷問」写真を予見するかのような写真が登場する。主人公ユージン・ドーンは、泥沼化するベトナム戦争当時、合衆国政府が隠密裏に計画する対ベトコン心理作戦の立案を担当している。[4] 報告書用の関連資料として集められた「人体」写真は、妻のマリリンに盗み見され、自分の仕事への誤解や偏見が増幅されることを恐れて、書類カバンに入れて常に持ち歩いている。妻は夫の仕事が本人に精神的なダメージをもたらし、人間性を損なっていると疑っているが、ドーンはそんな妻の神経のほうが危ういと考えている。[5]

その二十四枚の「人体」写真からドーンは三枚を選んで、以下のような説明をする。一枚目は、「身長六フィート二インチ、体重二百二十ポンド（元ヒューストン大学ラインバッカー）、第一空挺機動部隊所属クリフォード・ローマン四等軍曹」が少女にしか見えないベトナム人女性とマッチョでアクロバティックな性交中の写真（*Dusklands* 13）。二枚目の写真では、「特殊部隊（グリーン・ベレー）所属、ベリー三等軍曹とウィルソン三等軍曹」が、ベトコンの生首と一緒にしゃがみ込んでポーズをとっている。「ウィルソンは目の前の地面に置いてある生首ひとつを支えて、ベリーは片手でひとつずつ生首の髪の毛をつかんで、笑顔」を見せている（15–16）。そして三枚目は「あのベトコン捕虜の十二×十二インチに焼付けた写真」。もともとは「タイガー・ケージ」と呼ばれる独房に監禁した捕虜たちを撮影した記録映画（米国情報省一九六五年製作）から焼付けた写真だ。「もう一枚、その捕虜の顔面部分を引き伸ばした写真」も手元にある（16–18）。三枚とも被写体の視線はカメラレンズに向けられており、主人公はその視線が自分に注がれているように感じてしまう。名前が記録されているのは米兵だけで、ベトナム人からは、その生死を問わず、名前は消去され、人間性が剥奪されている。

無名で表象されることの非人間性とは別に、名前を明らかにされ、嬉々としてポーズをとる米兵たちの行為の非人間性も表象されている。被害者側のものであれ、加害者側のものであれ、このような表象に潜む非人間性の暴力が主人公ドーンの精神を蝕んでいく。

「人体」写真コレクションのなかで特にドーンの意識（および無意識）を強く刺戟する写真が三枚目のベトコン捕虜の写真であることは、描写の詳細さやその分量の多さからも推測できる。独房の捕虜の顔は痩せこけていて、光線の加減で右目だけが光っている。この写真は、記録映画のなかでベトナムの捕虜収容所の所長が独房に監禁している捕虜たちを巡回するシーンに由来する。所長が鉄格子の外から杖で小突きながら、「悪党」とか「コミュニスト」とか呼びかける声をマイクが拾っている。所長に「コミュニスト」と呼びかけられ、顔を上げた捕虜の虚ろな目の光が静止画像として写真に焼付けられている(16)。

その写真を見ながら現在の主人公が回想するのは、かつてその記録映画を見たときに抱いた感想――自分のベトナム体験が現地での実体験ではなく、映画によるバーチャルな体験であることの幸福感と「タイガー・ケージ」のシーンを見たときの興奮と。人々の横柄さや風土の不潔さが象徴する「救いようのないベトナム」を経験せずにすむ幸運を喜び、ベトコン捕虜収容所の実態が克明に映像化される現実の大胆さに身震いしたこと。

「タイガー・ケージ」の場面は、二次元スクリーン上のバーチャルな映像ではあるが、映像で再現されている「現実」の極度の暴力性がドーンを興奮させていた。映像として記録される場面が存在していた事実、映像として記録するという行為およびその行為を支えていた状況。身震いするドーンはその時、自分もその状況の一部であることに自覚的であっただろうか。

引き伸ばされたほうの写真では、その右目は「白くボヤけ」ているので、記録映画で主人公を戦慄させた虚ろな目の光は無化されている。過酷な拷問による精神の虚脱を示す表象が、印画紙上で引き伸ばされることで物理的に消滅している。

「冷たくて、無臭の」写真の表面は「どこも同じ」触感だが、主人公は目を閉じて、指先で一心に触れる。視覚的に消滅した戦慄の表象を触覚を使って探知しようとしているかのようにも見えるが、計り知れないベトコンの心理の不可思議を触診しているのだという。このような表層的な行為に集中することが創造的なものに転化することを信じているのだという。ベトナム戦争を泥沼化させている理不尽なベトコンを壊滅する秘策の考案を念じているのだという。写真というバーチャルなメディアへの偏愛を指先の感触に集中させる自らの姿のグロテスクさに（少なくとも、その行為の最中の）ドーンは気づいてはいない。

自己診断とは裏腹に、そして妻の予想通りに、次第に精神に変調をきたしていく主人公に対して、「人体」写真コレクションは呪縛的な影響を及ぼしているようだ。直属の上司クッツェー（！）に仕事を評価されないのでは、という恐怖に駆られる度に、主人公の手は無意識に書類カバンに潜ませた写真に伸びている。取り出した写真を一枚ずつ眺めながら、「身を震わせ、汗ばみ、血を騒がせ」ている自分の生理を恥じながらも、主人公は背徳的な悦びをくり返してしまう（15）。

客観的には完全に常軌を逸してしまった主人公が、終盤でついに事件を起こし、逮捕・収監され、精神的なリハビリ治療を受けているときにも、「人体」写真（すでに当局により没収済み）の呪縛力は消滅していない。結末で主人公を不安にさせる「連中の黒い目、連中の静かな笑顔」（49）は事件前に反芻していた「笑顔の兵隊たち、鈍重な捕虜たち」（34）、つまり三枚の写真の残像にほかならないからだ。ただし、結末での主人公には「兵隊たち」と「捕虜たち」の区別はなくなって、どちらも「連中」として表象されている。「ベトナム計画」の犠牲者となった主人公にとっては、かつての味方も敵も区別するところがない。「笑顔」も「鈍重さ」も、どちらも等しく非人間性の表象なのだから。[6]

第一部「ベトナム計画」の主人公ユージン・ドーンの物語は、「人体」写真コレクションに支配されていた、と考えることもできる。コレクションの管理者であるはずのドーンが、その政治的暴力の表象の呪縛によって精神的な破綻をする物語である、と。

大学院生として渡米した（後年の作家）J・M・クッツェーは、博士号を取得し、大学での専任職にも就くのだが、ベトナム戦争反対運動への関与を理由に米国での永住権は認可されなかった。このような個人的体験が『ダスクランズ』執筆の背景にあったことは興味深い。『ダスクランズ』第二部では、クッツェー一族が関与した十八世紀半ば、南アフリカの「未踏」の奥地への狩猟探検記（の執筆と翻訳と注釈）という形式で、第一部「ベトナム計画」との時空を超えた暴力パターンの反復——十八世紀オランダの植民地主義の暴力と二十世紀米国の帝国主義の暴力との対置——が企図されている。

南アフリカ共和国への帰国後、クッツェーはケープタウン大学で教職に就くが、まもなく祖国は悪名高いアパルトヘイト体制の末期を迎えることになる。つぎに、まさにその激動のさなかの同時代を扱った作品、『鉄の時代』（一九九〇）の政治的暴力の表象について考えてみよう。写真論のジャンルではスーザン・ソンタグの『写真論』と双璧を成すロラン・バルトの『明るい部屋』（一九八〇）を援用しつつ。[7]

3　オレンジ色のライフジャケット

『鉄の時代』の主人公エリザベス・カレンは、古典学を専門とする元大学教授で一人暮らしの老齢の寡婦という設定だが、作品冒頭で医者から不治のガン宣告を受けて動揺する。人種的には支配者側の白人ではあるが、アパルトヘイト体制の犯した過ちに対して良心的に罪悪感を覚えている。その罪悪感を受け継いだのだろうか、一人娘は南アフリカに留まることを潔しとせず、米国で結婚生活を送っている。

以下の引用は、その一人娘から送られてきた写真についてエリザベス・カレンが想いを巡らせている部分だが、『鉄の時代』という作品が彼女の一人称の語りで構成されており、その語りは一人娘へ宛てた手紙（但し、主人公の死後に届けられるように手配されている）という想定になっているので、語りの聞き手＝手紙の読み手は一人娘になる。

あなたが送ってくれた、ふたりの少年がカヌーに乗っている写真、それを見つめるわたしの視線は、少年たちの顔から湖面に浮かぶさざ波へ移動し、樅の木の深緑色へ移り、そしてふたたび、ふたりが着ているオレンジ色のライフジャケットへともどっていく。むかし水泳の練習用に使われた、翼形の浮き袋みたいなライフジャケット。鈍い、くすんだ光沢の、その布の表面を見つめていると、ひどい眠気に襲われる。ゴムか、化繊か、なにかそういった混紡か——触るとごわつく、固い物質。なぜ、わたしの知らない、おそらく人類に馴染みのない、この、形成され、防水され、空気でふくらませて、あなたの子どもたちの身体に結わえられた生地が、わたしにとって、あなたがいま生きている世界としてこれほど強い意味を持ってくるのか。なぜそれが、こんなに気分を鬱々とさせるのか。考える糸口さえ見つからない（*Age* 194）。

通例、祖母が遠方の孫の写真を眺める場合、その感想は主観的で情緒的なものになるだろう。エリザベス・カレンの感想も主観的で情緒的なものではあるが、かなり特異なものである点に気づかないではいられない。彼女の関心はオレンジ色のライフジャケットに集中してしまうのだから。そして彼女の気分は鬱々と沈んでゆくのだから。

「考える糸口さえ見つからない」と言いながらも、彼女はその理由を探り始める。そして、「ひょっとすると、あなたの子どもたちは決して溺れない、ということが、わたしを気鬱にするのかもしれない」と思いいたる。「たとえ運わるく子どもたちがカヌーから放り出されたとしても、溺れたりせず、色鮮やかなオレンジ色の翼に保護されて、水面をぼこぼこと上下しているうちに、モーターボートがやってきて拾いあげ、安全な場所へと運んでくれ」るということが、自分の気分を沈ませてしまうのだ、と(195)。

『鉄の時代』の舞台、南アフリカ共和国は一九九一年六月に全廃されるアパルトヘイト体制の最終盤にあたり、内乱は激しさを募らせている。一方、米国は湾岸戦争前夜ではあっても「子どもたちは決して溺れず、平均寿命は七十五歳からさらに上昇している。……平均寿命が年ごとに下がる国に住んでいるわたしは、ここで光明なき死を迎えようとしている」(195)。この著しい対比は、まちがいなく主人公の「気分を鬱々とさせ」ている。

写真の裏に一人娘が書きつけた「リクリエーション区域」というキャプションが、日頃から言葉に過剰反応する主人公を触発し、この著しい対比を強く意識させる。米国の安全な「リクリエーション区域」でカヌーを楽しんでいる「ふたりの少年」の写真が想起させるのは、一度は主人公の庇護下に入りかけながら無惨にも命を奪われた「あの哀れな、社会的に恵まれないふたりの少年」——主人公の世話をする現地人家政婦の息子とその友人、つまりアパルトヘイト体制の犠牲となったまま、「リクリエーション」の原義である「復活/再生」を果たせなかった反政府組織の少年兵士たちだった。[8]

主人公にとって、「決して溺れず、平均寿命は七十五歳からさらに上昇している」米国で暮らす孫たちは、血はつながっていても「遠く離れすぎて」親しみを覚えることができない存在だが、「平均寿命が年ごとに下がる国」の「その生命がわたしの生命にかすかに触れた」少年たち——拒まれても、手を差し伸べようとした彼女の気持が通じることはなかったし、彼女の存在を無視するかのように、その若い命は絶たれてしまった――のことは忘れがたい。

「リクリエーション区域」というキャプションで対置された二組の「ふたりの少年」のうち、記憶のなかの（他人の）「ふたりの少年」の復活／再生を祈るあまりに、主人公は写真のなかの（肉親の）「ふたりの少年」の死を願っているかのような口ぶりになってしまう。他人とはいえ「生命の感触」の記憶とその暴力的な断絶の衝撃が主人公を支配しているからにほかならない。

ここでロラン・バルトの『明るい部屋』を援用してみよう。主観的で情緒的な表象としての写真の分析にあたってバルトが導入した「ストゥディウム」と「プンクトゥム」を借りて、孫の写真を前にしたエリザベス・カレンの主観的で情緒的な反応を『明るい部屋』式に説明してみよう。

バルトに拠ると「ストゥディウム」とは、平均的感情に属す「一般的・人間的関心」（Barthes 26）のことで、写真に対する「好き／嫌いの問題」（27）、「漠然とした、あたりさわりのない、無責任な関心」を指す。一方の「プンクトゥム」は、「刺し傷、小さな裂け目、私を突き刺す偶然」のことを言い、写真の「部分的特徴、細部、部分的な対象」で発生し、「拡大の能力をもち換喩的に働く。」（45）

カヌーを楽しむ孫たちのライフジャケットに突出した関心を寄せ、さらにはカヌーが転覆してもライフジャケットの機能が発揮されて、溺死が阻止されるであろう「リクリエーション区域」の安全性から米国人の伸び続ける平均寿命へと連想を巡らせて、「気分を鬱々とさせ」るエリザベス・カレンの反応が、「漠然とした、あたりさわりのない、無責任な関心」の範疇におさまる平均的感情、つまり「ストゥディウム」的なものではなく、「部分的特徴、細部、部分的な対象」で発生し、「拡大の能力をもち換喩的に働く」「プンクトゥム」であることは明らかだろう。

『明るい部屋』はバルトの遺作となった特異な写真論として知られていて、バルトが敬愛してやまない母の喪の悲しみについて、その悲しみと決別する決意を秘めて語られている。その母の写真についての追慕が語られる『明るい部屋』第二部では、「プンクトゥムとしての「時間」」と題されたセクションが設けられ、そこでは「「細部」とは別のプンクトゥム（別の傷跡＝スティグマ）」、つまり「「時間」の圧縮」について語られている（96）。

写真を眺めるという行為は「死が賭けられている近い未来を恐怖をこめて見まもる」ことであり、たとえば生前の少女時代の母の写真を眺めるバルトにとって、写真のなかの母は「それはすでに死んでいる／それはこれから死ぬ」存在なのである。

バルトが説明しようとしているのは「〈それは＝かつて＝あった〉の悲痛な強調、純粋な表象」としての写真の本質――〈それは＝かつて＝あった〉被写体が表象しているのは、その被写体が〈今は＝存在しない〉こと、つまり被写体の未来の死――についてなのだが、『鉄の時代』の主人公の場合、〈それは＝かつて＝あった〉けれども〈今は＝存在しない〉のは、写真のなかの「ふたりの少年」＝孫たちではなく、その写真が想起させる「ふたりの少年」＝兵士たちであった。

安全な米国で、さらに延長される平均寿命を享受する孫たちの写真を見つめるエリザベス・カレンにとっての「〈それは＝かつて＝あった〉の悲痛な強調、純粋な表象」は被写体である孫たちのイメージではなくて、「あの哀れな、社会的に恵まれないふたりの少年」の「生命の感触」が表象する「「細部」とは別の傷跡＝スティグマ」としての「プンクトゥム」なのであった。

同時多発テロ事件後の二〇〇二年に南アフリカ共和国を離れ、オーストラリアに移り住んでからのＪ・Ｍ・クッツェーは、三つの国家——南ア、米国、豪州を視座に収めながら、創作活動を継続している。『囚年日記』のユニークな三段構成を支えているのは、ありがちな二国間比較には収まらない冷徹な洞察であるが、その根底には三つの国家との独特の距離感があるのではないだろうか。

４　写真という表象

もう一度スーザン・ソンタグの「他者の拷問へのまなざし」に戻って、写真という表象について考えてみたい。結びのセクションでソンタグは写真撮影について、こう述べている。

> 生きることは写真を撮られることである。……と同時に、生きることはポーズをとることでもある。……裸にされ、縛り上げられた無抵抗の犠牲者を拷問して満足の表情を見せるだけでは話は終わらない。写真を撮られることが深い満足感をもたらす。……行事は写真撮影用に企画される部分がある。歯を見せて笑うのはカメラのためだ。裸の男たちを積み重ねた後で写真に収めることができなかったら、なにか足りない気がするだろう。(Sontag, "Regarding the Torture")

戦争ほど大がかりな「行事」はない。帝国主義のベトナム戦争も新植民地主義の「対テロ戦争」も政治的・軍事的な「行事」なのだから、写真撮影は欠かせない。ソンタグが指摘するように、写真を撮影して、その写真を鑑賞してはじめて「行事」が完結する。「満足感」がもたらされる。ここで明らかにされているのは、写真撮影という行為が包含するグロテスクさである。

『ダスクランズ』第一部の主人公ユージン・ドーンが秘蔵する「人体」写真コレクションが、これから完成させる「ベトナム計画」への意欲をかきたてる興奮剤であるのは、「行事」の記念写真を鑑賞するドーンが——撮影現場でポーズをとることも、カメラを構えることもしていないドーンが——擬似的な「満足感」を覚えているからにほかならない。アブグレイブの「拷問」写真をめぐるソンタグの論考は、ドーンの屈折と倒錯をきれいに説明している（流出した結果、「拷問」写真がパブリックになったのに対して、「人体」写真コレクションは米軍の管理下で秘匿されたまま、という差異はあるが）。

「人体」写真コレクションのなかの米兵の写真——ローマン四等軍曹が少女にしか見えないベトナム人少女とのマッチョでアクロバティックな性交中の写真およびベリー三等軍曹とウィルソン三等軍曹がベトコンの生首と一緒にしゃがみ込んでポーズをとっている写真——の場合、被写体になっている米兵たちはそれぞれの戦利品＝トロフィーとともにポーズをとっている。ソンタグが「歯を見せて笑うのはカメラのため」と言うとき、カメラレンズの両側——撮影者と被写体——で成立している低劣な共犯関係が指弾されている。そして鑑賞者であるドーンもその共犯者側にいることを忘れてはならない。

『凶年日記』の主人公は、作家の肖像写真を扱ったハビエル・マリアスの随筆集のなかでベケットの表情が「追いつめられた獲物」のようだ、と説明されている点に着目する。ベケットを獲物のように追いつめたのは写真家だが、そもそも被写体になってベケットのように撮影されれば、「追いつめられた獲物」の気分にならないほうが不自然だ、と主人公はコメントする（*Diary* 201）。

撮影に臨む写真家には被写体に関するクリーシェ的な先入観があり、撮影現場ではそのクリーシェを写そうとする。クリーシェに適ったポーズをつけるだけではなく、撮影した写真から最もクリーシェに接近したショットを選びだす。この作業プロセスが写真家にとって被写体を「実物どおり」に撮影する手法だとすれば、やればやるほど「実物どおり」ではなくなるのではないか、と主人公は続ける。

先にも述べたとおり、作者とその作品中の人物とを安易に同一視すべきではないが、政治的暴力に対する倫理観と同様に、この写真撮影のパラドックス――「実物どおり」を目指すほど「実物どおり」から遠ざかる――に関する観測も、クッツェーとかれの分身的主人公とで認識が共有されていると考えることができるだろうし、ここまで観察してきた「タイガー・ケージ」と「リクリエーション区域」の写真に応用してもさしつかえないだろう。

たとえば「タイガー・ケージ」の捕虜の写真の場合、ユージン・ドーンを魅惑した虚ろな目の光は、「捕虜→拷問→虚脱」というクリーシェの表象にすぎず、「実物どおり」を保証しているとは限らない。かれが魅惑されたのは、「実物どおり」だからではなく、「捕虜→拷問→虚脱」という撮影者のクリーシェを共有することができたからにすぎない。そのようなクリーシェの恣意性への批判として用意されたのが、引き伸ばされた写真――肝心の虚ろな目の光が消失してしまった一枚なのだ。

エリザベス・カレンの視線が集中する写真のなかのオレンジ色のライフジャケットについても、その写真を送った一人娘が見せたかったもの――「リクリエーション区域」でカヌーを楽しむふたりの息子の「実物どおり」の姿――はクリーシェそのものであるが、そのクリーシェに違和感を覚えたカレンが代わりに目を止めたのが、(ライフジャケットの表象としてはクリーシェでしかない)オレンジ色のライフジャケットだった、ということになる。カレンにクリーシェの共有を拒ませたのは、オレンジ色のライフジャケットが喚起した束の間の「生命の感触」とその暴力的な断絶の記憶だった。

さて、政治的暴力の表象としての写真について、主に「タイガー・ケージ」と「リクリエーション区域」の二枚に焦点を絞って考えてきたが、それぞれに特異な主人公、ユージン・ドーンとエリザベス・カレンの政治的暴力との関係が、写真という表象を眺めることで理解できた。

しかしながら、そのような理解だけでは、要するにJ・M・クッツェーという作家が暴力の表象としての写真を活用しているということ――もちろん、その活用の仕方にこそ作家の本領が発揮されているのではあるが――になるだけだが、話はそれだけではない。ソンタグやバルトの写真論を援用することで、そしてクッツェー自身の写真観を参照することで、写真という表象のきわどさについても認識できた。

それは、政治的暴力の極地とも言うべき戦争さえも撮影用の「行事」にしてしまう写真撮影という表象行為のグロテスクさであり、クリーシェに支配された撮影者側の意図がクリーシェを表象させ、鑑賞者を支配するという悪循環であり、スナップ写真の安楽な光景が暴力的な死の場面を喚起するという屈折した記憶のメカニズムであった。すなわち、写真という表象のもつ暴力性である。

注

1　アブグレイブ刑務所における捕虜虐待事件については、二〇〇四年四月二十八日に米国CBS放送の『シックスティ・ミニッツII』が第一報を流した（"Abuse"）。
グアンタナモ湾収容キャンプにおける被収容者に対して、米軍が心理的、物理的な強制を加えており、拷問に等しいとする赤十字国際委員会の報告書の内容が二〇〇四年十一月三十日付けの『ニューヨーク・タイムズ』紙で報道される（"Red Cross"）。

2　クッツェーを英語圏作家と呼ぶのは、南アフリカで生まれ、合衆国で博士号を取得し、教鞭をとり、その後、帰国するも、現在はオーストラリアに居を構えていることから。

3　当時の米国がブッシュ大統領の指揮下にあった不幸は、ハワード政権下のオーストラリアと小泉政権下の日本でも同様であり、かれら三人の関係が親密だったことは不幸に輪をかけていた。

4　タイトルの一部の「ダスク＝日没」と対を成すのが主人公の名字「ドーン＝夜明け」である。

5　ここでの「「人体」写真」は、アブグレイブの「「拷問」写真」との対比を意識した表記で、原文では以下の通り “the twenty-four pictures of human bodies” (*Dusklands* 10)。「「ベトナム計画」がドーンの人間性を損なう」というときの「人間性を損なう」は原文では “psychic brutalization” (9)。

6　ローマン四等軍曹が少女にしか見えないベトナム人少女とのマッチョでアクロバティックな性交中の写真の描写は、ドーンの妻がマリリン・モンロー風のポーズをとるヌード写真の説明（13）の直後、ポルノグラフィーの低劣さに関する述懐（14）の直前にあり、引き伸ばされた写真についての二度目の言及の直後には、ドーンが夢の中で妻の肉体の温もりを確かめる件（34）が続いている。エピソードのこのような連鎖からは暴力とエロスとの相性の良さが伺えるが、アブグレイブの「拷問」写真が性的虐待の要素を多分に含んでいることも想起される。

　ちなみに、このような問題への関心はソンタグの “The Pornographic Imagination” やクッツェー自身の “The Taint of the Pornographic” および “The Harms of Pornography” で掘り下げられている。

7　ソンタグの「他者の拷問へのまなざし」も、バルトの『明るい部屋』同様、最後の論考となった。

8　よく知られているように、ヴァルター・ベンヤミーンは「写真小史」で「キャプション」の重要性を強調している。

引用文献

“Abuse of Iraqi POWs by GIs Probed.” *60 Minutes II*. 27 April 2004. Web.
Barthes, Roland. *Camera Lucida*. 1980. New York: Vintage, 1993. Print.
Benjamin, Walter. “A Short History of Photography.” 1931. Trans. P. Patton. *Artforum* 15.6 (1977): 46–61. Print.
Coetzee, J. M. *Age of Iron*. 1990. New York: Vintage, 1990. Print.
——. *Diary of a Bad Year*. London: Harvill Secker, 2007. Print.

——. *Disgrace*. London: Secker & Warburg, 1999. Print.

——. *Dusklands*. 1974. New York: Vintage, 1998. Print.

——. "The Harms of Pornography." *Giving Offence*. Chicago: U of Chicago P, 1997. 61–82. Print.

——. "The Taint of the Pornographic." *Doubling the Points*. Cambridge: Harvard UP, 1992. 302–314. Print.

——. *Waiting for the Barbarians*. 1980. New York: Vintage, 2004. Print.

Marias, Javier. *Written Lives*. 2000. New York: New Directions, 2007. Print.

"Red Cross Finds Detainee Abuse in Guantánamo." *The New York Times*. 30 Nov. 2004. Web.

Sontag, Susan. *On Photography*. New York: Farrar, 1977. Print.

——. "The Pornographic Imagination." *Styles of Radical Will*. New York: Farrar, 1969. 35–73. Print.

——. *Regarding the Pain of Others*. New York: Farrar, 2003. Print.

——. "Regarding the Torture of Others." *New York Times Magazine*. 3 May 2004. Web.

IV

女性作家と暴力の表象

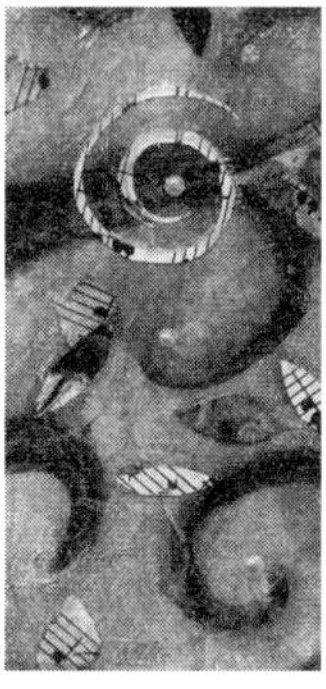

第11章

分裂と統合　ルイーザ・メイ・オールコットの南北戦争

田辺千景

1　オールコットの「二面性」

自己の矛盾や葛藤に苦しまない人間などそもそもいないのに、いや、そもそもいないからこそ、私たちは他者の内面の矛盾や葛藤に惹かれる。文学研究は、それが作家研究であれ作品研究であれ、統合できない人間の内面の矛盾や葛藤を探求するためにあるといっても過言ではないだろう。そして表と裏、光と闇、どちらか一方を眺めているだけではわからなかったその人物の奥行きが、その両面を知ることによって浮かび上がるとき、私たちはそこに人生の真実や物事の本質を感じとるものである。

それまで『若草物語』シリーズの作者として名高かったルイーザ・メイ・オールコットには、A・M・バーナードの名で発表された、およそ『若草物語』とは趣の異なるセンセーショナルな小説の存在が隠されていた、ということが明らかになった一九七五年以降、オールコット研究はにわかに活気づくことになる。作品ばかりでなく、日記や手紙から、オールコットの葛藤を読みとり、彼女の「二面性」を分析する研究が量産された。言い換えれば、オールコットには、扇情小説作家A・M・バーナードという分身がいたことで、単なる少女小説作家としてではなく、より興味深い文学研究の対象と変化したともいえる。

こうして、オールコットの知られざる小説が「発見」されて以降、内なる自分を抑制しようとする『若草物語』のジョーと同様、彼女の姿はしばしば戦争のメタファーで論じられることになる。オールコットが自らの気性の激しさをもてあましていたことは日記からも、また彼女自身の分身とみなされているジョー・マーチの言動からもうかがうことができるが、その激しい自分を抑制することが彼女（達）の人生の戦いであったといえる。これをジュディス・フェタリーは、いみじくもオールコット自身の「南北戦争」と呼んだが、彼女が生きた時代背景を考えれば非常に的確な比喩である。研究者は、南北戦争時のアメリカさながら、オールコットが「ふたつ」に引き裂かれた存在であったことを論じてきた。アン・ダグラスはオールコットが「二重」の作家生活（Douglas vii）を送っていたことに注目し、エレイン・ショーウォルターはこれまであまり読まれていなかったオールコットの作品集『新しい（オルタナティブ＝二者択一の意もある）オールコット』を編むことで、その二重性を浮き彫りにしようと試みた。ジャン・ターンキストは父の従順な娘でありたいという願望と自立した自由な自分への渇望を「彼女の葛藤の二面性」（Turnquist 7）と分析し、エリザベス・キーザーは、オールコットには家計を支えるためのお金を稼ぎたいという思いと、執筆を通じて「渦」に巻きこまれるような感情を楽しみたいという「二重の」（Keyser ix）執筆動機があると論じている。ケリン・ファイトは『若草物語』のジョーが自らの内面の葛藤との戦いの果てに、屋根裏の狂女になるか、家庭の天使になるか、という二者択一から逃れ、人生の重荷を芸術の創造へと転化させたと分析しているが（Fite 181）、それはすなわちオールコット自身のことを指しているともいえよう。またジェシカ・ヴィドリーンはオールコットの小説「幸福な女性たち」や『ダイアナとパーシス』の分析を通じて、彼女の「バイセクシュアルな欲望に注目している。ヴィドリーンは「幸福な女性たち」に登場するイニシャルだけのオールドミスたちの相違点に着目しているが、さらにその論考を一歩推し進めるのなら、A・M・バーナードという彼女の隠されたペンネームを、ふたりの女性、すなわち結婚生活の悲劇を見すぎてしまったがゆえに結婚におじけづき、家族と文学とともに生きることにした女性「A」と、才能を家計のために使い、結婚よりも芸術を選んだより強く、より幸せで、より豊かな女性「M」に分裂して託して描いたのではないかとさえ思われる。

生涯独身で、家族のために家庭を切り盛りすることと、一家の大黒柱としてお金を稼ぐために机に向かって執筆することで、ほとんどの時間を費やしたオールコットは、およそ人生経験が豊富な作家だとは呼べないかもしれない。その経験不足を補うかのように、オールコットは自分ではない誰かの人生を生きられる演劇をこよなく愛し、「仮面」をつけた激情にかられるヒロインを創造するに際してはもっぱら本で読んだことや想像力を活用した。だが、オールコットにも「経験」と呼べるものが確かにあった。南北戦争の従軍看護師として、ワシントンのユニオン・ホスピタルで過ごした二カ月間のことである。それは彼女がはじめて家庭という枠組みから足を踏み出した瞬間でもあった。

本稿は、オールコットの従軍看護師経験を下敷きにしたエッセイ『病院のスケッチ』と、その経験をセンセーショナルな短編に描いた「私の戦時没収黒人」[1]を読み直すことで、オールコットの南北戦争観、ふたつに引き裂かれた自己の葛藤とその統合について考察したい。

2　オールコットと暴力

一八五九年九月の日記にオールコットは「戦争をのぞみます」と書いた（Myerson and Shealy 95）。やがて南北戦争がはじまった一八六一年四月には、「私はずっと戦争を見たいと思っていました。いま夢がかないました。私は男になりたい。でも、兵士になることはできないから、戦える人たちのために働くことで満足したいと思います」（105）、一八六二年には、「メイ家の血が騒ぐ」（109）と記し、南北戦争勃発によって掻き立てられた感情の高ぶりを表現している。このようにオールコットが興奮する理由は、戦争によって、これまでの自分の領域を超えるチャンスが訪れたと考えたからだともいえよう。実際、南北戦争により彼女は実家を離れワシントンＤＣへと赴き、看護師というはじめての経験をする。そこでの経験については後述するが、オールコットの日記に書かれた興奮は、戦争が人々を傷つけ死をもたらすという事実に目をつぶり、戦争のむごたらしさや暴力性をいとわぬようにも思われる。

同様の興奮は、『病院のスケッチ』にも描かれている。暴力を憎むはずの語り手トリビュレイション・ペリウィンクル[2]は、上院を見学にいった折に「サムナーの椅子に座り、空想のブルックスをこん棒で半殺しにした」（Alcott, *Hospital Sketches* 53）と高ぶった気持ちを表現している。むろん、どんなときにもユーモアの精神を忘れないペリウィンクルの悪い冗談だが、彼女の暴力的な空想が、残虐な行為というよりも大義に基づく高貴な戦いの色を帯びていることも事実である。一八五六年に奴隷解放論者のチャールズ・サムナーがプレストン・ブルックスに棍棒で殴られ重傷を負った事件を、『ニューヨーク・イヴニング・ポスト』誌上でウィリアム・カレン・ブライアントが取り上げたところ、南部において「大虐殺、強奪、そして殺人」が行われ黒人たちが「鞭打ちにあっている」のと同様に、言論の自由が暴力によって抑圧されることを危惧する論説として（Bryant 28）北部の人々には受け止められた。この血なまぐさい暴力事件が、南部の暴力性を強調し、北部の感情を煽ることになったことは想像に難くない。いっぽう、南部もまた、このブライアントの論説に反応し、分離主義へと走ることになったともいえる。このように、暴力はそれを振るう者にも振るわれる者にも激しい感情をもたらすものである。はたしてオールコットは戦争を、暴力を、どのようにとらえていたのだろうか。

オールコットが暴力をいかなるものとして描いていたかを考えるにあたり、『若草物語』シリーズで体罰を描いた二場面が手掛かりになるだろう。そこには、体罰を通じて、暴力とは何かが描かれているからである。ひとつめの場面、『若草物語』の第七章「エイミー屈辱の谷へ」では、禁じられているライムの交換をしていたため、エイミーが教室の前に立たされデイヴィス先生に手をたたかれる、という場面が描かれる。デイヴィス先生はかねてより、ライムを発見した場合は「戦時没収品（contraband article）」（Alcott, *Little Women* 65）として処分する、と宣言していた。にもかかわらずこっそりとライム交換をしていたエイミーに教師としての尊厳を傷つけられたと感じたため、デイヴィス先生は体罰を行うことにする。教室のみなの前で「そんなにたくさんでもなければ強くもなく」手を叩かれたエイミーは「辱められ」「いためつけられた」と感じた。エイミーは、手にたいした痛みを感じずとも、心が激しく傷ついたため、デイヴィス先生の体罰を「まるでぶちのめされたかのように」受け止めたのである。

この場面で、オールコットは暴力のひとつの性質を示しているといえる。暴力とは、身体の傷の大小にかかわらず、その身体の持ち主をはずかしめ、その主体から主体性を奪う行為である。痛みや傷がつく行為そのものに暴力性を感じるのではなく、そこに理不尽さや不当さを感じるから暴力だと感じるのだ。暴力は

「なぜわたしが（あるいはわたしの大切なひとが）こんな目に」という、どうにも受け入れがたい思いをもたらす。そして暴力は、自らの人生を、身体を、自らがコントロールできないという悔しさ、恐怖、不可解さ、怒り、悲しみをもたらす行為なのである。デイヴィス先生は、教師であるという権威のもとに、体罰によってエイミーの身体を拘束しただけでなく、エイミーの主体性をも奪ったといえよう。それゆえ、帰宅後この話を聞いたマーチ夫人はエイミーを休学させる決断を下す。デイヴィス先生の行為を不当なものだと思ったからである。マーチ夫人は「体罰は、とくに女の子には、よいことだと思いません」（69）と述べるが、同時にエイミーが校則を破ったことを戒める。エイミーはこの経験を通じて、自分の虚栄心や自惚れを反省し、謙遜の心を学ぶことになるのだが、むろんそれはデイヴィス先生の体罰のおかげではない。このエピソードには、暴力によって人を導くことなどできないというメッセージもこめられているといえよう。

第二の体罰は、『第三若草物語』の第四章「踏み石」で、嘘つきのナットを改心させるために、ベア教授が自らの手を叩くようナットに命じる場面で用いられる。[3] ベア教授の手を物差しで叩いたのち、ナットは「激しい愛と、恥ずかしさと、後悔」で涙にくれながら「忘れません！　ああ、忘れません！」（*Little Men* 58–59）と叫びベア教授にしがみつく。体罰によってナットの主体を抑圧するかわりに、主体の交換（体罰を与えるという教師の権限を生徒であるナットと交換する）ことを通じて、ベア教授はいかに自分がナットを尊重し愛しているかを示したのである。[4]

主体性を奪う暴力は、オールコットが親しんできた感傷小説が繰り返し描いてきたテーマであるが、そもそも彼女が最も親しんだ書物、すなわち聖書に繰り返し描かれたテーマでもある。貧しいながらもクリスマスプレゼントとして聖書を与えられた『若草物語』の四姉妹は、オールコットが小さいころから聖書に親しんだ記憶を再現したものである。罪なきイエズス・キリストが、人間の罪を贖うためにむごたらしい方法で十字架にかけられる場面を聖書の暴力のハイライトとよぶならば、聖書が描く暴力とは理不尽な抑圧の象徴であるとともに、その理不尽さといかに対峙するかによって信仰が試されることにほかならない。そう考えるならば、ベア教授は、キリストさながら不当な暴力を甘受することによって、自らの愛が本物であるということを、罪を犯したナットに伝えたといえるだろう。

3　納得できない死——暴力の不条理さを乗り越えるために

『病院のスケッチ』では、若い兵士たちが戦争により命を落とすたびに、語り手トリビュレイション・ペリウィンクルが感じた死の不条理さと、それに対する激しい怒りや深い悲しみが、装飾の少ない言葉で語られる。

あるときペリウィンクルは腹を撃たれ弱っている兵士に、水を届ける約束を果たすため駆けつけたが、時すでに遅く彼は死んでいた。冷たくなった彼の額に手を当てて、語り手は兵士の死に対する思いを次のように記している。「三十分もすると、ベッドは空になっていた。彼の払ってきた犠牲や苦しみを思えば、それはあまりにもお粗末な報酬に思えた。……しばらく私は人の命と神聖な死とが軽んじられているように思え憤っていた」(*Hospital Sketches* 28)。この怒りを現実世界でおさめることができないペリウィンクルは、「それから、こう考えることで自分を慰めた。この無名の男性が天国で点呼を取られるときには、名ばかりの武勲のためにりっぱな記念碑を建てられた大勢の者たちよりも、高い位にあるだろう、と」(28) と記す。戦争で報われぬままに死んでいった者に対する彼女の深い感情移入が怒りになり、そしてその怒りを昇華させることができるのは、この世ではなくあの世を思うよりほかないという彼女の思いが伝わってくる。

また、ほかの兵士たちから「男の中の男」(38)と讃えられるジョンの死に際して、ペリウィンクルは涙をこらえながらその不条理さをこう嘆く。「彼の周りにはぼろぼろで役立たずになった男たちが、衰弱した命のありったけをかきあつめていた。彼らはおそらく何年も生きながらえるだろう。ほかの者たちの重荷になりながら、毎日自分の人生を呪いながら。ジョンのような男を、軍隊は必要としているのだ。誠実で、勇敢で、忠実で、自由と正義のために、心と腕とで戦う、真の神の兵士なのだ。こんなにも早く、彼をあきらめることなど私にはできない」。ジョンのようなすばらしい人間の命が絶たれてしまうことを彼女は「我慢ならない」(40)と感じていたのである。死の不条理さを受け入れがたい語り手は、「[彼と]同様に優しく我慢づよい精神の持ち主[オールコットの生涯に照らし合わせれば三女エリザベス]」の死ほどに耐えがたい、と述べるのであった。ジョンとエリザベスの若き命は、それぞれに何の落ち度もないのに暴力的に奪われたものであった。そのような死の横暴さを前にして、ペリウィンクルはこの世ではなく、「闇のない天国」を待ちながら(43)、暴力的に奪われた命への悲しみや怒りやとうてい納得できない思いを昇華しようとしていたのである。

しかし、暴力の不条理さをだれもがペリウィンクルのように信仰によって乗り越えられるわけではない。「私の戦時没収黒人」の負傷した混血の元奴隷ボブは、自らがただ混血児であるという理由で、奴隷主の異母兄ネッドに不当に痛めつけられたばかりでなく、愛する妻ルーシーまでも奪われてしまう。しかもその妻が絶望のうちに自殺したと知り、ついにボブはネッドの殺害を決意する。このとき読者の多くは、異母兄の暴力を許すことはできずとも、ボブの復讐を受け入れることはできるのではないだろうか。ネッドを殺害しようとする行為は確かに暴力ではあるものの、そこには原因も理由もあるのであって、不条理なものではないからである。ボブの復讐心に深く共感しながらも、なんとか押しとどめようとするのは、ペリウィンクルの厚い信仰に基づく救済観（この世ではなく神の国で救われるという信念）の後継者ともいえるヒロイン、いみじくも「フェイス」・デーンと名付けられた看護師である。しかし、彼女の信仰心だけが復讐からボブを解放したわけではない。戦時の看護師という立場の持つある種の「権威」が、それを実現したともいえるのである。

家父長制の枠組みで、社会における位置関係を決められていたはずの男女が、男性の身体が傷つくことによって対等あるいは逆転した関係に変化する現象は、『ジェイン・エア』や『足長おじさん』のような小説においてしばしばみられることである。オールコットもまた、父権的な社会で生きていたがゆえに、女性としての限界を思い知らされる人生であったが、従軍看護師として病院で傷ついた男性を前にしたとき、自分が男性に対して、それまで経験したことのないある種の支配力を持ち得ることを初めて実感したのである。『病院のスケッチ』で、ペリウィンクルは「何十人もの男性を洗う」という仕事を命じられショックを受けるが、そんなそぶりも見せず、「必要であれば暴力によってでも（vi et armis）」それを遂行しようとする。その結果、荒くれ兵士たちのほうがときには「はずかしがりの乙女のように赤く」（23）なるのだった。看護師である女性は、通常の社会とは違う力を男性に対して持つことができるのである。[5] ペリウィンクルもフェイスも看護師であるがゆえに男性に対して命を下すことのできる立場にあるのである。

ペリウィンクルは、回復期にある患者を看護師の手伝いにすることを批判しているが、フェイスは自分のもとに遣わされた回復期の患者ボブを見たとたん彼に強く惹かれ、彼に尊厳を教えるために「ロバート」と名づける。「私の父親にもなれるほどの年上の男性をそんなふうに［ボブなどと］よぶなんて」（"My Contraband" 78）という彼女の言葉から、ロバートが年上の男性であるにもかかわらず、フェイスは権威あるものや奴隷主が行う名付けという行為を、彼に施したのである（Reuscher 10）。「私の」戦時没収品という題名はいうまでもなく、作品中でも繰り返しロバートを「私の」戦時没収黒人と呼ぶことから、フェイスとロバートの関係が、所有するものとされるものであることも暗示されている。このような立場にあるからこそ、フェイスはロバートの復讐を押しとどめることに成功したともいえよう。そして、そのような関係性が生じえたのは、戦争という特別な場であったからだともいえよう。

4　「神はどこにいるのですか？」

ロバートを初めて見たとき、フェイスはその端正な顔立ちに感じ入るとともに、その半分が戦争によって醜く傷ついていることに強く衝撃を受ける。美と醜がひとつになったボブの顔は、二分の一の混血であり、南部の奴隷でありながら北部に没収された戦時黒人であり、さらに奴隷でありながら奴隷主とは異母弟でもある、といういずれにせよひとつのアイデンティティーではくくることができない彼の二面性を表すとともに、南北に分裂したアメリカを象徴的に表しているとも考えられよう。さらに彼が二面性の象徴であることは、彼が否定形で描写されるという点からも確認できるだろう。「世の中は彼に名誉も、成功も、家も、そして愛も（no honor, no success, no home, no love）与えはしなかった」（86）という描写からは、彼が得られたかもしれない世界が二重写しで読者に浮き上がってみえる。フェイスは、「聖なるアンクル・トムではない」彼に、なんとかして神の国を説こうと涙ながらに亡き妻ルーシーの名を口にする。それに対して、ロバートがついにもらすのは、「神はどこにいるのですか?」という問いである。

ヨブやアンクル・トムのように、どのような理不尽な苦しみをも受け入れることができるほど、ひとは強くない。その苦しみ、というよりもその理不尽さに耐えかねて、ひとは神の存在を疑い、ときにはその存在を否定するようになる。異母兄ネッドに妻を奪われ、自らは鞭で痛めつけられた上に売りとばされたロバートは、「神はどこにいるのですか?」とたずねるよりほかないのである。フェイスは、神の教えに従えば、この世ではなくとも神の国で必ずルーシーにまみえることができると説得するが、ロバートがフェイスに従ったのは、神の教えにめざめたからというよりも、自分の苦しみをわがこととして受け止めてくれたフェイスに共感したからにほかならない。神がどこにいるかはわからなくても、自分を受け入れてくれるフェイスがいるとわかり、ロバートは救われたのである。

フェイスが瀕死のロバートに再会したとき、彼の名は「ロバート・デーン」になっていた。この改名について、エリザベス・キーザーは「私の戦時没収黒人」が「暗闇のささやき」と同年に発表されたことに注目し、ロバートと「暗闇のささやき」のヒロイン・シビルが、ともに「何の権利ももたない」ことを指摘し(4)、ロバートがフェイスの名字を名乗ることは、彼がフェイスの「妻」になったという見方を示唆している。ショーウォルターも、ボブが「ロバート・デーン」と名乗っていたことを、「ある種の結婚」(xxix)と述べている。マシュー・デイヴィスはこの改名から、フェイスがロバートよりも優越した立場にあること、そしてフェイスの母性によりロバートを「養子にした」とも考えられると論じている(143)。こうした分析にさらに見解を加えるならば、この改名を、ロバートがボブであった過去の自分を捨てて、フェイスと一つになりたいと願った証左として捉えることもできるのではないだろうか。すなわち、フェイスとロバートのふたりが、性別や階級や人種の差を超越して共感によって一つになったあの夜、ロバートは分裂や葛藤に苦しむそれまでの自分を葬り、フェイスと一つになるために「ロバート・デーン」と自らを名づけたのではないだろうか。あらゆる意味で自らに内在する二面性の分裂と葛藤に苦しんでいたロバートは、分身である異母兄殺しを「やらなくてよかった」(88)と言い残してフェイスと別れ、死ぬ瞬間までフェイスの命に従ったことに満足していた。[6] フェイスという女性への共感が、フェイス(信仰)になり、彼女の信じる「神の永遠の国で妻を見つけること」(93)をわがこととして引き受けることによって、ロバートはこの世では救いようのない不条理な暴力から解き放たれる道を選んだといえるのではないだろうか。[7] そう考えると、この作品の冒頭が亡くなった兵士の経帷子となるシャツの「ほころび」(74)を縫うフェイスの姿から始まるのはまことに示唆的である。「私の戦時没収黒人」は、フェイス/信仰によって分裂がひとつに縫い付けられる過程を辿る物語だったのだ。

ペリウィンクルと名乗っているとはいえ、オールコットの実体験の記録である『病院のスケッチ』もまた、実のところ、分裂がひとつになる過程を辿る物語だともいえよう。この作品の冒頭は、「私なにかやりたいの」というペリウィンクルの切実な訴えからはじまる。もしもこの訴えの主が男性だったら、それに対する答えはいくつもあっただろう。しかし、女性であるペリウィンクルが得た回答は、「本を書きなさい」、「もう一度教師になりなさい」、「夫をみつけなさい」、「女優になりなさい」、「兵士を看護しなさい」(*Hospital Sketches* 3)であった。もう一つ答えを加えるとすれば、「針仕事をしなさい」かもしれない。いずれにせよオールコット自身は、人生でこれらの選択肢をすべて試したともいえるが、裏を返せばそれくらいしか女性が主体的に行える「何か」の選択肢がなかったともいえよう。この人生の選択肢の乏しさを、『若草物語』のジョーも、日記の中のオールコットも嘆いているが、それはひとえに自分が男性ではない、という嘆きでもあったのである。ペリウィンクルもまた、「私は若い男性に仲間意識をもっていて、いつも自分が男ではなく女に生まれてしまった運命を呪っていた」(68)と男性ではない自分への悔しさを吐露していた。それゆえ、看護師になることが決まったとき「私、入隊することになったわ(enlisted)」とあたかも兵役につくことになったかのような表現で家族に報告し、「海軍に行くことになった少年のように……私はただちに軍隊調になった」(4)のである。そこには、本来ならば兵士として従軍したかった願望の反映を読み込むことができるであろう。

女性でありながら「男になりたい」という内的葛藤から、戦争に参加する唯一の方法として看護師の道を選ぶことになったものの、実際に看護師として傷ついた兵士に接すると、彼女はもっぱら自らを女性として、「母」として捉えるようになるのだった。兵士たちの笑顔に幸せを感じ、「女性としての誇り」と「母性愛」(32)を覚えるようになるとともに、やがて患者との絆を通じて自らを「母、妻、姉妹」のような存在へ(41)と変えていく。ペリウィンクルは、こうして現実社会では得ることがなかった男性との絆を獲得するのである。そして、独身女性がこの世ではありえないかたちで、男性と結びつくことを可能にしたのである。いまわの際のジョンの手を、死んだあともその指の跡がしばらく消えぬほど固く握り、その「よき息子」(46)の亡骸に、母親の代わりに口づけをする。若い兵士たちの死を、「子供を亡くして嘆き悲しむラケルのように」(69)感じるようになったペリウィンクルは、看護師になる前の、女性でありながら男性になりたいという葛藤から解放されたともいえよう。

5 「父なる神」と涙の力

従軍看護師になると三十歳で決意したペリウィンクルの勇敢さと、志半ばにチフスに罹り、任務期間の三ヶ月にはるか及ばず、たった一ヶ月で自宅に戻ることになったことへの悔しさが、語り手の内面の葛藤の物語という滋味を加えることになり、『病院のスケッチ』を単なる観察日記を超えた作品にしている。だが、果たしてこのときオールコットは、自分が五十五歳で亡くなるまでずっとチフスの治療の後遺症に悩まされ続けることになると想像していただろうか。実人生における彼女の日記は、それ以来ずっと頭痛や腹痛や倦怠感といった体調不良の記録になる。男性のように戦争に参加したいと願ったオールコットが、人生でただ一度家庭を離れ別の世界をのぞきこんだ結果、生涯消えない身体的な苦しみという大きな代償を払うことになるとは、あまりに不条理な暴力といえるのではないだろうか。

感傷小説のヒロインたちは、親よりも自分の意志や感情を優先し、自らが属する家庭や社会を飛び出して別の世界に足を踏み入れることで、妊娠や産褥死といったしばしば取り返しのつかない身体的代償を払うことになる。オールコットは従軍看護師経験を悔いる記述を残してはいないが、自らを感傷小説のヒロインに重ね家庭という領域を超えて女性が生きることの難しさを思うことはあったのではないだろうか。だからこそ、病状が悪化して帰宅するようにうながされても断固として「抵抗した」(60)ペリウィンクルが、「うちに帰るよ」と迎えにきた父に言われたとたん、「はい、お父様」と答えたのではないだろうか。「私の兵士たちを裏切って」「看護師としての私のキャリアを終え」てまで、父への従順を選ぶ彼女の姿は、それまで権威や男性原理に抵抗する女性、自立した女性、「女権論者」(9)を自負していたペリウィンクルの姿とは、あまりにもかけ離れている。あっけないこの転身を、読者はいかに受け止めればよいのだろうか。

それはすなわち、ペリウィンクルが「父なる神」に身を委ねたということにほかならない。彼女は、不条理な暴力にさらされ、怒りや悲しみや苦しみで煩悶する自己の内面の葛藤を統合させるための、唯一の道を選んだのである。だからこそ彼女は、「私の戦時没収黒人」ロバートが、ボブという自分を捨てたように、従軍看護師という自分を、自らの手で抹殺する。

ああ、彼女を小さな墓に葬ろう。
大理石の蓋をして
おかゆのスプーンをそこに刻もう。
早死にした「カンゴフサン」ここに眠る、と。(61)

このような墓碑銘を作り、「看護師ペリウィンクル」の人生を自らの手で終わらせたペリウィンクル=オールコットは、自宅での執筆によって、兵士の後押しを続けることになった。

ペリウィンクルは父、そして父なる神によって救われたが、救いをもたらすのは神のような父権的存在だけではないことも実感していた。暴力によって傷つき、命を失う兵士たちの無念ばかりでなく、その兵士を愛する者たちのために、自分には何ができるだろうと考えていたとき彼女は、自らが妹を亡くしたときのことを思い出し、悲しみにくれる女性を「ただ抱きしめて、我を忘れて涙を流した」(67)。そのとき彼女は「言葉は全くかわさなかったのに、お互いに気持ちが通じた(each felt the other's sympathy)」のを感じ、「相手に友愛にみちた手で触れることと、仲間として涙を流すこと」とこそが人々を「つなぐ」ことを知る。この文章で、ペリウィンクルが「一対のかたわれ（companionable）」「統合する（unite）」という表現を使っていることに注目したい。

こうして、南北戦争の渦中にあってオールコットは、ペリウィンクルを、ロバートを、兵士たちを、そしてその家族や愛するものたちを、不条理な暴力に対する煩悶や葛藤から、自分を超えた存在と一つになることによって、解き放ちたいと願っていたことがわかる。そしてその願いはむろん、南北に分裂する当時のアメリカ国家へもむけられていたことは想像に難くない。南北戦争が終結した三年後に発表された『若草物語』に描かれるジョーの内なる葛藤が、オールコットのこのような経験のうえに作られたものであるということを鑑みれば、またそこにこめられた意味も違ってみえてくるのかもしれない。

注

1　この邦題は髙尾による。

2　この名前には、トリビュレイション＝抑圧による大きな悲しみ、ペリウィンクル＝懐かしい思い出の花言葉をもつツルニチニチソウ、という意味がこめられている。

3　エリザベス・ピーボディの『学校の記録』にはオールコットの父、エイモス・ブロンソン・オールコットが同じことをしたと書かれている。

4　エリザベス・バーンズは『第三若草物語』を例に挙げながら一九世紀アメリカ感傷小説と、暴力をふるうものが、暴力をふるわれるものへと感情を転化させる問題について分析している。

5　スペングラー・バーギットは『病院のスケッチ』における傷ついた男性の身体を眺めるペリウィンクルのまなざしを分析し、看られる患者と看る看護師の関係性から、権力が看護師＝女性の側にあることに着目している。また、ジェニファー・パッチはロバートの身体の傷が、フェイスを「権力をもつ位置」（Putzi 116）につかせることになったと分析している。

6　髙尾はフェイスの教えの本質を「おのれを征すること」だと指摘しているが（髙尾 191）、ネッドから主体を奪われてきたロバートが、復讐よりも「おのれを征する」という究極の方法で、失われていた主体を取り戻す道を選んだとも考えられるだろう。

7　「兄弟たち」（のちに「私の戦時没収黒人」に改題された）が最初に発表されたのは、一八六三年『アトランティック・マンスリー』誌上であるが、ヴァネッサ・シュタインロッターによれば同年十月から四回連載でワシントンＤＣで発刊されていたドイツ語の週刊誌『コロンビア』にも掲載されていた（Steinroetter 703–04）。中でも注目すべきは、結末の宗教色がドイツ語訳から排除され、あくまでもフェイスの個人的意向という視点で描かれている点である。そこから、ストウやオールコットの描くアメリカ人の宗教に根差した奴隷解放運動とは異なる、ドイツ系アメリカ人の奴隷解放運動に対する視点があったことがうかがえる。

引用文献

Alcott, Louisa May. *Alternative Alcott*. Ed. Elaine Showalter. New Brunswick: Rutgers UP, 1988. Print.

——. *Hospital Sketches*. 1863. *Alternative Alcott*. 1–73.

——. *Little Men*. New York: Signet Classic, 1986. Print.

——. *Little Women*. London: Penguin, 1989. Print.

——. *Louisa May Alcott's Civil War*. Roseville, Minnesota: Edinborough P, 2007. Print.

——. "My Contraband." 1863. *Alternative Alcott*. 74–93.

Barnes, Elizabeth. *Love's Whipping Boy: Violence & Sentimentality in the American Imagination*. Chapel Hill: U of North Caroline P, 2011. Print.

Birgit, Spengler. "Visual Negotiations and Medical Discourses in Nineteenth-Century American Women's Writing." *Amerikastudien/American Studies* 54.1（2009）: 35–58. Print.

Bryant, William Cullen. *The Power for Sanity: Selected Editorials of William Cullen Bryant, 1829–61*. New York: Fordham UP, 1994. Print.

Davis, Matthew R. "'Brother against Brother': Reconstructing the American Family in the Civil War Era." *ESQ* 55.2（2009）: 135–63. Print.

Douglas, Ann. Introduction. *Little Women*. New York: NAL, 1983. vii–xxvii. Print.

Fetterley, Judith. "'Little Women': Alcott's Civil War." *Feminist Studies* 5:2 (1979): 369–383. Print.

Fite, Keren. "The Veiled, the Masked, and the Civil War Woman: Louisa May Alcott and the Madwoman Allegory." *Gilbert & Gubar's* The Madwoman in the Attic *after Thirty Years*. Ed. Annette R. Federico. Columbia, Missouri: U of Missouri P, 2009. 170–82. Print.

Keyser, Elizabeth. Introduction. *The Portable Louisa May Alcott*. New York: Penguin, 2000. vii–xxi. Print.

Laffrado, Laura. "'How Could You Leave Me Alone When the Room Was Full of Men?': Gender and Self-Representation in Louisa May Alcott's *Hospital Sketches*." *ESQ* 48.1–2 (2002): 71–94. Print.

Myerson, Joel, and Daniel Shealy. *The Journals of Louisa May Alcott*. Boston: Little, 1989. Print.

Paulin, Diana R. "'Let Me Play Desdemona': White Heroines and Interracial Desire in Louisa May Alcott's 'My Contraband' and 'M.L.'" *White Women in Racialized Spaces*. Ed. Samina Najmi and Rajini Srikanth. Albany: State U of New York P, 2002. 119–30. Print.

Putzi, Jennifer. *Identifying Marks: Race, Gender, and the Marked Body in Nineteenth-Century America*. Athens: U of Georgia P, 2006. Print.

Reuscher, Cornelia Charlotte. *Race and Gender in Louisa May Alcott's "My Contraband."* Munich: GRIN Verlag, 2013. Print.

Showalter, Elaine, ed. *Alternative Alcott*. New Brunswick: Rutgers UP, 1998. Print.

Steinroetter, Vanessa. "A Newly Discovered Translation of Louisa May Alcott's 'The Brothers' in a German American Newspaper." *The New England Quarterly* 81.4 (2008): 703–13. Print.

Turnquist, Jan. Introduction. *Louisa May Alcott's Civil War*. By Louisa May Alcott. 1–12.

Vidrine, Jessica Daigle. "Notions on Marriage: Bisexual Desires and Spinsterhood as Intellectual and Artistic Genius in Louisa May Alcott's 'Happy Women' and *Diana and Persis*." *Women's Studies* 39 (2010): 136–54. Print.

髙尾直知「「新しい霊がぼくにはいって住みついた」――オルコット『ムーズ』とイタリア」竹内勝徳・高橋勤編『環大西洋の想像力』彩流社、二〇一三年、一七九―九七頁。

第12章

ザクロの種を食べたのは誰？　イーディス・ウォートンの手紙を書く女たち

篠目清美

1　言葉という禁断の実

イーディス・ウォートンが自伝『振り返りて』のなかで語っている初めて小説執筆を試みた時のエピソードは、ウォートンの女性として、また作家としてのその後の人生を示唆しているように思われる。

私の最初の試みは（十一歳の時だったが）小説で、それはこう始まった。「『まあ、こんにちは、ブラウン夫人』とトムキン夫人は言った。『おいでになるとわかっていたら客間を片付けておきましたのに』」。おずおずと私は原稿を母に差し出した。「客間はいつも片付いているものですよ」と母が氷のように冷たい言葉とともに原稿を返してきたとき、創作の興奮がさっと引いていったことを決して忘れることはないだろう。（Wharton, *Backward* 73）

オールド・ニューヨークの上流社会で生きるべくマナーを、厳格な母親に教え込まれ、結婚の日まで読書に関して検閲を受けるという抑圧的な生活を強いられた一方で、父親の書斎で次ぎ次ぎ本を手にすることに「秘かなエクスタシー」(*Backward* 69) を感じていたというウォートン。幼くして覚えた言葉の魔力について、生前未発表の「人生と私」のなかでも次のように振り返っている。「言葉たちは、魔法にかけるように歌いかけてきたので、私は子ども時代の健全な昼の最中から、どこか奇妙で神秘的な世界へといざなわれたような気分だった。そこでは私の年齢相応のありふれた楽しみは、ザクロの種を口にしたペルセポネにとっての地上の果実と同様、無味乾燥なものに思われた」(Wharton, "Life and I" 188–89)。

ギリシャ神話で、ゼウスとデメテルの娘ペルセポネは冥府の王プルートに誘拐されるが、デメテルの怒りに困惑したゼウスは、ペルセポネを地上の母のもとに返すことにする。しかし、ペルセポネはザクロの種を食べてしまったため、一年の一部を冥界で過ごすことになる。批評家たちのなかには、禁断の実、言葉の魔力の味をしめ、母親に支配されながらも作家としての道を歩むことを選んだウォートンを、このペルセポネに重ね合わせているものも少なくない。[1]

しかし、ウォートンが自らのこのような葛藤を、女性芸術家を作品に登場させ直接的に描くことは少なかった。女性作家が登場する作品としては、一九〇〇年に発表された短編小説「コピー」と中編小説『試金石』が挙げられるが、両作品とも作家の著述ではなく、手紙の所有をめぐる物語である。そう、ウォートンの女性たちは、作者同様、よく手紙を書く。それもただ単に書くだけではなく、ある者は手紙を男の名前で偽造し(「ローマ熱」)、ある者は他人の手紙に手を入れる(「ミューズの悲劇」)。手紙を燃やす者もいるし(『歓楽の家』、「コピー」)、返事が来なくともひたすら相手に書き送る者もいる(「手紙」)。幽霊になってまで書く者もいる（「ザクロの種」）。そして多くの場合、「手紙を書くこと、読むことがプロットの展開と人物の気質を暴露するうえできわめて重大な役割を果たしている」（Nettels 191）。しかも、手紙そのものが、あるいは手紙をめぐる様々な行為が、時には肯定的な意味で力となり、またあるときには暴力となる。

本稿では、一八九一年に発表され、ウォートンの第一短編集『大いなる傾向』（一八九九）に収められた「ミューズの悲劇」と、一九三一年に発表され、短編集『ザ・ワールド・オーヴァー』（一九三六）に、そして死後出版された『幽霊たち』（一九三七）にも収められた「ザクロの種」[2]を取り上げ、ウォートンの手紙という手段による力、あるいは暴力の表象について辿ってみたい。

2　書かれる女から書く女へ

「ミューズの悲劇」はそのタイトルがヘンリー・ジェイムズの長編小説『悲劇的なミューズ』に酷似しているが、今は亡き有名詩人と、そのミューズとされるヒロイン、そして詩人を崇拝する若き批評家をめぐるこの作品は、むしろ『アスパンの恋文』を連想させる。大学時代に詩人ヴィンセント・レンドルに関する論文が高く評価された批評家ダニエルズは、イタリアでレンドルの代表作「シルヴィアに寄せるソネット」のシルヴィアその人、とかつて文壇でもてはやされた四十代半ばのメアリー・アナートン夫人と出会う。詩人の死後、孤独な人生を送っていた夫人は、ダニエルズと意気投合。彼にレンドルに関する執筆を勧め、自ら協力を申し出る。レンドルを敬愛する二人の関係は恋愛へと深まっていくが、最終的に夫人は手紙を通して、ダニエルズへ別れを告げ、物語は閉じられる。

手紙が登場する他の多くのウォートン作品同様、「ミューズの悲劇」において、手紙は物語の要となる。

前述のように、『アスパンの恋文』との類似が指摘される当作品だが、最も異なるのは、最終章、第三章における手紙を通した夫人の語りである。第一章および第二章でミューズとして客体化されていたヒロインが、手紙によって前半の物語を転覆させるのである。

まず、第一、二章は三人称の語りだが、ダニエルズの視点に沿ったいわゆる男性のテクストである。ここでは天才詩人ヴィンセント・レンドルの不滅のソネットで詠われているシルヴィアのモデルでありミューズ、および『生涯と書簡』にA夫人として登場するメアリー・アナートンは、「十九世紀の高尚な詩集において彼女の名は神聖なものとして祭り上げられていた」（Wharton, "Muse" 67）と、つねに神格化され描かれている。ダニエルズを惹きつけたのも、彼女の完璧なミューズ振りである。

> 彼女はレンドルの著作について頻繁に語ったが、彼個人について口にすることはほとんどなかった。……名匠の知的生活、彼の思想や著作の傾向について、彼女は飽くことなく語り続けた。個々の詩の来歴を彼女は知りつくしていた。どのような情景、逸話がそれぞれのイメージを呼び起こしたのか、ある行の幾つかの単語が何度言い換えられたか、ある形容詞についてその言葉に辿りつくのにどれほどの時間がかかったのか、そして最終的に何がその言葉を決定するきっかけとなったのか。（72）

アナートン夫人との交流を深めるダニエルズのなかで、レンドルと夫人は不可分の存在、いや、レンドル個人ではなく、レンドルの作品とアナートン夫人が一体化されているのである。夫の死後、なぜ夫人はレンドルと結婚しなかったのか、友人のメモラール夫人はいぶかしがるが、ダニエルズにとってアナートン夫人のレンドルとの再婚など論外である。彼にはレンドルと「シルヴィア」ことアナートン夫人の結婚は「崇拝する人物をもてあそぶ」ものであり、「ヴィンセント・レンドル夫人としてよりも、シルヴィアとして後世に名を残すことを選択した」(70) アナートン夫人の行為は、彼の眼には感嘆すべきものと映る。

確かに、メモラール夫人は「索引が整っていず、散漫な回想録のよう」(70) とダニエルズが評するように、有名人好きの浅薄な女として描かれている。一方、ダニエルズはこのメモラール夫人評が示しているように、女性を生身の存在ではなく、書物かその素材として捉えていることが、ウォートンの皮肉に満ちた筆から窺える。ヒルデガード・ヘラーはメモラール夫人が「アナートン夫人を肉体と精神を有するひとりの女として見做している」のに対して、「この文芸批評家はアナートン夫人を肉体を持たない抽象的な詩人のミューズと見ている」(Hoeller 57) と評している。アナートン夫人を賛美しながらも、ダニエルズにとって、彼女は芸術家が花を咲かせるための「肥沃な庭のようなもの」(Wharton, "Muse" 72) でしかない。

前半の物語は、アナートン夫人がやがてダニエルズの著作の協力者として再びミューズとなる可能性が示唆され終わる。そして後半、「公的な女性の私的な物語」(Waid 20) がアナートン夫人の手紙を通して語られる。ここからがイーディス・ウォートン本領発揮の場である。ここでは二重の意味で「手紙」が重要性を持つ。第一には、この最終章はすべてアナートン夫人の一通の手紙から成り (「手紙」が鍵となる多くのウォートン作品で、手紙の全文が紹介されるのはまれだが)、彼女は前半のミューズという書かれる女から書く女へと変貌を遂げる。そのことによってダニエルズおよび読者は初めて、「シルヴィア」あるいは「A 夫人」という仮面に隠されたメアリー・アナートンの真の姿を知ることになる。それはミューズとして芸術に封じ込められ、ひとりの女性としての存在を無視された彼女の告白であるが、実はさらにアナートン夫人の名を不滅のものとしたのは、もうひとつの「手紙」であることが明かされる。その手紙についてはのちに触れることにする。

最終章のアナートン夫人の手紙は、その内容からダニエルズに宛てて書かれたものであることは明らかだが、ウォートンがあえてこの手紙に宛名を書いていないことからして、三章全体が前半の男性の視点によるテクストに宛てられた告発の書としても読めることがこの作品の面白さであろう。まずこの手紙で、物語に書かれていない空白の部分で、ダニエルズが夫人にプロポーズしたことがわかる。そして、ダニエルズの求愛をアナートン夫人が拒否せねばならない理由を語ることで、ダニエルズを含め読者は初めて彼女とレンドルの真の関係を知ることになる。

ダニエルズが、そして世間が信じ込んできたように、アナートン夫人が偉大な詩人レンドルにとって不可欠な人物であったことは間違いない。しかしそれはひとりの女性としてレンドルの創作にインスピレーションを与えたのではなかった。アナートン夫人によれば、二人の間に存在したのは、「知的な共感」であり、夫人の理性は「詩人が決して飽くことなく演奏できる完璧に調律された楽器のようなもの」(74)であった。詩人はアナートン夫妻の家で創作に没頭し、夫人を相手に自らの創作のみならず、関心を抱いたあらゆる書物について夫人と意見を共有することが常であった。詩人を秘かに愛したアナートン夫人の思いにレンドルは応えることなく、「男が男を扱うように」(75)夫人に接したという。ではレンドルの名を不動のものにした「シルヴィアに寄せるソネット」はアナートン夫人への思いを綴ったものではなかったのか？　彼女は問題のソネットは「恋愛詩ではなく、ある種の普遍的な哲学。ひとりの女ではなく、大文字の女に宛てられたもの」(75)と説明する。

アナートン夫人にとってさらに残酷だったのは、レンドルには短期間であったにしても、恋愛詩のミューズとなる若い娘が存在したことであった。レンドルは彼女をスイスまで追っていく。その間も夫人には「母音のコンビネーションに関する理論」や「英語で六歩格の詩を試みること」(76)について手紙をよこし、また帰国すると、若い娘の髪にふさわしい形容詞を考えぬいたことを臆面もなく夫人に語るのであった。知的な成熟した女性よりも、ナイーヴな美しい若い娘を恋愛対象とする偉大な芸術家。あえて陳腐な筋書きが、それまで無言であったミューズの告白の意外性を引き立たせる。

では書簡集でレンドルの恋人であることが暗示されていた「A夫人」はアナートン夫人ではないのか。そこには「手紙」にまつわるもう一つの秘密があった。レンドルの死後出版されたこの書簡集のアナートン夫人宛てのものは、彼女が自ら書きうつし、編集者に提供したものである。これら一連の手紙がレンドルの恋人でミューズというアナートン夫人の地位を決定づけたのだが、これらの手紙に関する彼女の告白はこの作品の山場といえよう。

手紙のあちこちに空白があったのにお気づきになったでしょう? ちょうど感情が少し熱くなりかかりそうなところでね。ご記憶かもしれないけれど、批評家たちは、書簡から個人的なさりげないほのめかしや、神聖さを保つために読者の目から守るべきありとあらゆる詳細が削除されているとして、編集者の見上げるべききめ細かさと、(昨今ではまれな)趣味の良さを称賛したものでした。もちろん彼らが注目したのはA夫人宛ての手紙の数々でみられる星印のことです。(75)

もし有名人の恋人と思われる女性への私信に思わせぶりな星印があれば、読み手はそこに情事が隠されていると当然考えるであろう。ところが、事実はこうであった。「何かが削除されていると見えるように、私が星印を入れたのです。おわかりかしら？　星印はごまかしだったのです――そこには削除すべきものは何もなかったのです」(75)。ウォートンお得意の省略記号による策略である。ジーン・フランツ・ブラッコールが「イーディス・ウォートンの省略という芸術」で明らかにしているように、ウォートンが多用する省略は、「読者を作者との想像上の共同作業へと誘い込むため」にあり、「読者はその空白を埋めなくてはならない」(Blackall 145, 156) のだが、ウォートンは「ミューズの悲劇」において、アナートン夫人にこの戦略を逆手に取らせているのである。読者はアナートン夫人の、そして作者ウォートンの思惑通り、星印に夫人と詩人の恋愛を想像・創造し、空白を埋めることになる。つまり、なかったものを付け加えるのではなく、省略記号を入れることで、アナートン夫人は現実には存在しなかったレンドルとの恋愛関係を創作したのである。公の書簡集に何も足すことなく、彼女は女としての願望を忍ばせているのである。しかし、それはヘラーの言う通り、「皮肉にも……彼女が現実の生活を送ることを阻み、死んだ男の文学的評価に彼女を縛りつけること」(Hoeller 59) につながる。偉大な詩人の完璧な協力者であっても、女性として愛されることのなかったメアリー・アナートンは、手紙を操作することでミューズとして芸術作品に封じ込められることに自ら手を貸したのだ。

孤独な日々を送っていたアナートン夫人は、目の前に現れたダニエルズ相手に、ある種の「実験」を試みる。「自分は女として愛されるに値しないのか？」という思いに苛まれていた彼女は、ダニエルズに愛を仕掛ける。その結果、彼の求愛を受けることになるが、最終的には過去の真実を告白し、身を引くのはなぜであろう。彼女は再び男性の書き手に書かれることを拒んだのであろう。彼女はダニエルズによって、「余白のあるちょっとした美しいエッセイ」(Wharton, "Muse" 78) に仕立て上げられることを察知したのである。作品の二章と三章の間の空白の部分——ダニエルズとの間でレンドルに関する著作について一切話題にしなかったこの一カ月について、アナートン夫人は、「人生でたった一度だけ文学から逃げだせたことはとても素敵でした」(78) と語る。

シンシア・グリフィン・ウルフはアナートン夫人を「完璧なまでに受動的な女性性の権化」とし、「彼女は偉大な芸術にインスピレーションを与えた。そしてその過程で、良く言えば、友人という立場へ、悪くすると都合のよい客体へと追い込まれたのである」(Wolff 103) と評している。ただこのウルフの見解は、エルザ・ネトルズが「主人公の犠牲者としての立場を強調するフェミニストの読みは、手紙が提示している疑問の数々を不明瞭にしてしまう」(Nettels 195) と反論するように、作品の鍵となる手紙の重要性を見落としているのではないだろうか。メアリー・アナートンが能動的な行動を取るのは、一度目はレンドルの手紙を操作したとき、二度目はダニエルズへの手紙で真実を告白したときである。「手紙」という書く行為のなかでいわば最も女性的とされる手段を通してであるが、それでも彼女は力を行使しているのである。特に三章全体を占める彼女の手紙は、前半の男性の視点による伝統的な物語における女性を芸術のなかに閉じ込めるという暴力的行為への、ある種の抵抗と言えるであろう。昨今の批評家たちは、前述のウルフと異なり、この最終章の手紙を、「反乱」「抵抗」「復讐」という言葉で説明している。例えば、エミリー・J・オーランドは「ウォートンの物語にメアリーの声 (最終章を占めるダニエルズへの手紙) が割り込むこと、一度ならず彼女が書くという行為に従事するのを我々が目撃すること、そして物語を締める言葉を彼女が発するということは、芸術や詩が女性たちを神聖なものとして祭りあげることへの抵抗である」(Orlando 33) と述べている。M・デニーズ・ウィツィッグはアナートン夫人の最終章における行為について、「これはミューズの復讐であり、男の欲望のディスコースでは復活することが不可能な方法によって女の欲望を明確に表現している」(Witzig 270) と評している。アナートン夫人が手紙でダニエルズに恋を仕掛けたあげく、最終的には彼に別れを告げる行為は、レンドルの彼女への態度と同様に残酷なもので、ここで彼女は過去の役割を反転させ、「ダニエルズを彼女自身に転換させている」(Raphael 219) とするレヴ・ラファエルの読みは、むしろアナートン夫人と彼女の手紙の持つ秘かなる暴力性を浮き彫りにしている。

このように「ミューズの悲劇」は、メアリー・アナートンの手紙によって、男のテクストから女のそれへとシフトし、閉じられるのである。それでもこの作品はミューズの「悲劇」であり、「勝利」ではない。若いダニエルズに愛されるという体験は、彼女に幸福をもたらすよりは、レンドルとの関係において、「私が手に入れられなかったすべて」(Wharton, "Muse" 78) を思い知らせただけであった。夫人の手紙への返事は作品に書かれていないし、そもそもこの手紙が実際投函されたかどうかもわからない。ただ、メアリー・アナートンが「書くこと」によって、「書かれる立場」、文学に閉じ込められることから解放されたのは明らかである。たとえそれが、さらなる孤独へとつながる道であったとしても。

3 冥界から届いた言葉

「ミューズの悲劇」と同様、「ザクロの種」も、死者に取り憑かれた男女の物語であるが、今度は彼らを惑わすのは本物の幽霊、いや幽霊の「手紙」である。しかもこの手紙は、ひと組の夫婦の結婚を破綻させるばかりか、最終的には夫の命まで奪う（らしい）という点で、ウォートンの作品のなかでも最も暴力的なものと言えるであろう。幽霊物語とされる当作品は昨今、ウォートンの女性作家としての葛藤の物語として注目されるようになった。それはこの作品が、一見、ひとりの男性の先妻と後妻の闘いの物語であるかのようで、女性が「書くこと」と「読むこと」をめぐるものだからである。書き手は、夫ケネス・アシュビーに黄泉の国から手紙を送るエルシー、読み手（であろうとするの）は、夫宛ての謎めいた手紙の送り主と内容を突きとめようとするケネスの再婚相手シャーロットである。

この晩年の作品で、ウォートンは長年こだわってきたペルセポネの神話をどう書き換えているのであろう。そもそも作中人物の誰がペルセポネに当たるのか。当然のことながらひとつの答えに到達するわけではない。例えば、R・W・B・ルイス、ジョセフィン・ドノヴァン、マーガレット・B・マクダウェルは、夫ケネスがペルセポネ的人物で、手紙によって夫を死者の世界へ誘い込む先妻エルシーをプルートと解釈している（Lewis xvi; Donovan 52; McDowell 140）。さらにマクダウェルはシャーロットを、「気力も、生命力も、女神としての説得力ある存在感も、囚われの身となった夫を悪魔的な力から救い出す想像力も欠如している成りそこないのデメテル的人物」（McDowell 140）と呼び、手厳しい。片やキャシー・A・フェドルコは「シャーロットは、その運命は……不確かなまま終わるものの、ウォートンのゴシック作品において、女性性の暗い奈落の底を目の当たりにした人物のなかで、最も勇敢であろう」（Fedorko 126）と解釈している。また、キャンディス・ウェイドはペルセポネ的なのは最初、夫であるが、物語の結末で、姿を消した夫に代わって手紙を読む、つまり「禁断の実を食べることで、シャーロット・ゴース・アシュビーはペルセポネ的人物となる」（Waid 195–96）と論じている。ジュディ・ヘイル・ヤングは、「シャーロットのように戸口に佇み、生者の世界に再び入り込もうと、手紙という手段を通して、自らの存在をはっきりと示す」(Young) エルシーこそペルセポネ的であると言う。亡き妻(の幽霊)からの手紙に接吻し、現在の妻に問い詰められ涙し、最後には姿を消して、亡き妻のもとに行ってしまったらしいケネスが、最もフェミニンであることは確かである。だが誰がペルセポネかということは、さほど重要な問題ではないかもしれない。興味深いのは、この作品では言葉による力を行使するのが女性であり、支配されるのが男性という、いわゆるジェンダー・ロールの転換(Singley and Sweeney 192)が起きていることであろう。[3]

ペルセポネ探しにはのちに戻ることにして、作品の主役とも言える「手紙」について考えてみよう。舞台は二十世紀のニューヨーク。新婚のシャーロットがその入り口に佇む自宅の外には、「摩天楼、広告、電話、ラジオ、飛行機、映画、自動車など二十世紀のありとあらゆるものがある」というのに、彼女は今、ドアの向こう側にある「説明がつかないもの、こうした二十世紀の産物とは結びつかないもの」(Wharton, "Pomegranate" 225)に怯えている。それは夫に届けられた一連の手紙である。「ケネス・アシュビー殿」と「肉太ではあるが、薄い色で書かれた」(220)宛名のみの灰色がかった封筒が届くたびに、夫は激しい頭痛に襲われ、憔悴しきった様子である。差出人は誰なのか?

最初からシャーロットには奇妙に思えた。これほどの力強い筆跡の人が、こんなに軽く文字を書くなんて。宛名はいつもまるでペンにインクが充分入っていないかのように、あるいは書き手の手首が弱すぎてペンを握れないかのようだった。もうひとつ不思議だったのは、文字の線は男性的であるのに、筆跡は明らかに女性的なことであった。ひと目見たところ、男か女かわからないものもあれば、男性的なものもあ

った。灰色の封筒の筆使いは、力強さと自信に充ち溢れていたにもかかわらず、紛れもなく女性のものだった。(220)

この作品は三人称の語りではあるが、シャーロットの視点で語られるため、読者は彼女以上の情報を持たず、手紙の謎に惑わされるとともに、男性的でもあり、女性的でもある手紙の書き手が女性であるとするシャーロットの判断を共有することになる。そして、読者の興味を引くのもやはり手紙の持つこの両性具有的な性質である。物語の最後で、手紙の書き手は、ケネスの今は亡き最初の妻エルシーであることをシャーロットは義母の老アシュビー夫人とともに確認することになる。そのエルシーは「冷たい、自己中心的な女性」であり、「夫を完全に支配していた」(220, 222)。キャロル・J・シングリーとスーザン・エリザベス・スウィーニーが指摘するように、生前、ケネスとの結婚生活において「男性的な力を行使していた」エルシーが、「死後も手紙を通して、支配権を求め続けている」(Singley and Sweeney 184) わけだが、そのエルシーの筆跡が両性具有的であるのは、「書く」という男性的な行為に携わる女性の特徴を表している。あるいは、シングリーとスウィーニーの主張通り、「その筆跡が示しているように、エルシー・アシュビーの著述は、あたかも女性がものを書くためには、男性を装うことが必要であるかのように、曖昧で、矛盾に満ちている」(196) のであろう。

一方、シャーロットは結婚当初、従順な妻として描かれている。家庭的な彼女が今や自宅の戸口に佇み、中に入るのを躊躇うのは、手紙の存在が彼女のそれまでの平穏な生活を脅かしているからである。戸口で躊躇うシャーロット。思い起こされるのは作者ウォートンその人である。子ども時代、父親の書斎の入口で禁じられた本を読みたいという願望と、母の教えを守らなければとの思いで揺れるウォートン。シャーロットも夫の手紙の送り主と内容を知りたいと強く願いつつ、他者への手紙を盗み読むことに罪の意識を抱き、揺れ動く。ウォートンは父の書斎の入口を越えて、禁じられた読む行為、そしてやがて書く行為にも挑んだわけだが、シャーロットはいかにしてその境界線を乗り越えるのであろうか。

「伝統的に男の領域である書かれたディスコースの力と、伝統的に女の領域であるロマンスの力との間で選択を迫られ闘う」(Singley and Sweeney 177) シャーロット。手紙の書き手と受け取り手に比較すると、「締め出されて暗闇の中にいた」(Wharton, "Pomegranate" 226) シャーロットは圧倒的に不利な立場に置かれている。彼女は夫の帰宅前に、ケトルの湯気にかざして封を開き、手紙を読んだあとで元通りにしておこうという衝動にかられるが、何と女性的な手段であろう。実際に彼女が実行するのは、夫の書斎に隠れ、彼が手紙にどう反応するか盗み見ることである。女性の領域からはみだすことなく生きてきた彼女が、夫とのロマンスを犠牲にしても、書き手の女性と対峙しようと変貌していく、つまりエルシー化していく様は無気味ですらある。

前述のように、エルシーとケネスの結婚生活で、支配的であったのは妻のほうであったが、シャーロットとの再婚においては、ケネスが優位に立っていた。シャーロットが手紙を読むことで、力を得ようとするまでは。「それまで彼女の反対尋問に対して、夫は蔑むような、ある種の落ち着きをもって応じていた。あたかも聞き分けのない子どもをあやすかのように。その夫が今、恐怖と苦悩の表情を浮かべて彼女に向き直った」(229–30) というように、その変化は夫にとっても驚きである。手紙に関してどんなに問い詰められても、答をはぐらかす夫に、ついにシャーロットはこう叫ぶ。「誰かが私たちの仲を裂こうとしているのよ。

それが誰なのか見つけ出すためにはどんな代償を払ってもかまわないわ。……それがあなたの愛を失うことになっても、かまわないの」(234)。従順な妻がロマンスよりも、手紙を読むことで得られる力を選択する瞬間だ。

とはいえ、シャーロットはロマンスも言葉の力も欲しているのだ。手紙を読むことがかなわない彼女は、夫に休暇を取り、旅に出ることで夫ともども手紙の恐怖から逃れようとする。しぶしぶ同意する夫。シャーロットの勝利であろうか。メイドから旅に出ようという夫の決心を聞かされた彼女は、「幽霊に立ち向かい、追い払ってしまった」(242)と、勝利に小躍りする。ここでシャーロットは「幽霊」を追い払ったと言っているが、もちろんこの段階で、ライヴァルが先妻の幽霊であることは知らない。そして、彼女の味わった勝利が瞬間のものであることも。旅を決心した夫は、妻シャーロットのもとに戻ることはなかった。

そしてシャーロットは義母とともに、その日届いたあの灰色の封筒を開く。老アシュビー夫人には見なれた筆跡。しかし手紙を読み解くことはできない。かろうじて認識できた言葉は、"come"と"mine"のみである。エルシーがケネスに、「いらっしゃい」、あなたは「わたしのもの」と呼びかけているのだろうか。それとも、ケネスが自分のもとに「来た」、彼は「わたしのもの」と宣言しているのであろうか。いずれにしてもケネスは最後までエルシーに支配されていたのである。

「読む女」シャーロットと「書く女」エルシーは対極の立場にいるように見えるが、むしろふたりは対をなしているのではないだろうか。彼女たちを「ダブル」と見る批評家たちも少なくない。エルシーの手紙はもちろん、夫ケネスに宛てられ、新妻から夫を奪い返そうとする暴力的なものであるが、受け身のシャーロットが行動するきっかけを作る、彼女のなかに潜んでいる言葉の力を得ようという欲望を引き出すのがエルシー（の手紙）なのである。

ところで最後にもう一度、ペルセポネは誰なのかという問いに立ち返ってみよう。手紙により先妻のいる冥府に召されるケネスも、夫宛ての手紙を盗み読むことで力を獲得しようとしたシャーロットも、そして実は「伝統的に男の領域である書かれたディスコースの力」を冥界から行使するエルシーもみなペルセポネ的なのでないだろうか。書く女エルシーと、読む女シャーロットが手を組めば、その力は肯定的なものとなったであろう。だが、ヤングは「エルシーは声を見出したが、ケネスにのみ語りかけたのであり、シャーロットは読もうと試みたが、失敗に終わった」（Young）として、社会の外、冥界に位置する書く女エルシーの立場に注目し、さらに彼女と女性作家ウォートンの姿を重ねている。

してみると最もペルセポネ的人物は、言葉の魔力に魅せられ、禁じられた本を次ぎ次ぎと読み、母親が象徴するニューヨークのソサエティの規範から飛び出し、書くという行為は男性特有のものとする社会の制約のなかで、書くことを生業とした作者ウォートンであろう。ウェイドの言葉を借りれば、ウォートンにとって、物書く者は誰しも、「ペルセポネの戸口を越えなくてはならないし、特に女性作家はザクロの種を食べなくてはならない」のであり、「物書く女は、幽霊としてあの世から語りかけるペルセポネのような存在」(Waid 202, 203) なのであろう。

そして、ウォートン自身も、ウォートンの描いた物書く女たちも、たとえそれが「手紙」という女性的な手段であれ、ペルセポネのように禁断の実、ザクロの種を食する覚悟を決めた女たちであり、彼女たちの言葉は強烈な力（時には暴力的な）を放っている。

注

1　R・W・B・ルイスは、ペルセポネとその黄泉の国における旅にウォートンは生涯、取り憑かれていたと指摘している（Lewis 495）。またキャンディス・ウェイドは「ウォートンにとって読むことおよび書くことは、知識と力という男性特有のそして大人の領域の表現であり」、ペルセポネの食したザクロの種は、「作家の体験、ウォートンが作家として逃避することができた体験の世界を表わしている」（Waid 11, 13）と論じている。ジョセフィン・ドノヴァンは、ウォートンにとって書くことが母親の支配からの脱却の手段であったとするシンシア・グリフィン・ウルフの論に賛同しつつ、「ウォートンの反抗心や恐怖は、母親個人にというより、伝統的な女性が置かれた歴史上の位置に向けられた」（Donovan 47）と述べている。いずれも、地上の母の支配する世界に安住できず、黄泉の国に魅せられた作家ウォートンの葛藤をペルセポネをめぐる神話に関連付けている。

2　「コピー」と『試金石』に登場する女性作家たちの著書のタイトルが「ザクロの種」であること、短編小説以外にも同名のタイトルで一九一二年に寸劇を出版していること、また『無垢の時代』（一九二〇）の破棄されたアウトラインでは、エレン・オレンスカが「自分はザクロの種を食べてしまったこと、そしてそれなしでは生きていけないことを認識する」とのくだりがあることから（Singley and Sweeney 191）、ウォートンのペルセポネ神話へのこだわりが窺える。

3　多くの「ザクロの種」論のなかで、キャロル・J・シングリーとスーザン・エリザベス・スウィーニーによる「禁じられた読みと幽霊の著述――ウォートンの『ザクロの種』における不安に満ちた力」は、ウォートンの伝記、精神分析理論、フェミニスト批評、ラカンによるエドガー・アラン・ポーの「盗まれた手紙」論などを取り入れた、最も示唆に富んだものである。

引用文献

Blackall, Jean Frantz. "Edith Wharton's Art of Ellipsis." *Journal of Narrative Technique* 17.2 (1987): 45–62. Print.

Donovan, Josephine. *After the Fall: The Demeter-Persephone Myth in Wharton, Cather and Glasgow*. University Park: Pennsylvania State UP, 1989. Print.

Fedorko, Kathy A. *Gender and the Gothic in the Fiction of Edith Wharton*. Tuscaloosa: U of Alabama P, 1995. Print.

Hoeller, Hildegard. *Edith Wharton's Dialogue with Realism and Sentimental Fiction*. Gainesville: UP of Florida, 2000. Print.

Lewis, R. W. B. *Edith Wharton: A Biography*. New York: Harper, 1975. Print.

McDowell, Margaret B. "Edith Wharton's Ghost Stories." *Criticism: A Quarterly for Literature and the Arts* 12 (1970): 133–52. Print.

Nettels, Elsa. "Texts within Texts: The Power of Letters in Edith Wharton's Fiction." *Countercurrents: On the Primacy of Texts in Literary Criticism*. Ed. Raymond Adolph Prier. Albany: State U of New York P, 1992. 191–205. Print.

Orlando, Emily J. *Edith Wharton and the Visual Arts*. Tuscaloosa: U of Alabama P, 2007. Print.

Raphael, Lev. *Edith Wharton's Prisoners of Shame: A New Perspective on Her Neglected Fiction*. New York: St. Martin's, 1991. Print.

Singley, Carol J., and Susan Elizabeth Sweeney. "Forbidden Reading and Ghostly Writing in Edith Wharton's 'Pomegranate Seed.'" *Women's Studies* 20 (1991): 177–203. Print.

Waid, Candace. *Edith Wharton's Letters from the Underworld: Fictions of Women and Writing*. Chapel Hill: U of North Carolina P, 1991. Print.

Wharton, Edith. *A Backward Glance: An Autobiography*. New York: Touchstone, 1998. Print.

——. "Life and I." *The Unpublished Writings of Edith Wharton*. Ed. Laura Rattray. London: Pickering, 2009. 185–204. Print.

——. "The Muse's Tragedy." *Collected Short Stories of Edith Wharton*. Vol 1. Ed. R. W. B. Lewis. New York: Scribners, 1968. 67–78. Print.

——."Pomegranate Seed." *Ghost Stories of Edith Wharton*. New York: Scribner's, 1973. 219–53. Print .

Witzig, M. Denise. "'The Muse's Tragedy' and the Muse's Text: Language and Desire in Wharton." *Edith Wharton: New Critical Essays*. Ed. Alfred Bendixen and Annette Zilversmit. New York: Garland, 1992, 261–70. Print.

Wolff, Cynthia Griffin. *A Feast of Words: The Triumph of Edith Wharton*. New York: Oxford UP, 1977. Print.

Young, Judy Hale. "The Repudiation of Sisterhood in Edith Wharton's 'Pomegranate Seed.'" *Studies in Short Fiction* 33.1 (1996). N. pag. Web. 12 March 2013.

第13章

破壊と創造　『青い眼がほしい』にみる逆説の諸相

舌津智之

破壊と創造は
共起する

――ウィリアム・カーロス・ウィリアムズ『春など』（一九二三）[1]

1　人形の破壊――『輝く瞳』と『青い眼がほしい』

藤平育子は、トニ・モリスンの創作行為を、パッチワーク・キルトになぞらえた。つまり、「キルトが比喩として意味するのは、共同作業による他の人々との絆」であり、「個人の創造性」をこえた「集団の想像力」のありようをモリスンは意識する（297）。そのような想像力はしばしば、アフリカ系アメリカ人の伝統に対する作者の「政治的正義」の信条とも連動するがゆえ、「個人としての人物の言動をこそ丁寧に見まもろうとする小説読者の関心を、なにがしか損ねてしまう」（平石91）という危険も宿すこととなる。しかし、パッチワークとは本来、「継ぎはぎ・寄せ集め」の謂いにほかならず、個々の断片の差異こそを強調する概念である。本論では、藤平の鍵概念を発展的に再定位し、モリスンが、少なくともその第一作である『青い眼がほしい』において、「個人としての人物」を描き込むのみならず、黒人共同体をめぐるアイデンティティ・ポリティックスの枠組みをこえ、白人文化をも生産的に取り込みつつ、いうなれば混血のパッチワークを創り出していることに注目したい。黒人文学は、黒人の歴史と社会に照らして論じるべきである、という批評的無意識は、モリスン（あるいはゾラ・ニール・ハーストン）のような作家の越境的な想像力を不可視にしてしまうからである。

まず、白人社会の規範的な美意識を押しつける装置として、『青い眼』という小説が指弾している（ように見える）映画という媒体を再検証する必要がある。伝統的なモリスン批評において、映画とは、「グローバルな資本主義が偏見のサイクルと共犯する」ことにより、「内面化された人種差別の生成において核心的な役割を果たす」ものとして否定的に捉えられてきた（Samuels 105, 106）。たとえば、『青い眼』におけるピコーラの悲劇を予示する映画『模倣の人生』（一九三四）は、黒人／混血児のステレオタイプを補強する文化作品として、小説中では皮肉な位置を与えられている。[2] しかし、『青い眼』の主題を少なくとも部分的に是認するモチーフを有しているのが、シャーリー・テンプル主演の『輝く瞳《ブライト・アイズ》』（一九三四）である。むろん、小説の語り手／視点人物であるクローディアは、白人の価値基準を——銀幕で、そして人形化されて——暴力的に再生産するこの国民的美少女に反発しているが、[3] 同じ白人少女スターでも、「ジェーン・ウィザーズは好き」（Morrison, *BE* 19）だとつぶやくクローディアの何気ない一言を見逃してはならない。[4]

『輝く瞳』は、初めてシャーリー・テンプルを主人公に据えるべく企画された映画で、そのライバル役／

引き立て役の問題児ジョイを演じるジェーン・ウィザーズもこれによって一躍名をはせた。ヒロインのシャーリー（役名＝女優名）は、片親の母を交通事故で失って孤児となるが、父親代わりを果たすとある飛行士に愛され、支えられ、明るく生きていく。当時は空を飛ぶ夢が大衆を魅了した時代であり、『青い眼』のピコーラの父であるチョリー（＝チャールズ）が、チャールズ・リンドバーグと同じ名の持ち主であることをここで想起してもよいだろう（133）。[5] 一方、ウィザーズ演じるジョイは、シャーリーの母が女中として働いていた裕福な家の一人娘だが、我が強く乱暴な性格のゆえ、中流家庭の少女に期待されるジェンダーの規範に収まっていない。

図1　人形の首をもぎ取るジョイ（『輝く瞳』）

そのタイトルも響きあう『輝く瞳』と『青い眼』の連続性を考えるうえで、ジョイの反抗的・破壊的気質を強く印象づけるエピソードの存在は注視に値する。彼女は、シャーリーがゴミ箱から救い出して「病院に行こう」と話しかける人形を奪い取り、「私が殺す」といってその脚を引きちぎり、頭をもぎ取ってしまうのである（図1）。この暴行は、クリスマス前のとある日に起きている。ジョイは、両親からクリスマス・プレゼントに何が欲しいかを聞かれ、「機関銃」と答えるが、むろんその願いは叶わない。代わりに与えられたブロンドの人形が気に入らないジョイは、苛立ちを隠さず暴れ出す（図2）。こうした反応は、『青い眼』のクローディアが内に秘める暴力性を彷彿とさせる。彼女は、クリスマスに親の都合で与えられる人形が気に入ら

図2　ブロンドの人形に不満なジョイ(『輝く瞳』)

ず、それをバラバラに破壊してしまうからである。

私は人形を愛することができなかった。しかし、世界中の人がかわいいというものの正体を見極めるべく、それを調べてみることはできた。小さな指を折り、平ったい足を曲げ、髪の毛をバラバラにし、頭をねじ曲げてみる。すると、それが発する音は……七月にうちの氷箱のドアが錆びた蝶番をきしらせて開くときの音を思わせた。間抜けで冷たい眼球を取り出しても、それは相変わらず「あああ」と鳴いた。頭を引き抜き、おが屑をふるい出し、背中を真鍮のベッドの手すりにぶつけて割っても、それは同じように鳴いた。(21)

クリスマスには、人形(何が欲しいか)より、ふれあいと安らぎ(何がしたいか)が大事だと考えるクローディアの反逆は、単に破壊的な暴力性の発露ではない。それは、本論のエピグラフに引いた詩人の言葉を借りるなら、「破壊と創造」が「共起」しうる生産的可能性を秘めている。『青い眼がほしい』における詩学としての侵犯」と題する論考において、シェリー・ワンは、ディックとジェーンの初等読本テキストを「壊して攪乱したかった」というモリスン自身の言葉を引きながら、「バラバラにしてから再び混ぜ合わせることで、意味作用の新たな秩序の地ならしをする」という、「逆説的」な「二重のプロセス」に『青い眼』の本質を見る(Wong 472)。つまり、攻撃的な衝動は、時として、価値観の脱構築や再創造を促すこともある。たとえば、メアリー・ジェーン・キャンディを買った際、店主から侮辱的な対応を受けたピコーラは、その後（一瞬だが）憤りを覚え、「怒りには生きている感じがある。現実と存在感。価値の自覚。怒りは、素晴らしい感情の湧出だ」（*BE* 50）という認識に至る。思えば、この小説における「ジェーン」とは、特別な固有名詞である。それは、教科書に登場し、キャンディの名前ともなり、白人中産階級の理想像を具現する。一方、クローディアに人形破壊のヒントを与えたと思しきジェーン・ウィザーズ（Jane Withers）は、その名が皮肉にも「ジェーンは萎れる」を意味する二語の文を成していることが暗示する通り、上記の規範的文脈に抗い、アメリカ社会の画一的な人種観と階級意識を相対化する。モリスンが、ハリウッドさえ有機的に小説の糧としつつ、映画中の白人少女を自作品の黒人少女に重ねあわせ、ジャンルと人種の両面においてハイブリッドなパッチワーク・キルトへと昇華した事実はここで強調されてよい。

2　春の破壊力——モーリーンは悪者か？

前節にみた通り、『青い眼』という小説が混淆の力学に立脚していると考えるなら、その象徴的な中心に位置する人物は、文字通り混血で肌の色が薄い転校生、モーリーン・ピールであろう。恵まれた家庭を持つ彼女は、身なりも整っていて、皆の人気を集めている。もっとも、従来の批評的常識に従うなら、彼女は、「肌が黒く醜いとされる少女たちを侮辱する」「お高くとまった少女」（Roye 220）であり、物語のキャストとしては明らかな悪役ということになる。[6] クローディアに言わせれば、モーリーンは「季節の破壊者」であり、「無感覚な冬の殻を貫いて訪れる見せかけだけの春の日」のような存在である（*BE* 62, 64）。ただし忘れてはならないが、『青い眼』という作品において、破壊とは常に創造の可能性を孕む両義的な概念であり、何はともあれモーリーンが固定的な「冬の殻」を破壊した事実に変わりはない。

ここで注意すべきは、鵜殿えりかが説くように、「語り手という位置の優越性により、クローディアは罪人とはならず、イノセントな子どもであり続ける」（47）という戦略的な視点操作の問題だろう。クローディアの語りはつまり、他者に対し――とりわけピコーラに対し――実は自らが犯した罪や過失を（子どもの無邪気を装い）見えにくくしていると鵜殿は看破する。同じことはモーリーンの描写についても当てはまるだろう。語り手の眼を通して可視化される混血の美少女は、白人の価値観に染まった傲慢な気取り屋であるかのように読者へ印象づけられる。しかし、語り手の色眼鏡をいわば脱色しながらこの作品を精読するときに、はたしてそうした印象は正しいといえるのだろうか。モーリーンのとった行動や言動のみを事実として客観的に抽出するかぎり、彼女には彼女なりの人間的魅力がそなわっているように思われる。

まず、ピコーラを取り囲んでいじめる少年たちの間に割って入ったクローディアが、逆に殴られそうになっていたところ、そのとなりに進み出て事態を収束させたのは、ほかならぬモーリーンである。彼女の無言のオーラに押された少年たちは、いじめをやめて帰途につく（が、クローディアはモーリーンにお礼ひとつ言わない）。その後、モーリーンはピコーラと腕を組み、二人で仲良く歩き出す。「ピコーラに対するモーリーンのやさしい態度には驚いたが、うれしくもあった」と言うクローディアは、「たぶん、つまるところ、彼女はあんまり悪い人ではないのだろう」という、きわめて正しい認識にもいったんたどりつく。この認識はしかし、「アイスクリーム食べない？　お金は持ってるから」というモーリーンのひとことであっさり覆されてしまう。この誘いかけは、それまでの会話の流れから、ピコーラに向けた言葉であると理解しうる。というのも、その後、アイスクリーム屋を訴えた叔父の話題を出すときにはじめて、「モーリーンは私たち三人に言った」とあり、その前の誘いかけがクローディアとその姉に向けられていたと理解すべき理由はないからである（*BE* 68）。ところが、食い意地のはったクローディアは、自分たちもおごってもらえるものと勝手に勘違いをしたのである。モーリーンの側に、マクティア姉妹に意地悪をしてやろう、という意識は微塵もない。むしろ、この年齢の少女が、ひとりで三人分ものアイスクリーム代を支払うとしたら、ある意味、自分の経済的特権を自慢する嫌味な行為にもなりかねない。不幸にもいじめの標的となり、一番配慮されるべきピコーラに対してのみ特別な申し出をしたことは、ごく自然なやさしさである。しかし、クローディアは、自分たちがアイスクリームのおこぼれにありつけないと分かると、まったく利己的にも、モーリーンへ敵意を抱き、彼女の言葉尻をとらえて男狂いだと難癖をつけ、喧嘩をけしかける。

　確かに、その結果、「私はかわいいのよ！　だけどあんたたちは醜いのよ！　黒くて醜い黒んぼやーいだ」と叫んで去っていく彼女は、ひどく悪意に満ちているように見えるかもしれない。だがモリスン批評はしばしば、この台詞だけを抜き出して、それが彼女の核心的な思想の発露であるかのごとく強調し過ぎているように思われる。文脈を補うと、この発話はあくまで、「あんた、自分のことすごくかわいいと思ってるんでしょ」というクローディアの挑発的な売り言葉に対する買い言葉に過ぎず（73）、物理的に殴りかかってきた（が誤ってピコーラの顔をぶってしまう――がピコーラに謝りもしない）クローディアに対するいわば非暴力の正当防衛である。むろん、右の頬を打たれたら左の頬を差し出すのが正しいなら、モーリーンの感情的な「逆切れ」にも非はあるが、マクティア姉妹を除く周囲の誰もに好かれている平時の彼女が、自ら他人を侮辱するような少女であるはずはない。

　さらに、モーリーンを描くクローディアの主観性を相対化する決定的な細部は、身体をめぐる語り手の差別意識である。なるほど、肌の色が薄いことを自慢に思う混血の少女は、人種による身体的差異を社会的優劣と結びつけている。しかし、「彼女は両手に六本の指を持って生まれてきて、それぞれ余分の指を切除したあとに小さなこぶがある」という、トラウマ的な身体の持ち主である。これを見逃さないクローディアとその姉は、ふだん、「彼女の背後でくすくす笑い、六本指の犬っ歯のメレンゲ・パイ、と呼んでいた」(63)のである。先の場面でも、去っていくモーリーンの後ろから、この侮辱の呼称を大声で浴びせ続ける姉妹に対し、道行く「大人たちが顔をしかめた」(73)のも当然であろう。語り手クローディアは、子どもらしい無邪気でユーモラスなエピソードであるかのようにこれを提示しているが、六本指というのはきわめて特殊でデリケートな変異であり、子どもとはいえ、これをからかうというのは無神経きわまりない。まさか、作者のモリスンが、肌の色を差別してはいけないが、身体障害は差別されてよい、と考えていたはずもない。この小説はつまり、冷静な読者に対し、語り手のバイアスを示唆するヒントを密かに差し出している。そもそも、学校でふだん、こうした仕打ちをしていたクローディアに対し、一緒に下校しようと友好的に誘いかけたモーリーンの人徳は非凡であるといってよい。肌の色を問わず、教師からも級友からも彼女が好かれるのは、その社会的ステータスとは別に、一個人として愛すべき性格を持っていたからであろう。むろん、持たざる者が持つ者に抱く盲目的な憧れは、物質主義に通ずる不毛な感情だが、相手が恵まれているというだけで妬みと敵意を抱くのも、人間を中身では見ようとしない偏狭な態度である。『青い眼』のモーリーンは、こうした他者理解をめぐる困難のなか、悲劇的でも追従的でもない混血児として、凍りついた冬の破壊者として、人種的融和の希望を身に帯びているのではなかろうか。

3　感応する身体――奔放《ファンキネス》さの復権

語り手の色眼鏡によって見えづらくされたモーリーンの憎めなさ――あるいは破壊的生産性――は、彼女が微笑ましいほど性に関心を持っていることと無縁ではない。体育のクラスで女性教師のはく「ショーツ」と自分たちの「ブルマ」の違いや（68）、「二ヶ月前から始まった」という生理の話（70）、そして「裸の男の人を見たことがあるか」という話題など（71）、第二次性徴期を迎えた一少女は、大人の身体への興味を隠さない。けれども、（とりわけ男子ではなく女子の）性的な慎みを欠いた言動や行動を、社会は決して容認しない。先に論じた『輝く瞳』のジョイ／ジェーン・ウィザーズは、スカートをはいたまま大股で三輪車をこぐのだが（図3）、そうした行為が彼女をシャーリー・テンプルの対極に位置づけていることは言うまでもない。シャーリーは、その振る舞いがいかにコケティッシュであろうとも、決してあからさまに「下品」な行動を取らない「模範的」な少女である。その点、ジョイやモーリーンは、社会規範への同化を拒否する攪乱的な反逆者として際立っている。クローディアは、性意識については保守的な面があり、「女友だちを性的な存在へと貶めること」を通して少女間の「ヒエラルキーの頂点に立つ」（鵜殿 47）のだが、この小説は、そうした貶めこそが社会の病理にほかならないことを訴えている。

図3　三輪車をこぐジョイ（『輝く瞳』）

実際、クローディア自身、潜在的には性をめぐる磁力に反応してもいる。小説中に言及のある八人のハリウッド女優のうち、[7] クローディアが肯定的に評価するのはウィザーズとヘディ・ラマールだけだが（*BE* 19, 69）、この二人の共通点は、明るいブロンドの髪ではないことに加え、「品のない」イメージを持っていることである。一九三八年の『ライフ』誌に扇情的な写真つきで紹介されている通り、オーストリア出身のラマールは当時、「欧米では「恍惚の娘《エクスタシー・ガール》」として有名」であった。十九歳のときに出演したチェコ映画『春の調べ』の中で、見知らぬ男と関係を持つ欲求不満の若妻を演じ、映画史上初と言われる全裸を披露するとともに、「愛の行為に悶える表情のクローズアップ」により、この映画を多くの国で放映禁止にしたからである（*Life* 27, 29）。小説中の言葉を引くならば、「情熱の恐るべき奔放さ《ファンキネス》、自然の奔放さ、広範囲にわたる人間的感情にひそむ奔放さ」をモリスンは擁護する（*BE* 83）。彼女が批判の矛先を向けるのは、「黒人中産階級のなかに流れる白人中産階級志向の伝統」であり、「性欲を含む人間の感情や情熱を敵視し抑圧する生活態度」（加藤 75）にほかならない。社会的体裁や文化的流行の名のもとに、生命体としてある人間本来の情動に背を向けることが、あらゆる悲劇の元凶であることを『青い眼』は説いている。

その意味において、小説中最大の「悪役」であると言ってよいポーリーンは、その実、正と負の両面を身に帯びた逆説的なキャラクターである。彼女はまさしく、白人中産階級の価値観を内面化し、自らの娘を顧みることなく絶望へと追い詰めるが、その一方、遠くない過去において（すでに母となっていた）彼女は、奔放かつ情熱的な夫婦生活をいとなんでもいた。「自分の体が柔らかく溶け去っていく」快感——自己の輪郭が象徴的に融解する感覚——のなか、ポーリーンは、チョリーとの性行為を詩的な高揚感とともに想起する。

彼は、自分のものを私のなかに入れる。私のなかに。私のなかに。私は脚を彼の背中に回して包みこみ、彼が離れられないようにする。彼の顔が私の顔のすぐそばにある。ベッドのスプリングが、故郷のこおろぎがよく立てていたような音を響かせる。彼は指を私の指にからませ、私たちは十字架のイエスのように両腕を広げる。私は、しっかりしがみつく。私の指、私の脚が、しっかりしがみつく。なぜなら他のすべては消えていく、消えていくから。(130)

二人の体の反復運動に呼応するかのごとく反復的なリズムの言葉を用いつつ、この記述は、(プロテスタンティズムの倫理を相対化する)カトリック的な十字架の図像——聖と俗とが溶けあう啓示《エピファニック》的なヴィジョン——を提示する。また、「しがみつく」の主語である「私」を「私の指、私の脚」と言い換える表現は、身体の自律的主体性、あるいは心と体の幸福な同期を指し示す。こうしてチョリーがオーガズムに達したのち、ポーリーンは、自らの絶頂感を以下のように彩度の高い言葉で描写する。

私は、あの小さな色の断片が体のなかに——体の奥深くに漂いあがってくるのを感じはじめる。コフキコガネの光が描くあの緑色の筋、腿を滴り落ちたこけももの紫、母さんのレモネードの黄色が、体のなかをやさしく流れる。……そして達する。すると、体のなかが、すっかり虹色に染まる。そしてそれは続く、続く、続く。私は、彼にお礼を言いたいが、どういうふうに言えばいいのかわからない。それで、赤ん坊にするように、彼を軽くたたいてやる。(131)

かくしてモリスンは、作品中最も否定されるべき人物に、最も肯定的な官能性をも同時に付与している。とはいえ、『青い眼』という小説は、夫婦の規範的な異性愛を特権的に賛美するものではない。自他の幸福な融解を導く人間関係が永続しないことを、作者は熟知しているからである。上記の場面は過去の記憶として語られるのみであり、今では「たいていのとき、彼は私が目を覚ます前に私のなかに入ってきて、目を覚ましたときには終わっている」(131)のが現実である。むしろ、異性愛に収斂し、そこからの逸脱を許さない社会に対し、本作品は異議を申し立てている。たとえば、中流意識の体現者として批判的に描かれるジェラルディンにも、可能性としての官能的感受性がそなわっている。彼女は、「通りを歩いていて、ナプキンが生理帯からずれたとき」に、「両脚の間でそれがやさしく動く」と「わずかだが、はっきりした快感」を覚えるが、「それは、夫が彼女のなかに入っているときには、決して起こらない」という(85)。あるいは、「ピコーラ・ブリードラヴの人生における唯一のポジティヴな家庭的影響力として機能している」(Gillan 285)のが娼婦たちである、という逆説も見逃せない。娼婦の一人、マジノ・ラインの身体については、「服の陰の奥深いところで互いにくちづけあって閉じている、柔らかくたるんだ内腿の二本道」(*BE* 102)が強調されている。自体愛をほのめかすこの身体描写は、ジェラルディンが、「柔らかい山になった猫の毛を愛撫し、動物の体の温もりがじわじわ拡がって、ひざの奥深く内密な場所へと浸みこんでいくのを感じる」(85)場面とも響きあう。こうしてみると、モリスンが、ひとつではない女の性――規範に回収されない女性の主体的欲望――を自作品に描き込んでいることは間違いない。

トマス・H・フィックは、「ポーリーン・ブリードラヴの悲劇のすぐれてアメリカ的な文脈を理解するのに役立つ」ものとして、ウィリアム・カーロス・ウィリアムズの詩学にふれ、モリスンとの比較を試みている。すなわち、「概念ではなく事物」に信をおいた「局所《ザ・ローカル》と形而下の、身体と場所の詩人」としてあるウィリアムズは、生の実感に寄り添うモリスンと同様、「抽象を追いかけるあまり我々が失ったものを回復すること」に創作の意味を見出した（Fick 16）。ポーリーンが、ハリウッド映画と白人の美学に毒された罪というのは、とりもなおさず、「肉欲や、素朴な愛しさを忘れた」ことであり、「愛を独占欲に駆られた交合とみなし、ロマンスを精神の目的地と考えた」ことにほかならない（*BE* 122）。その点、ポーリーンの夫であるチョリーは、「危険なまでに自由」であり、「何であれ、彼が感じたものを感じる自由」（159）を持っていた。もちろん、その「自由」は実際、娘の性的虐待という最悪の結果を招くことになる。しかし、虐待の行為じたい、物理的な暴力としては描かれていない。彼をとらえたのは、「足の指でふくらはぎのうしろを引つかく」娘のしぐさが、妻の後ろ姿と重なって生じた「不思議にやわらかな感情」である（*BE* 162）。また、「チョリーの人生の細部は、彼に対する読者の共感を喚起して、ピコーラのレイプを許すよう誘いかけるもの」であり、「チョリーのアンチヒーローとしての立場は作品において著しく減じられている」（Butler-Evans 77, 79）。モリスンはつまり、性と結びつく破壊的あるいは逸脱的な人間の衝動に、一義的な悪のイメージを植えつけぬよう、細心の注意を払っているのであり、そのことは、『青い眼』から『スーラ』へと連続する小説的主題の根幹を説明することにもなるだろう。

もっとも、「抽象を追いかけるあまり我々が失ったもの」とは、素朴な性体験の甘美さだけに還元されるものではない。この文脈でとりわけ印象的なのは、チョリーがかつて目の当たりにした黒人コミュニティの生命感と躍動感である。スイカを持った男が、「両手で世界を支え、それを大地にたたきつけ、赤い内臓をぶちまけて、その甘くて温かい中身を黒人に食べさせようとしている」（134）場面において、割れた果実は、「血のように赤く、いくつかの面は甘そうに角がとれ、丸くなっていて、ぎざぎざの端には汁がいっぱいたまっている。それが約束する歓びは、なまなましく、ほとんど淫らでさえあった」(135)。むろん、スイカと黒人の連想はひとつの喜劇的ステレオタイプだが、モリスンはそれをあえて官能的に再定義してみせる。(上の引用において、「歓び《ジョイ》」という語が、ウィザーズによって演じられた逸脱的白人少女の名前とも響きあうことは付言に値するだろう。)加えて、チョリーの記憶の中に息づく黒人の女たちは、「ひな鶏の首をひねり、豚を殺す手で、また、アフリカすみれをそっと突いて花を咲かせた」(138)し、町を離れて父親探しの旅に出ようとするチョリー自身、「卵の殻を破るひよこ」(152)に喩えられており、破壊と新生の逆説は、『青い眼』の核心的モードを特徴づけている。性的高揚感をその典型とする(がそれに限定されない)身体意識と皮膚感覚を通し、命の官能性を取り戻すこと。ウィリアムズの言葉を借りるなら、「破壊と創造は／共起する」ことをふまえつつ、抑圧を歓びに転じる奔放さの回路を探し当てること。そのことが、究極的には、白黒いずれかに固有の人種的主題ではなく、人間に普遍の課題であることを、モリスンの小説は告げている。

注

1　引用は、『ウィリアム・カーロス・ウィリアムズ全詩集』(Williams 213)による。なお、モリスンは、『白さと想像力』の最終セクションのエピグラフに、ウィリアムズの詩作品「アダム」のなかから、黒人女性の身体を前景化する一節を引いている。

2　モリスンの『青い眼がほしい』が『模倣の人生』のプロットをいかに書き換えたかについては、複数の先行研究(Caputi 710–13; Peoples 188–91; Werrlein 66–68)がある。

3　ただし、米国の子ども文化における「可愛らしさ」の表象史をたどるゲアリー・クロスが指摘するように、シャーリー・テンプルは母のいない孤児の役を演じたので、彼女に憧れる少女たちは、その想像のなかで、「家庭の拘束と母親の命令から一時的に解放された」（Cross 129）という側面を持つ。そう考えるとき、クローディアが嫌うこの美少女にピコーラが惹かれるのは、単に規範的な価値観に毒されたからというよりも、自分を愛してくれない母からの解放を無意識に求めたからであるのかもしれない。

4　本論における『青い眼がほしい』（*BE* と略す）からの引用は、大社淑子訳を参照し、文脈の必要に応じて筆者が手を加えたものである。

5　ちなみに『スーラ』のタイトル・キャラクターは、人間社会の性的秩序の攪乱を語る際、「リンドバーグとベッシー・スミスの性交」（Morrison, *Sula* 145）を想像する。

6　悪役としてのモーリーンを印象づける細部として、彼女の編んだ髪が「二本のリンチ用の綱」（*BE* 62）に喩えられていることを指摘する批評家は多い。そこに彼らが見出すのは、白人的な「長い褐色の髪」を美化する「黒人内差別」（Moses 627）の暴力性である。しかし、同じ比喩が、「南北戦争前の異種族混交《ミセジェネイション》と、それが戦後に転移されたところの組織的なリンチとが不可分に絡みあう歴史」（Gillan 286）を暗示していると捉え、混血児であるモーリーンの（加害者性より）被害者性に目を向ける批評家も存在する。

7　八人の女優とは、ミスター・ヘンリーがマクティア家の姉妹に呼びかける際に名指すグレタ・ガルボとジンジャー・ロジャーズ（*BE* 16）、シャーリー・テンプルとそのライバルであるジェーン・ウィザーズ（19）、モーリーンが憧れている『模倣の人生』のクローデット・コルベール（67）、ドリームランド劇場の看板に描かれたベティ・グレイブルと、クローディアがグレイブルよりも良いと主張するヘディ・ラマール（69）、そして若き日のポーリーンが憧れたジーン・ハーロウ（123）である。

引用文献

Butler-Evans, Elliott. *Race, Gender, and Desire: Narrative Strategies in the Fiction of Toni Cade Bambara, Toni Morrison, and Alice Walker*. Philadelphia: Temple UP, 1989. Print.

Caputi, Jane. "'Specifying' Fannie Hurst: Langston Hughes's 'Limitations of Life,' Zora Neale Hurston's *Their Eyes Were Watching God*, and Toni Morrison's *The Bluest Eye* as 'Answers' to Hurst's *Imitation of Life*." *Black American Literature Forum* 24.4 (1990): 697–716. *JSTOR*. Web. 1 May 2013.

Cross, Gary. *The Cute and the Cool: Wondrous Innocence and Modern American Children's Culture*. New York: Oxford UP, 2004. Print.

Fick, Thomas H. "Toni Morrison's 'Allegory of the Cave': Movies, Consumption, and Platonic Realism in *The Bluest Eye*." *Journal of the Midwest Modern Language Association* 22.1 (1989): 10–22. *JSTOR*. Web. 1 May 2013.

Gillan, Jennifer. "Focusing on the Wrong Front: Historical Displacement, the Maginot Line, and *The Bluest Eye*." *African American Review* 36.2 (2002): 283–98. *JSTOR*. Web. 1 May 2013.

Life 5.4 (July 25, 1938). Print.

Morrison, Toni. *The Bluest Eye*. New York: Plume/Penguin, 1994. Print.

——. *Sula*. New York: Plume, 1987. Print.

Moses, Cat. "The Blues Aesthetic in Toni Morrison's *The Bluest Eye*." *African American Review* 33.4 (1999): 623–37. *JSTOR*. Web. 1 May 2013.

Peoples, Tim. "Meditation and Artistry in *The Bluest Eye* by Toni Morrison and *Their Eyes Were Watching God* by Zora Neale Hurston." *Midwest Quarterly* 53.2 (2012): 177–92. *ProQuest*. Web. 24 June 2013.

Roye, Susmita. "Toni Morrison's Disrupted Girls and Their Disturbed Childhoods: *The Bluest Eye* and *A Mercy*." *Callaloo* 35.1 (2012): 212–27. *ProQuest*. Web. 24 June 2013.

Samuels, Robert. *Writing Prejudices: The Psychoanalysis and Pedagogy of Discrimination from Shakespeare to Toni Morrison*. Albany: State U of New York P, 2001. Print.

Werrlein, Debra T. "Not So Fast, Dick and Jane: Reimagining Childhood and Nation in *The Bluest Eye*." *MELUS* 30.4 (2005): 53–72. *JSTOR*. Web. 1 May 2013.

Williams, William Carlos. *The Collected Poems of William Carlos Williams: Volume I, 1909–1939*. Ed. A. Walton Litz and Christopher MacGowan. New York: New Directions, 1986. Print.

Wong, Shelley. "Transgression as Poesis in *The Bluest Eye*." *Callaloo* 13.3 (1990): 471–81. *JSTOR*. Web. 1 May 2013.

鵜殿えりか「裏切りとセクシュアリティ——トニ・モリスンの『青い眼がほしい』における女どうしの絆」『黒人研究』七七

号、二〇〇八年、四二―四八頁。

『輝く瞳』(一九三四年)、監督デイヴィッド・バトラー、二〇世紀フォックス・ホーム・エンターテイメント・ジャパン、二〇〇六年、DVD。

加藤恒彦『トニ・モリスンの世界――語られざる、語り得ぬものを求めて』世界思想社、一九九七年。

平石貴樹「モリスン、キングストン、フォークナー、「追体験」小説」『ユリイカ』二九巻一五号、一九九七年、八八―九七頁。

藤平育子『カーニヴァル色のパッチワーク・キルト――トニ・モリスンの文学』學藝書林、一九九六年。

トニ・モリスン『青い眼がほしい』大社淑子訳、ハヤカワepi文庫、二〇〇一年。

V

日本文学への視座

第14章 昼寝の思想

オニキ・ユウジ

1　近代の覚醒

漱石の作品には、目が覚める場面が多い。冒頭から主人公が目を覚ます『それから』や『三四郎』などもっともわかりやすい例かもしれないが、おぼろげな存在から現実に輪郭をつけていく傾向は、寝起きだけではなく、何かを思い出す展開においても当てはまる。たとえば、『吾輩は猫である』の冒頭で、最初の記憶を振り返る際に語り手は、こう述べる。「どこで生まれたかとんと見当がつかぬ。なんでも薄暗いじめじめとした所でニャーニャー泣いていたことだけは記憶している」(夏目『吾輩』7)。自分が生まれ育った環境は、おぼろげにしか覚えていない夢のように輪郭もなく、そこから発せられる音は、言葉にもならない鳴き声でしかない。『吾輩は猫である』、『それから』と『三四郎』の冒頭で一貫しているのは、他の者の干渉によって物語が始まることである。『吾輩は猫である』の場合、「人間」として定義されているだけ、こうした他者性は強調され、それに触れ合うまでの記憶と共に言葉も存在しない。人間という他者と遭遇して、猫が自我に目覚めるわけだが、注目すべき点は、そのきっかけが、本人にとってめまぐるしい勢いで暴発的にすすむことだ。

……この書生の掌の裏《うち》でしばらくはよい心持ちに坐っておったが、暫《しばら》くすると非常な速力で運転し始めた。書生が動くのか自分だけが動くのかわからないがむやみに眼《め》が廻《まわ》る。胸が悪くなる。到底助からないと思っていると、どさりと音がして眼から火が出た。それまでは記憶しているがあとはなんのことやらいくら考え出そうとしてもわからない。(7-8)

人間の干渉によって、猫の朦朧とした意識は輪郭を持った記憶に切り替わる。しかし、起こす側には、相手を目覚めさせる根拠に関する記述もなく、たまたま起こすという偶発性が目立つ。「ニャーニャー」とし か泣かない自然の動物が人工的なきっかけによって目覚める描写を通して、近代化の目まぐるしさが象徴されているのは明らかだが、重要なのは、こうした近代化の暴力性が、漱石の小説だと衝突に近い形で描かれていることである。もし猫の住処を奪ってしまう書生がもっとも「獰悪な種族」(7)を代表するのであれば、彼の残虐性は、危害を加えようという企みもなく、ほとんど自動的に行われたところにある。同時に、このような「意図なき」暴力が、受ける相手の自我を目覚めさせる引き金となることが、『吾輩は猫である』をはじめ、『夢十夜』や『三四郎』という漱石の初期の作品でよくみられる。他者を通して描かれる暴力性は、何故の因縁から生じるのではなく、むしろ逆である。他者には根拠がないゆえに、起きてしまうものである。たとえば、猫にとっては宿命的な行為であるものの、「暴力」を振るう書生や女中には、危害を加えようという意図はなく、猫を住処から奪い取った行為自体は彼らにとって単に日常生活におけるおびただしい用事の一つにすぎず、実行されると同時に忘れ去られてしまう。

目を覚ますときに関しても同じことが言える。『三四郎』や『それから』の冒頭においても、主人公を起こすのは、けっして身内や知り合いではなく、アカの他人である。記憶を通して過去を振り返る際にしても起き上がる瞬間にしても、自分の位置を確認する機会は、もっとも無縁でしかない他者との衝突によって与えられている。

たとえば、『それから』の冒頭で主人公の代助は、「誰か慌ただしく門前を馳けて行く足音」(『それから』)によって、視界にすら入っていない通行人に起こされる。彼を起こすのは、身内や友人、あるいは知り合いでもなく、アカの他人であり、彼らの行動の「慌ただしさ」や「非常な速度」が、無関係な主人公を目覚めさせ、朦朧とした意識状態が、輪郭のついた外界の現実のきめ細かさによって置き換えられる。私たちは、こうした場面描写を手法として扱い、西洋的リアリズムに「覚醒化」する明治文学の示す例として分析できるかもしれない。しかし、もっと着眼すべき点は、本人が自ら目覚めようとしないところにあるのだ。起きるのは、単に起こされたからであり、睡眠は、とりあえず物語が始まる「今」までの現実世界から身を引く姿勢として描かれている。そして、動作や会話によってアカの他人の動作によって漱石の物語が始まることが多いのは、脈略のない形で現実世界に目を覚ます展開を強調するためだとも言える。

無関係だからこそ、周りの音や動きに注意を払う。そんな展開で主人公が昼寝から目を覚ます瞬間から『三四郎』は始まるが、この場面で独特なのは、他者の動きや音に伴い、主人公自身が東京に向かう列車の乗客の一人として自分の移動に目覚めるという流動の覚醒が「二重写し」になっていることである。一秒一秒ごとに東京へ接近しつつ、東京以外の地方から来ている認識は濃くなり、場所の移動によって認知される「現実世界」の他者性は増すばかりだ。馴染みのない場所と人たちを通して折り重なっていく他者性を強調するかのように、「うとうとして目がさめると女はいつのまにか、隣のじいさんと話を始めている」（『三四郎』7）と始まる『三四郎』の冒頭文では、名前をはじめ、主人公の代名詞すら綴られず、むしろ「女」と「じいさん」いう不定の人物の存在が強調されている。起きると、主人公はまず外の乗客をめぐり、出身地における距離感を確認するが、この距離感は、『我輩は猫である』の語り手のように、彼を取り巻く人たちにはまだ名前もなく、ただの「女」と「男」を対象として保たれ、三四郎は、これから過ごす都会の匿名性を意識しはじめると、具体的なことがらを通して故郷を思い出す。九州を離れ、異郷として置き替えられるときに、上京は、彼にとって故郷を新たな形で実感する機会ともなる。

> 女とは京都からの相乗《あいの》りである。乗った時から三四郎の目についた。第一色が黒い。三四郎は九州から山陽線に移って、段々京大阪へ近付いて来るうちに、女の色が次第に白くなるので何時の間にか故郷を遠《とお》退《の》くような憐《あわ》れを感じていた。それでこの女が車室に這入《はい》って来た時は、何となく異性の味方を得た心持ちがした。この女の色は実際九州色であった。
>
> 三輪田《みわた》の御光《おみつ》さんと同じ色である。国を立つ間際までは、お光さんは、うるさい女であった。傍《そば》を離れるのが大いにありがたかった。けれども、こうして見ると、お光さんのようなのも決して悪くはない。
>
> （7）

どこにいるのかよくわからない朦朧状態から起き上がり、故郷を懐かしむ動きは、目覚めても今まで見ていた夢にとらわれる展開と類似し、異郷となった現在において、出身地は、軽蔑から懐かしさの対象として転移されるが、こうした揺れはけっしておさまることもなく、「迷羊《ストレイシープ》」と結末で彼が「口の内で」(293)繰り返す英文和語のセリフまで一貫している。漢字で表記されつつ、英語の音声、しかも発せない最後の一行には、単に田舎と都会だけではなく、外国と本国、そして発話と思考の対立における揺れが働きかけている。この揺れは、『三四郎』の執筆にあたって、漱石自身が語ったように、「波」に近いニュアンスを持っているようだ。「手間《てま》はこの空気のうちにこれらの人間を放《はな》すだけである。あとは人間が勝手に泳いで、自《おのず》から波瀾が出来る」(312)。空気に触れるのは容易だが、けっして読みとりやすいものではない。なぜならば、漱石の喩えに沿って、東京という舞台を捉えてみると、ありとあらゆるものが、空気のように入れ替わり、それらをつかむ余地が与えられていないからである。固定した視点がないからこそ、まず三四郎の眼につくのは、記号である。絶えず揺れ動く状況の中でもっとも主人公の頼りになるのは、言葉が編み出す批判的視点ではなく、色彩によって眼につく記号性である。三四郎は、上京中にうかがう様々な女性の肌の色を通して、自分の好みを確認し、故郷と東京の差異性を見出す。「段々京大阪へ近付いて来るうちに、女の色が次第に白くなる」という黒と白の色における「塗り替え」は、『三四郎』において、西洋化されていく明治時代を描くモチーフの要素の一つとなっているわけだが、典型的な感情教育小説の展開と異なり、田舎出身の主人公が洗練され、故郷の「アカ」を洗い落とす発展もなく、西洋化を象徴する「白」の世界にのめり込むような積極性は見出されない。むしろ、美意識をふくめ、西洋化を象徴する「白」の意義に対して、主人公をはじめ、彼を取り巻く東京の人たちには、「白」に染まっていく東京の近代性に対して懐疑心を抱いている印象は拭いきれない。主人公が得られる教訓には、成熟やエピファニーの気配などなく、はっきり打ち出されているのは、明治開化における価値観の相対性だけである。都会の色彩を通して、三四郎は、色の価値観を身につけるどころか、むしろ判然としない不安を抱くことになる。たとえば、明治近代女性の象徴となる美禰子の容姿は、「華《はな》やかな色の中に、白い薄《すすき》を染抜《そめぬ》いた帯が見える、頭にも真っ白な薔薇《ばら》を一つ挿している。その薔薇が椎の木蔭《こかげ》の下の、黒い髪の中で際立《きわだつ》て光っていた」（32、傍点筆者）と記されているように、「白」の濃さと明るさを通して、彼女の近代性に遭遇する三四郎の印象には美徳感すらなく、口にするのは「矛盾」という言葉のみである。そして何よりも、語り手が指摘するように、この印象において重要なのは、主人公自身が、「矛盾」となる根拠がまるでつかめておらず、その不明瞭さに沿って怯えてしまうことである。

> 三四郎は茫然《ぼんやり》していた。やがて、小さな声で「矛盾だ」といった。大学の空気とあの女が矛盾なのだか、あの色彩とあの眼付が矛盾なのだか、あの女を見て、汽車の女を思い出したのが矛盾なのだか、それとも未来に対する自分の方針が二途《ふたみち》に矛盾しているのか、または非常に嬉《うれ》しいものに対して恐《おそれ》を抱《いだ》く所が矛盾しているのか、——この田舎出の青年には、凡《すべ》て解らなかった。ただ何だか矛盾であった。（32）

東京生活に「覚醒」するには、東京の現実を受け入れなければならないのかもしれないが、東京に住みついてみると、三四郎の意識をめぐり、「黒い」故郷が「白い」都会に塗り替えられることはけっしてない。むしろ異郷として出身地の色合いは、物語の終わりまで強く残っている。都会の「白さ」には憧れながらも、不信感を抱き、田舎の「黒さ」を懐かしみながらも、軽蔑する。そこには、睡眠と目醒めの間をめぐり、どっちともつかない昼寝の感覚と合致しているようだ。捉えにくいのは、色そのものではなく、模様の変化である。三四郎は、東京に到着すると、町そのものが、非固形物のようにつかみづらい印象しか残さないがゆえに、困惑してしまい、こうした空間を統一させるものが、「東京」という記号以外のなにものでもないという事実を思い知る。実際目の前にある都会は、とても記号では収めきれない、万華鏡のように絶えず模様が入れ替わる空間である。そんな空間でまず三四郎の眼につくのは、都市の近代性を表す記号の精巧さではなく、瓦礫の乱雑さである。彼は前近代的な部分が入れ替わらず、そのまま置き去りの過程そのものが剥き出しになっている光景に驚く。

……尤《もっと》も驚いたのは、どこまで行《いっ》ても東京がなくならないという事であった。しかもどこを歩いても、材木が放《ほお》り出してある、石が積んである、新しい家が往来から二、三間《けん》引っ込んでいる、古い蔵が半分取《とり》崩《くず》されて心細く前の方に残っている。凡《すべ》ての物が破壊されつつあるように見える。そうして凡ての物がまた同時に建設されつつあるように見える。大変な動き方である。

三四郎は全く驚いた。要するに普通の田舎者《いなかもの》が始めて都《みやこ》の真中に立って驚く程度に、また同じ性質において大《おおい》に驚いてしまった。(24)

この場面において、注目すべき点は三四郎の驚き方である。三四郎を「尤も」動揺させるのは、前文の路面電車や乗客の人口密度によって象徴されるスピード感ではなく、石や材木といった材料をはじめ、絶えずがらくたのように延長する物質的な空間である。そして唯一情緒の対象となっているのは、「心細く」映る古い蔵である。古い蔵は、熊本から上京した自己投影の対象となっており、方向性が見出せない都会における開発の乱雑さは、到着する主人公の混乱状態と合致している。漱石が描く東京から、はっきりとしたリアリズムが約束するような明瞭な輪郭が期待できないのは、都会がまだ作りかけの舞台であり、未完成でしかない都市空間だからである。ある意味、この小説の主人公は三四郎ではなく、東京そのものなのかもしれない。都会人は一見からして「勝手に泳いで」いるように見えながらも、おびただしく変わっていく町の色彩の模様の一因でしかないかもしれないという疑いに伴って、三四郎は、自分自身が置き換えの一因にすぎないことを自覚する。東京と何も接点がないかぎり、場所、あるいは人が入れ変わるだけでなにも変わらない。場所の移動によって得られるのは、単に「置き易えられた」という視点だけであり、その視点は、観光客のそれとほぼ変わらない。こうした傍観的な視点を抹消しないかぎり、都会で自分が置いてきぼりにされる不安が募る。東京の光景にさらされると、汽車の中で女性の肌色によって白と黒における地方と都会を区別しようとする幻想の軽薄さも露になり、目の前に現われるのは、肉体的な肌ではなく、いつでも剥がし落とせる服を纏っている、性別すら区別のつかない、絶えず模様替えを繰り返す混色の群衆の像でしかない。「白い着物を着た人と、黒い着物を着た人」と記されているように、白と黒がまだ色濃く入り交じっている光景に対して、自分はどちらでもないという三四郎が抱く不安は、夢と現実を行き交う朦朧状態から目覚める瞬間と似通っており、文中でも昼寝に喩えられている。

この劇烈な活動そのものが取りも直さず現実世界だとすると、自分が今日《こんにち》までの生活は現実世界に毫《ごう》も接触していない事になる。洞《ほら》が峠《とうげ》で昼寐をしたと同然である。それでは今日《きょう》限り昼寐をやめて、活動の割《わり》前《まえ》が払えるかというと、それは困難である。自分は今活動の中心に立っている。けれども自分はただ自分の左右前後に起《おこ》る活動を見なければならない地位に置き易えられたというまでで、学生としての生活は以前と変る訳はない。世界はかように動揺する。自分はこの動揺を見ている。けれどもそれに加わる事は出来ない。自分の世界と、現実の世界は一つ平面に並んでおりながら、どこも接触していない。そうして現実の世界は、かように動揺して、自分を置き去りにして行ってしまう。甚《はなは》だ不安である。

　三四郎は東京の真中に立って電車と、汽車と、白い着物を着た人と、黒い着物を着た人との活動を見て、こう感じた。けれども学生生活の裏面に横たわる思想界の活動には毫も気が付かなかった。——明治の思想は西洋の歴史にあらわれた三百年の活動を四十年で繰り返している。（24–25、傍点筆者）

都市空間の奥に潜んでいる「思想界の活動」を読みとろうとせず、視界に停まっている三四郎の印象につけ加えられている解釈は、主人公とも三人称全知とも言えない正体不明な語り手の視点から語られており、昼寝から目覚めるような流れで、どこからとなく浸透してくる現実感が、どこからとなく語られ、挿入されている。こうして漂い込む語り調に沿って、私たちは、主人公の学生生活にまつわる詳細を「明治の思想」という共同的無意識の表層として扱い、分析できるかも知れない。しかし、この描写ではもっと根本的、かつ単純なねじれが作用している。それは、「明治の思想」における「西洋」の「繰り返し」が、単に三百年の尺度から四十年という時間の枠のみならず、「歴史」から「思想」へと凝縮の対象自体としてすり替えられているところにある。

異国の三百年間の歴史が、自国の四十年間の思想にとって変わるというのは、一体どういうことなのだろうか。まず明らかなのは、活動の主体となっているのは西洋のほうであり、明治の思想において、西洋から転移されたのは歴史における活動そのものではなく、思想に転移された経緯が示唆されている。こうした思想における転移には、翻訳は不可欠であり、『三四郎』でも重要なモチーフとなっており、西洋における歴史的活動を言説的空間に封じ込めることによって明治の思想を築き上げる作業の一つとして捉えられているようだ。そうであるとすれば、何よりも注目すべき点は、思想の価値観や性質そのものではなく、「歴史」から「思想」へと変貌する形である。こうした形が、漱石の作品で、朦朧から覚醒へと漂う感覚で昼寝から目覚める流れと合致しているのは言うまでもない。

2 明治の発話性

漱石の人物が起き上がって感じる不安は、なにかがすり替えられたという疑いから生じる。たとえば、『それから』の冒頭で、代助は「誰か慌《あわ》ただしく門前を馳《か》けて行く足音」という現実世界からの活動が「大きな爼下駄《まないたげた》が空《くう》から、ぶら下っていた」夢に歪曲されてから、目を覚ます。ここで奇妙なのは、「その爼下駄は、足音の遠退《とおの》くに従って、すうと頭から抜け出して消えてしまった」（『それから』7）と書かれているように、現実世界から門前の前を駈けすぎる下駄の響きが、夢の中で、浮遊状態の下駄の静止像に変換され、もともと目覚めさせた音が、現実から消失してしまう展開である。この展開を『三四郎』で挿入されている明治思想の解釈と照らし合わせてみると、『それから』の冒頭で主人公が昼寝から起こされる現実の慌ただしさが『三四郎』で記される三百年の西洋歴史と相重なり、こうした歴史の流動性を象徴する「馳けて行く足音」が「ぶら下って」いる静止像に変換される展開から、西洋における歴史の「けたたましさ」を回避する姿勢が読みとれる。『それから』や『三四郎』の主要人物には、「西洋の歴史にあらわれた」活動の「けたたまし」さから引き起こされつつ、静寂なイメージや空間に転移させようとする傾向が強い。しかし、大事なのは静寂さそのものではなく、夢や思考の形を以て静寂した空間を築き上げるためには、けたたましさなどが象徴する「活動」を言説に変換し、停める作業が不可欠だという前提である。こうした前提は思考や論理にかぎらず、漱石の文学の土台となっている。なぜならば、彼の語り調、会話、解釈、あるいは感想にしても、一貫しているのは、なにもしない代わりに発せられる行為として言葉が交わされていることだ。

田舎者の三四郎が、広田先生をはじめ、都会人に遭遇し、衝撃を受けるのは、彼らの態度より話し方であり、それは、思考の対象に対してなにも影響を与えずにすむがゆえに言葉を交わす感覚から来ている。三四郎たちが団子坂の菊人形を見物しに行く際に「あれほどに人工的なものは恐らく外国にもないだろう」(『三四郎』107、傍点筆者)と評する広田先生に限らず、こうした傍観的な姿勢は、団子坂という非西洋的な場所にたどり着いて、三四郎を取り巻く都会知識人の間で共有されている一つの思想の根底となっていることがわかる。人混みの中で「乞食」を通り過ぎると、三四郎は、広田先生にお金を恵んだかどうか聞かれ、「いいえ」と答えるが、彼の返事の素朴さに不満を抱き刺激されたかのように、よし子をはじめ、聞かれていない他の三人は、自分たちが恵まなかった理由を述べ始め、様々な意見が交わされる。一人一人の意見よりも、三四郎は、彼らの間で共通している感受性に困惑する。彼らがなにもしないのは、無関心だからではなく、むしろ現状に対して敏感だからである。ここで明解なのは、けたたましさが西洋だけではなく、前近代の表れとしても疎んじられることだ「ああ始終、焦《せ》っ着《つ》いていちゃ、焦っ着き栄《ばえ》がしないから駄目ですよ」と言う美禰子や、「遣る気にならないわね」と断定するよし子にとって、物乞いの存在は場違いであり、「あまり人通《ひとどお》りが多過ぎるからいけない。山の上の淋《さび》しい所で、ああいう男に逢ったら、誰でも遣る気になるんだよ」(119)と締めくくる広田先生と共に、彼らにとって、けたたましく叫ぶ「乞食」は、都会の群集の在り方についていこうとしない前近代の厄介者でしかない。そんな批評のやり取りに対して、三四郎は、むしろ自分の価値観の後進性を自覚してしまい、都会人が他人に抱く隔離感によって成立される自己の在り方に怯えてしまう。

> 三四郎は四人の乞食に対する批評を聞いて、自分が今日《こんにち》まで養成した徳義上の観念を幾分か傷《きず》けられるような気がした。けれども自分が乞食の前を通るとき、一銭も投げてやる料簡《りょうけん》が起らなかったのみならず、実をいえば、寧ろ不愉快な感じが募《つの》った事実を反省して見ると、自分よりもこれら四人の方がかえって己《おの》れに誠《まこと》であると思い付いた。また彼らは己れに誠であり得るほどな広い天地の下に呼吸する都会人種であるという事を悟った。(119–20、傍点筆者)

彼らの「批評」は、自己への誠実さ(「己れに誠」)によって測られるわけだが、こうした誠実さは、当事者の言及のみによってしか認知されない。三四郎の目を通して東京の知識人階級の人たちが別人種として映るのは、現実世界と接近しつつ、関わろうとしないからではなく、関わらないことに関して話さなければならないという設定に従って、彼らの発話が交わされているからだ。「乞食」という象徴的存在ではなく、一人の物乞いの振る舞いを批判する彼らの言説が、三四郎の「徳義上の観念」を傷つける理由は明瞭である。三四郎を通してかいま見られる明治以前の道徳観は、総括的な理念によって支えられ、その理念が行動を通して重んじられているからだ。こうした徳義の構造は、なにもしない動機となる「自己言及」とは疎遠なものであることは言うまでもない。三四郎が「傷つけられる」のは、価値観そのものより、こうした話し方自体が、徳義の正当性を打ち砕いてしまうからである。そして、なによりも印象的なのは、田舎／昔の価値観における転倒が、論争や討論という場ではなく、見物の散歩場面でも示されているように、日常的な会話でなにげなく交わされる中で無効化される設定である。漱石の小説では、日常生活の中で不意打ちをくらうような形で価値観が覆されることが多い。道徳における価値は、金銭的な市場と同様に、それが普段交換される相場によって「率」や「尺度」も入れ替わり、時によっては、転倒してしまうほど相対的なものでしかないと漱石は講演でも主張し、こうした価値観の転移は「評価率」という言葉で強調されている。

かく社会が倫理的動物としての吾人《ごじん》に対して人間らしい卑近《ひきん》な徳義を要求してそれで我慢するようになって、完全とか至極《しごく》とかいう理想上の要求を漸次《ぜんじ》に撤回《てっかい》してしまった結果はどうなるかというと、先ず従前から存在していた評価率（道徳上の）が自然の間に違って来なければならない訳になります。世の中は恐ろしいもので、漸々《だんだん》と道徳が崩《くず》れて来るとそれを評価する眼が違って来ます。昔はお辞儀《じぎ》の仕方が気に入らぬと刀の束《つか》へ手を懸《か》けたこともありましたろうが、今ではたとい親密な間柄《あいだがら》でも手数のかかるような挨拶は遣《や》らないようであります。……一言にしていえば徳義上の評価が何時《いつ》となく推移したため、自分の弱点と認めるようなことを恐れもなく人に話すのみか、その弱点を行為の上に露出して我も怪しまず、人も

咎《とが》めぬという世の中になったのであります。（夏目『文明論集』76–78）

漱石が定義する「評価率」は、明治以前と明治以後の時代的対立だけではなく、地方から都会へ移動する空間の問題として、『三四郎』でも応用されている。「感激性の詩趣を倫理的に発揮する事は出来ない」（78）といわれる明治以前の倫理観は、「今日まで養成した徳義上の観念を幾分か傷つけられるような気がした」三四郎の気持ちと相重なる一方、「露出して我も怪しまず、人も咎めぬという世の中」が、三四郎を取り巻く「己れに誠であり得るほどな広い天地の下に呼吸する都会人種」に相応するのは明瞭だ。しかし、都会化に沿って薄れる倫理性と氾濫する内面性の転移は、均一とは言えないし、けっして「西洋化」の水準では測りきれないものだ。漱石が描く明治開化には、価値観が単に入れ替わったという等価性はなく、競争の余剰から生じるもっと奇妙な変異が見出されている。こうした異変に関する漱石論は、必ずと言っていいほど、「西洋化」の領域に停まる傾向が強い。たとえば、江藤淳は『夏目漱石』では、小説における芸術性は、主にイギリスとロシアをはじめ、ヨーロッパからの「流行を通じて輸入され、文壇に刺激を与えた概念」として捉えられており、こうした概念とは「根本的に異質な一つの可能性」を与える作家として漱石を取り上げ、ジェーン・オースティンの構成力を覆し、「散文作品などというものは、どのような形式でどのように書こうが作者の勝手だということの再発見」（江藤 77、傍点筆者）の機会を与える作品として『吾輩は猫である』を評価するが、こうした解釈には、根本的な時代錯誤が働きかけており、「西洋」の視点を拝借せずには成立しない。「日本的」散文作品の良さや解放感などのような「再発見」は、「西洋」の水準を遡及的に捉えないかぎり、無理な話なのである。輪郭は見えても、「西洋」のレンズを通してしか手に入らない「再発見」という姿勢は、柄谷行人の『日本近代文学の起源』にも当てはまる。柄谷は、「脱西欧中心主義」の先駆者として漱石を扱うが、元々の「脱西欧中心主義」という概念自体は、江藤の「芸術」や「小説」における概念と同じく、とどのつまり、「西洋」が発祥地となっており、その水準に沿って漱石の評価はけっして逸れることはなく、柄谷が引用したり、応用するフーコーやポール・ド・マンの方法論を逆に揺るがすような批判性は欠けている。江藤の「芸術概念」にしろ、柄谷の「西欧中心主義」にしろ、彼らが主張する漱石論は、「西洋」における水準なしでは成り立たず、「西欧中心主義」を否定すればするほど、「西洋」に影響を与える関わりを持たないがゆえに、奇妙な隔離感が浮き彫りになる。こうした批評は、『三四郎』の中で菊人形を見物する際に交わされる会話の意見と類似しており、対象となるものが、「乞食」であれ、「西洋」であれ、それらの「在り方」をまず否定するところから始まる前提において同質である。江藤や柄谷の論考において私が指摘したいのは、考察や解釈の過ちではなく、こうした漱石の分析において共通している「西洋にとらわれていないようでとらわれてしまう（あるいは、とらわれているようでとらわれていない?）」基本的な姿勢であり、それを保とうとするあまり、漱石に関してもっと単純明快な性質を見逃していることだ。問題は、江藤が言う「西洋」でも、柄谷が主張するように「脱西欧中心主義」でもないのだ。もっと単純である。漱石が問題としたのは、何かに対して関わりが持てないからこそ、それに関して発話せざるをえないところであったのではなかろうか。そうだとすれば、彼が描く近代の対象は「西洋」であろうが、「前近代」でも位相は変わらない。本論で取り上げたい奇妙さは、特に「西洋」に限られておらず、極めて異質なものである。それは、明治開化における思想的作業が、翻訳をふくめ、ありとあらゆる西洋の凝縮を果たす目的となっているのにもかかわらず、従来の日本における道徳観の系譜から派生したものとして扱わないかぎり、見えてこないものだ。

漱石の講演を小説と照らし合わせてみると、西洋の「歴史」から思想という凝縮に伴い、日本の近代性が、明治以前からの「評価率」、すなわち「倫理」から「内面」という系譜的な異変の転移によって成立されたことが明確になる。瓦礫として残っている乱雑さが三四郎を驚愕させる東京の光景と同様に、明治以前の倫理観が完全に置き去りにされたわけでもなく、置替えられたわけでもなく、内面性へと転移されたのである。「なんでも薄暗いじめじめとした所でニャーニャー泣いていたことだけ」しか覚えていない猫の原初記憶は、前近代がおぼろげにしか残っていない倫理性と合致し、目覚めながら受け入れる現実感が、記憶をはじめ、外界に干渉しないがゆえに言説が繰り広げられる内面の展開に、漱石が描く昼寝の思想が凝縮されているように思えるが、西洋の歴史活動が思想の静寂性へ凝縮されつつ、行動を中心に正当化された前近代の倫理性が、言説として築かれていった明治以降の内面性に転移された形を突き止めないかぎり、おそらく明治において貫徹した思想は見えてこないだろう。

3　内面の中立

漱石における独特な内面性。それに関して今のところ言えるのは、消極的な傾向が強いことだ。それとは対照的に、『文明論集』所載の「文芸と道徳」では、封建制度における倫理は、その倫理を下す行為と強く結びつけられている。「刀の束へ手を懸けた」という行為が示すように、行動を通して倫理が正当化されるだけ積極性が維持される一方、明治以降だと、「評価率」は、むしろ個々の内面の動きとしてしか測れない。内面でしか起らないからこそ、表にさらさないとないも同然ということになる。こうした「吹き抜けの空筒で何でも隠さない所」（『文明論集』78）には、「刀の束へ手を懸けた」などのような行為が入る余地は当然なく、一見してみれば、行動でないだけ消極的にしか見えない。しかし、実際は単に積極性の対象が切り替わるだけの話である。明治思想における積極性は、言葉の発し方に見出され、告白をはじめ、言葉にすること以外に表現手段はなさそうだ。こうして、意見をはじめ、自分の評価率を露にするという前提は、何かを為すという徳義の価値観を転倒させた水準で測られることになる。その「評価率」の変化が激しくなればなるほど、言葉以外の形でしか評価されないからこそ、内面性が保たれるという妙な逆転が生じることは、漱石自身が講演で「一言にしていえば徳義上の評価が何時となく推移したため、自分の弱点と認めるようなことを恐れもなく人に話すのみ」と訴え、「刀の束へ手を懸けた」行為によって、共同的な倫理性が実証される一方、現在の自由社会においては、文字通り「吹き抜けの空洞」とされている内面からの発話は、なにも影響しないからこそ、意義を持っているようだ。

『三四郎』で見られるように、都会人の言説は、「乞食」をはじめ、様々なものに遭遇しても、それらとは言語以外の関わりを持たずにすむ余裕を与え、その余裕はおそらく漱石が講演で指摘する「自由」と意味合いが重なり、自由における感覚は、単になにもしないということではなく、なにもしない代わりに言葉が発話行為として成立する。『日本近代文学の起源』で柄谷行人は、「風景は、むしろ「外」をみない人間によってみいだされたのである」（柄谷 33）と指摘するが、漱石の作品には、むしろ「外」を見てもそこに踏み出ようとしない人たちが維持する感覚から、独特な内面性が繰り広げられていく傾向が強い。現実にはあえて立ち入ろうとしない姿勢の軸となるのは、むしろ現実から一歩引いた批判的な言語の世界であり、こうした姿勢が、言語感覚で維持されている度合いは、「乞食」に関する会話に続いて、三四郎たちが迷子の子に出会う場面でもっと強烈に示されている。同情や注意を惹き起こしても誰も手を出そうとしない光景は、語り手によって「不可思議の現象」と記されており、「私の傍まで来れば交番まで送ってやるわ」と言いつつ、兄に連れて行くことをすすめられても、「追掛るのは厭《いや》」（『三四郎』120）と反応するよし子には、善意より、むしろ、現状に参加しなければならない義務とそれにまつわる行動に抗う姿勢が読みとれる。こうした抵抗感には、なにもしないことに関して言説的に触れる衝動が働きかけ、なにもせずにすむこだわりの発話行為によって維持される。重要なのは、倫理における価値の衰退そのものではなく、それに従って下される行動やその名の元に発せられる言葉の頽廃なのだ。「西洋」の歴史を思想にすり替える作業と同じように、「刀の束」へ手を懸けるという行為によって裏づけられる倫理性が、近代的な「評価率」に転移されると、実際それに従って下される行為の正当性も、『それから』の冒頭で「門前を馳けて行く足音」のごとく、残響となり、いずれ消失する。もともと本質的な徳義はない。単に、自らの言葉や行為を外界と関連づけるために、徳義が成立するのだ。『それから』は、このように明治以前の倫理観の虚構性を暴きつつ、それにとって代わる価値観を提供できない状況をもっとも的確に捉えている。今までの価値観ではなく、題名が示すように、「それから」の行為や言葉がどう交わされるべきかという問題に代助は悩まされている。外界との接触を成立させる倫理性が失せると要するにすることがないのだ。しかし、することがなくても、なにかをしなければならない。することがないからこそできること。それは要するに喋ることであり、そのようにして漱石の人物は喋るのだ。

「乞食」や迷子に出会い、なにもしないことに関して言及、あるいは、思考が表明される傾向は、単に責任逃れや口実の次元の問題ではなく、漱石が捉えようとした明治思想の概念を貫く性質である。こうした概念は、『それから』で、発話を通して遂行される一つの思想として取り上げられている。主人公の代助が、「なにかを為す」という目的で言葉を交わす行為を拒絶するのは、手段として言葉が目的に至らないからではなく、むしろ目的を果たすときにおいて、言葉を純粋に交わす矛盾が露になるからである。

代助は昔の人が、頭脳の不明瞭《ふめいりょう》な所から、実は利己本位の立場におりながら、自《みずか》らは固く人のためと信じて、泣いたり、感じたり、激したり、して、その結果遂《つい》に相手を、自分の思う通りに動かし得たのを羨《うらや》ましく思った。自分の頭が、その位のぼんやりさ加減であったら、昨夕《ゆうべ》の会談にも、もう少し感激して、都合のいい効果を収める事が出来たかも知れない。彼は人から、ことに自分の父から、熱誠の足りない男だといわれていた。彼の解剖によると、事実はこうであった。——人間は熱誠を以て当ってしかるべきほどに、高尚な、真摯《しんし》な、純粋な、動機や行為を常住に有するものではない。それよりも、ずっと下等なものである。その下等な動機や行為を、熱誠に取り扱うのは、無分別なる幼稚な頭脳の所有者か、しからざれば、熱誠を衒《てら》って、己《おの》れを高くする山師《やまし》に過ぎない。だから彼の冷淡は、人間としての進歩とはいえまいが、よりよく人間を解剖した結果に外《ほか》ならなかった。彼は普通自分の動機や行為を、よく吟味して見て、そのあまりに、狡黠《ずる》くって、不真面目で、大抵は虚偽を含んでいるのを知っているから、遂に熱誠な勢力を以てそれを遂行する気になれなかったのである。と、彼は断然信じていた。(『それから』218–19、傍点筆者)

代助にとって、明治以前における発話が、美徳と見せかけながら、「利己を本位」とする姿勢を隠す欺瞞的な構造を持っていることは自明である。しかし同時に、それにとって代わるなにかを為すための近代的な表現法はない。なぜならば、近代において正当化される発話の遂行性は「西洋化」という置き替えによってしか正当化されない構造を持っているからである。「どうも外国人は調子がいいですね。すこしよすぎる位だ。ああ賞められると、天気の方でも是非好くならなくっちゃならなくなる」(68)と代助が兄の園遊会に招待されている外国人来客たちに抱く印象が示すように、「西洋」という空間、そして「前近代」という時間の領域を貫いているのは、発話がなにかを為すという設定である。問題となっているのは、柄谷行人が漱石から見出そうとする西欧中心主義への批判性でもなく、漢学を通して江藤が見出そうとする前近代への回帰願望の気配すらない。ここで疑われているのは、発話そのものの遂行性なのである。漱石の文学を通して、なにかが思想的に覆されているのだとすれば、それは、西欧中心主義でもなく、前近代の倫理性でもない。ただ、何かを為す前提として交わされる発話の意義そのものである。

「それを遂行する気になれなかったのである。と、彼は断然信じていた」と書かれているように、代助からしてみれば、すでに影響を見据えるという前提で交わされる言葉の動機が「虚偽を含んで」いるかぎり、発言を通して純粋な結果が得られる見込みはない。重要なのは、この論理の正当性ではなく、代助が「断然信じていた」ことであり、その思想が、物語の結末で彼の行為や発言がどんなに「平日」の自分の行動から逸れても、一貫していることである。このような思想の持ち主にとって、何かを為すための発話ほど危うい行為はない。なぜならば、「純粋な動機」を以て何かを為すために発せられる言葉は、社会的な見解ではなく、暴力的な結果へとしか導かないものだからだ。『それから』の終わりのほうで、ようやく代助がもっとも直接な形で彼を取り巻く人たちに訴えようとする行動は、ありとあらゆる面において破壊的な結末に至る。「今のはただ事実をそのままに話しただけで、君の処分の材料にする考《かんがえ》」（285）だと親友の平岡に彼の妻の三千代に対する愛を告白する直後に、代助は絶交され、三千代と会う権利も奪われる。そんな発話の遂行性を欺けるかのように、平岡は、肉声ではなく、代助の兄と父親に送りつける手紙という文字媒体を通して代助の勘当をもたらすという展開も、漱石の文学の中で、なにかを為そうとするときの発話行為の自壊性を示唆している。

現実社会にはほとんど影響を与えていないのにもかかわらず、そんな現実に関してやたらと口をはさむ性質は、漱石の文学を貫いている。『吾輩は猫である』の冒頭で「名はまだない」と示されているように、語り手として自分の視点を宣言する「発話行為」には、現実との接点の刻印となる名前の不在が条件となっている。漱石が綴る会話から解釈、そして批判における言葉は、それらが指している現実を影響しない前提で交わされており、漱石の思想世界においては、むしろ関わっていないところに、発言の意義があるようだ。しかし、その意義は、芸術のための芸術や言語のための言語というような美学や詩学には帰結していない。なぜならば、漱石の文学の主題となるのは、言語感覚の機敏さや美しさではなく、臨界点であり、その臨界点には、必ず否が応でも、現実との関わりを打ち出す言葉によってしか到達しないからだ。

しかし、それまでは、昼寝と同じく、大事なのは、なにをしているのかではなく、なにもしていないことである。なにもしていないからこそ、話さずにいられない。そして話してもなにも変わらない。話しているからこそ、なにも変わっていない証拠だ。何かを為す言葉によって話は遂げられ、物語が終る。こうして漱石における昼寝の思想は、非日常的な行為によって裏づけられる論理性から、日常における発話行為で維持される近代性に切り替えようとする兆しとして捉えられる。

引用文献

江藤淳『決定版・夏目漱石』新潮社、一九七九年。
柄谷行人『日本近代文学の起源・原本』講談社、二〇〇九年。
夏目漱石『三四郎』岩波書店、一九九〇年。
——『漱石文明論集』岩波書店、一九八六年。
——『それから』岩波書店、一九八九年。
——『吾輩は猫である』岩波書店、一九九〇年。

第15章

破戒としての文学　島崎藤村小論

後藤和彦

1　小説『破戒』の轍

日本近代文学の黎明を期する小説が「破戒」と名づけられたのは偶然なのだが、その偶然の内に端倪すべからざるものを思う。いったい日本の近代文学とは「破戒」の文学ではなかったか――

『若菜集』『一葉舟』の詩人としてつとに巷間注目の的となっていた島崎藤村が、数年の雌伏の期間を経、明治三十九年（一九〇六年）に世に問うた最初の長編小説が『破戒』であった。あの朦朧派新体詩の若き旗手、藤村が今、唯一の糊口のあてであった小諸義塾の教職を擲って、家族とともに信州の山を下り、東京府下西大久保に洗うがごとき赤貧を忍びつつ、本格小説の作成に取り組んでいるらしいと、刊行前から文学界全体の話題ともなっていた。

実際、この間の藤村の生活は陰惨なものであった。『破戒』完成のために全身全霊打ち込んだため、勢い、家族の生活はないがしろに、少なくとも何につけても後回しにされざるを得なかった。無論、家の財政の困窮が直接の原因ではないにしても、この小説完成にすべてを賭した暮らしの周辺で、藤村は家族を次々に失わねばならなかった。西大久保に居を構え、小説に打ち込みはじめた矢先の明治三十八年五月、三女縫子が急性脳髄炎で亡くなり、同年十月長男楠雄を出産した妻冬子が栄養失調から夜盲症にかかり（冬子自身は五年後の明治四十三年八月、四女柳子出産の際の出血多量で他界する）、明治三十九年三月、問題の小説を自費出版「緑陰叢書」第一巻として上田屋から発売、直後の四月、次女孝子が急性消化不良のため死去、続く六月、長女みどりが結核性脳膜炎のため死去、さらにその後二週間を経ずして冬子の祖母が函館で死去――藤村本人も、うち続いた家族の死を『破戒』完成のための、つまりおのれの運命の強いた「犠牲」と記さずにはおれないほどの打撃を受けたのだった（瀬沼 169–70、309–10）。

『破戒』という小説を産み落とすのに払ったこの甚大な「犠牲」は、後日、志賀直哉の次のような発言を呼び起こすに結果した。

島崎藤村が「破戒」といふ小説を書きつつあつた時、どんな犠牲を払つても此為事《しごと》を仕上げる決心で出来るだけ生活を縮小し、家族達はそのために栄養不良になり、何人かの娘が一人々々死んで行く事を書いた事がある。私はそれを見て、甚《ひど》く腹を立てた。「破戒」がそれに価する作物かと云ひたくなつた。何人かの娘がその為に死ぬといふのは容易ならぬ出来事だ。「破戒」が出来る出来ないの問題どころではないではないかと思つたものだつた。（志賀 41）

志賀直哉にとって、自己と世界のまったき調和に比すれば、文学は所詮文学に過ぎなかったのだし、文学とは、つまるところ、本人がしばしば口にする「本統」の境地へ、小林秀雄が志賀を評して言うところの「古典的」な「理知と欲情の精緻な協和」へ至る道程の記録でしかなかった。井上良雄は志賀を「人生に対する最も原始的な慾情を抱いた、一人の生活人」と称したが、いかにもそんな志賀直哉らしい評言とは言えるかもしれない（小林「志賀直哉」157、井上90）。

志賀の言うとおり、小説『破戒』の通り過ぎたその轍に沿って藤村の人生に起ったのは、まさしく「容易ならぬ出来事」であった。家族の累々たる屍と引き替えにようやく小説『破戒』を得た藤村は、以降、『破戒』の作家として生きて行くよりほかに道は残されていなかった。だからこそ『破戒』の作家として藤村は、その後、『春』、『家』、『桜の実の熟する時』、『新生』そして『夜明け前』と、自分自身をその来歴にまでさかのぼり容赦なく剔抉する自伝的作家となった。社会小説としての結構を有する『破戒』と、以下に続く自伝的小説群のあいだにはひとつの断絶が存在する。この間の事情を『風俗小説論』の中村光夫は、『破戒』とほぼ同時期に刊行された田山花袋の『蒲団』に代表されるような、おのれを臆面もなくさらけ出すタイプの小説との「同時代の文学に対する影響」をめぐる「決闘」に敗れ、告白小説というジャンルの軍門に降ったのち、「花袋に対する降伏状」として『春』以降の作品を書いたと説くのだが、私はこれとは見解を異にする（中村42）。

いや、中村は、日本近代文学の流れをたどってみれば、結果としてそう見えるという歴史的事実をややうがった表現で言ったのに過ぎないのだろう。でなければ、中村の口から、『破戒』執筆当時の藤村が「かういふ［つまり、瀬川丑松のような］健康な他人の肉体を借りなければ、一面的な自画像すら小説に描き得ぬ、孤独な観念の闘ひのなかに生きてゐた」のであり、「長編執筆のため、文字通り愛児たちを犠牲に捧げたり」してしまったような「文学の魔につかれた怪物が公衆の興味をひき得るとは少なくともそのころには信じられなかった」といった言葉は決して出てこなかったに違いない（中村37）。

その通り、藤村の小説の目指したところは、徹頭徹尾この身中奥深くにひそむ、中村の言う「怪物」の剔抉以外ではなかった。藤村の青年期を描いた『春』——藤村最初の自伝的小説——の若き主人公岸本捨吉の最後の科白「あゝ、自分のやうなものでも、どうかして生きたい」（『春』245）こそ藤村文学を通底するモチーフのもっとも真率な表白であって、第一長編『破戒』の基底にもやはり存在していたのに違いない。作品基底に伏流していたものが表面化してきたのは、正宗白鳥がいかにも白鳥らしいつっけんどんな言い方でいったように、「あの頃は、まだ「私小説」と云ったようなものが発生していなかったので、自分の事をさながらにつけつけと書き立てる決心は、新時代の藤村もまだなし得なかったのだ」（正宗『自然主義』28）というところが『破戒』執筆前の素っ気ない真実かもしれない。少なくとも小説技法的にはこの通りのことであるだろう。[1] だが、『破戒』は被差別部落出身者の謂われなき社会の差別に対する懊悩に付託された、「それでも生きて行きたい」藤村の鬱勃たる精神の劇化でこそあって、その作物の完成が結果として度重なる家族の死をもたらし、ただ生きて行くのさえおこがましい「私」というものの再認識を藤村は迫られることとなった。この「怪物」たる「私」を描くこと、それそのものが藤村の「破戒」だった。

2　「破戒」のひと、その後

新しい時代の新しい小説創造のために戒めは破られ、果たして家族の死を招来した。これまでもこうしてしか生きては来られなかった、破戒後は言うまでもなく、破戒の罪科を背負い、それでもまたこうして生きて行くほかない、そんな自分の生の宿命や因縁をえぐり尽くす道を藤村は黙々と進んだ。いわゆる「私小説」が、それこそ後期の志賀直哉のように、作家の周囲に現在進行形的に進展する事どもを淡々と描いてゆく身辺雑記的なもの（「心境小説」などと言われたのだが）に落ち着いてしまう傾向にあったのに対し、藤村はどうして自分はこのようにしか生きてこられなかったのかという問いを、執拗に奥へ奥へと突き詰めてゆかざるを得なかった。青春時代を描いた『春』や少年時代を描いた『桜の実の熟する時』に見るような彼自身の来し方ばかりでなく、おそらく彼の代表作と呼ぶべき『家』では、彼自身の悩みも尽きぬ結婚生活の周辺に、長姉園子とその嫁いだ先の旧家高瀬家の人々、長兄秀雄、次兄広助、三兄友弥、それぞれの混迷の人生の進み行きを冷静な筆致で描き抜いた。

たとえば『家』には、園子をモデルとするお種が親の決めた縁談を不服として剃刀で咽喉を切って抵抗した過去、その後に夫とした男（高瀬薫、作品中の橋本達夫）は多くの奉公人を抱え家伝製薬を業とする大店の跡取りだったが、その夫が放蕩で得た性病にみずから感染し懊悩する様、その夫が懲りもせず今度は新橋芸妓と手に手を携えて出奔、にもかかわらず不実な夫を待って逗留を続ける伊東の温泉宿で、逃げ出した夫を思い、自分は妻女として色気にも陽気さにも欠けていたかもしれないとみずからを省みて「面白可笑しくして遊ばせるやうな婦女《おんな》でなければ、旦那衆には気に入らないのか知らん……ナニ、笑はせやうと思へば私だつて笑はせられる」などと言い言い、新年の余興にと突如漫才の扮装をし、老いた面に白粉を叩いて、宿の浴客相手にこびを売って歩く痛々しいような姿が描かれる（『家』150）。また作品巻末にほど近いところ、もはや押しとどめようもない家の崩壊を実感しつつあるこの姉は、訪ねてきた弟三吉（藤村本人がモデル）に「一つ斯の身体を見て呉れよ。俺は斯ういふものに成つたよ」と、着物の襟を無理に広げて見せた「苦み衰えた胸のあたり」を、「骨と皮ばかりと言つても可かつた。萎びた乳房は両方にブラリと垂下がつて居た」とも描写されねばならない――「三吉は、そこに姉の一生を見た」(378)。

園子は、『新生』刊行後二年の大正十年(一九二一年)に発表された「ある女の生涯」に、ふたたびおげんとして登場する。おげんもまたお種と同じ境涯にあって「彼女は旦那の生前に、自分がもつと旦那の酒の相手でもして、唄の一つも歌へるやうな女であつたなら、旦那もあれほどの放蕩はしないで済んだらうか、と思ひ出して」みたりもし、深い女の業に翻弄されたみずからの一生を省みるのだが(「ある女」72)、寄る年波とともに認知症を発症(性病がついに脳を冒した)、消えかかる正気の頭で必死の抵抗を試みるものの、最後は弟たちの手によって精神病院送りとなる。園子の脳裏には、やはり晩年に発狂し、先祖の建立した永昌寺(『夜明け前』の萬福寺)に火を放つにおよんで、とうとう息子に後ろ手に縄を打たれて座敷牢にはいり、その暗い場所で生涯を終えた父親のことがしきりによみがえる――「こゝはもう自分に取っての座敷牢だ。それを意識することは堪へがたかつた」(103)。

園子には長男慎夫(家督を継いで兼喜と名乗る)、長女田鶴があったが、『家』ではそれぞれ正太、お仙として登場し、正太は旧家の総領息子としての重圧もあってか、父達夫譲りの放蕩に身を染め、また事業に才覚もなく、挙げ句肺患のため、寂しい母お種をひとり遺してむざむざ没するのであるし、お仙は「子供の時分に一度煩つたことがあつて、それから精神《こころ》の発育が遅れ」、「自然と親のそばを離れることの出来ないものに成つている」気の毒な娘だ(『家』6)。

姉園子のことばかりではない、長兄秀雄にあたる登場人物実は、小泉家家長として父親の蕩尽後の家産再興のために次々と事業に手をつけるのだが、磊落な善人でひとを易々と信じて易々とだまされ、そのことごとくに失敗し、ついには不正事件に連座し、義侠的気質から一身に罪を引き受けて囹圄の人となり、ついに外地満州に最後の望みを託して国をあとにするところが描かれる。次兄広助については、のちの『新生』のほうでより紙幅を費やして描かれることとなるが（この広助の次女こま子が、『新生』で主人公岸本捨吉と間違いを犯す彼の姪節子である）、広助をモデルとする森彦は、兄実とともに豪放、夢を語れば大言壮語を吐く人で、兄の実や姉の夫達夫の女がらみの体たらくに歯に衣をきせぬ正論を吐いて譲らない。本人は、家族を放り出して、事業と金策に明け暮れる宿屋のやもめ暮らし、見栄から第一等の宿を取っては部屋に熊の毛皮なぞを敷いたりする男ではあるものの、実質はなかなか伴わず、傾いた家産を立て直そうとむなしく東奔西走する様子ばかりが見える。

三兄友弥の宗蔵は学問になじめず落第したのを機に奉公に出されるが、そこでも辛抱が足らず出奔、流浪と放蕩を重ね、「横浜あたりで逢つたある少婦《をんな》から今の病気を受け」（『家』47）、脊髄癆と呼ばれる小児麻痺状の身体となりはてて、兄実の家に食客居候のように転がり込み、箸も持てずスプーンをあてがわれ、それでも食い意地が張っているのであからさまに嫂に嫌みを言われ、「『最早お目出度く成りさうなもの』と言はれるほど厄介に思はれながら」、それでも「『食はないのは損だから……』斯う捨て鉢の本性を顕は」すようなひととして描かれなければならない（292, 45）。[2]

すでに触れたように、『新生』は、藤村生涯の一大スキャンダル、妻冬子を亡くした彼が女手のない不如意を助けるために兄広助より遣わされた娘こま子とのあいだに犯した近親間の密通、父とも母とも名乗ることの許されない子の誕生、そして世間の目をはばかるために、亡き正妻の子達とこま子の生んだ罪の子とこま子自身を国に置き去りにし、三年もの間を（しかも第一次大戦下の）フランスで過ごし、帰国後も精神不安の状態にあるこま子を哀れんで（？）ふたたび肉体関係を結ぶにおよび、このことを知った兄夫婦からことあるごとに金銭の供与を強いられ、ついに進退窮まって、長兄秀雄のとりなしによってこま子を台湾に体よく厄介払いするまでの顛末を描いた作品となった。

この作品は「恋愛と金銭とからの自由という血腥い現実の要求にうながされ、それの打開策を主要な目的として書かれた」との平野謙の評は、まずは正鵠を射たものと言ってよい。ただしそれは、同じ文章中のその後に見える「藤村はただおのが宿業にひきずられ、のたうちまわりながら、そこからの遁走という苦しい独特のたたかいぶりを強いられねばならなかった。捨吉［藤村自身をモデルとする『新生』の主人公］の常識外れの因循姑息も、その驚くべきエゴイズムもすべてこの内心のたたかいの反映にすぎなかった」という言葉とあわせて理解されるのでなければならない（平野 137, 163–64）。

また同時にこうした近親間の性の過ちが彼ひとりのことではなく、彼の父島崎正樹もまた同じ罪を犯したひとであったことが、狂気の発作を起こしたその父を後ろ手に縛り上げ座敷牢に監禁したのと同じ兄によって示唆されもする――「民助［長兄秀雄のこと］に言はせると、あれほど道徳をやかましく言つた父でも誘惑に勝てなかつたやうな隠れた行為《おこない》があつて、それがまた同族の間に起つて来た出来事の一つであつたといふ。『俺は今まで斯様なことを口に出したことも無い。』と民助は弟を前に置いて、最早この世に居ない父の道徳上の欠陥が末子の岸本［捨吉］にまで伝はり遺つて居るのを悲むかのやうな口調で言つた」（『新生』481）。実際、この父をめぐる醜聞については、秀雄の長女いさ子の息子で、著名な心理学者でもあった西丸四方の評伝によって、父正樹とその異母妹にあたる由伎との道ならぬ関係として特定されている（西丸 27, 41, 134）。

そして完成した最後の作品、大長編『夜明け前』は、父正樹を下敷きにした青木半蔵を主人公に据え、御聖道への政令帰一という幕末維新に夢をかけて、本居宣長、平田篤胤国学の理想実現を期しながらも、文久三年（一八六三年）およびその翌年に勃発した薩英戦争、馬関戦争を契機として、維新勢力が尊皇攘夷から尊皇開国へ「変節」とも呼ぶべき一大方向転換を遂げ、その夢も理想も半蔵が生きるあらゆるよすがともなっていたがために、それが足下からもろくも瓦解するにおよんで、ついに妄想を見、幻聴を聞くほどに狂い、座敷牢で無念の最期を遂げるまでを描いた。

嫁ぎ先から父の変事を聞きつけて馬籠の里まで駆けつけた娘お粂（園子のこと）が来ると、半蔵は消え残る正気の頭で、大きく紙に「熊」と書いてみせて、我が身を檻につながれた獣にたとえ、「可笑しく言ひ当てたといふ風で、やがておのれを笑はうとするのか、それとも世を嘲らうとするのか、殆どその区別のつけられないやうな声で笑ひ出した。笑つた。笑つた。彼は娘の見てゐる前で、さん〴〵腹をかゝへて笑つた。驚くべきことには、その笑が何時の間にか深い悲しみに変わつて行つた」（『夜明け前』515）。

「きり〴〵す啼くや霜夜のさむしろにころも片敷き独りかも寝む」と、この暗がりであえなく朽ち果てんとするおのれの惨めな様を古歌に歌った最後の理性も、ついには狂気にむしばみ尽くされ、かつての知友を「あの男も化物かも知れんぞ」と独りごちて、「さあ、攻めるなら攻めて来い。矢でも鉄砲でも持つて来い」とわめき散らし、そして「俺は楠正成の故智を学んでゐるんだ。屎《くそ》合戦だ」と吠え立て、「この世の戦ひに力は尽き矢は折れても猶も屈せずに最後の抵抗を試みようとするかのやうに、自分で自分の屎を掴んでゐて、それを格子の内から投げてよこした」（『夜明け前』525–26）。

みずからの恥と汚点をさらけ出すだけでは飽き足らないかのように、自分の家族全体を貫いて流れる汚辱の血がこの自分の肉と精神をかくあらしめるのだ、自分の娘三人と妻の命をも奪いながら、文学に仮託するほかない自分という孤独な「怪物」をこの血統が作り上げたのだと言うように、藤村は家族のほとんどあらゆる秘密を繰り返し幾度も書き立てた。

読者はこの暴力的なまでの率直さにいったん慄然とせずにはおられまい。このふるまいの全体を指して「破戒」と呼ぶべきでない理由があるだろうか、これこそまさしく「破戒」と呼ばねばならぬ所業とは言えまいか。

3 「破戒」という思想

そう言えば、小説『破戒』の瀬川丑松にとって破ってはならぬ戒めを繰り返し言い聞かせたのは、やがてはぐれ牛に腹を貫かれて最期を遂げる父親であったが、その父親の戒めとは、おのれの被差別部落民という血統と素性を「隠せ」という戒めではなかったか——「『たとへいかなる目を見ようと、いかなる人に邂逅《めぐりあ》はうと決して其とは自白《うちあ》けるな、一旦の憤怒悲哀《いかりかなしみ》に是戒《このいましめ》を忘れたら、其時こそ社会から捨てられたものと思へ。』斯う父は教へたのである」（『破戒』9–10）。

丑松はこの父の教えにもかかわらず、敬愛する思想上の「父」、同じく被差別部落出身者猪子蓮太郎の悲劇の死に殉ずるかのように、教室の教え子たちの前に手をつき額ずいて「実は、私は其卑賤《いや》しい穢多の一人です」と告白する（『破戒』273）。丑松はその後、下宿を兼ねた蓮花寺で知り合った同僚風間敬之進の娘お志保の愛を得、同じ出自をもつ大日向の財政的援助を得て、テキサスの日本人村という新天地を目指してこの地を旅立つこととなる。丑松は父が予言したように社会からいったん放擲され、もうひとりの「父」の教えにつき、新しい「父」の統べる社会のひととなる。「破戒」の前後に丑松に起ったこととは肉の父から精神の父へ、父の交換であったと言えるのかもしれない。

では新しい精神の「父」の教えとは、その思想とは、いったい何であったのか。猪子蓮太郎はそのころ『懺悔録』を上梓したばかりのころだった。

猪子蓮太郎の思想は、今の世の下層社会の『新しい苦痛』を表白《あらは》すと言はれて居る。人によると、彼男《あのおとこ》ほど自分を吹聴するものは無いと言つて、妙に毛嫌いするやうな手合もある。成程、其筆にはいつも一種の神経質があつた。到底蓮太郎は自分を離れて説話《はなし》をすることの出来ない人であつた。しかし思想が剛健で、しかも観察の精緻を兼ねて、人を吸引《ひきつ》ける力の壮《さか》んに溢れて居るといふことは、一度其著述を読んだもの〻誰しも感ずる特色なのである。(『破戒』10–11)

藤村はかつて朦朧派と呼ばれた詩人であったが、小説家となって以降も藤村の文体には必ずしも明瞭ならざる淀みのごときものが混入すると言う。今この右の文章について、そうした作家独自の傾向を見込んでおく必要は、とりたてて無いと思うのだが、いずれにせよ、右は「思想」の説明としては、端的に不十分であり、異様でさえある。ここで語られているのは、猪子の、丑松の新しい「父」の「思想」の説明ではない。「思想」と言うよりは、あるひとつの「文化」――いや、むしろこれを「文体」の説明と言ってはいけないだろうか。この猪子の「思想」の説明は、ほとんどそのまま小説『破戒』以降の小説家島崎藤村の文学の進み行きを言い当てている、そうとしか読みようがないではないか。「思想」と言いつつ、「自分を吹聴する」

「一種の神経質」があるとか、「観察の精緻」を具備し「人を吸引ける力の壮んに溢れて居る」とかいう物言いの奇妙さ、あるいは不適切さは、このようにでも考えない限りどこにも落ち着き所を持ち得ないではないか。

それは「剛健」でありつつも、「新しい苦痛」の表白であると言う。ここに明らかにされているのは、今、戒めを破って、父を、座敷牢の暗がりから獣のような声で吠え立て、おのれの「屎」を掴んで放り投げたひととして、母も姉も兄も淫蕩の血の犠牲者として、そして禁じられた性への逸脱者として、またみずからもその血の命ずるところに抗いきれず同じ罪を繰り返すはずのひととして、彼の新しい「父」の顰みに倣い、彼自身の「懺悔録」をものするひととなるという予言ないし決意の表明なのではなかったろうか。そして彼の「破戒」のあと、現実に彼の小さな家族の命が次々と失われるにおよんで、「新しい苦痛」は真の苦痛と犠牲を伴うことを彼は知り、にもかかわらず、いや、であるからこそ、その懺悔の決意はより徹底的に実行されねばならないと知ることにもなるのである。

もとより世評芳しからぬ作品巻末の例の瀬川丑松の土下座の場面、[3] 藤村は、丑松とともに、ひれ伏して詫びているのである、今はもう亡き父や母の魂に、姉と兄たちに、そして父たる彼、夫たる彼をおいて先に逝った娘たちと妻に、彼は額ずいた頭をもはやあげることができないのである。

4　近代文学の「破戒」

さて、戦後『自然主義文学盛衰史』をものした正宗白鳥が、自分は藤村の文学を「特に傑れていると思っているのではない」がといったん白鳥らしき断りを入れつつ、「私の自然主義文学回顧は、藤村を中心として回転をつづけそうである」と書いたように（正宗『自然主義』31）、藤村は初めて本格的自然主義小説に取り組んだ作家のひとりであり、ついに『夜明け前』に至って自然主義そのものを果敢に超脱せんと試みた、常に先駆的なひとであった。思えば、右に述べた『破戒』の猪子蓮太郎の「思想」として語られる予言ないし決意とは、ひとり藤村に限らず、日本の近代にはじめて本格的に根付いた自然主義文学の思潮をもそのまま言い当てているように聞こえてくるのである。

そもそも自然主義というときの〈自然〉とは、文字通りおのずからなる自律的なものであって、個人の意識の埒外にあり、同時に自我のあずかり知らぬ以前に自我の存立根拠となっていて、それを容赦なく急迫してくるもの一般を指している。自然主義とは漠然と個我をはらんで世界と呼びうるもののなかで、個我がその周辺とは完全に断絶しているというすぐれて近代主義的な幻滅の世界認識に依拠している。したがって〈自然〉とは、ダーウィン、フロイト、マルクスらの近代を画する三つの大発見（大雑把に言うならば、遺伝と無意識と社会構造の発見）に共通している近代特有のペシミズム――世界は〈私〉の自由には決してならず、〈私〉のありよう以前に、それにまったくあずかることなくすでに決定されている――と軌を一にする。小林秀雄は「私小説論」で、西欧自然主義文学における〈私〉が「その時既に充分に社会化した「私」であつた」と言ったのだが、これを小林自身が直後に「彼らの「私」は作品になるまえに一つぺん死んだ事のある「私」である」、つまり近代の〈私〉とは一度世界に息の根を止められた〈私〉のことなのだと換言したのは、この間の事情をそっくり言い当てている（小林「私小説論」381, 383）。

無論、小林の言わんとするところは、日本的自然主義の偏頗さ、つまり〈私〉を社会化するほど西欧流に成熟した社会のないところに出来した自然主義、そしてその社会化未了の〈私〉の「私小説」という存在の奇体さへの批判である。それは西欧の自然主義と日本のそれとが異なっているという指摘においては正しいと言わねばならないだろう。自然主義から「私小説」へと変転していった当時の文学を担った文学者たちは、藤村をはじめ皆西欧文学に一定の造詣をもっていた人々であったのだが、彼等に比して小林の西欧近代文学の理解は一頭地を抜いて深かったとは言えるのかもしれない。

しかしながら、彼等の文学を「自然主義」と命名することの厳密な意味での当否ということはさておいて、[4]青雲の志をいだき「坂の上の雲」を無我夢中で追い求めていた若々しい明治日本が、日露戦争（明治三十七―三十八、一九〇四―〇五年）、大逆事件（明治四十三―四十四、一九一〇―一一年）を経由し、石川啄木が「我々青年を囲繞《いじょう》する空気は、今やもう少しも流動しなくなった。強権の勢力は普《あまね》く国内に行亙《ゆきわた》っている。現代社会組織はその隅々まで発達している」と告発したような社会の急速なる閉塞状態を出来するにあたって（石川 117）、この国の文学者が、社会に対する幻滅と人間内面の熾烈な暴露を主軸とする西欧自然主義文学を、彼等なりに摂取採用し彼等の新文学の方法としたこと、特に大逆事件に見られるような、これもまた急造近代国家ならではの強権のあられもない発露に抗して（あるいは「屈して」？）、その内省の度合いをより深化させねばならなかったことを、少なくとも私は共感をもって見つめることができる。

彼等は彼等の新しい文学を生み起こそうとしていた。若々しい彼等のあまりの真摯さは、新しい文学を生むのは「新しい苦痛」と引き替えでなければならないと、その苦痛とは、彼等を血や肉の醸し出す情という、偲べばたちまち感傷の涙の源ともなって真綿でくるむような旧いしがらみに対し冷徹な無効宣告を下し、彼等自身をがんじがらめに捕えて離さない父の掟をも非情の決意をもって踏み破る、「破戒」の苦痛でなければならないと思っていたのである。

日本の自然主義に関する通り一遍とも聞こえる見解かもしれないのだが、その旗手としての島崎藤村に関しては、自己剔抉の「破戒」の誓いが真の非情の誓いと了解されること、すなわち非情に徹するのにあたって現実に踏み越えられてきた父、母、姉、兄、そして妻と娘への、切ればたちまち鮮血のあふれだすような情の、断ち切りがたいところを断ち切ってきた経緯の実在が信じられるところに、他の自然主義作家にはない藤村の価値があるように私は感じている（その数少ない実例を我々は見てきたのである）。描く対象へと向けるまなざしはあくまで冷徹であるべしという自然主義文学の教条が、単なる教条に終わっていないと言えばよいか。

たとえばあの白鳥が「藤村氏の作品には博大の心と云つたやうなものが何処となく漂つてゐる」と言ったのが、白鳥というひとが身もふたもなくあけすけな、極端に誤解を厭うような言いぶりのひとであるだけに際立って印象深く、なぜか盛んに首肯されるところでもある（正宗「藤村論」331–32）。また自然主義文学者に通有の「自己剔抉」の姿勢は、自然の脈絡として文学者の側に脱俗的ないし超俗的決意を促すことになったのだが、とはいえ、脱俗も超俗も現実に果たすことのできない彼等は、彼等の仲間内で狭隘な「ギルド」的文壇を形成してそこに立てこもり、社会からの自立の幻影に過ぎないところから、社会に対しこれに直接相渉ることなく、ただの「逃亡者」として姑息な批判を展開するという状況を生み落としたとは、伊藤整の日本近代文学批判の要諦である。しかし、伊藤は彼の言う「文壇棲息者」とは一線を画する一群の作家達のひとりとして、藤村の名前を挙げ、「古い、無意味な、または非人間的な生活や肉親と調和し、和解し、決裂しまいとする態度、それは文壇人には珍しいものである。藤村が珍しく文壇人以外の読者を持っていたのは、この思考形式の調和性によったもののようだ」とも述べている（伊藤 50）。

そして、藤村文学の基底に位置する「あゝ、自分のやうなものでも、どうかして生きたい」という言葉はふたたびみたび鈍重な余韻をともなって我々の耳に響いてこなければならないのである。

繰り返せば、藤村の『破戒』という小説は、このような熾烈な覚悟で書かれた小説であり、彼の「新しい文学」がこうしてみずから親しんだ精神の風土から無理矢理身を引きはがすような「破戒」の決意をもって取り組まれねばならなかったのは、彼の祖国日本が近代を迎えるために経た、西欧近代への文化的敗北とこの敗北を契機とする文化的価値の暴力的な全面再配置という歴史的動乱の静かな反映であったのだろう。その意味において、『破戒』から始まった藤村の新文学への生涯を賭した挑戦が、まさにその歴史的動乱そのものに翻弄され狂死した主人公青木半蔵を擁する『夜明け前』に締めくくられてゆくのは、壮絶であるとともに、逆に美しい収斂感を伴っているかにも見えてくる。

注

1　いわゆる「私小説」が花袋の『蒲団』から始まったというのはあまりに単純な理解ではあるとしても、そのような印象は依然として根強いものがあるし、実際に『蒲団』の衝撃というのはただ事ならぬものであったのだろう。しかし、小説の題材として作家の「私」が定着するまでには徐々なる道程があったのであって、そのような「私小説」前史と呼ぶべきものを、当時の文壇やメディアを中心として、広く社会一般の文化的・歴史的分析から実証的にたどった研究もある。管見したものとしては、日比嘉高『〈自己表象〉の文学史——自分を書く小説の登場』、山口直孝『「私」を語る小説の誕生——近松秋江・志賀直哉の出発期』がある。

2　実のところ、西丸四方によれば、この流浪放蕩の挙げ句の廃疾の身となった三兄友弥は、寄食していた長兄秀雄の妻松江に対し、秀雄の留守中、不貞を働こうとしたことがあったらしい（西丸 140）。またそればかりでなく、友弥は父正樹と母縫の子ではなく、正樹が留守をしがちで妻たる自分を省みぬように思えたため、縫はつい「魔がさして」、近所にあった弘法大師を祭る家「稲葉屋」の主人とただならぬ関係に陥り、その結果として生れた罪の子だったという。しかし、この一件のみは、島崎家一統の汚辱を剔抉しつつあった藤村も決して作品には描かなかったのだ。同じく西丸は、それを「藤村は母の不義を知っていたために、母と第三兄友弥とにその作品への登場を抑圧してしまったのであろう」と分析している（西丸 41–42, 142）

3 「破戒」の実践としての丑松の土下座の場面については、小説刊行後間もないころから「何となく厭らしい奴隷じみた挙動」（鶉浜生 96）であるとか、「何故それ程、板敷の上に跪いてまでも許して下さいと言はねばならなかつたらうか」（楠緒子 67）とか、「外に対して告白するのであるから、既に穢多を耻とせずといふ表情が無くてはならぬ筈だ」（豹子頭 63）といった否定的見解がつとに寄せられてきた。

4 小林秀雄の「社会化した私」の不在をめぐる言説は、後に陸続と続く近代日本文学批判の嚆矢に位置するものとされるが、実のところ小林自身が自然主義や私小説に対する文壇の無理解、結果として生じる彼等の文学の素性の胡乱さに対する批判者であったとしても、そのような文学一般に対する批判者であったわけではない。でなければ、西洋的基準において社会化未了としか呼びようのない〈私〉のほとんど傲慢とも言えるような充実におのれの文学のすべてを賭け、逆にその近代未了性によって独自の世界観を築いた志賀直哉を、小林が絶賛し続けたことの理由を理解することはできない。

引用文献

石川啄木「時代閉塞の現状」（一九一〇年）『時代閉塞の現状　食うべき詩』岩波文庫、一九七八年、一〇七―一二頁。

伊藤整『小説の方法・小説の認識』講談社、一九七〇年。

井上良雄「芥川龍之介と志賀直哉」（一九三二年）『井上良雄評論集』（梶木剛編）国文社、一九七五年、八六―一〇七頁
鶉濱生「小説破戒を読む」（一九〇六年）『藤村全集　別巻上』筑摩書房、二〇〇一年、九五―九七頁。

［大塚］楠緒子『破戒』を評す」（一九〇六年）『藤村全集　別巻上』筑摩書房、二〇〇一年、六七―六八頁。

小林秀雄「志賀直哉――世の若く新しい人々へ」（一九二九年）『小林秀雄全集　第一巻』新潮社、二〇〇二年、一五二―六七頁。

――「私小説論」（一九三五年）『小林秀雄全集　第三巻』新潮社、二〇〇一年、三七八―四〇八頁。

志賀直哉「邦子」（一九二七年）『志賀直哉全集』岩波書店、一九九九年、一七―六一頁。

島崎藤村「ある女の生涯」（一九二一年）『藤村全集　第十巻』筑摩書房、二〇〇一年、六三―一〇五頁。

――『家』（一九一一年）『藤村全集　第四巻』筑摩書房、二〇〇一年、一―四一一頁。

――『桜の実の熟する時』（一九一九年）『藤村全集　第五巻』筑摩書房、二〇〇一年、四二三―五八一頁。

――『新生』（一九一九年）『藤村全集　第七巻』筑摩書房、二〇〇一年。

――『破戒』（一九〇六年）『藤村全集　第一巻』筑摩書房、二〇〇一年、一―二九九頁。

――『春』（一九〇八年）『藤村全集　第三巻』筑摩書房、二〇〇一年、一―二四六頁。

――『夜明け前　第二部』（一九三五年）『藤村全集　第十二巻』筑摩書房、二〇〇一年。

瀬沼茂樹『評伝島崎藤村』筑摩書房、一九八一年。

中村光夫『風俗小説論』河出書房、一九五〇年。

西丸四方『島崎藤村の秘密』有信堂、一九六六年。

日比嘉高『〈自己表象〉の文学史――自分を書く小説の登場』翰林書房、二〇〇二年、増補版二〇〇八年。

豹子頭「「破戒」」（一九〇六年）『藤村全集　別巻上』筑摩書房、二〇〇一年、六三―六六頁。

平野謙『島崎藤村』（一九五三年）岩波現代文庫、二〇〇一年。

正宗白鳥『自然主義文学盛衰史』（一九四八年）講談社文芸文庫、二〇〇二年。

――「島崎藤村論――夜明け前を読んで」（一九三二年）『藤村全集　別巻上』筑摩書房、二〇〇一年、三二一―三四頁。

山口直孝『「私」を語る小説の誕生――近松秋江・志賀直哉の出発期』翰林書房、二〇一一年。

第16章

志賀直哉と「自我」の問題

平石貴樹

序

西洋文学、とりわけアメリカ文学に親しんできた者が、日本の近代小説をまのあたりにしたとき、もっとも異形の感覚を覚えるのは、その自我の構造の相違をめぐってなのではないか、というのが本稿の趣意である。たとえばアメリカ文学においては、独立以前の時期から、近代的人物像の申し子とされるベンジャミン・フランクリンがあらわれ、以後現代に至るまで、近代的自我の活動（や挫折、破綻）の軌跡としてアメリカ文学の系譜をたどることは、可能なばかりでなく、ある程度まで自然な読解のいとなみでありえる。だが日本では、自我の近代性が、アメリカなどとは大いに異なっているために、結果として小説の形態や読みどころが異なってしまい、アメリカ文学の価値基準から言えば三文小説にすぎない駄作が、日本のコンテクストにおいてはなかなかの力作である、と評するべきケース、その逆もまた真、といったケースがかねておびただしい。日本近代文学においてもっとも率直に自我の確立に邁進したとされる志賀直哉の作品さえ、そのダイナミズムと独自性を賞味するためには、日本的自我の理解にもとづく独特の価値基準を想定する必要があり、それなしには一流の作品と認めることは困難であるように思われる。[1]

これを別角度から言えば、西洋の近代的自我と日本的自我それぞれのおよその構造を対比的に理解することによって、日本と西洋の小説の双方を賞味しようとする読者の切り替えスイッチのごときものを発見することができるのではないだろうか。その切替スイッチは、日本的自我の曖昧な性格から見て、ひょっとすると日本人だけがよく身につけることのできる特殊技能であるのかもしれない。いずれにしても本稿は、西洋文学とりわけアメリカ文学を専攻する日本人にとって、念頭におくべき一つの長い注釈となることを本望とする。

1

まずは日本的自我なるものの実体を素描しなければならない段取りだが、日本的自我は、和辻哲郎の「モンスーン的性格」から丸山真男が戦争責任を問題にした「無責任の体系」を経て、ユング派精神分析の河合隼雄が一九七〇年代以降展開した「母系型社会」にいたるまで、先行する多くの論考によって、かなりの程度まで解明されてきている。残る課題は、それらの議論を整理しながら、西洋的自我との対質をはかる作業であるだろう。その種の作業のためには、西洋で一般化しているフロイトの自我理論をいったん想起し、それをどのように変更すれば日本的自我に到達しうるのか、そうした問いを立ててみることが簡便であるように思われる。と言っても、その作業もまた、柄谷行人の「日本精神分析」によってすでにあらかたなしとげられている。

周知のようにフロイトにおいては、有名な「エディプス・コンプレックス」の例が示すように、個人の自我は、みずからの無意識を、無意識として抑圧することによって成り立っていた。両親をはじめとする環境からの影響を、無意識（や、場合によっては「超自我」と呼ばれる無意識的領域）において受け入れ、それを性格に反映させたり、そこからさまざまな欲望のエネルギーを供給されたりしながらも、健常な場合には、自我はみずからを自由に運営する主体性をもつものと想定されていた。近年、フーコーやラカンによって、フロイト理論は一定の批判・修正を受け、自我のエネルギーとしての「主体性」が、制度的・イデオロギー的な構築物であることが次第に明らかにされてきたが、それでも西洋思想においては、最終的に個人の主体性を信頼・救出する傾きを持ち、自我の制度性をあげつらう場合でも、当の制度を反省し、批判しかえすための知力や創造性を、自我の中に見出しがちであるように見受けられる。要するに、個人的な自由をつかさどる「個我」の部分が、質的にも量的にも自我の中心をなす考え方が、西洋の自我観だということになる。

これに対して日本的な自我は、柄谷によれば、「いわば、『去勢』が不十分である」（柄谷「再考」）。[2] すなわち、無意識の抑圧が中途半端にしか行われないために、母子融合の願望などが日本人の意識にも無意識にも共存し、それを基本的な欲望として日本的自我は生きることになる。柄谷はラカンの用語を用いて「象徴界に入りつつ、同時に、想像界、というか、鏡像段階にとどまっている」と述べて、この中途半端な日本的自我を、あくまでも個々人の位相で記述しているが、かれの考察にもとづいて、日本における母と子の強い絆、それを中心とした強い家族感情を議論するためには、日本的自我なるものを、集団的な自我として記述したほうが、かえってわかりやすいのではないだろうか。自我が集団的なものであるというロジックは、西洋の精神分析に慣れた目には奇異に映るだろうが、南博など、一部の心理学者は早くから、日本人の自我を論ずる際に「集団的自我＝集合我」の概念をもちいている（南、第二章を参照）。また、自我の別名の側面をもつ「アイデンティティ」をめぐる議論においては、東洋でも西洋でも、生活の諸層にわたる「集団的アイデンティティ」（家族アイデンティティ、職場アイデンティティなど）が、かねて頻繁に議論されているから、それに引き寄せて自我を理解することは、じつはさほど困難ではないはずだ。

日本的自我は、母子の自我融合を理想の核心として、その周囲を家族、共同体の連帯感が包み守り、その外側には基本的道徳コードを共有した「世間」や、さらには宗教心の源泉たるべき「自然」が広がる、ぼんやりとした調和の空間として措定されるように思われる。その空間には「家父長制」をはじめ、仏教や儒教の伝統が浸透している。そのような空間の中で、日本的自我は、母胎回帰に象徴されるような原点への回帰、調和の復活を、個々人の無意識の目標としてだけではなく、しばしば意識的・明示的な目標として生きる。こうした自我理解が、フロイトからかけ離れていることは言うまでもないが、少なくとも日本人の側から見れば、自我とは本来家族を中心とする環境の中にぼんやり育成されるもので、西洋の近代的自我は、その中で個我の部分を特権化・中心化しながら、集合我的ひろがりを抑圧・捨象した結果としてもたらされたものにすぎない、と考えることもできる。逆に西洋人から見ると、現代まで命脈をたもつ日本的自我は、前近代の遺物にしか見えないだろうが、そうではなくて、それを維持することが日本人の近代化のしかただったのである、と考えることが、少なくとも日本人にはできるだろう。言うまでもなく、日本的自我は天皇制にもよくなじむ。他方、西洋において個我の特権化をうながした影響力の一つが、人を親よりも神に結びつけて平等に理解しようとするキリスト教の教えだったことも言うまでもない。

もとより本稿は、自我の理論を大規模に展開する用意などないが、これから見るように、西洋の小説と日本の小説のあり方の相違を考察するためには、彼我の自我の相違を、少なくともこの程度に見積もっておく必要があるように思われる。それをしないために、日本の近代文学をめぐる議論は、不必要な誤解や回り道に、従来から祟られてきたのではなかったか。

2

志賀直哉を日本の集団的自我と結びつけた、おそらく唯一の先行研究は、磯貝秀夫の論文「昭和文学の正と負」である。

農村的共同体のなかには、純粋他者は存在せず、自他は、不分明な連続一体の関係にあり、したがって、そこでは、他者と明確にちがったものとしての自我の意識は成熟しない。つまり、共同体のなかの個我は、共同体的集合我と分かちがたく、いわば埋没の関係にあると言わなければならないのであるが、かりに、こういう構造のままで、個人が個の尊厳の観念に目ざめたとしたら、いったいどういうことになるか。自他の断絶を意識しないままに、自己が肯定されるとしたら、自己は同時に全体として、おそらく絶対化される。個即全であり、自我はそのままで宇宙になり、また神にもなる。（磯貝 124）

と磯貝は述べて、後半の「神にもなる」絶対者としての志賀の自己確信を説明している。方向づけの議論として秀逸であるが、個我の役割をあまりにも小さく見積もって「埋没」させている点と、返す刀で志賀の自我を「絶対化」しすぎて、性欲に悶え、女＝母と融合したがるその性質を見逃している点がなお気にかかる。

志賀の代表作『暗夜行路』が、融合型の日本的自我を描き出していることは、そうした観点に立ちさえすれば簡単に確かめられる。前半の求愛の対象であるお栄は、謙作にとってあきらかに、かれが思慕しつづける母親の代理となるべき人物である。また、後編で謙作が妻とした直子とのあいだには、あらたな自我の融合が実感される。

彼は黙つて直子の手を握り、それを自分の内懐に入れてやつた。直子は媚びるやうな細い眼つきをし、その頬を彼の肩へつけ、一緒に歩いた。謙作は何かしら甚く感傷的な気持ちになつた。そして痛切に今は直子が完全に自分の一部である事を感じた。(4: 371–72)

「完全に自分の一部である」とは、もちろん相手との対等な融合ではなく、家父長的な家族主義が謙作の自我を支えていることを示している。それにしても、かれの自我が、ここで自他の区別をうしなうことによって穏やかな調和に達していることは間違いない。謙作の中では――多くの日本人にとってそうであるように――母親への憧憬と性的欲望がどこかで繋がり、性の力による自我融合を一心に求める。妻は母親のもっとも正しい代理である。フロイトには病的だと見えるかもしれない日本的事態はこのようにして起こる。

自我融合を性の力にゆだねる以上、夫=息子は、性の欲望と想像力が亢進した場合には、母親や妻をことさらに性化して、一般的な欲望の対象として彼女たちを位置づけることを望む。母親や妻が魅力的な美人であることが、夫=息子には自慢なばかりではなく、欲望を正当化してくれる安心の種なのだ。あとはその欲望を、母親の代理物に振り向ければよい仕組みである。『暗夜行路』の前編が母親の不義をあつかい、後編が妻の不義をあつかっている事情は、このようにしてストレートに理解される――ストレートとは、謙作と志賀直哉を同一視する読み方をおのずからふくんでいるが、その点については後に述べる。いずれにしても、不義が性的欲望をさらに刺激して自我の融合を促進するプロセスを、志賀は好んで描いた。そのもっとも顕著な例は、短編「雨蛙」に見出されるだろう。仲のよい若夫婦のあいだで、事故のようにして起こった妻の不義が露見した瞬間、夫は次のようにその種の融合を感得する。


「……」せきは急に下を向いた。

彼は不意にその場でせきを抱きすくめたいやうな気持になつた。せきが堪らなく可愛い。そして彼は危くその発作的な気持に惹き込まれかけたが、ガタンと音のするやうな感じで我に還ると、驚いて其不思議な気持から飛び退いた。

「何と云ふ自分だらう」

彼はそれきりもう黙つた。そして自分の気の静まるのを待つた。然し彼の胸は淡いなりにせきをいとほしむ心で一杯だつた。(5: 27–28)

一方、『暗夜行路』の結末は、謙作の視点から直子の視点にスイッチしているせいで、とかく議論を引き起こしてきたが、自我融合の観点から見れば、ここにもまことに平和な終了感がただよっていることがわかる。

謙作は疲れたらしく、手を握らしたまま眼をつむつて了つた。穏やかな顔だつた。直子は謙作のかういふ顔を初めて見るやうに思つた。そして此人は此儘、助からないのではないかと思つた。然し、不思議に、それは直子をそれ程、悲しませなかつた。直子は引込まれるやうに何時までも、その顔を見詰めてゐた。そして、直子は、

「助かるにしろ、助からぬにしろ、兎に角、自分は此人を離れず、何所までも此人に随いて行くのだ」といふやうな事を切に思ひつづけた。（4: 552–53）

「助からぬにしろ」「随いて行く」という決意は、一見したところ矛盾である。だが、ここでは直子が謙作と一心同体になって、爾余は運命にゆだねるばかり、といった自我融合の最終局面のごときものが読み取られればいい。直子の視点へのスイッチは、どちらの視点でももはやかまわない作者の境地を表現していることになる。付け加えるなら、「運命」や「宿命」の観念は、「自然」の観念のいわばすぐ隣りにあって、不可避なものを受け入れさせる「日本的宗教観」に根ざしていると考えられる。

こうした自我融合の観点を取るうえで注意しなければならないことは、融合したからといって、直子が謙作にとって、普通の意味で他人であるのを止めるわけではない、ということである。自我融合は——日本人の多くが実感しているとおり——永続的な目標や瞬間的な確信ではありえても、長い人生の中ではさまざまな確執が起こり、阻害や損傷の因子には事欠かない。そもそも日本的自我は、多くの他人と組み合っていて、最終的には輪郭が曖昧で不安定なのである。それでもその輪郭の内部では、他人もまた自分であり、自分たちであると認識することを日本人はふつう望む。たとえば、直子の不義のショックを引きずる謙作が、

腹立ちまぎれに、走りかけた列車から直子をホームに突き落とす有名な場面がある。そのとき、「直子が仰向けに倒れて行きながら、此方を見た変な眼つきが、謙作には堪へられなかつた」(4: 475)。だが、ここで直子の「変な眼つき」は、西洋小説について言う意味で彼女の「他者性」をあらわすのではない。そもそも直子とのあいだで謙作には自他の区別がなく、だからこそ思い通りにならない直子に癇癪を起こすのだ。これも日本人にはおなじみの種類の行動である。その証拠に、この「変な眼つき」のあと、二人は自分たちの関係を深刻に問い直すわけでもない。

自分自身であるはずの妻が、よその男と性交してしまった。謙作が苦しむのは、ひたすらにこの背理である。だが、物理的に他人である以上、自分自身として融合した相手が、妻であれ母であれ、あるいは父親であれ、自分に好都合な言動ばかりを繰り返すはずがない。煩悶はかならず起こる。日本の作家たちが家族の確執を延々と書き続けてきたのは、それがまさしくかれらの自我の問題だからである、という理解が、ここで成り立つことになる。

3

志賀直哉は、エゴイスティックなまでに自我を追究してきたことで知られてきた。かれは日記で「自分の自由を得る為めには他人をかへりみまい」(明治四十五年三月十三日付、12: 164)とうそぶくほど自己に専念したので、その自我を、なんとなく近代的自我と同一視する傾向が、読者や批評家のあいだで広がってきたことは、理由のないことではなかった。だが、その傾向がかれをめぐる議論を混乱させてきたことはいなめない。かれの自我は、磯貝秀夫が先鞭をつけたとおり、家父長的な我が儘の染み込んだ日本的集合我であると理解することが早道であると思われる。

志賀の自我を論ずる際にかならずと言っていいほど言及される事情は、第一に父親との長い確執、第二に「范の犯罪」に見られるような、利己主義ともおぼしい自己中心の思想である。范はナイフ投げの芸人だったが、「本統の生活に生きたいといふ慾望」(2: 271)から、諍いを起こした妻をナイフで殺してしまおうかと思っているうちに、本当にナイフが妻に刺さってしまう。そこでこの作品の表向きの主題は、范の殺意がどの程度明瞭だったのか、という問題に置かれるが、角度を変えて考えてみると、妻を殺そうと思う男が、往々妻とのあいだに自他の区別がないことは、日本の各種の三面記事が裏書してきた通りである。したがって范の告白が意味するものは、妻とのあいだに融合を果たせず、むしろ分離を構想するとき、日本的自我は塗炭の苦しみを味わうほかはない、という宿命的な事態である。自我が無意識に融合を求めるので、離婚することは日本的自我にとって、ちょうど親子の縁を切るように問題外なのである。「離婚」の一言が出ないばかりに夫婦の諍いが延々と続く日本近代小説の名作は枚挙にいとまがない。

志賀の父親との確執については、理解のための補助線が必要である。日本的自我が、どの親族とどの程度親しむかは、環境その他によって当然ながら千差万別である。場合によっては父親や母親と血みどろの苦闘を演じなければならない場合もある。したがって、志賀やかれの主人公たちが父親と争ったことは、かれらなりの個性をしめしている。だが、かれらと父親との確執は、いかに長引いたにせよ、また本人たちの自覚はどうであれ、本質的には、互いに融和をのぞむ同士のあいだで起こった不幸なボタンの掛け違いにほかならない。だからこそ志賀は、不和のあいだも父親から経済的援助を受けることを恥としなかったし、やがてやってきた和解の瞬間には、家族一同号泣の感激を味わうことができるのだ。

すると突然父の眼には或る表情が現はれた。それが自分の求めてゐるものだつた。意識をせずに求めてゐたものだつた。自分は心と心の触れ合ふ快感と亢奮とで益々顰め面とも泣き面ともつかぬ顔をした。(「和解」3: 166)

読者がここに確認するものは、雨降って地かたまる家族的自我の再融合にほかならない。

自伝的作品「大津順吉」によれば、主人公が父親と争いはじめた主要な原因は、女中千代との結婚問題である。志賀の伝記は、「大津順吉」に描かれる問題が生じた当時、父親との不和がすでにはじまっていたことを教えるが、志賀は結婚問題、すなわち自分は自分で選んだ女と結婚する、という「恋愛結婚」の主張を、父親に反抗する最大の要因として前景化した。換言すれば、自身多分に家父長的であり、日本的な自我によって家族の融和を望んでいた志賀は、結婚についてだけは、親の指図に従う家制度の慣習にそむき、自由にふるまうことを決意し、そのことを重要視しつづけた。実際、志賀の勘解由小路康子との結婚は、父親の不参加のままにおこなわれ、確執をさらに長期化する原因となったという。

この「恋愛結婚」に関する自主独立は、志賀の鋭い個性だったが、それは同時に、勇気ある近代性でもあり、この点で志賀は、日本的自我をワンステップ近代化させたと評することができる。というのも、「恋愛結婚」の実行はおそらく、明治以降の日本の近代化において、もっとも重要な課題条件だったと考えられるからだ。「富国強兵」に従い「立身出世」を心がけることは、江戸時代のメンタリティを延長すれば可能だっただろうが、恋愛結婚と一夫一婦制、それらの新イデオロギーにもとづく男の性の管理は、西洋諸国に伍すると同時に、女たちの地位の向上にも直結するがゆえに、ただちに完全実現することは困難だが、是非とも理念として掲げつづけなければならない、国民全体を巻き込んだ課題だった。[3] 周知のように、その課題を声高に喧伝したのは、キリスト教布教にあずかる人々だった。持ち前の生真面目に加えて、かれが一時期師事した内村鑑三によって姦淫の罪を叩き込まれた経験から、性的欲望に悩んだ結果、恋愛結婚の課題を獲得した志賀の道行きは、したがって、時代の要請を鋭敏に察知した道行きとなる必然性を秘めていた。

この課題は、日本的自我の観点から言い直すなら、日本的集合我の中に、愛し愛される＝真に融合しうる他人を、新たに組み込むべし、という命令を意味したから、たちどころに多くの日本の作家たちを悩ませつつ魅了することになった。夏目漱石をはじめ、明治後期から昭和にかけての多くの作家たちは、恋愛結婚と一夫一婦制の困難をうったえる、あるいはそれらの無効を宣告する作品を残したが、志賀の独自性は、なんとかこれらを前向きに捉え、実践しようとすることだった。志賀にそれが可能だった理由は、もっぱら男の視点から、多少とも身勝手にこの課題をとらえた事情に加えて、性的欲望や母親への憧憬が強烈だったことだろう。志賀にとって、「聖なる母」は「性なる母」でもあった。だが、繰り返すが、他人は他人なのだから、自我融合の夢は簡単には成就されない。そこへむかう苦闘の軌跡が『暗夜行路』一冊なのだと考えられる。[4]

4

前節までの行論は、紙幅が限られたせいもあって、ともすると従来の志賀の「自我」を「日本的自我」と呼び替えただけの、泰山鳴動の類のように見えるかもしれない。だが、この呼び替えが重要なのは、志賀の小説の形、すなわち広い意味で、日本独特の発達をとげたと言われる「私小説」の形を、それが説明するからである。

「私小説」を、西洋の小説との対比において解明する作業も、これまで再三試みられてきた。中でも伊藤整は、イギリス文学を学んだ目で、この作業に集中的な努力を傾けたことで知られている。伊藤の有名な「逃亡奴隷」の説は、私小説作家たちが社会生活への関心を放棄する姿勢、ひいてはあらゆる社会意識・社会思想をこばむ姿勢に、日本独特の現象の根本を見た。たとえば伊藤は言う、私小説がとらえる人間像は、

> 一方では体験の思想化を拒む。作家において思想性が生まれない。もう一方では類型への配慮が生まれない。類型はイデエを中核として他の存在に同一性を見出すことであり、造型の出発である。だから私小説家の現世放棄による非現世的自己確立は、エゴを他者に仮託して造形することをゆるさない衝動を根本に持っている。だからそれは原質的な、言わば孤立した、体験的な人間像を作ったが、それは方法的にでなく、やむを得ざる必然としてである。対象物は作家その人であり、その体験であった。自己の属する社会から遠ざかることのみが、かれらのエゴを確立させたのだから、そのためイデエは生まれ得ず、タイプを社会に設定し得なかった。(伊藤 117–18)

すなわち、社会意識——およそ伊藤の「イデエ」に相当する——の拒否の結果、小説的造型が不要とされ、他方「体験的な人間像」、すなわち自分自身の体験のみを書き記す傾向が日本の私小説には生じた。それではなぜ、私小説作家たちは「現世放棄」に邁進したのか。「出家」の慣習など、日本の脱俗的な宗教伝統、西行や芭蕉を代表とする「世捨て人の文学」の系譜、それに加えて、明治政府のもとで十分な社会活動

がゆるされない事態への失望や拒絶反応が、積み重なってかれらを追い立てた、というのが伊藤の説明である。おおよそ納得できる説明であり、現にそれは一定の評価を受け、中村光夫の『志賀直哉論』など、同種の議論の蓄積をまねいてきた。

だが、伊藤の説、および同種の諸説は、上の引用にも見るとおり、「エゴ」「自己」の定義において近代的自我との距離を測定しておらず、そのために問題ぶくみであらざるをえない。問題点は、近代的自我とは単なるエゴのようなものではなく、「万人平等」といった社会意識を本来備えているはずだ、といった理屈だけにあるのではない。明治政府が葬り去られ、「出家」や「世捨て人」もあらかたは記憶の彼方に去ったはずの戦後から現代に至るまで、日本の私小説が、ジャンルとしてともかくも生き延びてきた事実を、伊藤の説ではうまく説明できないのである。世俗をかえりみない宗教伝統がそれだけ強いのだ、と言い張ることもできるが、そうした宗教観に守られた自我のありかたが、そもそも日本独特なのだと、割り切ったほうが格段に説明力が高いように思われる。

政府や社会の状況がどうであろうと、日本の集合的自我は、第一に本質的に内向的、第二に、二〜三節で述べたように、当の自我の輪郭が曖昧で、内部の調整が容易でないため、外側の社会には基本的に関心を抱かない。私小説が集合内部の家族や恋人との関係にいきおい集中するのは、それが日本の自我のありさまを描こうとしているからにほかならない。つまるところ、自我を描くことにかけては、西洋の小説も日本の小説も、えらぶところがないのである。

さらに言えば、西洋の小説の基調となる近代的自我は、日本側から言えば、集合我のうちの個我の部分だけを独立させ、残余を抑圧・捨象したものであるので、日本の多くの読者にとって、そこで近代的自我がいくら活躍あるいは苦悩しても、それは個我の自由の結果、余裕の結果にすぎないのであって、個我が本来依存している（＝呪縛されている）集合我の基底部を深く剔抉することにはならないように見える。私小説から見ると、西洋の小説はどうも軽い、というわけだ。とりわけアメリカ小説は、と付け加えたほうがいいかもしれない。巷で時おり耳にする、日本人読者からのこうした逆襲のような西洋小説評価もまた、自我のありかたの相違から説明されることになる。

5

だが、日本的自我の観点がもっとも分析力を発揮するのは、『暗夜行路』のような、かならずしも「体験的な人間像」を追究しない作品に対してである。もちろん『暗夜行路』もまた、けっきょくは私小説に位置づけられるほかないから、伊藤の説が通用しなくなるわけではないのだが、母の不義から生まれ、やがては妻の不義に苦しむ主人公時任謙作を、作者志賀直哉がなぜわざわざ、自分自身の体験を離れて構想しなければならなかったか、その執念を考察するためには、「逃亡奴隷」の説だけでは如何せん不十分である。

ただし、『暗夜行路』が三人称小説として過不足なく成立しているわけでもない。志賀が書いたのか謙作が書いたのか判然としないことで有名な、作品冒頭の「主人公の追憶」をはじめ、この作品の矛盾・欠落は山のようにある。特に養母お栄への求婚、出生の秘密の露呈、妻の不義、といった主要な出来事を通じての謙作の心理の齟齬を丹念に突いた三好行雄は、「小説として見れば、矛盾に満ちた失敗作である。しかし、その失敗した場所で、日本近代文学の代表作という評価が逆に成立する」（三好 134）と述べ、次のように立論している。

かりにこの小説がある種のおくゆきを錯覚させるとすれば、それは作品自体のおくゆき、すなわち書かれた人間像のおくゆきではなく、作品を通して遠望する作者の全人格のおくゆきにほかならぬのである。読者は小説を読みながら、同時に、志賀直哉を読んでいる。（115）

「作者の全人格のおくゆき」とはつまり、作者の自我であるだろう。私小説は、本来「体験」そのものではなく、その内部で活動する作者の自我を目標として書かれる。作者の自我は、確かに通常は「体験」を通じて記録されるが、かならずしもそうとは限らない。現に志賀は『暗夜行路』のほかにも、「范の犯罪」をはじめ、空想的で蓋然性の低い虚構物語を数多く残している。それらをたとえばアメリカ小説に関する議論のように、ノヴェルだとかロマンスだとか区分けすることは無意味である。どちらにしても、目指されたものは作者の自我の表現であり、それは個々の作品を超えた「おくゆき」に所在する。したがって私小説は、究極的には、作品論が成り立たない世界であり、そこでは作家論のみが機能しうる。『暗夜行路』がまだ未完だった時期に、志賀作品について「私は眼前に非凡な制作物を見る代わりに、極めて自然に非凡な一人物を眺めて了う」（小林 21）と述べた小林秀雄の直観は、さすがに事の本質を言い当てていた。

三好と同様の認識は、志賀の晩年の弟子である阿川弘之によってももたらされている。阿川は志賀の長い伝記の中で、『暗夜行路』の作品としての欠点——クロノロジーの曖昧や謙作の職業生活の不明など——をあえて列挙したあとで、次のように自信にみちて述べている。

謙作をなまじ作家に設定した為、疑義や破綻があちこちに出て来るけれど、それを全部拾ひ出してみても、此の長編を解体解明したことにはならず、別のところに何か堅固な芯のやうな物が残る。また、さうでなければ、こんにちまで五十年間、所謂「ロングセラー」の命脈を保って来なかったらう。（阿川 46）

ここで「別のところ」とは、言わく言いがたい作品の「おくゆき」であり、「何か堅固な芯のやうな物」が、「作者の全人格」すなわち自我であることは明瞭だろう。こうして自我に忠実であろうとする姿勢が、私小説作家たちに、個々の作品よりも自我を、自分が生きることを、優先する立場を選ばせた。しかもその自我は日本的な集合我に根ざしていたから、おのれの自我に集中すればするほど——その種の集中が、あえて言えば、かれらにとって芸術至上主義の意味だった——かれらは社会に背をむけざるをえなかった。集合我の外周はいわゆる「世間」である。さらにその外側の社会や政治は、日本人にとって、いわば一旗あげて帰還するための外地のごときものにほかならなかった。

念のために言えば、西洋の近代的自我において、「万人平等」の基礎として、その同型性がとりあえず前提視され、コギトあるいはモナドとしての個人が保証されて、その保証からさまざまな近現代思想が生じてきていることは周知の通りである。ところが集合的自我においては、それがどのような集合なのか、その核心は両親なのだとしても、父親なのか母親なのか、その両者に対する依存の比率、その他の肉親や配偶者に対する依存の比率、確執の度合いや傷心の度合いなど、人の数だけみな違うので、一般理論がおそらく成り立たない世界である。集合我の日本は、どうやら近現代思想には向いていない。だが幸か不幸か、小説にはたいへん向いている。それぞれの集合的自我が抱える苦悩を、書くことによって理解したり、忍んだり、また他人の苦悩を読んで共感・安心することができるからだ。これが志賀などの私小説が「ロングセラー」でありつづける理由ではないだろうか。

言うまでもなく、他人との同型性が成り立たない以上、人それぞれに違う自我の苦悩を、想像上の他人に移し替えて考察することなど、不可能でもあり、無意味でもある。せいぜい主人公の名前を付け替えることができるだけで、日本の小説家は、あくまでも自分自身の苦悩を赤裸々に書き綴るほか、つまりは私小説作家になるほか術がない。もちろん「范の犯罪」のように、自身の苦悩に由来する想像を、時おり自由に放出する余地はかれらにも与えられている。当の想像が作者の苦悩に由来すると読解する読者層が、日本にはあらかじめ溢れているからである。日本的自我の観点は、このようにして、「逃亡奴隷」の説よりもさらに適切に、私小説の実態を説明することができるし、私小説作家たちが泰然と日本の小説界に君臨して、「逃亡奴隷」の誇りを受けても微動だにしなかった理由も、同時に忖度しているように思われる。

日本の私小説家たちはけっして西洋の小説を否定していない。それどころか、その理念を徹底的に実現しようとしている。その結果として、小説を否定してしまった。（柄谷「再論」55）

と、柄谷行人が小林秀雄流の直感によって述べた逆説は、このような筋道においてもっともよく理解されるだろう。

6

同じように自分たちの自我を問題化していても、古くから芸術の一斑として受容され、芸術諸ジャンルとの交流にも事欠かなかった西洋の小説と、作品を超えた作家のみを論及の対象とする日本の小説とのあいだの、懸隔はこのように深い。戦後から二十一世紀の現在に至るまで、家父長制や儒教の影響力など、日本的自我の基礎をなすさまざまなイデオロギーが衰退してきたので、日本人の個我の部分は確実に肥大してきた。それが近代的自我に成り代わることができるのか、キリスト教がなくてもそうすることがはたして可能なのか、予断はゆるさないが、目下のところは、近代的自我確立の覚悟のないまま、必要に応じて家族その他へ帰巣する権利を保有したままの、宙ぶらりんの近代的自我、という状況を、当分のあいだ日本人は引き受けなければならないように見える。小説にとってそれが幸福な状況なのかどうか、それも予断をゆるさない。

日本のアメリカ文学研究者は、彼我のこうした相違を自覚しつつ、戦略的にふるまうべきだろう。序で述べたように、切り替えスイッチに磨きをかけ、それを楽しむことも、できることの一つだろう。ただもっと積極的に、たとえば両親など、みずからの集合我の部分を作品において前景化する――いわゆる「家族小説」を書く――アメリカ作家たちを適切に評価しつつ、それでもなおかれらが、最終的には近代的自我に帰着せざるをえない――その意味で家族を見捨てざるをえない――実情を、丁寧に補足することなどが、日本人の得意領域でもあり、うってつけの責務でもある。近年のアメリカ小説は、日本的自我より、近代的自我のほうが先に崩壊するかのような情勢をともするとすると示唆しているから、いまさら近代的自我の確立を目指すことは、賢明な方針ではないかもしれない。

いずれにしても、人に対する暴力の最たるものは、人格形成における両親や文化環境の「刷り込み」であり、ところが、それなくしてはどのような自我も人格も成り立たないところが、人間の悲劇と言うべきなのだろう。ただ、小説はそのことの悲鳴をも、聞き取るジャンルであるはずである。

注

1　率直な例をあげるなら、カナダ・ヴィクトリア大学のコーディ・ポールトンは、志賀直哉について、伊藤整を髣髴する順当な指摘を繰り返しながらも、「この作品は、本質的に、『小説（ノヴェル）』というものとは違うものだと思っている」「謙作の利己主義は、個人の創造に明らかに失敗している」（ポールトン 26, 54）などと述べている。なお、志賀の作品からの引用は、『全集』によることとし、巻数とページ数を括弧内に記す。

2　日本的自我は、東アジア全体を席巻した仏教・儒教や「家」制度などのイデオロギーに依存すると考えられるが、他方で日本は長期間敵国の侵略や支配を受けない東海の島国である、といった地理的条件を斟酌すると、柄谷が言うように、それが日本人独特のメンタリティであると考える余地も大きい。なお、柄谷の日本精神分析の要諦は、漢字やカタカナを代表とする外来言語を、それが外来であることを刻印しつつ内部にとりこむ日本語独特の工夫装置を、外部と内部、意識と無意識を共存させる日本人の特異な精神構造のあらわれとして解釈することから出発している。

3　明治維新以来繰り返された恋愛結婚唱導の議論については、小谷野敦編『恋愛論アンソロジー』第三部を参照。また明治期の恋愛諸言説については川村邦光『セクシュアリティの近代』を参照。なお、性道徳の樹立が緊急の課題であったことは、内村鑑三の証言からも如実にうかがわれる。内村は、当時の日本人が西洋人に負けない道徳意識を持つにもかかわらず、性の道徳に関してのみ、西洋のキリスト教文化に遅れを取っていると嘆いた（『余はいかにしてキリスト信徒となりしか』15–16）。

4　「和解」には、父との諍いの挙げ句に、主人公が訪問した実家をその夜のうちに飛び出す場面が描かれている。そうしなければならない自分の事情を妻に理解させるために、主人公はまくしたてる――「「若しお前が俺のする事に少しでも非難するやうな気持を持てば、お前も他人だぞ」自分は突然こんな事を云った。妻は黙つて居た。／「若し俺がお父さんの云ふ事をはいゝゝ諾く人間だつたらお前とは結婚してやしなかつたぞ」自分は嚇すやうに又こんな事を云つた」（3: 93）――この場面もまた、「恋愛結婚」が新規独立の要である一方、結婚した相手は「他人」ではなく、新しい融合の相手であるという、日本でよく見かける心情を如実にあらわしている。

引用文献

阿川弘之『志賀直哉』下巻、岩波書店、一九九四年。

磯貝英夫「昭和文学の正と負」『現代文学講座五・昭和の文学一』紅野敏郎他編、至文堂、昭和五十一年。

伊藤整『小説の方法』岩波文庫、二〇〇六年。

内村鑑三『余はいかにしてキリスト信徒となりしか』講談社文庫、一九七一年。

柄谷行人「日本精神分析再考」（ラカン協会講演）、『柄谷行人公式ウェブサイト』二〇〇八年、<http://www.kojinkaratani.com/jp/essay/post-67.html>。

——「再論日本精神分析」『批評空間』三期三号（二〇〇二年）、四四—五五頁。

川村邦光『セクシュアリティの近代』講談社、一九九六年。

小谷野敦編『恋愛論アンソロジー』中公文庫、二〇〇三年。

小林秀雄「志賀直哉論」『新訂小林秀雄全集第四巻』新潮社、一九七八年。

志賀直哉『志賀直哉全集』全二二巻、岩波書店、一九九八—二〇〇一年。

コーディ・ポールトン「この人を見よ——志賀直哉の『暗夜行路』における自己崇拝」小谷野敦訳、『「暗夜行路」を読む——世界文学としての志賀直哉』平川祐弘・鶴田欣也編、新曜社、一九九六年、二四—六八頁。

三好行雄「仮構の〈私〉」『三好行雄著作集第五巻』筑摩書房、一九九三年。

南博『日本的自我』岩波新書、一九八三年。

■対談■

文学は暴力に抵抗できるのか

フォークナー、メルヴィルほかの作家たちをめぐって

千石英世/藤平育子

以下の対談は、二〇一三年十月一五日（火）午後六時一五分から七時四五分まで、中央大学人文科学研究所にて、教員、学生、院生、聴講生、一般からおよそ二十名の参加者を得て行なわれた。

■始めに

藤平　遅い時間にご参加いただきましてありがとうございます。とくに遠くからお越しの皆さま、感謝申し上げます。本日は大型台風が接近しているようでして、時間通りに終われますように、なるべくエフィシェントなトークにしたいと思っています。まず、千石先生、今日は嵐のなかをありがとうございます。

まず千石先生のご紹介をさせていただきますが、一九八三年、小島信夫論で、文芸評論への登竜門である群像新人賞を受賞されました。先生のアメリカ文学関係の主なるご著書は、メルヴィル論、『白い鯨のなかへ』（一九九〇）で、メルヴィルの『白鯨』上下巻の新しい翻訳を二〇〇〇年に講談社文芸文庫としてお出しになりました。現在立教大学の教授でいらっしゃいます。千石さんはアメリカ文学のみならず、世界文学、日本文学に大変お詳しいので、さまざまなお話を伺えればと思っております。

わたしたちは一九九七年に、フォークナー生誕百

年のとき、『ユリイカ』という雑誌で初めて対談しました。対談のあとで、編集者がつけて下さったタイトルは、「父権制のリミットとしてのフォークナー」というものでした。で、本日は、父権制の落とし子である様々な問題について、とくに父権制ゆえに起こる暴力、戦争などがいい例だとも思うんですけども、奴隷制度と人種差別、植民地の略奪など、そういったものを文学はどのように描いてきたのか、ということを話しあいたいと思っております。

なぜ、わたしたちは暴力に恐怖を覚えるのでしょう。文学は暴力に抵抗できるのでしょうか。文学が、もしですね、暴力に抵抗しうるとしたら、父権制的暴力に抵抗した人物たちを描く文学作品に、どんな形を取って現れるのか。果たして文学という、アクションではなくて、言葉を媒体とする作業というのは、暴力という人間を抹殺する現象にとってどのような意味を持つのか。そのあたりを広く深く話しあいたいと思います。なにしろ対談ですし、どこへ転ぶか落ちるか分からないのですけれども、とりあえず時間の許す限り、お付きあいいただきたいと思います。

■「ベニート・セリーノ」の怖さ

最初に取り上げたいのは、奴隷制度を描く作品なのですが――奴隷制度は文明の歴史とともにあると言ってもよろしいんですが――少なくとも西洋の近代以降の奴隷たちの抵抗というのは、案外早くから文学作品に書かれてきたわけです。アフラ・ベーンというイギリスの女性作家ですね、一六八八年に、『オルノーコ』という作品を出しています。イギリス文学史でもアメリカ文学史でもあまり取りあげられないわけですが、ベーンの名前と作品についてては、一九〇八年に新聞小説を書いていた（朝日新聞でしたかね）夏目漱石が『三四郎』という小説ですでに書いている……。

こういうふうに、早くから書かれてきたんですけど。皆さんがよくご存知の作品を取りあげるとしたら、アメリカでは、『フレデリック・ダグラスの人生の物語』というのがあると思います。これは一八四五年、当時奴隷制度のなかで書かれている。ダグラスは元奴隷ですけども。それからハリエット・ビーチャー・ストウの『アンクル・トムの小屋』がやっぱり奴隷制度の最中に書かれていて、両方ともベストセラーになりました。ストウ夫人の方は、発売から一年の内に、イギリスで百万部、アメリカで三十万部売れた、と言われています。もちろん、ストウ夫人はクリスチャンとしての良心から書いておられる、と思います。

この二つは同時代的に、奴隷制度進行中に出ていて、世論を動かすのに大きな力があったと思いますが、ここで、同じその時代、南北戦争が始まる数年前に書かれたメルヴィルの「ベニート・セリーノ」にすぐ行きたいと思うんですけれども……。これは、アフリカからの奴隷船、船上での反乱の物語なんですが、この作品は、時代を超えて読み継がれ、書き継がれていると思うんです。

わたくし、最近、この「ベニート・セリーノ」を再読したんですが、非常に面白くて、とくに最後が凄くて、どっきりしました。今どき、こんな古典を読み直してこんなに感動があるの？みたいに思ったんです。この話をまずしたいのですが、千石先生のご専門なので、「ベニート・セリーノ」を今読む意味と言いますか、何が面白いのかということをお話しいただきたいと思います。どうぞ。

千石　今日はお招きいただいてどうもありがとうございます。ただ、この会は、ここにおられる髙尾さんが中心になって、藤平先生のご退任の記念論集をやっておられる。それにこういう形で加わってみないかっていう、そういう御趣旨だったんですね。

藤平　はい。

千石　それで、そのつもりで来ていますので、本当はわたしがインタヴュアーになって、藤平先生の今までの研究の軌跡を追うとかですね——。色々なことを聞く立場ですが、今のようなお話だったので、そこから話しましょうか。

それで、「ベニート・セリーノ」は面白いというか、手に汗握るようなある種、謎解きのような、そんな風に物語が発展していって、そして、読み終わったらあっと驚く、そういう展開になっているんですが。ということは作中人物、語り手的な立場にある、あるいは観察者的な立場にあるアマサ・デラーノ船長が事態の真相を掴めないまま、頁が進んでいくわけで。で、同時に読者も掴めていないっていう。作中人物がその事態の真相を掴んだ時、読者もようやく一緒になって事態の真相を掴むという、そこがその今藤平さんが言われた面白いって言われたところの、いくつかある面白さのひとつ、小説のポイントかなあと思うんですけど、どうでしょう。

藤平　はい。そうですね。あれ、奴隷船で反乱が起こってしまってからデラーノ船長が何かあそこに変な船があるからって、様子を見に行くんですよね。かれ自身、何か分かんないんだけど、不思議な船を訪ねて行くんですよね。

千石　はい。今式に言うと、ある種、推理小説を解いていくようなそういう展開になっていて、そして結末がですね、なにか公式文書の引き写しなんですね。裁判記録……。

　で、裁判記録とわれわれが読み終わったストーリーを照らし合わせるというようなことを読者は強いられるというか、そういう立場に立たされて、今読み終わったその真相が見えてきて、読者としてあるいは作中人物アマサ・デラーノと一体となって真相がうっすらと見えて、最終的にはある種のリヴェレーションっていうんでしょうか、啓示的な瞬間が現れるっていう、それを経験した読者とそれが裁判記録に書かれて公式文書風の記録になっているものと自分の読書経験とが照らし合わされるようにできている。ひとつの事件が読者としてアマサ・デラーノ船長と同じ位置で経験したのが、公式文書と言いますか、歴史に残る文書《もんじょ》になると、ああこうなるんだっていう、その驚きがあって――。それで二重三重に驚くようになっている、で、そういう書き方はメルヴィルの場合、『ビリー・バッド』もそうで、遺作ですけれど、死んだあとから原稿が出てきた作品で、これもなかなかいい作品ですが、それも真相が分からないようなドラマなんですね、最終的にはよく分からない、誰かが死んで誰かがさばいたっていうことは分かるのですが。誰がさばいたのかもわかるんですが。それを読者の立場でわれわれがこう追跡してきて、しかしそのドラマが終わったあと、それが記録文書になると、われわれが経験した、読書で経験した事件が、記録文書でこう扱われるんだっていうそのパターンと今のアマサ・デラーノの「ベニート・セリーノ」っていうのは似ている――。

藤平　そうですね。

千石　はい、結末が二重になっていて、その二重目が歴史上に残る公式文書と言いますか、「ベニート・セリーノ」の場合は裁判記録で、『ビリー・バッド』の場合は記録文書であるっていう。というので、歴史に残る残り方と、読者だったわれわれとして作者の導きによって経験してきたドラマとが乖離するっていうパターンはメルヴィルが得意とするというか、是非使いたい、そこに何らかの意味があると思っていたのだと思いますね。で、さきほどちょっと言ったのは、その、「ベニート・セリーノ」の方のドラマというか物語の展開ですけど、アメリカ人船長が事態をよく呑み込めないまま、真相と逆の方にいろいろと推理を働かせていたものが、最終的にその啓示的リヴェレーションが降りてきて事態の真相を掴むっていうそのこと事態と読者の読書の時間に訪れるリヴェレーションの時間が一致しているとは言いませんけど、時差が少ない――。

藤平　はい。

千石　これがまあ重要なところかなと思うのですね。フィクションなんですが、小説なんですが、小説体験がある種の現実体験と「ベニート・セリーノ」の場合、変換されると言いますか、転身する。フィクション体験がなんかリアルな体験になるようになっていて、これは小説なんだからっていうふうに読者として自分の経験したことを逃げが打てないように作ってある。

藤平　そうなんですけど、最後にバーボは喋ることを拒否して何も言わない。これは――。

千石　首謀者の黒人のバーボ。

藤平　アフリカ人の。

千石　そうアフリカ人で、このマサチューセッツ出身のアマサ・デラーノ船長が事態を逆のように逆のように解釈するのを演出した人ですよね。

藤平　そうです、そうです。

千石　奴隷船の全体をまるで演出家のように演出し

て、逆の事態を演出していたこの彼は、そのリヴェレーションののちは逮捕されて、監獄に置かれて、そして死刑になって、っていうことですね。

藤平　ベニート・セリーノが病気になりますよね。それを見てるようなのが最後の頁に――あのバーボがね。

千石　バーボは、たしか、ベニート・セリーノが修道院に入った、その修道院を睨みつけるような位置に――。バーボの髑髏が……。

藤平　あっ、それが見ているんですね。髑髏が見ている。そこが恐ろしいんですよね。そうそうそう。

千石　つまり処刑されて、晒し首になって。反乱の首謀者として晒し首になっているんですが、そしてそれがもう白骨化してるわけだけど、(千石後記バーボの髑髏は死体が焼かれたあとの髑髏でした)その白骨化したバーボの髑髏がスペイン人船長が閉じ籠った修道院の方を睨みつけているっていう終わり方じゃなかったでしたっけ?

藤平　それが怖いんですよね。わたしたち読んで て。それが怖くてそれであの"shadow"っていう言葉が出てくるんだと思うんですけどね。

千石　えっ、"shadow"って、どういう文脈?

藤平　えーと、キャプテン・デラーノは、「あなたは助かったのに、どうしてそのような影が」って言ったときに、"The negro"って答えるんですよね。

千石　あ、そうそう。

藤平　ですから、その反乱の、千石さんの言葉で、リヴェレーションが起こってから、もちろん反乱の恐怖が続いているんだと思うんですが、怖くて言葉が出ない。それで最後のこの、どんな影に怯えているんだというふうに訊かれたときに"The negro"と言う。これが、わたくしには何度読んでも恐ろしいんですね。これは遺言なんだろうと思うんですよ、きっと。あの、ベニート・セリーノの……。

■『見えない人間』のエピグラフ

藤平　そこを、ラルフ・エリスンが『見えない人間』のエピグラフに使っているんですね。「ベニート・セリーノ」のここを、ですね。わたくしは、ここがフィクションになる凄いモーメントだって思うんですけど。その首がね、晒されてて、それでそれが生きてるもののように怖い。かれはその反乱の記憶から逃れられないんですよね。それと奴隷貿易をしていたかれが、そういう歴史の罪と言いますか、そういったものを犯してきた自分にずっと怯えていると言いますか。それで憔悴して死んでいくんですよね。

千石　そうです。その恐ろしい経験をして、心の傷となって、修道院に入ったって助からない。で、衰弱していって死ぬ。その"The negro"っていうベニート・セリーノの台詞が怖い？

藤平　はい、わたくしはね。

千石　うん、それと、晒し首になって——。

藤平　それに見られている。

千石　ベニート・セリーノの死んでいった修道院の方を睨みつけている場面も怖い。

藤平　怖いですね。

千石　で、しかも、このメルヴィルの記述によると、その睨みつけている反乱の首謀者バーボのそれは、白骨化した髑髏なわけです。それでその白骨化するっていうモチーフがあの作品にはもう一個所出てきていて、そのバーボの最後の場面もバーボの髑髏が白骨化するんですが、その前に彼が乗っ取って反乱を起こしたその船の船首の飾りですね、あれがコロンブスをかたどった彫刻がのっていたのを外して、ベニート・セリーノの同僚かなんかのその船の船主か副船長かそういう立場の人物を反乱の時に殺して、その殺した白人の死体をコロンブスの船首像の代わりにくっつけるっていうね。それがまた白骨化しているっていうのです。というので、その皮膚を剥いで、肉を剥いでしまうと、白じゃないかっていう。

藤平　白骨化の、ね。要するに、皮膚の色が消えますから、そこで黒人も白人も死体になると同じという——。

千石　その白は、これはバーボが言っているわけじゃないですが、それは君たちの色だっていうことかなっていうふうにぼくなんか思って、それも怖いかなって。

藤平　それがあの白い影。最初は黒い影って思ったんですけど、白い影でもある、っていうことですよね。
千石　そう。ベニート・セリーノの最後の台詞は“The negro”なんですけど、黒あるいは黒人あるいはそういうアフリカ人ていうふうな意味にも取れるんですけど、それは最後の最後の一行が白骨化してるんだから黒ではないわけなんで、もう一回反転するみたいな。そういうふうにできているっていうことですね。
藤平　それと、エリスンが、『見えない人間』のエピグラフにもうひとつくっつけるのがT・S・エリオットの『家族再会』の、「あなたが見ているのは本当の自分じゃない」っていう台詞、そして、“that other person”という英語もあったと思うんですけど。この場合も、ベニート・セリーノが自分のなかに黒人を見ている、そういう黒い部分を見てるという、それが反対の白い色になって自分を睨んでいるっていうわけです。自分のなかの白人の罪とか、そういったものが全てこの最後のシーンに投影されているためにわたしたちは今読んでも、人種意識といった意味で、とても怖いし、罪意識といった意味でも大変怖い。
千石　うん、それは逃れられないっていう。
藤平　そうなんですね。自分のなかに二人いるんだ、みたいな。『見えない人間』のエピグラフは、「ベニート・セリーノ」の「影」とT・S・エリオットの「別の自分」とが並んでいるんですが、これが物語の全体像を仄めかしつつ、小説は「私は見えない人間である」という言葉で始まるんです。メルヴィルがそこにつながっていくんではないでしょうか。
千石　はい。
藤平　十九世紀の小説が、二十世紀になって、そういった形で書き継がれていく、そういう気がしたのです。

■フォークナーの南部へ

千石　それは、今怖いって言われたんですけど、それは逃れられないっていうことだと思うのですね。それ罪っていうのもそうかもしれないんですけど。それこそフォークナーの世界の罪は、逃れられないっていうことなのだと思う、つきまとうっていうことですね。代々つきまとって、いつも対決しなくちゃいけない。対決するというのは立派な態度ですけど、その影に怯える。フォークナーの場合の黒人奴隷制のそういう逃れられない罪と言いますか、そういうものと、フォークナーが描くところの植民地と言いますか、農園経営者の末裔たちって言うんですかね、それと、その関係が、まあフォークナーの場合は凄まじいわけです。黒人奴隷制を敷いた南部農園経営者たちの末裔との罪の引きずり方と言うんでしょうか。これはフォークナーが書くからそうだっていうふうに言うべきことで……。グリッサンの『フォークナー、ミシシッピ』っていう本が出ていますが、グリッサンが言うのには、『アブサロム、アブサロム!』とつながるんですけど、グリッサンっていう人はカリブ海の人で、マルティニーク――。

藤平　はい、マルティニークですね。

千石　で、フォークナーをよく読んでいる、そういう本です。カリブ海の奴隷制とフォークナーの描く奴隷制あるいは奴隷制の終わったあとのフォークナー世界とちょっと違うって書いている。カリブ海の方にも奴隷制は同じようにあったわけですが、そして『アブサロム、アブサロム!』ではサトペンはカリブでどうやらなんかやってたっていう仄めかしがありますけど、グリッサンのこれを読んでみますと、カリブ海のその奴隷制を敷いたフランス語系あるいはスペイン語系の、まあ英語系の島もあったわけですけど、そこではその「混血」っていう言葉を使っていいのかどうか分かりませんけど、混血がどんどん起こっていて、一方ミシシッピ州では、とりわけフォークナーの世界では、そのことをカリブ海ふうには認めない世界で、そこがどうも違うっていうふうに言っている――。

藤平　そうですね。

千石　はい、その違いが何であるかっていうところ、アメリカ南部の奴隷制の負の遺産とカリブ海における奴隷制の負の遺産がどうも様相が違う。それがわたしにはなかなか関心ひかれるところで、カリブ海的な奴隷制の負の遺産がフォークナーの周囲にもしあったならば、フォークナーっていう作家は誕生しなかったであろうっていう、そんなふうに思ってその部分を読みました。で、現にカリブ海文学ってのは、今いろいろと盛んだそうですけど、そしてグリッサンのようにフォークナーを敬愛する作家も続々と出てきているわけですが、フォークナーのようなああいう熱く、暗く、ドラマチックな、そして救いのない世界――。

藤平　(笑)、救いがないですか。

千石　そういうものはやっぱりフォークナーにしか書けないんだなっていうことを思った次第ですね。で、それがどう違うのかっていうと、『八月の光』もそうですが、一滴の血が白人から生まれた子供を隔離してしまうジョー・クリスマスの問題あるいはチャールズ・ボンの問題です。ああいう問題が成立する、あるいは成立するような社会を、南部白人はどういうわけか作っちゃった。で、それがグリッサンのカリブ海ではそこまでいっていない。そういうようなことを思いました。そこら辺フォークナーの描いている南部奴隷制の負の遺産の特色っていうんでしょうかね、その辺のことを今お伺いしたいと思うんですけども。『アブサロム』でも……。

藤平　はい、『アブサロム』の場合、トマス・サトペンはカリブ海のハイチへ行くのですが、かれがハイチに行ったのは一八二七年です。歴史的事実で言えば、ハイチは一八〇四年に奴隷の革命が成功して、元奴隷たちは、白人(つまりフランス人ですが)を追放して、ハイチはすでに黒人だけ、あるいは混血と黒人の共和国となっていました。これについては、わたくしはすでに『アブサロム』論(注『フォークナーのアメリカ幻想――『アブサロム、アブサロム!』の真実』)で書きましたので、手短に言いますが、ある歴史家によりますと、革命後のハイチでは、色の白い混血が農園主として「黄色の」貴族主義を築き、昔と変わらぬ疑似奴隷制を敷いていた、ということです。ですから、サトペンが出かけた頃のハイチでは、あらかじめ混血かアフリカ人しかいなかったわけで、色が白めの「混血」は、支配階級になれたわけです。

ところが、ヴァージニアの山育ちで貧乏白人出身のサトペンが、そのハイチで最初の妻子（両方とも混血ですが）を捨て、ミシシッピにやってきて、純粋に白い南部的王朝を建設しようと企むわけです。しかしサトペンは、一滴の黒い血、つまり混血が家系に入り込むことを許容できなかったために、滅亡する羽目になるわけで、フォークナーは、むしろ、そのような一滴の黒い血を排除する南部の白人至上主義に疑惑と批判の眼を向けていたと思います。

実は、さきほど、『八月の光』とメルヴィルの「ベニート・セリーノ」をつなげたいと思っていたんですけど、『八月の光』には、"shadow"という言葉が出てきます。ジョアナ・バーデン一家というのはちょっとメキシコの血が入っている――。

千石　そうでしたっけ。

藤平　はい、それでクリスマスも、もしかしたら父親がメキシカンだったかもしれない、という噂がある。本当に彼が黒人の血を持っているのかどうかっていうのは誰にもわからないんですね。クリスマスはそういう曖昧なアイデンティティの人物として登場してくるんですけど、でもどっちかに決めなくては南部では生きていかれない――。

千石　そういうふうにしちゃったわけですね。

藤平　そうですね。そこがこの一九三〇年代のジム・クロウ・システムという人種隔離政策で、州によっては異人種間結婚を禁止するなどの州法ができてしまうので、そういう小説をフォークナーが書いたんだと思うんです。でもジョアナ・バーデンの父が言うには、黒人は「白人の影」であるという、この"shadow"という言葉を、ベニート・セリーノの言葉の反復のように、繰り返し使っている。しかも、それは白人の罪意識の"shadow"なんだというようなことを言うんです。

千石　はい、奴隷解放運動家の親子ですね。

藤平　一応そうなんです。でも、アボリショニストですが、「北部人でヤンキー」って呼ばれているんですよね。ですけど、かれらは、人種差別が先にあってからアボリショニストなんだって思うんですよね。ですから、彼らが人種差別をしないのではなくて、黒人はあらかじめ劣っているんだということを宣言したうえで、黒人を助けなくてはいけないという考え方です。自分たちとはイコールにできないということを、ジョアナの父は、そのまた父の言葉として娘に諭しています。黒人は劣っているので、とにかくヘルプしようという考え方です。

ただ、非常に謎めいた話なんですが、バーデン一家もメキシコの血が混じっているっていうだけで、やっぱりちょっとミックスだと考えている、と思える節もあります。メキシコの血を持つ孫を見て、祖父は「ブラック・バーデン」と言ったりします。この同じ祖父は、この「黒さがだんだん漂白されて白くなったらアメリカに入れてやっていい」とも吐露しています。これは、見た目が白くなればいいんだ、という言い方にちょっと取れるので、この辺はわたくしも分かりにくいところです。それは「混血」も歴史の流れとしては許容しなくてはならない日が来る、とも取れます。

これは『アブサロム』の最後にカナダ人のシュリーヴが言うのと似ているんですよね。かれが言うにはですね、そのうち、混血の「ジム・ボンドのような者たちが西半球を征服するだろう」、「そのうち白くなってもジム・ボンドであることは変わらない」とか、「数千年もたったら自分たちも、アフリカン・キングの腰から生まれてきていることになる」みたいなことを言ってね。

千石　ありましたね。

藤平　「アフリカン・キング」という言葉は、強くて権力を持つアフリカ人を想像させますが、最初に申し上げた『オルノーコ』というこのアフラ・ベーンの小説の副題が、「ロイヤル・スレイヴ（"the royal slave"）」という――。

千石　王家の――。王家出身の――。

藤平　そう王家出身の奴隷なんですよね。強いアフリカ人ほど高く売れたそうですので、奴隷にはそういう人たちがいっぱいいたのではないか、とわたくしは思うんですけど、そのような、言ってみれば撞着語法《オクシモロン》と言うんですかね、まったく逆の意味を持つ二つの言葉です。ですからこのオルノーコ王子はすごく悪い面もあって、自分が奴隷にされる前には奴隷売買を普通にしているんです。かれは、黒人、アフリカ人なんですけど、奴隷売買を悪いと思ってはいない。それで自分が祖父の国王のたくらみで奴隷に売られてしまい、それで結局反乱を起こす。で、自滅するんですけれども。なんかこういったアフリカの王様からの血を免れないみたいな、権力を持つ強いアフリカ人であり、それでいて逆の立場の奴隷にもなる、一つの身体に、正反対の立場の二つの自分を持つという宿命的な存在です。あの『八月の光』のクリスマスの場合もありますし……。グリッサンはどこかでフォークナーも本当はクレオール作家なんだとか言ってた気がするんですけど。

千石　そう、カリブ海とそのルイジアナの対比というか類似を盛んに言ってましたね。

藤平　はい。

千石　ただルイジアナからミシシッピへ入ると様相が変わってきて、ルイジアナはカリブ海文化に近いものがあって、しかしミシシッピに入ると様相が変わってくるっていうので、それで何が変わってくるかっていうと、その血の一滴問題といいますか、ミシシッピの差別体制はある種徹底しているというか、機械的と言いますか、機械的な差別体制になっていて、グラデーションがない。カリブ海の差別体制はグラデーションがあるというのは語弊があるかもしれませんが、ミックスの、ミクスチャーの度合いによってその社会階層ができているっていうね、そういうことが一切なくて、ミシシッピは機械的に黒か白かっていうね、二者択一を迫る。

藤平　どちらか決めないと生きていけない。見た目じゃない。白く見えても、もしかして黒かったら黒として生きなくてはいけないっていう厳しさです。

千石　冒頭に言われたその奴隷制っていうのはね、人類史のなかではいつだってあったたって言いますね。『オルノーコ』もそうかもしれない。どこの文化にもあった、そういうことと、アメリカ合衆国に、奴隷制の遺産の人種差別体制がずっと続いたっていうこととの違いですね。その違いがフォークナーっていう作家を生むわけで。どの文化にもどの国にもどの時代にもあったといっても、どの時代にもフォークナーがいたかっていうと、いたわけではない。十九世紀に、とりわけ北米合衆国に行われた奴隷制っていうのが特異であった。その特異さが特異な作家を生み出した。特異なだけではなく偉大な作家なのですが、そのアメリカ合衆国における特異さっていうのは、どう説明すればいいのか。もちろん啓蒙主義以後の近代に入ってなお奴隷制があるっていうこと自体の奇妙さ、ってのは誰もがぱっと言えることだと思うんですけど。で、まあ自分で答えが見つからないんだけど、考えるのは、あそこがピューリタニズムのそのベルト地帯と言いますか。さきほどのジョアナ・バーデンもニューイングランド出身ですよね。

藤平　ジョアナ・バーデンはミシシッピで生まれてるんです。祖先がニュー・ハンプシャーで。

千石　ジョアナ・バーデンがぼくにとって印象的なのは『八月の光』で、彼女の喋る英語が北部英語だったという。

藤平　そうなんです。

千石　北部訛りの抜けない英語を喋ってミシシッピのなかで暮らしていたっていう。あれがとっても面白くて、記憶にあるのですが。で、フォークナーがそこからまあ飛び出してくるというか、そういう特異な土壌である、特異なほど冷厳な人種主義っていいますかね。それが当時の白人当事者たちの公共道徳ですらあったという、それがなかなか説明できないでいるわたしなんですけど。

藤平　(笑)。それはなかなかできないですけど。一概にピューリタニズムのせいにもできない。農業中心の経済的理由も大きかった……。ただ、歴史の悪みたいなものを念頭に入れるならば、歴史の悪へ作家が目を向けたときに、自分の祖先がそうだったり、ということで、いろんな書き方があると思うんですけど、フォークナーはやっぱり「ベニート・セリーノ」と同じくらいひとつの大きなフィクションを造った、たとえばフレデリック・ダグラスというのは自伝を書いたんですよね。ですから、アクチュアルに経験したことをアクチュアルに書いた。ただダグラスの英語はもの凄く美しくできている——。

千石　はい。

■『ナット・ターナーの告白』

藤平　ダグラスは大変素晴らしい詩人だとは思うん

ですけど、でもやっぱり、アクチュアル、あの、フォークナーとかに比べるとアクチュアルで。で、ダグラスなどの自伝も、歴史を見て、歴史の悪から逃れてですね、そしてその体験をもとに書いたと思うんですけど、やっぱり「ベニート・セリーノ」と同じ時代に出たのに違うのはなぜかっていうところに、つまり、小説の喚起するイマジネーションといいますかね、インスピレーションといいますか、そういったものが違うのではないかって、わたくしは思っていて――それがとくに上手いのがフォークナーで……。

で、たとえば、奴隷の反乱を書いた、あの『ナット・ターナーの告白』を書いたウィリアム・スタイロンという作家ですが――自分は南部作家じゃないって、かれは言い張るんですけど――ヴァージニアですよね……。この『ナット・ターナーの告白』という小説は、一九六七年に出まして、六八年にピューリッツァー賞を取りますけれども……。スタイロンは白人ですよね。彼は、若い時に、なんか、それこそさっきの公示みたいな、裁判の記録を読んで、これを小説にしたいと、思ったそうなんですね。

千石 うん、そう。「ベニート・セリーノ」と同じで、何と言うんですか、粉本《ふんぽん》っていう日本語がありますが、ネタになる本ですね。粉本があるのは「ベニート・セリーノ」と、『ナット・ターナーの告白』、同じですよね。

藤平 同じなんですが、ナット・ターナーの場合、その公示が最初に出てくるんです。六十人だったかな？　白人が死んで、黒人も処刑された、という歴史文書がまず出てきて、それから、ナット・ターナーってどんな人だったのかっていうふうに小説が始まって、最後、あの白人を襲うところ、そして、裁判、っていうふうに進んでいくんですけれども……。でも、スタイロンの『ナット・ターナーの告白』は、なんか、一回読んだら「わかりました」っていう気になる……。こういうふうに言うと、この作家に申し訳ないんですけど、六七年ってまだマーティン・ルーサー・キングも生きておられるしね、当時、公民権闘争が下火になったときに、つまり翌年キングが暗殺されますので、あの小説は、ひとつの文化的転換点というか、そういう役割を果たしたとは思うんです。というのは、このあとで、アメリカの大衆文化はすごく変わりまして、黒人が主人公のビデオとか映画を作り始めます。あの、千石さんから教えていただいた、強くて立派な、高値で売買されるアフリカ人が出てくる『マンディンゴ』っていう映画も、わたくし見ましたけれども、これも七五年です。それで翌年に、アレックス・ヘイリーの『ルーツ』も出ます。あの主人公もマンディンカ族なんだそうです。

千石　ああ、そうでしたか。

藤平　そのクンタ・キンテっていうのがね。あの作品はもう本当にセンセーショナルで、ちょっとわたくし調べてみたら、あのテレビドラマは、小説が出た翌年に作られるんですけども、アメリカで一億三千万人が見たと、言われていて――。いまアメリカの人口は三億超えていますけど、当時、おそらく六、七割のアメリカ人が見たんじゃないか、と思います。わたくしも見たんですけど、すごく惹き込まれたんですよね。で、なんか、みんなして黒人の歴史を見てみようよ、というような、ひとつの機運みたいなものを作った作品だったんじゃないかなって――スタイロンの小説が……。

千石　なるほど。

藤平　それで、大衆文化が、それを取り入れて……それで、アメリカの文化的な土壌が……。

千石　文化的なカラーが変わってきた。土壌が変わってきた。

藤平　そうですね。で、八〇年代に『カラーパープル』がピューリッツァー賞を取る、っていう土壌が、この七〇年代に築かれる糸口が、わたくしは『ナット・ターナー』だったんじゃないかと……。

千石　なるほど……。

藤平　奴隷問題に、彼が、目をつけてくれたっていうところが……。小説自体は、本当に、「あ、そうですか」で分かりやすい。でも、未来へのきっかけ、となった。

千石　いや、それはあの、公民権運動を境にして、アメリカの人種問題が、こういってよければ、ある種の前進を見せたっていうのは、まあ確か、でしょうね。そういうときに『ナット・ターナーの告白』、スタイロンの作品がある種の機能を果たした。

藤平　はい。と、わたくしは思ってるんですけれど……。

千石　そして、いろんな作品が、えー、テレビドラマや、映画になって出てきて。それで僕が気付くのは、ディズニーの態度が変わってきた。ディズニーってのは、以前はとっても白っぽい世界で……。

藤平　それから黒人が出てくるようになるんですよね。

千石　そうそう。それで、アラビアンナイトみたいなものにも取材してってていうふうに、ディズニーの態度が変わったきたっていうのは、典型的に、あの、文化のクライメットが変わったっていうことですね。ただ、あの『ナット・ターナーの告白』は、非常にバッシングを受けたっていうね。とりわけ黒人読者の側から、なんていうか、これはナット・ターナーという、黒人の、その、もっとも苦悩を体現した人物をわざわざ扱いながら、その苦悩をしっかり受け止めていないっていう批判があった。

■モラル・イマジネーション

藤平　ただ、スタイロン自身は、自分が、「ヒストリカル・ノベル」を書こうとしたのではないということを最初に「作家の附記」で言ってしまうんです。それで、歴史の悪への眼差しを、フォークナーも、スタイロンも、メルヴィルも持っていたと、思うんですけど……。その、「ヒストリカル・ノベル」を書かないっていうのは、フォークナーも言うんですよ。フォークナーは『アブサロム』を書いているとき、自分は「ヒストリカル・ノベルを超えたものにしたい」ということを編集者に言っています。つまり、悲劇を書きたかったわけですよね。スタイロンもですね、あらかじめ読者に言ってしまうんです――これは史実に基づいてはいるが、ヒストリカルじゃない……。一人の、ナット・ターナーという人物について書きたかったって。

千石　そこがね。いや、僕は『ナット・ターナーの告白』、むかし若いころ翻訳で読んで、なかなか良い作品だと思ったことあるんですけど、バッシングを受けて、そして、バッシングする側にもまあ一理あるというか、一理も二理もある。

藤平　社会的にはね。歴史的、社会的にはそうかもしれない……。

千石　で、それはね、これはヒストリカル・ノベルっていうか、これフィクションなんで、歴史に忠実に書いたのではないという、その、断り書きがね、機能する世界ではないと思うんですね。

藤平　あ、なるほど。それは、あのすごく面白いポイントですよね。スタイロンは歴史に大変興味があって、やがて『ソフィーの選択』を書くんですけども——あれはアウシュヴィッツですよね——それで彼はその「附記」で面白いことをひとつ言ってて、この作品から「モラル」を引き出してもらっては困るってことを言っています。

で、前回の『ユリイカ』での対談で、アメリカの小説ってモラルを書くんだっていうような話もちょっとしたと思うんですね。トニ・モリスンは、わたくしがインタヴューしたとき、フォークナーが良い作家だと思うのは、「道徳の問題《モラル・イシュー》を書いているからだ、メルヴィルも書いてる」って、言われた……。そのことも話題にしましたよね。

それで、たとえば『ハックルベリー・フィンの冒険』の冒頭に、「この小説にモラルを見つけようとする人は追放されるだろう」という脅しみたいなのがあります。アメリカの小説家って、モラルを書いてるんじゃないよって言いたいんでしょうか？

千石　ただね、モラルをここから探し出すなとか、モラルを書いてるんじゃないというときのモラルと、えーと、誰が言ったのか、文学っていうのはモラル・イマジネーションの世界で、っていうときのモラルっていうのは、たぶん違う意味で使ってると思うんですよね。

藤平　なるほど。

千石　で、文学がモラル・イマジネーションに関わるものであるというのは、まあ、誰もが認めることですが、その、ハックルベリーにしろ、スタイロンにしろ、そのモラルは、そこから、それこそ政治的モラルを引き出すなっていうそういう意味なんじゃないかな。

藤平　そう。教訓みたいなものを引き出すなっていうことですね。
千石　ということで、ちょっと使い方が違っているだろうということなんですけれどもね。
藤平　はあ、そういうことですね。
千石　というので、いや、僕はスタイロンを嫌いな作家でも何でもないですが、その、そうやってバッシングを受けて、これは歴史を忠実に書いたものではないという一言を言うと、それで通るわけはないわけで――。で、そのことは何なのかっていう問題、そこがポイントで、スタイロンの『ナット・ターナーの告白』が、黒人読者には受けなかった。受けなかったどころか、バッシングの対象になった。で、フォークナーも、まあ、フォークナー崩しっていうのが、こう盛んにあって。しかし、スタイロンに比べればフォークナーは、その、バッシングを克服して、フォークナーが克服したわけじゃないですが、今も、今後も読まれるであろうと。この差は何なのかっていうね。

■「アポクリファル」と「シュープリーム・フィクション」のエーテル的世界

藤平　それは、あの、わたくし、先ほどもちょっとだけ言ったんですけど、アクションを言葉に言い換えて、アクチュアルなことをアクチュアルな作品にしても、そんなに深い感動は続かない――まあ『ナット・ターナー』はそういうところがちょっとあって、ヒストリカルじゃないんだけど、やっぱり何か満足できない。たとえばフォークナーに「アポクリファル」という言葉がありまして、自分は「アクチュアルからアポクリファル」なものへ行くためにヨクナパトーファを創ったと言っています。
　そのアクチュアルからアポクリファルに転換できない作品というのが、アクチュアルからアクチュアルへと行ってしまう。このフォークナーの言葉を重んじるならば、「アポクリファル」というのは聖書外典のことなので正典ではないんですね。ですからわたくしは、『アブサロム』の翻訳の解説では「聖書外典のような神話」と訳したんですけども、危ないような、怪しげな言葉だと思うんですけど、そういったものが小説の魅力となるのではないかって思います。

千石　うんうん。僕もそう思うのですね。「アポクリファル」っていう言葉を使っている？　ま、フィクションっていうことを非常に広い意味で使って、その、リアリティーの上の、リアリティーの上に乗るリアリティーではなくて、リアリティーの上に乗っているのですけど、そこからアポクリファルなものへ昇華されるというか、フィクションに昇華されるっていう、そのフィクションというのはまあ非常に幅広い言葉で、ちょっと注釈つけないと使いにくいんですけども、「シュープリーム・フィクション」っていう言葉があって、これはウォーレス・スティーヴンズの好きな言葉ですけど、まあ詩の世界は「シュープリーム・フィクション」の世界だって言うんですけどもね。で、これは詩の世界のみならず、宗教的な世界もそうで、小説もリアリティーに足裏をつけているわけですけど、最終的にはリアリティーに戻ってくるわけですけど、しかし、その間にある種の、空中と言いますか、エーテル的世界を通過してきて戻ってこないと、スタイロン的なバッシングに耐えられない世界になってしまうっていうのでしょうか。そのエーテル的な世界が、まあアポクリファルっていうフォークナーの言葉だろうと思います。その、シュープリーム・フィクションっていうもの、それを芸術と言っていいのか、何と言っていいのか分かんないんだけど、そういうものがないと、ニュースになってしまう。

藤平　そうなりますよね。

千石　せっかく書いた小説がニュースとして消費されて終わるっていうんですかね。しかし、小説はそういうニュースの側面を、やっぱりどこまでも引きずっているもので、あるいは引きずっていたほうが小説としての機能を、まっとうに果たしている、ということも、とても逆説的ですけど、あって。そのニュース的なレベルでのモラルっていうのでしょうか、そういうものがさっきのマーク・トウェインの言葉や何かで、ここからニュースに役立つような教訓を引き出すなっていうことなんでしょうけども、そういう逆説的なふたつの成り立たないことを抱え込んでいる形式が、まあ小説と言いますか、で、それが、抱え込む力がある書き方と、その抱え込むことにあまり成功しなかった書き方っていうんでしょうか、そういうのがどうもあるような、そんな気がしますけども。で、いま言ったシュープリーム・フィクションとか、エーテル的世界っていう……。

藤平 エーテル的って面白いですね。

千石 まあ、それは何のことかよくわからないかもしれないですけども、ある種のフィクションですよね。つまり、リアリティーはシュープリーム・フィクションに支えられてる……。逆も真なりと……。

■エリスンの「トランセンデンタル・トゥルース」

藤平 だから、リアリティは、フィクションが無いと薄っぺらなものになる。アクチュアルだけを書いていては駄目なんですね。実は『見えない人間』を書いたエリスンが一九八一年に、出版から三十年くらい経って、モダン・ライブラリー版のために序文を書いています。このなかで彼はフォークナーのこととか、コンラッドとかですね、実にいろんな作家のことを言ってるんですけども、なかでも、『ハックルベリー・フィン』……。ハックとジムが筏で漂流するような世界、その、今、エーテル的って仰ったので、エリスンに戻って触れたいと思うんですけど、"transcendental truths and possibilities"（超絶的真実と可能性）という言葉を使っていて……。

千石 あッ、「シュープリーム・フィクション」とおんなじだ！

藤平 よく似てますよね。「トランセンデンタル・トゥルース」という言葉によって、エリスンはつまりそれは筏の上にあると考えた。実はこの小説は、それを狙ってるっていうようなことを言ってるんですよね。で、そこがちょっと似てますよね。そのさっきの、エーテル、アポクリファル、シュープリーム・フィクションなどと……。

そこが、小説家として、エリスンはリチャード・ライトなんかとちょっと違う。リチャード・ライトはほんとに抵抗ということを前面に出した、黒人の抵抗小説を成立させた人ですけども、エリスンは、芸術といいますかね、ハックのような世界を作りたいと結構思っておられたんでしょう。そこで「ベニート・セリーノ」とか、T・S・エリオットを巻頭にもってきてですね、そして、単なる抵抗じゃないんだっていうことを……。

藤平　トランセンデンタル・トゥルース。

千石　そうそう。トランセンデンタル・トゥルースっていう言葉。わたしはこれに惹きつけられたわけで……。

千石　うん。それはね。どうすればじゃあ作家たちはそれを実現できるのかっていう問題があって。これはまあ、そんな簡単な話ではないんですが……。

藤平　もちろんです。

■モンテーニュとパスカル

千石　でもそれがないと、我々は満足しない読者だっていうふうに今なっているんですけど、それはどうやれば実現するのか、あるいはどういう条件がそろった時そういうものが出てくるのかっていう問題が次に出てくる。その問題、その、別の条件ていうのかな、いま、当事者意識っていう言葉が盛んにいろんな場面で言われて、あんまり使い過ぎるといいい言葉じゃないと思うんですけど、当事者でもないのに何でお前はこの問題に口を出すのかっていう、そういう言い方で使われる言葉ですけど、その、逆に言うとお前は誰の代理でそれを話しているのかっていうね、その代理っていう言葉と、ま、ペアになる、日本語でですよ。英語でどういうふうになるのか分かりませんけど、その、当事者の問題っていうものと、で、作家がその当事者であるのかどうかっていうね。

スタイロンが『ナット・ターナーの告白』を書きたいと思った。スタイロンは当事者なんだから書く資格があるだろうと、ま、白人ではあっても、同じ南部の出身で、この黒人奴隷制の負の遺産の問題に、碾臼《ひきうす》にかけられるように苦しんできた白人作家として、当事者として、まあ、書く資格があるだろう、じゃあ当事者が書けば、その問題を扱うことは許されるのか、そういう問題がひとつね。それから、もうひとつ、トランセンデンタル・トゥルースが実現するというか、作家、あるいはその作家のエクリチュールに降臨してくるというか、降りてくるっていうのはどういうことなのかっていう問題。まあ、それで、モンテーニュの『エセー』なんですけど、これは、フランスの十六世紀の人物で、いわゆるスケプティック、懐疑論の、まあ、近代最初の人とでもいうのでしょうか。で、『モービィ・ディック』のなかにメルヴィルが引用しているのでちょっと読んでみようかなっていうので読んでみた。

藤平　冒頭の「抜粋《エクストラクツ》」ですね。

千石　はい。『エセー』は膨大なものですが、そのなかの「レイモンスボン弁護」ってのがとくに長い章なんですけど、これがまあ面白くって、そこからメルヴィルは引用している。で、それで私も読んでみた。これがまあ、いわゆる動物論なんです、いま流行りかけの。動物にも理性があるっていうことをモンテーニュは力説して、そういう論陣を張ろうとするわけです。で、動物に理性があると言われると困る、というのが、まあ、デカルトの立場で、動物と人間を区別するから人間の精神と肉体が区別できるので。で、その精神と肉体が区別できるから、我思う故に我在りっていうことは言えるんで、というのがデカルトの世界なのだけど、それで、肉体を精神から切り離すから、ま、医学が成立つわけですが、デカルトは医者でもあったわけだけど。というふうに、近代は、その動物に理性があるっていうことを認めないということでスタートした。いまの時代もその続きかもしれませんけど。

じゃ、反デカルトの立場はどうなるかっていうと、まあいろんなものが曖昧に終わってしまうっていうことなのですね。人間も動物じゃないかっていうようなことになって、人間も、例えば象と結婚してもいいじゃないかっていうような、あるいは、鯨と喧嘩してもいいじゃないかという、そんな突飛なことまで起きてくる。ほとんど仏教的な、すべてのものに仏性があるみたいなね、そういう世界になっていくわけですけど、それを近代は許さない。近代はそのデカルト以来の動物と人間を区別し、人間の肉体と精神を区別してスタートラインに立つわけですけど、で、それに強烈に反発したのがパスカルだと、こういう構図があると思うのですね。で、パスカルもデカルトも、モンテーニュが気になってしょうがない。どちらもちらちらとモンテーニュのことを言うんです。

藤平　「考える葦」とか言ってる人ですよね。

千石　はい。で、パスカルの「考える葦」は、実は本当は、本当はって言うのは変ですが、わたしの考えでは、人間は「考える動物」であると言いたかったんだと思うのですよ。モンテーニュ式に。しかし、動物よりもっと弱いものである。つまり植物だって言っているわけです。人間は考える植物であるっていうのがパスカルの言葉の真意で、植物のうちでも葦であるっていうのは、植物のなかでも一番弱いものということ、それで葦っていうのが出てきたと思うんです。それをパスカルが出すのは、デカルトへの反撃なわけです。人間がそんなに偉くなってはいけないっていう、我思う故に我在りっていう、神様抜きで人間が在るなんていうことは許せないということです。で、ここからあれなんですけど、そのパスカルのそういう、人間は最弱の存在物である、だから神の恩寵を待つしかないんだっていう、このパスカルの、カトリックの、なんて言うんだろう、ジャンセニズム、絶対他力本願と言っておきますかね、これが僕の読んだ本の解説にはね、カルヴィンの思想とほとんど同じだって言うんですよ。

藤平　はあ、そうなんですか。

千石　ええ。その絶対他力本願において。カルヴィンの運命予定説と同じ。人間には何にも分からない、救われる、救われないも分からないんで、ただ信仰あるのみっていうね、そのプロテスタンティズムの一番強烈なもの、ピューリタニズムと、パスカルの、あの、カトリックの一番強烈なものとがどっかで繋がってるという解説を、モダン・ライブラリーの『フィロソフィー・オブ・ウェスタン・ワールド』とかなんとかいうのを、あれ何冊かあるんですけど、その近代編に解説書いてる人が書いてて、目から鱗で……。

藤平　なるほど。

千石　で、納得したわけですけど。こうしたことと、その小説のエーテル的世界というのは繋がっている、わたしに言わせると。で、最終的にそのエーテル的世界っていうのは、フォークナーが実現してるわけですけど、フォークナーの作品を読んでも、その奴隷制の問題に関してね、奴隷制はいけないことだ、それはやめた方がいいとかってことは分かりますけど、やめたからといってこの小説を読むことをやめることは、われわれ読者としてはしない。奴隷制ってのは悪だって分かってるのだけど、奴隷制を前提として書いてる小説を、われわれは読み切ってしまう。

このフォークナーの作品がなぜそんなに力があるのか、というのは、その、先ほどエーテル的世界って言いましたけど、最終的なその、それこそモラルというんでしょうか、結論の出ないところにそのモラルの問題を移動させてるっていうんでしょうか。その、奴隷制に賛成ですか反対ですか、フォークナーの作品を読んで答えてください、っていうレベルのものでなくしてしまっている、最終的に答えの出ないところに問題を拮抗させるとでも言うのでしょうか、これが先ほどのエーテル的世界であり、トランセンデンタル・トゥルースであるんじゃないか。それを言うのにモンテーニュ、デカルト、パスカルっていうのはちょっと大げさすぎるかもしれない。いや足りないかもしれない。でも、そういう結論の無さっていうんでしょうか、その拮抗に耐える芸術形式が、まあ小説なんじゃないか。懐疑論を入れる器として、とりわけフォークナー的な小説は優れていて、で、しかし小説は十九世紀にはフォークナー的ではなかったでしょうと言われると、それはその通りで、これはモダニズムの問題かもしれなくて、その懐疑論を入れる器として、モダニズムの文学が、とりわけフォークナーの作品が、あるいはカフカなんか入れてもいいと思うのですけども、その、懐疑論を、つまり、モンテーニュ的な世界を実現する芸術形式になっているのではないか。で、その懐疑論的なものを見失ったらトランセンデンタル・トゥルースは実現されないっていうね。

■未来に向かって考える

藤平　今の千石さんのお話だと、文学は暴力に抵抗できるのだという、ま、小説はできるのだという、伝記よりは小説という芸術形式が……。

千石　ただね、暴力に抵抗できるんですけど、その暴力は、その懐疑論的、を応用して言うと、いつ自分が振るう側になるかもなって……。

懐疑論ってのはそういうふうにものを考えるわけで、常に相対的に考えるので、一種の相対主義ですよね、暴力に文学が抵抗できる、はずなんですけど、その、その暴力っていうのは実は自分のことかもしれない、というね。というので、この世にはいろんな悪があるのですが、で、それはアメリカの黒人奴隷制みたいに、システムとしての悪が一方にあるわけだけど、で、そのことは、フォークナーじゃないですけど、自分が当事者としてどっち側にいるか分からないっていう、そのことを押さえて相対的に見ないと、小説的ではないって言うのかな、あるいはモダニズム的ではないって言うんでしょうか。

藤平　どっちかに立ってしまうと、政治的スタンスになってしまいますよね。社会的、政治的スタンスを取ってしまうと、もうメッセージは一個ですよね。その悪を滅ぼそうという……。

千石　それは誰もが反対できないことで……。反対するのは当然ではなくなるわけですけど、その当然のことが実は当然ではなくなるレベルがあるっていう……。

藤平　その辺なんですが、黒人の作家たちのなかでも、懐疑論のある作家は大丈夫だし、答えを出してしまうような作家はちょっと……。アリス・ウォーカーなんか明らかにもう社会運動みたいな、パシッと「わたしはこういう世界が欲しいのよ」みたいなのを言ってしまう。読者は「はい、わかりました」みたいになるんです。答えがあってすっきりしてるんですけれども、小説的複雑さといいますか、わたしたちに、もしかしたら自分たちも、いま言われたように、加害者になる立場にあるという、そこへの広がりがないんですよね。

千石　うん。ただね、そのアリス・ウォーカーを別に擁護しなくちゃいけない立場じゃないんですけど、僕は、しかし、そういう社会運動家というのでしょうか、社会改革への意欲というか、あるいはその、歴史的な、そのシステマティックな悪に対する憤りといいますか、そういうものがないと、外界の世界は開けてこないわけです。

藤平　それはそうなんですよ。

千石　外の世界に目が開けてこない、ということは内側への目も開けてこないっていうことで、その、アリス・ウォーカー的に外の世界に対して積極的に働きかけるっていうことの重要な意義はあるんですけどね。

藤平　もちろん、あるんですけど。大江健三郎さんに『暴力に逆らって書く』という書簡集があるのですが、もう十年ぐらい前に『朝日新聞』で世界の知識人と往復書簡を交わしておられた。もちろん、三・一一の前ですけど、九・一一の後だったと思うんですが。作家はですね、「暴力に逆らって書く」と、いうことを言い切れるって思うんですね。それで、彼はもちろん社会的歴史的な、はっきりとした主張をお持ちなんですが、それでもあの方の小説はエーテルかもしれない部分が大変あるのですね。この往復書簡を読みますと、暴力に作家はすぐに答えは出ない、でも遠い未来にはきっと解決できる、という希望的結論でした。

サルトルのあの、飢えた子どもに文学は何ができるかって、エッセイがありましたね。サルトルは、それはできない、ということで革命家になったんだと思うんですけども……。あの時代ですから。

今年、カミュの生誕百年ですが、カミュとサルトルは喧嘩するんですけども、わたくしはカミュのほうが好きで、カミュはこの暴力に抵抗する人物を書きました。彼は革命とかアルジェの植民地闘争に背を向けていったわけで、文学を極めることによって、はじめてその、パースペクティヴができる、というようなことを彼は、『反抗的人間』のどこかで言って……。

千石　それ、今日持ってきましたけど。

藤平　カミュは残念ながら、四十六歳になったばかりで交通事故で死んでしまうんですけど、文学に何ができるかっていうことをずっと考え続けて死んでいったんだ、と思ってしまうんです。

さっき、人間は考える葦だって仰ったんですけど、この考えるっていう行為について、アメリカの奴隷にされた黒人たちを描くとき、フォークナーは実に熱心に描いている……。お前たちには考える力は無いだろう、お前たちは動物なんだっていうふうに、奴隷制に依存する人たちは信じていた。それで奴隷制度が長く続くわけですけれども、しかし、奴隷や黒人は考えてるんだっていうことをフォークナーはいろんな作品のなかで書いていくわけで――この黒人は考えてる、白人の方がよほど考えが浅いではないか、という物語を、たとえば「黒衣の道化師」などで書いていくわけですよね。ですからその、「考える」、ま、「葦」でもいいんですけど、とりあえず人間の動物との違いというのは「考える」ということだと見ていいんでしょうか。

さっきあの、葦って仰ったでしょ。それは、考えれば未来が見えてくるとか、考えれば何とかなる、っていう――なんか非常に平凡な結論なんですけど、でも、要するに、考えるということですよね、答えが出ないから考え続けよう、そういうふうに、この作品を読む。で、そのときに答えが書いてない作品だと、考えざるを得ませんので――わたしたちに問題が降りかかってくるので、考える。フォークナーが、そういった意味で、黒人たちとか、奴隷たちに優しい書き方をしたのは、この人たちは考えているし、自殺も出来るんだよ、とその姿を書いた。自殺という行為なんですが、トニ・モリスンとかフォークナーって、黒人奴隷が自殺するということを書くんですよね。それに、人を殺したりもする。そういったことにも、わたしたちも考える人間なんだ、みたいな主張がある――つまり、自分たちだって人間であり、考える葦なんだ、ということ。葦でも、どんなに小さな命でも考えてますよ、みたいな――。

千石　そういうことでしょうね。

藤平　考えることは生存のしるしだと、フォークナーもモリスンも書いているっていうふうに思うんですけど、そんな考えでよろしいんですかね。

千石　そういうふうに聞かれるとあれですけど、あの、その通りだと思います。で、考えるのは一人では考えられなくて。

藤平　もちろん。はい。

千石　その考えるのには、なにかそのきっかけがあって。で、文学はそのきっかけを与えてくれるものである。素手でものを考えることはできない、で、文字を読むということ自体がまあ考えるということです。で、僕はもうひとつ、英語の教師でもあるということがあるんですけど、翻訳するってことが考えるってことのうえで、かなり重要なことだってふうに思いますね。なにも英語、フランス語、ドイツ語から翻訳するということではなくて、ある形態のものを別のジャンルの形態のものに置き換えるというのでしょうか、これが考えるということじゃないかなと。

藤平　はい。

千石　それが、考えるということで、フォークナーが奴隷制の最も厳しい状態のなかにあった黒人登場人物たちの、その考える姿を描いているっていうね、それはその通りだと思います。それで、考えるのはなにも文字がなくては考えられないとは限らなくて、あの、いろんな形態の考え方、考えるがあると思うのですよね。ジョー・クリスマスの疾走という行動は考えているわけです。

藤平　いや、もう考え抜いて、結局ある結論を自分で得て死んでいってしまうんですけども。いま、千石さんは、考えるというときに、文字の読み書きができなくても考えられる、というようなことを仰ったんですけど、読み書きができたら、もっと考えられるっていうこと……。

千石　もちろん。『白鯨』では、ピップがその例かもしれないです。

藤平　そういうところに、黒人たちがリテラシーということに大変こだわった。奴隷制時代からですね。そして、フォークナーもですね、『行け、モーセ』という作品のなかで、ユーニスという黒人の奴隷の女性が自殺するんですけども、この人は文字の読み書きができなかった、というようなことを言わせるんですよね、主人公に。だけど、彼女は自殺する。それで、黒人奴隷の台帳を見ると、「ニガー」――あ、すみません、この言葉、本文で使われてるんで――「ニガー」が自殺するなんて思ってもみない、っていうような白人の農園主の言葉があって、それがとても辛辣に、わたしたちに聞こえるんですね。それが、奴隷女のユーニスだって、一人の人間として悩み、読み書きができないんだけども、悩みぬいて、文字を持ってる人と同じ、読み書きのできる人と同じぐらい辛い思いをして、命を絶つというう、そういうふうに書いているので、なんかその、読み書きが、ひとつの考える……。

千石　決定的な、ね。

藤平　そうですね、決定的なことだということは、間違いないと思うんですけど。今日はそちらの話をしようと思っていて、さっき、髙尾先生に、フレデリック・ダグラスが読み書きを覚えたのは、逃亡する前だったのか後だったのか、どちらでしょう、と聞きましたら、逃亡する前だって教えていただきました。それから、フィリス・ウィートリーという詩人もいましたよね。ウィートリーはボストンで家内奴隷だったんですけども、白人の女性主人が、読み書きを教えて彼女は詩を書くようになる。その詩は、本当にお前が書いたのかって、どこかに呼び出されてテストされるようなことがあったぐらい、黒人は何も考えない、詩を書くなんてあり得ないと信じられていたんですね。

ですから、奴隷制時代に反乱を怖がって、文字の読み書きを禁止した州があったっていうのはやっぱり、奴隷が文字の読み書きを身につけると、反乱とかいろんなことを考えることを、白人たちが恐れたわけです。黒人の読み書き能力は白人への脅威だったということですよね。それが、奴隷制があんなに長く続いた理由でもある――さっき、奴隷制がどうしてあんなに続いたのか、と仰ったんですけど、それは、権力でもって、権力者の言葉で、奴隷たちを、読み書きから遠ざけていたことが大きい……。だから、彼らは毎日毎日、来る日も来る日もね、肉体労働で働かされて、その、「考える」いともま無いという、それがあったんじゃないかっていう気がするんですけど……。

千石　そうでしょうね。元の話に戻りますけど、バーボね、「ベニート・セリーノ」のバーボは如何に狡猾な、っていうような描き方で描かれているか、非常に頭脳明晰な演出家、ある種船の上を演出するっていうね、そのことの恐ろしさっていうんですかね。

藤平　そうですよ。それが恐ろしいんですよね、やっぱり。あれを読んで。その、「シャドウ」も恐ろしいんですけど、思考の逞しいバーボが怖い。わたしたち、日本にいてあれを読んで恐ろしく感じるっていうことはとても重要な気がするんですけども、アメリカの白人たちが読むと、もっと恐ろしい、黒人たちが読んでも、違う意味でもっと恐ろしい、かもしれない……。

千石　そうでしょうね。

藤平　どちらがどちらの影を背負ってるか分からないような、そういう恐ろしさがある。まあそんなところで今日は終わりにしましょうか。わたしたち延々としゃべれるんですけど、まだ二時間でも三時間でも。台風が来ていますので、このぐらいで終わりにしたいと思うんですが……。どうもありがとうございました。（拍手）

あとがきにかえて

髙尾直知

Heigh-ho, heigh-ho,
it's home from work we go.
Heigh-ho, heigh-ho.

この論集の編集の初めから、ぼくの耳の奥に巣くった虫《イヤーワーム》の声だ。宝石坑夫たる仕事を終えて、白雪姫の待つ森の家に戻る七人の小人たち。こんなことを書くとご本人はたいそう気を悪くされると思うが、この論集、『白雪姫と七人の小人』ならぬ『育子姫と十七人の小人』のごとき書ではないか。この企画を通じて、この思いをぬぐえないでいる。

本書はいわゆる退職記念の論文集であることを恥じるものではないのだが、通りいっぺんのそれとはいささか趣を異にしている。執筆者はすべてそれぞれの分野で一線級の活躍をしておられる研究者であり、その議論するところは長年の研究活動に裏打ちされた、いわば凝集というべきものである。弟子を任じる若輩が師を持ちあげるというような上滑りな情実はそこにはない。みな「仕事」を終えて戻ってきたものたちだ。

そして、戻ってきたその場所には、驚くなかれ姫とトランセンデンタル・トゥルースが待っている。そこに、文学研究の始まりから、多くの研究者たちが探しつづけてきた真実、おうおうにして世の嫉妬深い権力者たちが迫害し、世界の片隅に追いやってきた真実が姿を現す、というとうがちすぎだろうか。いずれにしても、「暴力」という硬い現実に文学がなすすべもなく手をこまねくかに見えるこんにち、文学研究はいかにあるべきかというあまりに古典的な問題に、それぞれ真摯に取り組む姿を、読者は目撃されることと思う。藤平先生の研究者としての魅力とは、そのような同僚たちを見抜き引きつける力と業績を持ちつづけてこられたことにあるのだろう。

本書の企画は、最初の職場を藤平育子先生とともにする光栄に恵まれた舌津智之氏のささやきに、同じ光栄にあずかり、さらに藤平先生退職後の職場をあずかることにもなったぼくが、いともたやすくそそのかされたところからはじまった。この「そそのかし」は、輪を広げて、結局七人ならぬ十七人の仲間を巻きこむこととなった。それぞれがじつに快く提案に賛成され、論考を寄せてくださったことに、感謝の念を覚えることは当然としても、そのたやすさに、あらためて驚きを禁じえない。そこにもなんらかの魔法《マジック》が働いていたのだろう。

いや、もうひとりこの魔法にかけられたひとの名前を忘れてはいけない。南雲堂の原信雄氏には、企画の最初から編集出版の紆余曲折に迷わぬように導いていただいた。原氏を小人のひとりに数えてはならない。むしろ白馬の王子さまと呼ぶべきだろう。ともかく、この場を借り、一同に代わって原氏には感謝の意を表したい。

願わくは、本書が森の隠れ家の書棚にいつまでも飾られ、その場に迷いこむ寄る辺なき旅人たちの慰めにならんことを。

監修者紹介

藤平　育子（ふじひら　いくこ）

愛知教育大学、東京学芸大学、成城大学教授を経て、二〇〇二年より中央大学文学部教授。二〇一四年三月退職。

主要業績『カーニヴァル色のパッチワーク・キルト――トニ・モリスンの文学』（學藝書林、一九九六年）、『フォークナーのアメリカ幻想――『アブサロム、アブサロム！』の真実』（研究社、二〇〇八年）。ウィリアム・フォークナー『アブサロム、アブサロム！』（岩波文庫、上巻二〇一一年、下巻二〇一二年）。*History and Memory in Faulkner's Novels*（共編著、Shohakusha Publishing House, 2005）。

執筆者紹介（五十音順）

オニキ・ユウジ

一九六六年生まれ、カリフォルニア大学バークレー校比較文学科博士課程修了。中央大学文学部准教授。

主要業績「論理的日常の描写――Don DeLilloの『ホワイト・ノイズ』」（『英語英米文学』、二〇一三年）、"A Science Fiction Account of the Sixties: Realism and Paranoia in Philip K. Dick's *Scanner Darkly*"（*The Journal of the American Literature Society of Japan*, 二〇〇七年）、「〈新しい始まり〉の解釈――サイードの『始まりの現象』とマイケル・ギルモアの『心臓を貫かれて』」（『総合文化研究』、二〇〇六年）

後藤　和彦（ごとう　かずひこ）

一九六一年生まれ、立教大学文学部教授。

主要業績『迷走の果てのトム・ソーヤ――小説家マーク・トウェインの軌跡』（松柏社、二〇〇〇年）、『敗北と文学――アメリカ南部と近代日本』（松柏社、二〇〇五年）、『文学の基礎レッスン』立教大学人文叢書2（編著、春風社、二〇〇六年）

篠目　清美（ささめ　きよみ）

一九五三年生まれ、東京女子大学現代教養学部教授。

主要業績「"Roman Fever"に見るEdith Whartonの遊び心」（『東京女子大学英米文学評論』二〇一四年）、"Food for Survival in Margaret Atwood's Dystopian Worlds"（*The Japanese Journal of American Studies* 二〇一〇年）、『親子関係のゆくえ』（共編著、勁草書房、二〇〇四年）、ゼルダ・フィッツジェラルド『ゼルダ・フィッツジェラルド全作品』（共訳、新潮社、二〇〇一年）

諏訪部　浩一（すわべ　こういち）

一九七〇年生まれ、東京大学文学部准教授。

主要業績『ウィリアム・フォークナーの詩学――一九三〇―一九三六』（松柏社、二〇〇八年）、『『マルタの鷹』講義』（研究社、二〇一二年）、『アメリカ文学入門』（編著、三修社、二〇一三年）

舌津　智之（ぜっつ　ともゆき）

一九六四年生まれ、立教大学文学部教授。

主要業績『抒情するアメリカ――モダニズム文学の明滅』（研究社、二〇〇九年）、『アメリカ文学のアリーナ――ロマンス・大衆・文学史』（共著、松柏社、二〇一三年）、*Melville and the Wall of the Modern Age*（共著、南雲堂、二〇一〇年）

千石　英世（せんごく　ひでよ）

一九四九年生まれ、元立教大学教授。

主要業績『白い鯨のなかへ』（南雲堂、一九九〇年）、『9・11夢見る国のナイトメア』（彩流社、二〇〇八）

髙尾　直知（たかお　なおちか）

一九六二年生まれ、中央大学文学部教授。

主要業績『環大西洋の想像力――越境するアメリカン・ルネサンス文学』（共著、彩流社、二〇一三年）、『アメリカ文学のアリーナ――ロマンス・大衆・文学史』（共著、松柏社、二〇一三年）、F・O・マシーセン『アメリカン・ルネサンス』（共訳、上智大学出版局、二〇一一年）

田中　久男（たなか　ひさお）

一九四五年生まれ、福山大学人間文化学部客員教授。

主要業績『ウィリアム・フォークナーの世

界――自己増殖のタペストリー』（南雲堂、一九九七年）、*History and Memory in Faulkner's Novels*（共編著、松柏社、二〇〇五年）、『アメリカ文学研究のニュー・フロンティア』（共著、南雲堂、二〇〇九年）、ウィリアム・フォークナー『村』（「フォークナー全集」第一五巻、冨山房、一九九〇年）

田辺　千景（たなべ　ちかげ）
一九六八年生まれ、学習院大学文学部准教授。
主要業績　『アメリカ文学のアリーナ――ロマンス・大衆・文学史』（共著、松柏社、二〇一三年）、『アメリカ文化史入門』（共著、昭和堂、二〇〇六年）

中尾　秀博（なかお　ひでひろ）
一九五六年生まれ、中央大学文学部教授。
主要業績　"Ambiguous Gazes: an Indigenous Portrait Triptych of 1912"（『中央大学社会科学研究所年報』二〇一四年）、"J. M. Coetzee, Photography and Australia"（『英語英米文学』二〇一〇年）、「さかさまポートレート・ギャラリー」（『中央評論』二〇一一年～連載中）

長畑　明利（ながはた　あきとし）
一九五八年生まれ、名古屋大学国際言語文化研究科教授。
主要業績　『あめりか　いきものがたり――動物表象を読み解く』（共著、臨川書房、二〇一三年）、『アジア系アメリカ文学を学ぶ人のために』（共著、世界思想社、二〇一一年）、『語り明かすアメリカ古典文学 12』（共著、南雲堂、二〇〇七年）

新田　啓子（にった　けいこ）
一九六七年生まれ、立教大学文学部教授。
主要業績　『アメリカ文学のカルトグラフィ――批評による認知地図の試み』（研究社、二〇一二年）、『ジェンダー研究の現在――性という多面体』（編著、立教大学出版会、二〇一三年）、トリーシャ・ローズ『ブラック・ノイズ』（みすず書房、二〇〇九年）。

丹羽　隆昭（にわ　たかあき）
一九四四年生まれ、関西外国語大学英語キャリア学部教授、京都大学名誉教授。
主要業績　『恐怖の自画像――ホーソーンと「許されざる罪」』（英宝社、二〇〇〇年）』、『クルマが語る人間模様――二十世紀アメリカ古典小説再訪』（開文社出版、二〇〇七年）、グロリア・C・アーリッヒ『蜘蛛の呪縛――ホーソーンとその親族』（共訳、開文社出版、二〇〇一年）

花岡　秀（はなおか　しげる）
関西学院大学大学院文学研究科教授。
主要業績　『アメリカン・ロード――光と陰のネットワーク』（編著、英宝社、二〇一三年）、『二〇世紀アメリカ文学のポリティックス』（共著、世界思想社、二〇一〇年）、『神話のスパイラル――アメリカ文学と銃』（編著、英宝社、二〇〇七年）、『酔いどれアメリカ文学――アルコール文学文化論』（共著、英宝社、一九九九年）、『ウィリアム・フォークナー短篇集――空間構造をめぐって』（山口書店、一九九四年）

平石　貴樹（ひらいし　たかき）
一九四八年生まれ、元東京大学文学部教授。
主要業績　『アメリカ文学史』（松柏社、二〇一〇年）、『松谷警部と目黒の雨』（東京創元社、二〇一三年）

若島　正（わかしま　ただし）
一九五二年生まれ、京都大学文学研究科教授。
主要業績　『ロリータ、ロリータ、ロリータ』（作品社、二〇〇七年）、『乱視読者の英米短篇講義』（研究社、二〇〇三年）、ウラジーミル・ナボコフ『ロリータ』（新潮社、二〇〇五年）、G・カブレラ＝インファンテ『煙に巻かれて』（青土社、二〇〇六年）

渡辺　信二（わたなべ　しんじ）
一九四九年生まれ、フェリス女学院大学文学部教授。
主要業績　『アン・ブラッドストリートとエドワード・テイラー』（松柏社、一九九九年）、『アメリカ文学案内』（共編著、朝日出版社、二〇〇八年）、『エズラ・パウンド――ローマ＝ロンドン 2 部作』（編訳、シメール出版企画、二〇一二年）

索　引

（人名・作品名）

カ行

サ行

タ行

ナ行

ハ行

199, 200, 204, 205
『明るい部屋』(*Camera Lucida*)　196, 199, 200, 205
反律法主義(アンチノミアニズム)(Antinomianism)　99
久松静児　2
『怒りの孤島』　2
ピードモント(Piedmont)　141
ヒットラー、アドルフ(Hitler, Adolf)　188
ピューリタニズム(Puritanism)　340, 350
平野謙　294
ピンチョン、トマス(Pynchon, Thomas)　173-89
『重力の虹』(*Gravity's Rainbow*)　173-89
フォークナー、ウィリアム(Faulkner, William)　3, 5, 73, 84, 122, 129, 327-57
『アブサロム、アブサロム!』(*Absalom, Absalom!*)　5, 335-38, 343, 345
『行け、モーセ』(*Go Down, Moses*)　3, 122, 355
『八月の光』(*Light in August*)　336-40
『響きと怒り』(*The Sound and the Fury*)　84
ブルックス、ジェラルディン(Brooks, Geraldine)　58, 60, 73
『マーチ』(*March*)　58
プロテスタンティズム(Protestantism)　255, 350
米国労働総同盟(AFL)　141
ヘイリー、アレックス(Haley, Alex)　342
『ルーツ』(*Roots*)　342
ペーネミュンデ(Peenemünde)　175, 176, 178, 181
ヘミングウェイ、アーネスト(Hemingway, Ernest)　115, 118
ペルセポネ(Persephone)　228, 237, 238, 242, 243
ベーン、アフラ(Behn, Aphra)　328, 338
『オルノーコ』(*Oroonoko*)　328, 338, 339
ベンヤミーン、ヴァルター(Benjamin, Walter)　90, 142,144, 145, 146, 150, 151, 205
「写真小史」("A Short History of Photography")　205
『暴力批判論』　142, 151
ホイットマン、ウォルト(Whitman, Walt)　105, 107, 111
法維持的暴力　142, 144, 146, 150, 151
ポー、エドガー・アラン(Poe, Edgar Allan)　32, 41, 78, 243
ホーソーン、ナサニエル(Hawthorne, Nathaniel)　19-38, 40-54, 78, 131
「イーサン・ブランド」("Ethan Brand")　24
「原稿の中の悪魔」("The Devil in Manuscript")　23, 24
『大理石の牧神』(*The Marble Faun*)　27
『七破風の家』(*The House of the Seven Gables*)　26, 30, 34
「美の芸術家」("The Artist of the Beautiful")　24
『緋文字』(*The Scarlet Letter*)　19-38, 131
『ファンショウ』(*Fanshawe*)　22
『ブライズデイル・ロマンス』(*The Blithedale Romance*)　26, 30, 37
「ぼくの親戚モーリノー少佐」("My Kinsman, Major Molineux")　39-56
「ロジャー・マルヴィンの埋葬」("Roger Malvin's Burial")　23, 37
『ポエトリ』(*Poetry*)　112, 113
ホロコースト(the Holocaust)　168, 169

マ行、ヤ行、ラ行

正宗白鳥　290, 298-301
マリアス、ハビエル(Marias, Javier)　202
マルティニーク(Martinique)　335
『マンディンゴ』(*Mandingo*)　342
三好行雄　319, 320
明治文学　267
メルヴィル、ハーマン(Melville, Herman)　8, 32, 78, 99, 327-57

『白鯨』(*Moby-Dick*)　327, 355
『ビリー・バッド』(*Billy Budd, Sailor*)　330, 331
「ベニート・セリーノ」(*Benito Cereno*)　328-34, 337, 340, 341, 348, 356
モダニズム　84, 351, 352
森鴎外　1, 7
「山椒大夫」　1
モリスン、トニ (Morrison, Toni)　3, 245-61, 344, 354
『青い眼がほしい』(*The Bluest Eye*)　245-61
『白さと想像力』(*Playing in the Dark: Whiteness and the Literary Imagination*)　258
『スーラ』(*Sula*)　257, 259
『ビラヴィド』(*Beloved*)　3
モンテーニュ、ミシェル・ド (Montaigne, Michel de)　348-51
『エセー』(*Essais*)　349
モンロー、ハリエット (Monroe, Harriet)　112, 113
雍正帝　100, 101
ライト、リチャード (Wright, Richard)　347
ラッジ、オルガ (Rudge, Olga)　110, 118
ラマール、ヘディ (Lamarr, Hedy)　254, 259
リルケ、ライナー・マリア (Rilke, Rainer Maria)　103
リンドバーグ、チャールズ (Lindbergh, Charles)　247, 259
ルイス、シンクレア (Lewis, Sinclair)　121-38
『エルマー・ガントリー』(*Elmer Gantry*)　122
『バビット』(*Babbit*)　129, 131
『本町通り』(*Main Street*)　121-38
ロンドン、ジャック (London, Jack)　78
『荒野の呼び声』(*The Call of the Wild*)　78

抵抗することば
——暴力と文学的想像力

二〇一四年七月八日　第一刷発行

監修者　藤平育子
編著者　髙尾直知　舌津智之
発行者　南雲一範
装幀者　岡孝治
発行所　株式会社南雲堂

東京都新宿区山吹町三六一　郵便番号一六二-〇八〇一
電話東京 {（〇三）三二六八-二三八四（営業部）
（〇三）三二六八-二三八七（編集部）
振替口座　〇〇一六〇-〇-四六八六三
ファクシミリ（〇三）三二六〇-五四二五

印刷所　啓文堂
製本所　長山製本

ISBN978-4-523-29325-5　C3098

亀井俊介の仕事/全5巻完結

各巻四六版上製

1＝荒野のアメリカ

アメリカ文化の根源をその荒野性に見出し、人、土地、生活、エンタテインメントの諸局面から、興味津々たる叙述を展開、アメリカ大衆文化の案内書であると同時に、アメリカ人の精神の探求書でもある。

２１６１円

2＝わが古典アメリカ文学

植民地時代から十九世紀末までの「古典」アメリカ文学を「わが」ものとしてうけとめ、幅広い理解と洞察で自在に語る。

２１６１円

3＝西洋が見えてきた頃

幕末漂流民から中村敬宇や福沢諭吉を経て内村鑑三にいたるまでの、明治精神の形成に貢献した群像を描く。比較文学者としての著者が最も愛する分野の仕事である。

２１６１円

4＝マーク・トウェインの世界

ユーモリストにして懐疑主義者、大衆作家にして辛辣な文明批評家。このアメリカ最大の国民文学者の複雑な世界に、著者は楽しい顔をして入っていく。書き下ろしの長編評論。

４０７７円

5＝本めくり東西遊記

本を論じ、本を通して見られる東西の文化を語り、本にまつわる自己の生を綴るエッセイ集。亀井俊介の仕事の中でも、とくに肉声あふれるものといえる。

２３４７円

＊定価は税込価格です。